中國古典文學基本叢書

韓偓集繫年校注

中册

〔唐〕韓偓 撰
吴在慶 校注

中華書局

韓偓集繫年校注卷三

亂後卻至近甸有感　乙卯年作①〔一〕

狂童容易犯金門〔二〕，比屋齊人作旅魂〔三〕。夜户不扃生茂草〔四〕，春渠自溢浸荒園②。關中忽見屯邊卒③〔五〕，塞外翻聞有漢村〔六〕。堪恨無情清渭水〔七〕，渺茫依舊繞秦原④〔八〕。

【校　記】

① 統籤本題下無「乙卯年作」四字小注。

② 「荒」，玉山樵人本、統籤本均作「花」。按，應作「荒」。

③ 「忽」，《唐百家詩選》本、玉山樵人本、韓集舊鈔本、統籤本、麟後山房刻本均作「却」，《全唐詩》、吴校本均校：「一作卻。」按，「却」同「卻」。

④ 「渺茫」，《全唐詩》、吴校本均校：「一作東流。」

【注釋】

〔一〕汲古閣本於詩後注云：「乙卯年爲昭宗乾寧二年，是年李茂真、王行瑜稱兵犯闕。」然吴校本於題下小注後注云：「乙卯字誤。韓公貶謫後亦無卻至近甸之事。此疑昭帝發鳳翔至長安，公未貶濮州時隨駕還京之作，事在天復三年癸亥也。」按，原小注不誤。《韓偓簡譜》云：「吴注以爲乙卯年誤，以爲貶謫後，亦無卻至近甸之事。予謂此乙卯爲乾寧二年，時三鎮舉兵犯闕，昭宗避兵出幸山南，崔胤復相，致堯殆亦避亂，而復至近甸，其時克用兵駐渭橋，帝始返京，故有『關中始見屯邊卒』之句。」今從小注「乙卯年作」之説，繫此詩於乾寧二年（公元八九五年）八月。

近甸：京城近郊。甸，古代京城郊外之地稱「甸」。《周禮·天官·大宰》：「三曰邦甸之賦。」賈公彦疏：「郊外曰甸，百里之外，二百里之内。」《左傳·襄公二十一年》：「罪重於郊甸，無所伏竄，敢布其死。」杜預注：「郭外曰郊，郊外曰甸。」

〔二〕「狂童」句：狂童，原謂輕狂頑劣的少年。《詩·鄭風·褰裳》：「狂童之狂也且。」孔穎達疏：「狂童，謂狂頑之童稚。」朱熹集傳：「狂童猶狂且，狡童也。」此指狂悖作亂的人。唐韓愈《送張道士序》：「臣有平賊策，狂童不難治。」犯金門，進犯朝廷。金門，即金馬門，漢代宫門名。學士待詔之處。《史記·滑稽列傳》：「金馬門者，宦（者）署門也。門傍有銅馬，故謂之曰『金馬門』。」後用作朝廷官署之代稱。按，此句謂乾寧二年五月，李茂貞、王行瑜、韓建等三藩帥率精兵入京師事。《舊唐書・昭宗紀》：乾寧二年五月，「李茂貞、王行瑜、韓建等各率精甲數千人入覲，京師大恐，人皆亡竄，吏不能止。昭宗御安福門以俟之，三師既至，拜舞樓下，昭宗臨軒自諭之曰：『卿等藩侯，宜存臣節，稱兵入朝，不由奏請，意在何也？』茂貞、行瑜汗流洽背，不能對，唯韓建陳叙入覲之由。上並召升樓，賜之卮酒，宴之於同文殿。茂貞、行瑜極言南北司相傾，深蠹時政，請誅其太甚者。乃貶宰相韋昭度、李磎，尋殺之於都亭驛，殺内官數人而去。王行瑜留弟行約，茂貞留假子閻圭，各以兵二千人宿衛。時三帥同謀廢昭宗立吉王，聞太原起軍乃止，留兵宿衛而還」。

〔三〕「比屋」句：比屋，家家户户。常用以形容衆多、普遍。漢徐幹《中論・譴交》：「有策名於朝而稱門生於富貴之家者，比屋有之。」《魏書・袁翻傳》：「淮海輸誠，華陽即序，連城請面，比屋歸仁。」齊人，即齊民，平民。顔師古《漢書》注引如淳曰：「齊，等也。無有貴賤，謂之齊民，若今言平民矣。」作旅魂，此謂外出避難而死。此句指李克用舉兵討王行瑜、李茂貞、韓建，昭宗出幸，京師士庶數十萬隨從，暍死者衆多。《舊唐書・昭宗紀》：乾寧二年「七月丙辰朔，李克用舉軍渡河，以討王行瑜、李茂貞、韓建等稱兵詣闕之罪。庚申，同州節度使王行實棄郡入京師，謂兩軍中尉駱全瓘、劉景宣曰：『沙陀十萬至矣！請奉車駕幸邠州，且有城守。』時景宣附鳳翔，癸亥夜，閻圭與劉景宣子繼晟、同州王行實縱火剽東市，請上出幸。上聞亂，登承天門，遣諸王率禁兵禦之。捧日都頭李筠率本軍侍衛樓上。閻圭以鳳翔之卒攻李筠，矢及御座之樓扉。上懼，下樓與親王、公主、内人數百幸永興坊李筠營。扈蹕都頭李君實以兵繼至，乃與筠兩都兵士侍衛出啟夏門，憩於華嚴寺，以候内人繼至。其日晚，幸莎城鎮。京師士庶從幸者數十萬，比至南山谷口，暍死者三之一。至暮，爲盜寇掠，慟哭之聲，殷動山谷」。

〔四〕不扃：不關門。扃，從外關閉門户的門閂。《文選·張衡〈南都賦〉》：「排揵陷扃。」李善注：「《説文》曰：『揵，距門也。』又曰：『扃，外閉之關也。』」

〔五〕「關中」句：關中，指陝西渭河流域一帶。此處指長安附近地區。屯邊卒，守邊之士兵，這裏指鎮守太原的河東節度使李克用之軍隊。此句指李克用軍進入關中。據《舊唐書·昭宗紀》，乾寧二年七月，昭宗幸南山久之，李克用仍在河中，昭宗宣諭李克用「『卿宜便董貔貅，徑臨邠鳳，蕩平妖穴，以拯阽危，是所望也』」。八月乙酉朔，延王至河中，克用已發前鋒至渭北，又令史儼率五百騎赴行在侍衛。己丑，克用自至渭橋砦。癸巳，於棃園殺邠軍數千，獲其大將王令陶以獻」。

〔六〕翻聞：反而聽説。有漢村，蓋指爲避戰亂而逃出關中至邊塞的漢族百姓。

〔七〕清渭水：即渭水。渭，水名。黄河最大支流，源出甘肅省鳥鼠山，横貫陝西省中部，至潼關入黄河。《詩·邶風·谷風》「涇以渭濁，湜湜其沚」毛傳：「涇渭相入而清濁異。」古人有謂涇濁渭清者，實際上乃涇清渭濁。

〔八〕渺茫：遼闊貌。唐殷堯藩《送客遊吴》詩：「吴國水中央，波濤白渺茫。」唐韋莊《送日本國僧敬龍歸》：「扶桑已在渺茫中，家在扶桑東更東。」秦原，猶秦中。唐韓愈《祭石君文》：「客葬秦原，孤魂誰附？」唐杜牧《曉望》詩：「秦原在何處？澤國碧悠悠。」秦中，古地區名。指今陝西中部平原地區，因春秋、戰國時地屬秦國而得名。也稱關中。《漢書・婁敬傳》：「秦中新破，少民，地肥饒，可益實。」顏師古注：「秦中謂關中，故秦地也。」

【集評】

唐僖、昭以來，其亂如此。（方回《瀛奎律髓》卷三十二）

紀昀：語亦沉著。中二聯皆對句勝出句。（《瀛奎律髓彙評》卷三十二）

【按】此詩之沉著，通首皆是，而尤以末二句「堪恨無情清渭水，渺茫依舊繞秦原」爲最，可與韋莊「無情最是臺城柳，依舊烟籠十里堤」媲美。

同年前虞部李郎中自長沙赴行在余以紫石硯贈之賦詩代書〔一〕

斧柯新樣勝珠璣〔二〕，堪贊星郎染翰時〔三〕。不向東垣修直疏〔四〕，即須西掖草妍詞〔五〕。紫光稱近丹青筆〔六〕，聲韻宜裁錦繡詩〔七〕。蓬島侍臣今放逐〔八〕，羡君迴去逼龍墀〔九〕。

【注釋】

〔一〕自此詩詩題知韓偓時在湖南長沙，故吴汝綸於此詩詩題後評注云：「此在長沙時作。」韓偓有《訪同年虞部李郎中》詩，題下自注：「天復四年二月，在湖南。」又有《春陰獨酌寄同年虞部李郎中》，題下自注：「在湖南。」又有《甲子歲夏五月自長沙抵醴陵貴就深僻以便疎慵由道林之南步步勝絶去緑口分東入南小江山水益秀村籬之次忽見紫薇花因思玉堂及西掖廳前皆植是花遂賦詩四韻聊寄知心》詩。甲子歲即天復四年，則是年五月詩人已經自長沙抵醴陵。據此，韓偓天復四年二月至五月在湖南長沙，此詩即作於天復四年（公元九〇四年）春夏間。

同年：古代科舉考試同科中式者之互稱。唐代同榜進士稱「同年」。唐李肇《唐國史補》卷下：「（進士）俱捷謂之同年。」虞部李郎中，即虞部郎中李冉。陶敏《全唐詩人名彙考》考云《新唐書·宰相世系二上》李氏姑臧房「『冉，右司郎中。』李揆曾孫，李元贄子。《全唐文》卷六二二一李冉《舉前池州刺史張嚴自代表》：『伏惟建中元年正月五日制，諸州刺史授訖，于四方館上表，舉一人自代者……』蓋曾爲某州刺史」。虞部郎中，唐工部屬曹官，從五品上。《舊唐書·職官志二》謂虞部「郎中、員外郎之職，掌京城街巷種植，山澤苑囿，草木薪炭，供頓田獵之事」。行在，即行在所。此指皇帝巡幸所在之地。據《資治通鑑》卷二六四天祐元年二月「乙亥，車駕至陝，以東都宫室未成，駐留于陝」。則詩中所謂行在當指陝州。

〔二〕斧柯：山名，一指廣東高要縣之斧柯山。《太平寰宇記》卷一五九《端州高要縣》：「高要縣爛柯山，在縣東三十六里，一名斧柯山，在硤石南。《郡國志》云：『昔有道士王質，負斧入山採桐爲琴，遇赤松與安期先生棋，而斧柯爛。』」又謂：「端溪山，《吴録》云：『端州有端溪石。』」端溪石乃製硯名石。此處「斧柯新樣」，指用端溪石製成之紫石硯。

〔三〕贊：輔佐；説明。《書・大禹謨》：「益贊于禹曰：『惟德動天，無遠弗届。』」孔傳：「贊，佐。」晉潘岳《夏侯常侍誄》：「内贊兩宫，外宰黎烝。」星郎，指郎官。《後漢書・明帝紀》：「館陶公主爲子求郎，不許，而賜錢千萬。謂群臣曰：『郎官上應列宿，出宰百里，苟非其人，則民受殃，是以難之。』」後因稱郎官爲「星郎」。唐岑參《送李别將攝伊吾令充使赴武威便寄崔員外》詩：「遥知竹林下，星使對星郎。」染翰，以筆蘸墨。翰，筆。晉潘岳《〈秋興賦〉序》：「於是染翰操紙，慨然而賦。」此處指作詩文。

〔四〕東垣：謂東省，古代中央官署之一。唐指門下省，與中書省同掌機要，共議國政。唐杜甫《紫宸殿退朝口號》：「宫中每出歸東省，會送夔龍集鳳池。」仇兆鼇注：「《雍録》：『政事堂在東省，屬門下。』……公爲拾遺時，政事堂已在中書。其自宫中退朝而歸東省者，以本省言也。」唐令狐楚《南宫夜直宿寄李給事東省》：「北極絲綸句，東垣翰墨蹤。」修直疏，謂起草諫書。唐制，門下省之給事中、散騎常侍、諫議大夫有駁正、規諷之責。

〔五〕西掖：唐時中書或中書省的别稱。漢應劭《漢官儀》卷上：「左右曹受尚書事，前世文士，以中書在右，因謂中書爲右曹。又稱西掖。」唐張九齡《酬周判官兼呈耿廣州》詩：「既起南宫草，復掌西掖制。」草妍詞，謂起草美妙的文章。妍詞，唐韋應物《答長寧令楊轍》：「短才何足數，枉贈愧妍詞。」

〔六〕紫光：指紫石硯之紫色光。丹青筆，畫筆。

〔七〕聲韻：此處或指叩擊紫石硯而發出的聲響。石材好，叩擊之而發出之聲韻亦動聽。此處意爲紫石硯乃優質之名硯。錦繡詩，謂華彩美好之詩作。唐杜甫《晴》：「久雨巫山暗，新晴錦繡文。」唐蒯希逸《和主司王起》：「恩感風雷宜變化，詩裁錦繡借光輝。」

〔八〕「蓬島」句：蓬島，蓬萊仙島。唐人常用以稱皇宫或學士院。韓偓曾在朝任兵部侍郎、翰林學士承旨等官職，故此詩中自稱「蓬島侍臣」。唐李商隱《鄭州獻從叔舍人褎》：「蓬島煙霞閬苑鐘，三官箋奏附金龍。」

〔九〕龍墀：猶丹墀。指宫殿的赤色臺階或赤色地面。

【按】此詩乃詩人貶官後流寓於湖南長沙時，送同年李冉赴行在之作。詩人送李冉以紫石硯，故詩中前六句均贊譽紫石硯之名貴與功用，並藉以想像與盼望李郎中在朝中之有所作爲也。「修直疏」，意即在朝爲忠直敢諫之臣，可見詩人爲官一貫之忠懇標格。「羡君迴去」，隱含自嘆放逐意。此時昭宗尚在位，未被朱全忠所弑，故詩人有此羡慕與感慨，於此亦可見詩人之眷念唐昭宗。及至昭宗被弑後，詩人即使被召復官，亦不往矣。其忠耿於唐昭宗如此。

甲子歲夏五月自長沙抵醴陵貴就深僻以便疏慵由道林之南步步勝絶去緑口分東入南小江山水益秀村籬之次忽見紫薇花因思玉堂及西掖廳前皆植是花遂賦詩四韻聊寄知心①〔一〕

職在内庭宫闕下②〔二〕，廳前皆種紫薇花。眼明忽傍漁家見，魂斷方驚魏闕賒③〔三〕。淺色暈成宫裏錦〔四〕，濃香染著洞中霞。此行若遇支機石〔五〕，又被君平驗海槎〔六〕。

【校記】

① 玉山樵人本、統籤本詩題均無「甲子歲」三字。

②「闕」,《全唐詩》、吴校本均校:「一作禁。」

③「魏闕」,玉山樵人本、韓集舊鈔本、統籤本、麟後山房刻本、吴校本均作「鳳闕」。

【注　釋】

〔一〕據此詩「甲子歲夏五月自長沙抵醴陵」云云,可知此詩乃天祐元年(公元九〇四年)五月所作。

醴陵:唐縣名。東漢置,屬長沙郡。治所即今湖南醴陵市。《太平寰宇記·醴陵縣》:「縣北有陵,陵上有井,湧泉如醴,因以名縣。」隋省入長沙縣。唐武德四年復置,屬潭州。緑口,即渌口,在湖南醴陵西境,爲渌水入湘江之口,即今株州市渌口。紫薇花,花木名。又稱滿堂紅、百日紅。落葉小喬木,樹皮滑澤,夏、秋之間開花,淡紅紫色或白色,美麗可供觀賞。玉堂,本爲官署名,唐宋時謂翰林院。《漢書·李尋傳》:「過隨衆賢待詔,食太官,衣御府,久汙玉堂之署。」顔師古注:「玉堂殿在未央宫。」王先謙補注引何焯曰:「漢時待詔於玉堂殿,唐時待詔於翰林院,至宋以後,翰林遂並蒙玉堂之號。」葉夢得《石林燕語》卷七:「學士院正廳曰『玉堂』,蓋道家之名。初,李肇《翰林志》未言居翰苑者,皆謂『凌玉清,溯紫霄』,豈止于登瀛洲哉!亦曰『登玉堂』焉。自是遂以『玉堂』爲學士院之稱,而不爲榜。」西掖,中書或中書省之别稱。漢應劭《漢官儀》卷上:「左右曹受尚書事,前世文士,以中書在右,因謂中書爲右曹。又稱西掖。」唐張九齡《酬周判官兼呈耿廣州》詩:「既起南宫草,復掌西掖制。」西掖廳,即指唐中書省辦公廳。

〔二〕内庭：亦稱内廷。宫禁以内。唐李紳《悲善才詩序》：「頃在内廷日，别承恩顧，賜宴曲江。」唐權德輿《奉和聖制中春麟德殿會百僚觀新樂》：「仲春藹芳景，内廷宴群臣。」

〔三〕魏闕賒：謂離開朝廷非常遥遠。魏闕，古代宫門外兩邊高聳的樓觀。樓觀下常爲懸布法令之所。亦借指朝廷。《莊子·讓王》：「身在江海之上，心居乎魏闕之下。」唐元稹《酬友封話舊叙懷十二韻》：「魏闕何由到，荆州且共依。」賒，距離遠。唐駱賓王《晚憩田家》：「心跡一朝舛，關山萬里賒。」唐吕巖《七言》詩：「常憂白日光陰促，每恨青天道路賒。」

〔四〕暈：謂塗抹（顔色）。五代和凝《宫詞》之九十九：「君王朝下未梳頭，長暈殘眉侍鑑樓。」宋周密《謁金門》詞：「試把翠蛾輕暈，愁薄寶臺鸞鏡。」

〔五〕支機石：傳説爲天上織女用以支撑織布機的石頭。《太平御覽》卷八引南朝宋劉義慶《集林》：「昔有一人尋河源，見婦人浣紗，以問之，曰：『此天河也。』乃與一石而歸。問嚴君平，云：『此支機石也。』」一説，其人爲漢代張騫，謂騫奉命尋找河源，乘槎經月亮至天河，在月亮見一女織，又見一丈夫牽牛飲河，織女取支機石與騫。事見宋周密《癸辛雜識前集》引南朝梁宗懔《荆楚歲時記》。唐宋之問《明河篇》：「更將織女支機石，還訪成都賣卜人。」

〔六〕「又被君平」句：此用張華《博物志》卷十《雜説》下所載故事。詳見卷一《夢仙》詩注釋〔五〕。

末二句乃用典故表明此行程所經，恍如入天上之美妙仙境。

【集　評】

《(嘉慶)清一統志》三五四湖南省長沙府山川門渌江條引醴陵縣舊志：渌江發源有二：一借萍鄉縣麻山水，西北至醴陵縣東五十里，名萍水。一出瀏陽縣界白沙溪，西南至雙江口，會流經醴陵縣南前渌水池，名渌口，又西流，合姜嶺水，由渌江入湘。寅恪案：前書三五六寺觀門：道林寺(原注：在善化縣西岳麓山下，有唐歐陽詢書道林寺碑)。然則此詩爲韓由長沙岳麓山至醴陵渌口途中作也。(陳寅恪《讀書札記二集·韓翰林集之部》)

【按】詩寫自長沙赴醴陵經渌江一帶所見山水秀麗景色，尤其忽見紫薇花而逗起魏闕之思。此詩詩句順序之騰挪，乃爲突出往昔宮中之情事，正可見其貶官後魏闕情思之濃厚耳。「魂斷方驚」四字，真有柔腸寸斷，無限辛酸之悽楚在。

和王舍人撫州飲席贈韋司空①〔一〕

樓臺掩映入春寒，絲竹錚鏦向夜闌②〔二〕。席上弟兄皆杞梓〔三〕，花前賓客盡鴛鸞〔四〕。孫弘莫惜頻開閤〔五〕，韓信終期别築壇〔六〕。削玉風姿官水土〔七〕，黑頭公自古來難③〔八〕。

【校記】

①「韋」，應是「危」之誤，説見本詩注釋〔一〕。

②「向」，《全唐詩》、吴校本均校：「一作入。」

③「自」，《全唐詩》、吴校本均校：「一作相。」

【注釋】

〔一〕韓偓有《丙寅二月二十二日撫州如歸館雨中有懷諸朝客》詩，丙寅即指唐昭宣帝天祐三年。又有《三月二十七日自撫州往南城縣舟行見拂水薔薇因有是作》詩，統籤本於題後有小注：「丙寅三月二十七日。」據此知韓偓天祐三年三月下旬已離撫州往南城縣，則其在「撫州飲席」作詩，且詩有「春寒」句，詩當作於天祐三年（公元九〇六年）春。

王舍人：王舍人即爲王滌。據《唐詩紀事》卷六十七：「滌，字用霖，及景福進士第。」《全唐詩》卷七二六王滌小傳：「王滌，字用霖。……景福中擢第。累官中書舍人。後終於閩。」又《莆陽黄御史集·别録》引《莆陽志》：「王審知據有全閩而終身爲節將者，滔規正有力焉。中州若李絢、韓偓、王滌、崔道融……避地於閩，悉主於滔。」明代天啟元年黄滔二十世孫黄崇翰之

《吴源莆陽名公事述》：「御史乃從容進退，爲閩藩上幕，又能專長史之任，規正閩王審知。……爲時推重。中朝士大夫若常侍李洵、翰林承旨韓偓、中舍王滌、補闕崔道融、大司空王標、吏部夏侯淑、司勳員外楊承休、御史王拯、宏文館直學士楊贊圖……莫不浮荆襄吴楚，交集於閩，恃御史爲宗主。」又，黄滔的《丈六金身碑》記天祐四年正月十八日，王審知在閩設二十萬人無遮佛會，時參加者有來閩依王審知之座客「右省常侍隴西李公洵、翰林承旨制誥兵部侍郎昌黎韓公偓、中書舍人瑯琊王公滌、右補闕博陵崔徵君道融……」等人。則王滌時爲中書舍人，當亦來與撫州會中。韋司空，「韋」應是「危」之誤。此處韋司空實即指危全諷。《全唐詩人名彙考》謂：「『韋』當『危』之音訛。危司空，危全諷。韓偓天祐三年春在撫州，時危全諷爲撫州刺史。《九國志·危全諷傳》：『中和五年，黄巢餘黨柳彦璋攻破撫州，逐郡守，大掠而去，全諷遂入之。詔即以全諷爲撫州刺史。』《金石萃編》卷一一七《撫州寶應寺鐘款》：『金紫光禄大夫、檢校工部尚書、使持節撫州諸軍事撫州刺史、兼御史大夫、上柱國危全諷。』大順元年十月造。《通鑑》：開平三年六月，『撫州刺史危全諷自稱鎮南節度使。』危全諷亦地方割據者，唐末官爵極濫，大順元年全諷已加尚書，十餘年後加司空亦在情理之中。」

〔二〕錚鏦：同錚摐，象聲詞。常形容金屬撞擊聲、樂器演奏聲、流水聲等。此處指樂器演奏聲。唐劉禹錫《傷秦姝行》：「蜀弦錚摐指如玉，皇帝弟子韋家曲。」

〔三〕席上兄弟：蓋指宴席上包括危全諷在内的撫州當地人士。杞梓，原指杞和梓，兩木皆良材。《左傳·襄公二十六年》：「晉卿不如楚，其大夫則賢，皆卿材也。如杞、梓、皮革，自楚往也。雖楚有材，晉實用之。」杜預注：「杞、梓皆木名。」此處用以比喻優秀人材。《晉書·陸機陸雲傳論》：「觀夫陸機、陸雲，實荆衡之杞梓，挺珪璋於秀實，馳英華於早年。」南朝梁江淹《雜體詩·效盧諶〈感交〉》：「自顧非杞梓，勉力在無逸。」

〔四〕花前賓客：賓客，蓋指南來撫州之朝中官員。鴛鸞，原謂鵷與鸞，皆鳳屬。晉葛洪《抱朴子·逸民》：「夫鋭志於雛鼠者，不識騶虞之用心，盛務於庭粒者，安知鴛鸞之遠指。」北魏楊衒之《洛陽伽藍記·追光寺》：「至於宗廟之美，百官之富，鴛鸞接翼，杞梓成陰。」范祥雍校注：「鴛與鵷通。鴛、鸞皆鳳族，以比喻賢人。」亦比喻朝官、同僚。唐裴翻《和主司王起》：「雲霄幸接鴛鸞盛，變化欣同草木榮。」按，此處鴛鸞既用以比喻賢人，亦或兼喻賓客皆是來撫州之朝中同僚。

〔五〕「孫弘」句：孫弘，即公孫弘。《漢書·公孫弘傳》：「弘自見爲舉首，起徒步，數年至宰相封侯。於是起客館，開東閣以延賢人，與參謀議。弘身食一肉，脱粟飯，故人賓客仰衣食。奉禄皆以給之，家無所餘。」此句以公孫弘喻指司空危全諷。

〔六〕「韓信」句：《史記·淮陰侯列傳》：「王（指劉邦）曰：『吾爲公以爲將。』何（指蕭何）曰：『雖爲將，信必不留。』王曰：『以爲大將。』何曰：『幸甚！』於是王欲召信拜之。何曰：『王素慢無禮，今拜大將如呼小兒耳，此乃信所以去也。王必欲拜之，擇良日齋戒，設壇場，具禮乃可耳。』王許之。諸將皆喜，人人各自以爲得大將。至拜大將，乃信也，一軍皆驚。」按，此句乃對危全諷而言。危乃武人出身，屬地方豪强而任節將者，故韓偓以劉邦築壇拜韓信爲大將事期盼之，乃應酬期盼之辭。

〔七〕削玉風姿：《晉書・衛玠傳》：「玠字叔寶，年五歲，風神秀異。祖父瓘曰：『此兒有異於衆，顧吾年老，不見其長成耳。』總角乘羊車入市，見者皆以爲玉人，觀之者傾都。驃騎將軍王濟，玠之舅也，儁爽有風姿，每見玠輒歎曰：『珠玉在側，覺我形穢。』又嘗語人曰：『與玠同遊，冏若明珠之在側，朗然照人。』」水土，此處猶本鄉，當地。南朝陳徐陵《與北齊廣陵城主書》：「昔晉侯不能乘鄭馬，趙將不能用楚兵。一非水土，難爲騁力。」唐馮翊《桂苑叢談・賞心亭》：「（丞相）自大梁移鎮淮海，未期周，榮加水土，移風易俗，甚洽群情。」

〔八〕黑頭公：《晉書・諸葛恢傳》：「諸葛恢，字道明，琅邪陽都人也。……恢弱冠知名，試守即丘長，轉臨沂令，爲政和平。值天下大亂，避地江左，名亞王導、庾亮。導嘗謂曰：『明府當爲黑頭公。』及導拜司空，恢在坐，導指冠謂曰：『君當復著此。』」按以上二句均稱危全諷司空。據《九國志・危全諷傳》載：「全諷，臨川南越人，世爲農夫。初生赤而毛，醜狀駭人。父母欲勿舉，其[illegible]至。及長，人質明秀，豪勇任氣。」此傳特記危全諷幼醜，而長「人質明秀」，可知其成人後體貌之明秀必頗爲人所稱，故史傳特地記載此事。危全諷既然「人質明秀」，這就與韓偓此詩所云「削玉風姿」頗爲相符。危全諷爲撫州人，他此時任官撫州，故詩中説他「官水土」，即在本鄉本土爲官。據此也可證此詩之「韋司空」爲「危司空」（即危全諷）之訛。

【按】此詩乃韓偓流寓途中經撫州，在飲席上酬和王舍人贈東道主之作。詩題之「韋司空」，乃「危司空」之誤。危司空爲危全諷，時任撫州刺史。

避地寒食〔一〕

避地淹留已自悲〔二〕，況逢寒食欲霑衣〔三〕。濃春孤館人愁坐①，斜日空園花亂飛。路遠漸憂知己少②，時危又與賞心違〔四〕。一名所繫無窮事〔五〕，争敢當年便息機〔六〕。

【校　記】

①「濃」，玉山樵人本、統籤本均作「殘」，《全唐詩》、吴校本均校：「一作殘。」

②「遠」，韓集舊鈔本、汲古閣本、麟後山房刻本、吴校本均作「辱」，吴校本下校：「一作遠，」《全唐詩》

校：「一作辱。」「少」，韓集舊鈔本、汲古閣本、麟後山房刻本、吴校本均作「薄」，吴校本下校「一作少」，《全唐詩》校：「一作薄。」按，作「辱」，作「薄」均非是。

【注釋】

〔一〕此詩難於考其確切作年。錢牧齋、何義門《評注唐詩鼓吹》謂「此疑偓出依王審知時所作」。《韓偓簡譜》繫於天祐二年。此詩有「一名所繫無窮事，争敢當年便息機」，味此兩句，蓋乃未及第時避亂他鄉之作。疑乃廣明元年末黄巢攻入長安，僖宗出幸，詩人亦避亂外地後所作。詩乃寒食日詠，則疑約中和元年三月寒食時詩。

〔二〕避地：亦作「避墜」。謂遷地以避災禍。《漢書·叙傳上》：「始皇之末，班壹避墜於樓煩，致馬牛羊數千群。」《漢書·叙傳上》：「（班彪）知隗囂終不寤，乃避墜於河西。」顔師古注：「墜，古地字。」

〔三〕霑衣：謂流淚。唐韋應物《話舊》：「不惜霑衣淚，併話一宵中。」

〔四〕賞心違：賞心，心意歡樂。南朝宋謝靈運《晚出西射堂》詩：「含情尚勞愛，如何離賞心？」南朝齊謝朓《遊山》「寄言賞心客，得性良爲善」違，離開；離別。《詩·邶風·谷風》：「行道遲遲，中心有違。」毛傳：「違，離也。」南朝梁何遜《宿南州浦》詩：「違鄉已信次，江月初三五。」賞心違，意謂違離賞心樂事。

〔五〕一名：此處謂科第功名，指及進士第功名事。名，功業；功名。《國語·周語下》：「用巧變以崇天災，勤百姓以爲己名。」韋昭注：「名，功也。」唐韓愈《贈族侄》詩：「一名雖云就，片禄不足充。」

〔六〕息機：息滅機心。《楞嚴經》卷六：「息機歸寂然，諸幻成無性。」唐杜甫《將赴成都草堂途中有作先寄嚴鄭公》詩之五：「側身天地更懷古，回首風塵甘息機。」

【集評】

黯然銷魂。（陸次雲輯《五朝詩善鳴集》）

此疑偓出依王審知時所作。首句避地淹留他鄉已自悲矣，況逢寒食令節，安得不霑衣乎？斯時也，人愁坐於孤館，花亂飛於空園，而身遭困辱，知己亦應涼薄；時際艱危，賞心復與相違。今爲虚名所繫而有無窮之事，豈敢向當年而便息於事機乎？蓋食人之禄當憂人之憂，自有所不能忘情也。（錢牧齋、何義門《評注唐詩鼓吹》）

此避地竟不知何事，總是竄伏既久，急不得出，因觸佳節，滴淚爲詩也。一、二「已自」、「況逢」，曲折寫出。三、四「人愁坐」，悲在一「坐」字；「花亂飛」，悲在一「亂」字。言天步方艱，那容閑坐；寸陰是寶，奈何急馳！寫一日、二日關係無數失得，人卻走入更不得出頭之處，真欲血淚迸流也（首四句下）。五、六，轉筆。然則我今日之哭，自爲避地，初不爲寒食也。不然，而世有息機之人，静對衆芳，閑觀零落，盡委大化，我豈不能！無奈一時大事，盡屬此身；況在青年，胡不戮力？固不能與早眠晏起、飽餘徐行老翁，較量「賞心」二字也（末四句下）。（金聖歎《貫華堂選批唐才子詩》）

閑放不拘束，然非草草。（徐元夢等編《歷代詩發》）

此謂己之進退，繫唐室安危也。（吴汝綸於《韓翰林集》此詩詩後評注）

【按】此詩乃於避地遇寒食佳節，抒發困厄愁悶之慨。蘇仲翔《晚唐四家詩合論》謂：「末句謂一己的進退，關係唐室安危之局。『斜日空園花亂飛』句，不減李商隱『高閣客竟去，小園花亂飛』一詩。」

山驛〔一〕

參差西北數行雁，寥落東方幾片雲①。疊石小松張水部〔二〕，暗山寒雨李將軍〔三〕。秋花粉黛宜無味〔四〕，獨鳥笙簧稱靜聞〔五〕。瀟灑襟懷遺世慮②，驛樓紅葉自紛紛。

【校　記】

①「方」，吴校本作「南」，下校：「一作方。」按，作「南」較佳，東南對前句之「西北」。

②「襟懷」，玉山樵人本、韓集舊鈔本、統籤本、麟後山房刻本均作「衿靈」，汲古閣本、吴校本均作「襟靈」，吴校本於「靈」字下校：「一作懷。」按，「衿靈」、「襟靈」均義同「襟懷」。

【注 釋】

〔一〕此詩之作年難於考詳。

山驛：山中驛站。唐岑參《祁四再赴江南别詩》：「山驛秋雲冷，江帆暮雨低。」唐李商隱《夢令狐學士》詩：「山驛荒涼白竹扉，殘燈向曉夢清暉。」

〔二〕「疊石小松」句：張水部，指唐代山水畫家張藻。《歷代名畫記》卷十：「張璪，字文通，吴郡人。初，相國劉晏知之，相國王縉奏檢校祠部員外郎、鹽鐵判官。坐事貶衡州司馬，移忠州司馬。尤工樹石山水。……曾令畫八幅山水障。……此障最見張用思處。又有士人家有張松石障。士人云亡，兵部李員外約，好畫成癖，治而購之。其家弱妻，已練爲衣裹矣。唯得兩幅，雙松一石在焉。」朱景雲《唐朝名畫録・神品下》云：「張藻員外，衣冠文學；時之名流，畫松石、山水，當代擅價。惟松樹特出古今，得用筆法。嘗以手握雙管，一時齊下，一爲生枝，一爲枯枝。氣傲煙霞，勢淩風雨。槎枒之形，鱗皴之狀，隨意縱横，應手間出。生枝則潤含春澤；枯枝則慘同秋色。其山水之狀，則高低秀麗，咫尺重深，石尖欲落，泉噴如吼。其近也若逼人而寒，其遠也若極天之盡。所畫圖障，人間至多。今寶應寺西院山水松石之壁，亦有題記。精巧之跡，可居神品也。」按，據詩意，張水部當指畫家張藻（璪），然現存載籍記其任祠部員外郎，而未見其任水部，或史籍失載歟？

〔五〕「暗山寒雨」句：李將軍，指唐代畫家李思訓。《唐朝名畫録·神品下》：「思訓格品高奇，山水絶妙；鳥獸、草木，皆窮其態。」此句謂眼前之「暗山寒雨」景色，有如李思訓將軍所繪之山水畫般。

〔六〕「秋花粉黛」句：粉黛，傅面的白粉和畫眉的黛墨，均爲化妝用品。《韓非子·顯學》：「故善毛嬙、西施之美，無益吾面，用脂澤粉黛，則倍其初。」《北史·周紀下·宣帝》：「又令天下車皆渾成爲輪，禁天下婦人皆不得施粉黛，唯宫人得乘有輻車，加粉黛焉。」此句意爲秋天的花朵如塗脂抹粉似的艷麗，然而此時該没有香味。

〔七〕「獨鳥笙簧」句：笙簧，本指笙。簧，笙中之簧片。《禮記·明堂位》：「垂之和鍾，叔之離磬，女媧之笙簧。」鄭玄注：「笙簧，笙中之簧也……女媧作笙簧。」宋張子野《木蘭花》詞：「樓下雪飛樓上宴，歌咽笙簧聲韻顫。」此處用以比喻鳥聲。静聞，在寂静中聽取。此句意爲獨鳥鳴聲如笙簧般動聽，其鳴聲正宜在静謐中聽取。

【按】此詩之作年難於確考。細味全詩，尤其是「瀟灑襟懷遺世慮」之句，詩乃頗爲欣賞其所見山驛周圍景致。詩中之「疊石小松」句至「獨鳥笙簧」句即描述此令人欣賞之景致；而「瀟灑襟懷」末兩句，正抒發其觀賞沉醉於如世外仙境般山水景致後之灑脱情懷。此種情懷，並非老年看破紅塵後欲遁世隱逸之念，而乃沉醉於美好景致後之超脱與愉悦感。故此種情感，似非晚年遭貶官流寓中之詩人所懷有，相反，乃是其未仕前離家外遊時之情懷。如參之於下一首《早發藍關》詩，其節候、環境頗有相關處，則兩首詩蓋乃其未及第前之作歟？

早發藍關〔一〕

關門愁立候鷄鳴①〔二〕，搜景馳魂入杳冥〔三〕。雲外日隨千里雁，山根霜共一潭星。路盤暫見樵人火②，棧轉時聞驛使鈴〔四〕。自問辛勤緣底事，半生驅馬傍長亭③。

【校　記】

①「關」，韓集舊鈔本、《全唐詩》、麟後山房刻本、吴校本均校：「一作閉。」《瀛奎律髓》卷十四作「閉」。按，應作「關」，「閉」當是「關」之形誤。「候」，《瀛奎律髓》卷十四作「待」。

②「暫」，《全唐詩》、吴校本均校：「一作偶。」按，《瀛奎律髓》卷十四作「偶」。

③「生」，原作「年」，《全唐詩》、吴校本均校：「一作生。」按，《瀛奎律髓》卷十四作「生」。韓偓家在京兆府，從離家到藍關僅兩三天即可達，何須「半年」之久？考韓偓生平，其「壯歲」曾有離家「局促爲浮名」之遊，故此詩即詠其時出藍關之事，故「半年」應爲「半生」，今即據改。「傍」，《瀛奎律髓》卷十四作「望」。

【注釋】

〔一〕此詩之作年，吴汝綸於題下注：「此亦癸亥年作。」則認爲此詩作於天復三年（公元九〇三年）。按，謂此詩天復三年被貶時經藍關作恐非是。此詩末「自問辛勤緣底事，半生（年）驅馬傍長亭」兩句，恐非被貶出關時所作語。一者，所謂「自問辛勤緣底事」，當非被貶時之語，乃爲尋覓功名時所發之感慨語；二者，其被貶乃自京城長安外貶，自長安抵藍關，當不必「驅馬傍長亭」「半生（一作年）」之久。藍關亦即藍田關，在京兆府藍田縣南。據《元和郡縣圖志》卷一京兆府，藍田縣「東北至府八十里」，而「藍田關，在縣南九十里，即嶢關也」。則自京城至藍關凡一百七十里，最多乃三四天路程即可達，絶不必「半生（年）」之久矣。可見，此詩非天復三年被貶時所作。細味此詩，尤其後兩句所云，詩蓋是未及第時外出覓功名時之作。據本集《夏課成感懷》詩注所考，韓偓曾約咸通十二年八月或稍前離家首途遊江南久之，其時年三十，正是壯年。此詩疑即約咸通十二年（公元八七一年）秋離家往江南出藍關之作。

藍關：即藍田關，關名。即秦之嶢關，在今陝西省藍田縣東南。《太平寰宇記》卷二十六：「藍田關，即秦之嶢關也，在縣東南九十八里。《史記》秦將趙高將兵拒嶢關也，沛公引兵攻嶢關，踰簣山擊秦軍，大敗之。周明帝武成元年，自嶢關移置清泥故城側，改曰清泥關。武帝建德二年，改爲藍田關。」唐韓愈《雪後寄崔二十六丞公》詩：「藍田十月雪塞關，我興南望愁群山。」

〔二〕候鷄鳴：意爲等候雞鳴後關門開。《史記·孟嘗君列傳》：「夜半，至函谷關……關法，雞鳴而出客。孟嘗君恐追至，客之居下坐者有能爲雞鳴，而雞齊鳴，遂發傳出。」

〔三〕搜景：搜找亮光、日光。景，亮光；日光。《文選·班固〈東都賦〉》：「岳脩貢兮川效珍，吐金景兮歊浮雲。」高步瀛義疏引李賢曰：「景，光也。」南朝梁江淹《别賦》：「日出天而曜景，露下地而騰文。」馳魂，心魂飛馳。杳冥，指天空，高遠之處。戰國楚宋玉《對楚王問》：「鳳凰上擊九千里，絶雲霓，負蒼天，翱翔乎杳冥之上。」唐魏樸《和皮日休悼鶴》：「直欲裁詩問杳冥，豈教靈化亦浮生。」

〔四〕棧轉：謂棧道盤旋曲折。唐姚合《和門下李相餞西蜀相公》：「棧轉旌搖水，崖高馬蹋松。」

【集　評】

紀昀：三、四費解。（《瀛奎律髓彙評》卷十四晨朝類）

【按】此詩乃描述詩人清晨等候藍關開啟，將繼續行程之情景與感慨。謂「愁立」而「候雞鳴」；「馳魂入杳冥」而「搜景」，皆是焦急等待期盼之情態。「雲外日隨千里雁」，「山根霜共一潭星」，兩句皆是描述行程中之景色情景，亦均以人所參與伴隨之景色情景，表現詩人行程之「辛勤」，故有詩末「自問辛勤」兩句爲結。

深　村①〔一〕

甘向深村固不材②〔二〕，猶勝摧折傍塵埃〔三〕。清宵玩月唯紅葉，永日關門但緑苔〔四〕。幽院菊荒同寂寞，野橋僧去獨裴回。隔籬農叟遥相賀，且喜今春膏雨來③〔五〕。

【校　記】

①《全唐詩》題下校云：「末句缺四字。」

②「向」，韓集舊鈔本、統籤本、汲古閣本、《全唐詩》、麟後山房刻本、吴校本均校：「一作老。」

③「且喜今春」，此四字諸本原缺。陳繼龍《韓偓詩注》據清初鈔本（佚名校，朱學勤跋）補此詩空缺四字爲「且喜今春」，今據補。又文淵閣《四庫全書·韓内翰别集》此四字作「佇看芳田」，陳尚君《全唐詩補編·全唐詩續拾遺》卷四十七亦重録末句此四字爲「佇看芳田」，可參。

【注釋】

〔一〕細味此詩，似乃晚年寓居南安縣之作。考韓偓有《余卧疾深村聞一二郎官今稱繼使閩越笑余迂古潛於異鄉聞之因成此篇》詩，據前考此詩乃作於後梁太祖乾化二年。詩題中亦有「深村」一詞，此「深村」即指南安縣杏田鄉。又詩中有「霧豹祇憂無石室，泥鰌唯要有洿池。不羞莽卓黄金印，卻笑羲皇白接䍦」四句，與本詩首二句之寓意合，則本詩疑約爲乾化二年（公元九一二年）所作。

〔二〕不材：不成材；無用。《莊子·山木》：「此木以不材得終其天年。」成玄英疏：「不材無用，故終其天年。」

〔三〕摧折：毁壞；折斷。《漢書·賈山傳》：「雷霆之所擊，無不摧折者；萬鈞之所壓，無不糜滅者。」傍塵埃，此處借以比喻依傍如朱梁政權似的邪惡勢力。

〔四〕永日：長日，漫長的白天。《梁書·王規傳》：「玄冬脩夜，朱明永日。」唐李咸用《宿隱者居》詩：「永日連清夜，因君識躁君。」

〔五〕膏雨：滋潤作物的雨水。《左傳·襄公十九年》：「小國之仰大國也，如百穀之仰膏雨焉。」《漢書·賈山傳》：「是以元年膏雨降，五穀登。」

【按】此詩乃晚年隱居深村之作。中四句描述其深村孤寂索寞之生活情景，謂「唯紅葉」、「但緑苔」、「同寂寞」、「獨裴回」，即可見此情景矣。尤可注意者乃首二句，從中可見詩人甘願過着如此孤獨寂寞之鄉村生活，而不願屈服於朱梁一朝之政治態度，其忠於李唐王朝，可謂矢志不移矣。

重遊曲江①〔一〕

追尋前事立江汀〔二〕，漁者應聞太息聲。避客野鷗如有感，損花微雪似無情。疏林自覺長堤在，春水空連古岸平。惆悵引人還到夜，鞭鞘風冷柳煙輕〔三〕。

【校記】

①「遊」，《全唐詩》、吴校本均校：「一作過。」

【注　釋】

〔一〕此詩難考作年。尋味全詩，詩人重遊曲江乃興「太息」、「惆悵」之情，而之所以有此情緒，大致原因有二：一者乃曲江風光如舊而人事已非，如「疏林自覺長堤在，春水空連古岸平」，故不禁起撫今追昔之慨；尤其是其二，即「追尋前事」而引起之感慨。然此「前事」爲何，則難於確定。尋味此詩之意趣，疑作於其龍紀元年及第之前某一年。曲江，即曲江池。在今陝西省西安市東南。秦爲宜春苑，漢爲樂遊原，有河水水流曲折，故稱。隋文帝以曲名不正，更名芙蓉園。唐復名曲江。開元中更加疏鑿，爲都人中和、上巳等盛節遊賞勝地。

〔二〕江汀：江邊平地。南朝梁江淹《雜詞·構象臺》：「立孤臺兮山岫，架半室兮江汀。」唐杜牧《寄崔鈞》詩：「兩地差池恨，江汀醉送君。」

〔三〕鞭鞘：鞭子末端的軟性細長物，常以皮條或絲爲之。亦借指鞭子。《太平御覽》卷三五九引南朝宋劉義慶《幽明録》：「（韓咎）還營下馬，覺鞭重，見有緑錦囊，中有短卷書，著鞭鞘，皆不知所從來。」宋周邦彦《滿庭芳·憶錢塘》詞：「花撲鞭鞘，風吹衫袖，馬蹄初趁新裝。」

【集　評】

三四即所「追尋」之前事也。客何足避，而鷗必避；花何堪損，而雪必損。然則客之不能損鷗，此其理可悟。而花之不能避雪，此其事真可哀也。「應聞太息」，妙，妙！愧亦有，悔亦有，感亦有，悟亦有。蓋「漁者」二字，便作珠玉在前用矣。此寫「立江汀」三字也。「自覺」妙，如云心凝有路然。「空連」妙，如云實無動步處。如此，便應掉臂從漁者去耳，乃風冷烟輕，還又相引，人於熟處，真是難割，寫來胡可勝歎也。（金聖歎《貫華堂選批唐才子詩》）

韓偓《落花》詩曰……此傷朱温將篡唐而作。次聯言君民之東遷，諸王之見害也。三聯望李克用之勤王，痛韓建之逆主也。結末沉痛，意更顯然。偓集又有《宮柳》詩云：……此詩以宮柳自比，而憂全忠之見妒，末則言草野尚有賢者，恨不能薦之於朝，以爲己助也。其他如《重遊曲江》之「避客野鷗如有感，損花微雪似無情」；《夏日召對》云「坐久忽疑槎犯斗，歸來兼恐海生桑」；《中秋禁直》云「長卿祇爲長門賦，未識君臣際會難」，皆與《落花》《宮柳》詩同旨。晚唐詩惟偓足以嗣響義山。（陳沆《詩比興箋》卷四）

韓偓詩寫女性的多，寫自己的少。寫得最好的，是女子的嬌羞；但卻不是嘲弄，是同情於女子的怯弱與不自由。如《偶見》云：「鞦韆打困解羅裙，指點醍醐酒一樽。見客入來和笑走，手搓梅子映中門。」他的詩中寫自己的，如《寄遠》、《箇儂》、《五更》、《倚醉》、《有憶》、《寒食日重遊李氏林亭有懷》、《重遊曲江》、《病憶》、《舊館》等都是。（陳香《晚唐詩人韓偓》引吴雲鵬《中國文學史》）

【按】陳沆《詩比興箋》卷四謂「韓偓《落花》詩曰……此傷朱温將篡唐而作」云云。按上述之説恐未必，蓋細味詩意，引起詩人太息、惆悵之「前事」，乃其上次遊曲江所發生者。曲江爲著名風景遊覽區，而非如長安宮廷之政治舞臺，則此涉及其自身以致引發重遊興慨歎之「前事」，當乃屬於個人所經之情事，而非朝政動亂之事。細察此詩寫景抒情諸詩句、詩語，如「損花微雪」、「自覺長堤在」、「空連古岸」，若「惆悵」、「還到夜」、「鞭鞘風冷柳煙輕」等，皆不類爲政治動亂之慘痛而發者，頗疑此「前事」，乃涉及詩人年輕時兒女情事之類歟？

三　月〔一〕

辛夷纔謝小桃發〔二〕，蹋青過後寒食前〔三〕。四時最好是三月，一去不迴唯少年。吴國地遥江接海〔四〕，漢陵魂斷草連天〔五〕。新愁舊恨真無奈①，須就鄰家甕底眠〔六〕。

【校　記】

①「真」，《全唐詩》、吴校本均校：「一作知。」按，《唐詩鼓吹》卷二、《石倉歷代詩選》卷九十六均作「知」。

【注　釋】

〔一〕此詩之作年難於確考。「須就鄰家甕底眠」之句，恐非詩人晚年之情致，當乃中年時之詩語。且詩中「吴國地遥江接海」應是實景，而此地應爲蘇州吴郡一帶。據本書《夏課成感懷》、《遊江南水陸院》、《江南送别》、《吴郡懷古》諸詩所考（詳見各詩注釋〔一〕），偓咸通十三年春夏間遊於江南吴郡一帶，故此詩或即作於是年三月。

〔二〕辛夷：植物名。指辛夷樹或它的花。此處指辛夷花。辛夷樹屬木蘭科，落葉喬木，高數丈，木有香氣。花初出枝頭，苞長半寸，而尖鋭儼如筆頭，因而俗稱木筆。及開則似蓮花而小如盞，紫苞紅焰，作蓮及蘭花香，亦有白色者，人又呼爲玉蘭。今多以「辛夷」爲木蘭的别稱。《楚辭·九歌·湘夫人》：「桂棟兮蘭橑，辛夷楣兮葯房。」洪興祖補注：「《本草》云：辛夷，樹大連合抱，高數仞。此花初發如筆，北人呼爲木筆。其花最早，南人呼爲迎春。」

〔三〕蹋青：即蹋青節。唐時一般在農曆二月二日。此日，人們多到郊外踏青遊覽。《歲華紀麗譜》：「二月二日蹋青節，初郡人遊賞，散在四郊。」

〔四〕吴國：古國名。此處謂春秋時之吴國。

〔五〕漢陵：漢代帝王的陵園。按，此處以漢陵代指關中長安地區。唐李華《含元殿賦》：「靡迤秦山，陂陀漢陵。」唐劉禹錫《秋螢引》：「漢陵秦苑遥蒼蒼，陳根腐葉秋螢光。」

〔六〕「須就鄰家」句：《晉書·畢卓傳》：「畢卓字茂世，新蔡鮦陽人也。……卓少希放達，爲胡母輔之所知。太興末爲吏部郎，常飲酒廢職。比舍郎釀熟，卓因醉，夜至其甕間盜飲之，爲掌酒者所縛。明旦視之，乃畢吏部也，遽釋其縛。卓遂引主人宴於甕側，致醉而去。」又《世説新語·容止》：「阮公（籍）鄰家婦有美色，當壚酤酒。阮與王安豐常從婦飲酒，阮醉便眠其婦側。夫始殊疑之，伺察終無他意。」

【集評】

斯時吴國春濤，江流接海；漢陵殘魄，草色連天。富貴勛名渺不可及，而況少年耶！因推今古之事，新仇舊恨，莫可捐除，須就鄰家甕底以遣懷抱耳！此言自得達人之致。（錢牧齋、何義門《評注唐詩鼓吹》）

某花謝，某花發，某日後，某日前，便如射覆著語相似，早令「三月」跳脱而出。遽讀「四時最好」四字，只道通篇作快活語，不圖其四之斗地直落下去，使讀者聲淚俱盡也（首四句下）。五、六，即新愁舊恨也。地遥海接、碑斷草連，並不明言愁恨是何事，然其爲愁、爲恨，亦已約略可知也。萬無可奈，而欲學步兵醉眠，嗚呼，憊矣！（金聖歎《貫華堂選批唐才子詩》）

二句（按指「四時最好」一聯）十四字，覺他人連篇累牘，書之不盡，經營慘淡，對之不工者，此卻輕輕一跌一落，自成絶好議論、絶好文章，誠爲快意之筆。（元好問編，郝天挺注《唐詩鼓吹箋注》）

韓偓《暴雨》詩：「雷尾燒黑雲，雨腳飛銀線」，奇句也。余所最愛者「四時最好是三月，一去不迴惟少年」，尋常意人卻未道。至「岸頭柳色春將盡，船背雨聲天欲明」、「窗裏日光飛野馬，案頭筠管長

蒲蘆」，皆有寄托，不得以常語目之。（彭端淑《雪夜詩談》卷中）

「四時最好是三月，一去不迴唯少年」、「一夜雨聲三月盡，萬般人事五更頭」、「故人每憶心先見，新酒偷嘗手自開」、「人泊孤舟青草岸，鳥鳴高樹夕陽村」，爲致堯集中佳句。（余成教《石園詩話》）

秋谷曰：風味引人入勝。（復旦大學圖書館藏《唐音統籤》本此詩眉批）

【按】此詩乃詩人中年於吴地逢春三月，有所觸懷而興詠也。首二句乃具體寫春三月之美好節候風物與人事活動，實即「四時最好是三月」之具體寫照。「一去」句乃陡轉，引出如春三月之少年時代已一去不回，令人無限感傷悵惘。五、六句乃如金聖歎所云。末二句則乃新仇舊恨滿懷之意。此「真無奈」之「新仇舊恨」到底爲何，頗令人尋味而不易得確解，然恐與「四時最好是三月，一去不迴唯少年」有關。

秋　村〔一〕

稻壟蓼紅溝水清〔二〕，荻園葉白秋日明〔三〕。空坡路細見騎過，遠田人静聞水行。柴門狼藉牛羊氣，竹塢幽深雞犬聲〔四〕。絶粒看經香一炷，心知無事即長生。

【注釋】

〔一〕此詩之作年難確考。尋味詩意，疑爲晚年隱居閩地之作。

〔二〕蓼紅：蓼花成一片紅色。蓼，植物名。爲一年生或多年生草本。有水蓼、紅蓼、刺蓼等。味辛，又名辛菜，可作調味用。《詩·周頌·良耜》：「以薅荼蓼。」毛傳：「蓼，水草也。」温庭筠《溪上行》：「風翻荷葉一向白，雨濕蓼花千穗紅。」

〔三〕荻園：長着荻草的園子。荻，多年生草本植物，與蘆同類。生長在水邊。根莖都有節似竹，葉抱莖生，秋天生紫色或白色、草黄色花穗，莖可以編席箔。《韓非子·十過》：「公宫之垣，皆以荻蒿楛楚牆之。」唐李迥秀《宴安樂公主莊》：「鷺羽鳳簫參樂曲，荻園竹徑接帷陰。」

〔四〕竹塢：竹林茂盛的山塢。唐李德裕《重憶山居·平泉源》詩：「逶迤過竹塢，浩淼走蘭塘。」唐劉滄《訪友人郊居》：「登原過水訪相如，竹塢莎庭似故居。」

【集評】

鍾惺云：清奥孤迥，結響最高。又云：真聞道之言（末句下）。譚元春云：緒孤途險，晚唐人不如此不能妙。又云：「行」字跟「聞」字妙（「遠田人静」句下）。（鍾惺、譚元春輯《唐詩歸》卷三十六晚唐四）

周珽曰：《秋村》一首，結響最高，固晚唐佳品。（周珽《唐詩選脈會通評林》）

純是柴桑集内一片菁華。（陸次雲輯《五朝詩善鳴集》）

殘　花〔一〕

餘霞殘雪幾多在〔二〕，蔫香冶態猶無窮〔三〕。黄昏月下惆悵白，清明雨後寥梢紅①〔四〕。樹底草齊千片浄②，牆頭風急數枝空。西園此日傷心處〔五〕，一曲高歌水向東。

【校　記】

①「梢」，玉山樵人本、統籤本均作「稍」，《全唐詩》、吴校本均校：「一作稍。」

②「浄」，汲古閣本作「静」。按，諸本均作「浄」。

【注　釋】

〔一〕此詩作年難考。

〔二〕餘霞殘雪：用以比喻殘花有的紅如餘霞，有的白若殘雪。

〔三〕蔫香：即蔫花，指已不鮮豔之花朵。蔫，花草枯萎，顔色不鮮豔。韓偓《春盡日》詩：「樹頭初日照西簷，樹底蔫花夜雨霑。」唐杜牧《春晚題韋家亭子》：「蔫紅半落平池晚，曲渚飄成錦一張。」冶態，豔麗之姿態。冶，豔麗；妖，媚。《荀子・非相》：「今世俗之亂君，鄉曲之儇子，莫不美麗夭冶。」楊倞注：「冶，妖。」

〔四〕寥猶：亦作寥稍、寥梢，意爲稀少。唐温庭筠《寒食日作》詩：「紅深緑暗徑相交，抱暖含春被紫袍。綵索平時牆婉娩，輕毬落處晚（一作花）寥梢。」

〔五〕西園：西園作爲園林名，在韓偓時之前起碼有數處，如其一，乃漢上林苑之別名。《文選・張衡〈東京賦〉》：「歲維仲冬，大閱西園，虞人掌焉，先期戒事。」薛綜注：「西園，上林苑也。」其二，在河南省臨漳縣鄴縣舊治北，傳爲曹操所建。三國魏文帝（曹丕）《芙蓉池作》：「乘輦夜行遊，逍遥涉西園。」三國魏曹植《公宴詩》：「清夜遊西園，飛蓋相追隨。」唐張説《鄴都引》：「城郭爲墟人代改，但見西園明月在。」其三，在湖北省武昌縣西。《資治通鑑・梁簡文帝大寶元年》：「辛酉，綸集其麾下於西園。」本詩之西園，未必即上述三處之一，蓋此西園亦有可能非如上述之專有園林名也。如唐太宗《賜房玄齡》：「太液仙舟迥，西園隱上才。未曉征車度，鷄鳴關早開。」唐李白《長干行二首》之一：「八月蝴蝶來，雙飛西園草。」唐薛能《楊柳枝》：「西園高樹後庭根，處處尋芳有折痕。」唐姚合有《題金川西園九首》，唐陳叔達《州城西園入齋祠社》：「升壇預潔祀，詰早肅分司。」唐董思恭《詠月》：「北堂未安寢，西園聊騁望。」又，西園又多見挽歌、哀悼詞中，如唐張説《惠文太子挽歌二首》：「千秋穀門外，明月照西園。」唐盧僎《讓帝挽歌詞二首》之二「西園有明月，脩竹韻悲風」等即是。《唐大詔令》卷二十六楊炎《承天皇后哀册文》：「維大曆三年，歲次戊申，四月丁未朔，六日壬子，故齊王謚曰承天皇帝，妃張氏謚曰恭順皇后……方從廟告，言守藩垣，忽川逝於東海，怨夜長於西園。嗚呼哀哉！志操見於素履，勳名流於天壤。成宗禋之有聖，悲歡愛之易喪。」又《太平御覽》卷七一七：「《古今注》曰：平帝始元三年，延陵西園神寢内御户座前大鏡，皆清液如汗水出牀。」據此可見「西園」亦有用以指陵園者。本詩之「西園此日傷心處」之「西園」，當亦指此。

【按】此詩乃描寫晚春殘花凋落之情形，並寓傷其萎落之無奈情感。前六句皆狀殘花及其隕落之情態，末二句則抒發詩人傷悼之情。首二句既傷花又惜花也，故有「幾多在」、「猶無窮」之歎惋。「惆悵白」、「寥猶紅」，亦既寫花，又含蓄傷花之意。故至第七句，則直接寫出其「傷心」也。

夜　船〔一〕

野雲低迷煙蒼蒼〔二〕，平波揮目如凝霜〔三〕。月明船上簾幕卷，露重岸頭花木香。村遠夜深無火燭，江寒坐久换衣裳。誠知不覺天將曙，幾簇青山雁一行。

【注釋】

〔一〕此詩作年難考。

〔二〕低迷：迷離，迷濛。唐元稹《紅芍藥》詩：「受露色低迷，向人嬌婀娜。」南唐李煜《臨江仙》詞：「別巷寂寥人散後，望殘煙草低迷。」

〔三〕平波：平靜無波之江水。揮目，猶縱目。

【按】此詩寫夜裏行船，一夜所見江中兩岸景象。前六句一句寫岸上，一句寫江中景色，移位換景，視野遠近交錯，故江邊、江中風光景色均收眼底，歷歷可見。時間則不斷推移，由「野雲低迷煙蒼蒼」之傍晚而「月明」，再而「夜深」，移至「不覺天將曙」之即將拂曉，因而見「幾簇青山雁一行」，故云乃寫一夜行船之所見也。則詩人一夜未眠可見，故有「江寒坐久換衣裳」之句。

傷春〔一〕

三月光景不忍看①〔二〕，五陵春色何摧殘〔三〕。窮途得志反惆悵，飲席話舊多闌珊〔四〕。中酒向陽成美睡〔五〕，惜花衝雨覺傷寒②〔六〕。野棠飛盡蒲根暖，寂寞南溪倚釣竿〔七〕。

【校　記】

①「光景」，統籤本、《全唐詩》、吴校本均校：「一作春光。」

②「傷」，《全唐詩》、吴校本均校：「一作輕。」

【注　釋】

〔一〕此詩作年難考。據詩中「五陵春色何摧殘」、「窮途得志反惆悵」、「寂寞南溪倚釣竿」等句，乃非作於貶後南方時，而似作於尚未仕在京兆時，至其確年則未能考詳也。

〔二〕光景：風光；景象。南朝梁蕭綱《豔歌篇十八韻》：「淩晨光景麗，倡女鳳樓中。」唐韓愈《酬裴十六功曹巡府西驛途中見寄》詩：「是時山水秋，光景何鮮新。」

〔三〕五陵：原爲長陵、安陵、陽陵、茂陵、平陵五陵的合稱。均在渭水北岸今陝西咸陽市附近，爲西漢五個皇帝陵墓所在地。因地近長安，故詩詞中多以五陵代指長安地區，此處即爲此意。

〔四〕飲席句：闌珊，衰減；消沉。唐白居易《詠懷》：「白髮滿頭歸得也，詩情酒興漸闌珊。」唐李群玉《九日》：「絲管闌珊歸客盡，黄昏獨自詠詩回。」

〔五〕中酒：醉酒。晉張華《博物志》卷九：「人中酒不解，治之以湯，自漬即愈。」唐韋莊《晏起》詩：「邇來中酒起常遲，卧看南山改舊詩。」

〔六〕衝雨：冒雨。唐李端《送别駕赴晉陵即舍人叔之兄》：「江帆衝雨上，海樹隔潮微。」韓偓《即目》詩：「須信閑人有忙事，早來衝雨覓漁師。」

〔七〕南溪：韓偓《歸紫閣下》詩有「釣磯自別經秋雨，長得莓苔更幾重」句；《漢江行次》詩亦謂「竹園相接春波暖，痛憶家鄉舊釣磯」。則詩人在長安故居有釣磯。此詩「寂寞南溪倚釣竿」之「南溪」，蓋指其長安故居釣磯處之南溪。

【集　評】

吴體。（《唐音統籤》本此詩題下評）

【按】此詩題爲《傷春》，細味詩意，不僅爲傷春，恐亦另有感傷者。

歸紫閣下〔一〕

一笈攜歸紫閣峰〔二〕，馬蹄閒慢水溶溶①〔三〕。黄昏後見山田火，朧聰時聞縣郭鐘〔四〕。瘦竹迸生僧坐石〔五〕，野藤纏殺鶴翹松〔六〕。釣磯自別經秋雨，長得莓苔更幾重。

【校　記】

①「慢」，汲古閣本作「漫」。按，諸本均作「慢」。

【注　釋】

〔一〕按，此詩作年難於考詳。據詩意，似作於及第前某年出遊經年後歸紫閣居處時，至其確年則未能考知。紫閣，即紫閣峰，在陝西鄠縣東南。宋張禮《遊城南記》「東上朱坡，憩華嚴寺。下瞰終南之勝，霧巖、玉案、圭峰、紫閣，粲在目前」。注云：「圭峰、紫閣在（終南山）祠之西。圭峰下有草堂寺……紫閣之陰即渼陂。」胡松《遊記》：「渼陂上爲紫閣峰，峰下陂水澄湛，環抱山麓，方廣可數里，中有芙蕖鳧雁之勝。」

〔二〕笈：盛器。多竹、藤編織，常用以放置書籍、衣巾、藥物等。此處指書箱。《太平御覽》卷七十一引漢應劭《風俗通》：「笈，學士所以負書箱，如冠籍箱也。」《北史·高允傳》：「（高允）性好文學，擔笈負書，千里就業。」

〔三〕閒慢：此處意爲清閒而無足輕重者。唐劉長卿《送鄭司直歸上都》詩：「因君報情舊，閒慢欲垂綸。」水溶溶：水流盛大貌。《楚辭·劉向〈九歎·逢紛〉》：「揚流波之潢潢兮，體溶溶而東回。」王逸注：「溶溶，波貌也。」南朝梁江淹《哀千里賦》：「水則遠天相逼，浮雲共色，茫茫無底，溶溶不測。」

〔四〕朧聰：若明若暗貌。縣郭鐘，縣城外之鐘聲。

〔五〕迸生：迸，冒；頂破。唐白居易《别橋上竹》：「穿橋迸竹不依行，恐礙行人被損傷。」唐杜荀鶴《遊茅山》詩：「石面迸出水，松頭穿破雲。」迸生，謂猛然間長出來。

〔六〕纏殺：即死纏，謂纏繞得很緊。殺，副詞。用在謂語後面，表示程度之深。《古詩十九首·去者日以疏》：「白楊多悲風，蕭蕭愁殺人。」鶴翹松，謂鶴於松枝上翹足而立。

【按】此詩乃負笈出遊經年，歸紫閣居處之作，故詩句多描述歸途近紫閣時所歷所見。「一笈攜歸」，乃知外出時乃負笈而出，蓋爲覓功名也。謂「瘦竹迸生」，知歸時乃春日也，故竹逢春而迸生。謂「釣磯自别經秋雨」，則知離家時在去年秋前，而歸時在春日也。詩題謂「歸紫閣」，則詩人故居在鄠縣之紫閣峰下也。

夜坐〔一〕

天似空江星似波〔二〕，時時珠露滴圓荷。平生蹤跡慕真隱〔三〕，此夕襟懷深自多。格是厭厭餞酒病〔四〕，終須的的學漁歌〔五〕。無名無位堪休去，猶擬朝衣换釣蓑。

【注　釋】

〔一〕考此詩有「無名無位堪休去，猶擬朝衣换釣蓑」句。天祐二年九月，韓偓初聞復官，時有《乙丑歲九月在蕭灘鎮駐泊兩月忽得商馬楊迢員外書賀余復除戎曹依舊承旨還緘後因書四十字》詩，則此時韓偓乃本可謂「無名無位」，然朝廷此時有復官之招，亦可謂恢復舊職，然詩人又不擬赴任，故既可稱「無名無位」，又能稱「猶擬朝衣换釣蓑」。其《乙丑歲九月……》詩謂「旅寓在江郊，秋風正寂寥。紫泥虚寵奬，白髮已漁樵。……若爲將朽質，猶擬杖於朝」；第二首又云：「又挂朝衣一自驚，始知天意重推誠。……宦途巇嶮終難測，穩泊漁舟隱姓名。」與本詩詩意節候同，故疑此詩亦約作於天祐二年（公元九〇五年）九月得知朝廷下詔復官時。

〔二〕「天似空江」句：謂天空明浄開闊，有若遼闊的江面；星星似點點的細波。

〔三〕蹤跡：交往；來往。唐韓愈《順宗實録》卷五：「交遊蹤跡詭祕，莫有知其端者。」

〔四〕格是：已是。唐顧況《霞青竹杖歌》：「市頭格是無人别，江海賤臣不拘絏。」唐白居易《聽夜箏有感》詩：「江州去日聽箏夜，白髮新生不願聞。如今格是頭成雪，彈到天明亦任君。」厭厭，精神不振貌，形容病態。韓偓《春盡日》詩：「把酒送春惆悵在，年年三月病厭厭。」饒，衆多，多。南朝宋鮑照《擬古》詩之五：「海岱饒壯士，蒙泗多宿儒。」唐柳宗元《田家》詩之三：「古道饒蒺藜，縈迴古城曲。」

〔五〕的的：真實，確實。唐趙氏《夫下第》詩：「良人的的有奇才，何事年年被放回？」宋陸友仁《研北雜誌》卷一：「篆法自秦李斯，至宋吳興道士張有而止。後世的的有所據依。」

【按】此詩蓋乃初得復官消息，夜坐而思考去就之詩也。首二句寫秋夜時節也：「星似波」，夜也；「珠露滴圓荷」，秋候也。三、四一寫平生之慕隱逸，一謂此夜情懷感觸尤多。之所以如此情懷百感交集，乃身在去就之關口也。後四句乃寫去意已決，抒發去官休隱之決心。

午夢曲江兄弟①〔一〕

長夏居閒門不開〔二〕，繞門青草絶塵埃②〔三〕。空庭日午獨眠覺，旅夢天涯相見迴。鬢向此時應有雪，心從別處即成灰③。如何水陸三千里，幾月書郵始一來。

【校　記】

① 此詩原題作「午寢夢江外兄弟」。「寢」，玉山樵人本、統籤本、《唐詩鼓吹》卷二均作「睡」。此詩詩題《全唐詩》、吳校本均校：「一作午夢曲江兄弟。」按，「江外」乃指長江以南地區，詩爲韓偓詩，據詩中

所言，知其時韓偓在「三千里」外懷念其兄韓儀，而韓儀當在長安，非在「江外」，故詩題應據《全唐詩》所校作「午夢曲江兄弟」爲是。今即據改。

②「草」，《全唐詩》、吴校本均校：「一作堇。」按，《唐詩鼓吹》卷二作「堇」。

③「别」，《全唐詩》、吴校本均校：「一作到。」按，《唐詩鼓吹》卷二作「到」。

【注　釋】

〔一〕此詩作年難確考。

〔二〕長夏：指陰曆六月。《素問·六節藏象論》：「春勝長夏。」王冰注：「所謂長夏者，六月也。」亦指夏日。因其白晝較長，故稱。唐沈佺期《有所思》詩：「坐看長夏晚，秋月照羅幃。」

〔三〕絶塵埃：謂無人到訪也。唐劉得仁《通濟里居酬盧肇見尋不遇》：「衡門掩緑苔，樹下絶塵埃。」

【集　評】

作此等題者，必先寫思念，後入午夢矣。此獨從閑居寫入午夢，反從夢覺轉到想念，又從想念落到書郵，其筆法之妙，相去無算，須細讀之。（元好問編，郝天挺注《唐詩鼓吹箋注》）

韓偓字致堯，别集一卷，實本集也。以其有《香奩集》，故反名别集。然其語多淺俗，入録者甚少。七言律如「無奈離腸」、「長日居閒」、「惜春連日」三篇，氣韻亦勝「星斗疏明」一篇，聲亦宣朗。（許學夷《詩源辯體》卷三十二）

首言長夏時閉門閑居，繞門青槿，絶少塵埃。時午睡夢中若或相見而嘉會未卜，良可歎也。乃吾思君之至髮已生雪，心亦成灰，庶幾音書時至有以慰我，何以水陸三千，幾月之久始得一書哉！（錢牧齋、何義門《評注唐詩鼓吹》）

既言門不開矣，又言青草繞門，此便是寫夢癡筆也。亦想亦因，自顛自倒，千里跬步，十年一刻，旁人見是獨眠始覺，我自省是相見乍回，視門不開，視草無跡，真成一笑，卻又欲哭矣（首四句下）。向此時，是順寫夢後。從別後，是逆寫夢前。從夢後斗地逆轉到夢前，言此夢實有因緣，不是無端之事也。（金聖歎《貫華堂選批唐才子詩》）

結語似與上不相應，然仍從上意出。蓋因得書而有夢耳，偏作低迴悵怏之詞，與五六猶爲意味親切。（毛張健輯《唐體膚詮》）

（朱東嵒）又曰：唐人三四多用側卸而下，最是好手。如許渾《灞上逢元九》「何人更結王生襪，此客空彈貢禹冠」是也。他如楊巨源《古意贈王常侍》「組紃常在佳人手，刀尺空勞寒女心」。又《贈張將軍》「知愛魯連歸海上，肯令王翦在頻陽」。如李商隱《籌筆驛》「徒令上將揮神筆，終見降王走傳車」。如杜牧《登高》「塵世難逢開口笑，菊花須插滿頭歸」。如趙嘏《東望》「兩見梅花歸不得，每逢寒食一潸然」。如崔塗《鸚鵡洲》「曹公尚不能容物，黃祖何因反愛才」。如韓偓《午睡夢江外兄弟》「空庭日午獨眠覺，旅夢天涯相見迴」。曹松《南海旅次》「爲客正當無雁處，故園誰道有書來」，皆唐人名句，此法不可不知。（蔡鈞《詩法指南》卷二）

【按】此詩乃寫夏日閑居思念兄弟，以致午睡成夢也。

曲江夜思〔一〕

鼓聲將絶月斜痕〔二〕，園外閒坊半掩門①〔三〕。池裏紅蓮凝白露②，苑中青草伴黃昏。林塘閴寂偏宜夜〔四〕，煙火稀疏便似村。大抵世間幽獨景③〔五〕，最關詩思與離魂〔六〕。

【校　記】

①「坊」，汲古閣本作「芳」。按，諸本均作「坊」，「芳」乃「坊」之訛。

②「凝」，玉山樵人本、韓集舊鈔本、統籤本、麟後山房刻本均作「迎」，《全唐詩》、吳校本均校：「一作迎。」

③「抵」，汲古閣本作「底」。按，「大底」即「大抵」。《史記・佞幸列傳》：「自是之後，内寵嬖臣大底外戚之家。」唐元稹《送劉太白》詩：「洛陽大底居人少，從善坊西最寂寥。」唐羅隱《聽琵琶》詩：「大底曲

中皆有恨，滿樓人自不知君。」

【注釋】

〔一〕按，此詩作年難確考。

〔二〕鼓聲：此指黃昏時報時之鼓聲，即晨鐘暮鼓之鼓。鼓，鼓樓晚間報時的鼓聲。唐王貞白《長安道》詩：「曉鼓人已行，暮鼓人未息。」宋歐陽修《和丁寶臣遊甘泉寺》：「城頭暮鼓休催客，更值橫江弄月歸。」

〔三〕坊：城市居民聚居地的名稱，與街市里巷相類似。唐時長安居民以坊爲居住群落，盛唐時長安凡一百零九坊。北魏楊衒之《洛陽伽藍記·開善寺》：「壽丘里，皇宗所居也，民間號爲王子坊。」《舊唐書·食貨志上》：「在邑居者爲坊，在田野者爲村。」

〔四〕林塘：樹林池塘。南朝梁劉孝綽《侍宴餞庾於陵應詔》詩：「是日青春獻，林塘多秀色。」唐駱賓王《螢火賦》：「林塘改夏，雲物迎秋。」闃寂，亦作「闐寂」。靜寂；寧靜。南朝梁江淹《泣賦》：「闃寂以思，情緒留連。」唐盧照鄰《病梨樹賦》：「余獨病臥茲邑，闐寂無人，伏枕十旬，閉門三月。」

〔五〕幽獨景：指靜寂幽僻的景色。

〔六〕詩思：作詩的思路、情致。唐韋應物《休暇日訪王侍御不遇》詩：「怪來詩思清人骨，門對寒流雪滿山。」唐李商隱《七日》：「獨想道衡詩思苦，離家恨得二年中。」離魂，指遊子的思緒。唐駱賓王《遠使海曲春夜多懷》：「別島連寰海，離魂斷戍城。」前蜀韋莊《關河道中》：「旅夢亂隨蝴蝶散，離魂漸逐杜鵑飛。」

【按】此詠曲江夜景，抒寫情思之作。首句即寫「夜」與「思」，謂「鼓聲將絶」而「月斜痕」，則時已初入夜，見月痕，不但是夜，亦引人離思耳。以下諸句則描寫曲江「闃寂」、「幽獨」而不無冷落之景，逼出後兩句觸景生情之感懷。

過漢口〔一〕

濁世清名一概休〔二〕，古今翻覆賸堪愁〔三〕。年年春浪來巫峽〔四〕，日日殘陽過沔州〔五〕。居雜商徒偏富庶〔六〕，地多詞客自風流。聯翩半世騰騰過〔七〕，不在漁船即酒樓①。

【校記】

①「漁船」，韓集舊鈔本、麟後山房刻本均作「魚船」。按，「漁船」亦有作「魚船」者，兩者皆可通。唐姚合《贈常州院僧》詩：「仍聞開講日，湖上少魚船。」元馬臻《半涇》詩：「魚船商船喜通津，撾鼓椎牛祀海神。」

【注釋】

〔一〕此詩《韓翰林詩譜略》、《韓偓簡譜》、《韓偓年譜》均繫於天復四年（即天祐元年），後者謂「正月或去年十二月，偓自濮州南下，溯江西上，赴榮懿尉貶職。途中徙鄧州司馬，遂取道沔州（今武漢市漢陽）、漢口（今武漢市漢口），沿漢水北上改赴鄧州。途中聞朱全忠殺胤、遷都，乃決策棄官南下，經洞庭湖入湖南。二月，偓已在湖南」。今從之，繫於天祐元年（公元九〇四年）。

漢口：地名，在今武漢市。因地當漢水入長江之口，故名。古名漢皋，一稱夏口，也稱沔口。

〔二〕濁世：混亂的時世。《楚辭·九辯》：「處濁世而顯榮兮，非余心之所樂。」賈誼《弔屈原文》：「所貴聖人之神德兮，遠濁世而自藏。」

〔三〕賸：真，唯。宋劉摯《上洛都文太尉》詩：「想公賸覺西都樂，門外逍遥緑野鄉。」

〔四〕巫峽：長江三峽之一。一稱大峽。西起四川省巫山縣大溪，東至湖北省巴東縣官渡口。因巫山得名。兩岸絶壁，船行極險。北魏酈道元《水經注・江水二》：「其間首尾百六十里，謂之巫峽，蓋因山爲名也。……每至晴初霜旦，林寒澗肅，常有高猿長嘯，屬引淒異，空谷傳響，哀轉久絶。故漁者歌曰：『巴東三峽巫峽長，猿鳴三聲淚沾裳。』」唐楊炯《巫峽》詩：「三峽七百里，惟言巫峽長。」

〔五〕沔州：唐武德四年置，治所在漢陽縣，即今湖北武漢市漢陽城區。天寶初改爲漢陽郡。乾元初復爲沔州。轄境約當今湖北武漢市漢陽區、蔡甸區以及漢川縣地。寶應二年以安州孝昌縣（今孝感）來屬，轄境擴大。建中二年廢，四年復置。寶曆二年廢。

〔六〕商徒：商人。《舊唐書》卷十九上：「淮南兩浙海運，虜隔舟船，訪聞商徒，失業頗甚，所由縱捨，爲弊實深。」《舊唐書・皇甫鎛傳》：「陛下引一市肆商徒與臣同列，在臣亦有何損，陛下實有所傷。」

〔七〕聯翩：形容連續不斷。漢張衡《思玄賦》：「繽聯翩兮紛暗曖。」唐杜甫《八哀詩・贈左僕射鄭國公嚴公武》：「感激動四極，聯翩收二京。」騰騰，不停地翻騰滾動。韓偓《倚醉》詩：「抱柱立時風細細，遶廊行處思騰騰。」清納蘭性德《別意》詩之三：「獨擁餘香冷不勝，殘更數盡思騰騰。」

【按】此詩乃詩人貶官後過漢口所作，故詩中多有遭逢世亂，清名遭污，歲月不居，老來無成之感慨語，首二句、末二句尤是抒發此一情感之句。

惜春〔一〕

願言未偶非高卧〔二〕，多病無憀選勝遊①〔三〕。一夜雨聲三月盡，萬般人事五更頭。年踰弱冠即爲老〔四〕，節過清明卻似秋。應是西園花已落，滿溪紅片向東流。

【校記】

①「憀」，玉山樵人本、統籤本均作「心」，《全唐詩》、吴校本均校：「一作心。」

【注釋】

〔一〕此詩作年難於確繫。據此詩「年踰弱冠即爲老」句，此詩似作於詩人年過「弱冠」後不甚久。詩人出生於唐武宗會昌二年（公元八四二年），其年弱冠乃咸通二年（公元八六一年），則疑詩最早作於是年後，今未能確定，聊叙於此以備考。

〔二〕未偶：猶未遇。《史記・張釋之馮唐列傳》唐司馬貞述贊：「張季未偶，見識袁盎。」唐薛用弱《集異記・王渙之》：「開元中，詩人王昌齡、高適、王焕之齊名，時風塵未偶，而遊處略同。」高卧，謂隱居不仕。《世説新語・排調》：「卿（指謝安）屢違朝旨，高卧東山，諸人每相與言：『安石不肯出，將如蒼生何！』」唐張説《贈崔公》：「我聞西漢日，四老南山幽。長歌紫芝秀，高卧白雲浮。」

〔三〕無憀：空閒而煩悶的心情，閑而鬱悶。唐郎士元《朱方南郭留別皇甫冉》：「故人勞見愛，行客自無憀。」唐李商隱《雜曲歌辭・楊柳枝》：「暫憑樽酒送無憀，莫損愁眉與細腰。」勝遊，指勝遊之地。唐錢起《九日登玉山》：「霞景青山上，誰知此勝遊。」唐韓愈《秋字》詩：「莫以宜春遠，江山多勝遊。」

〔四〕弱冠：古時以男子二十歲爲成人，初加冠，因體猶未壯，故稱弱冠。《禮記・曲禮上》：「二十曰弱，冠。」孔穎達疏：「二十成人，初加冠，體猶未壯，故曰弱也。」後遂稱男子二十歲或二十幾歲的年齡爲弱冠。《漢書・敘傳下》：「賈生嬌嬌，弱冠登朝。」晉左思《詠史》之一：「弱冠弄柔翰，卓犖觀群書。」

【集　評】

「四時最好是三月，一去不迴唯少年」、「一夜雨聲三月盡，萬般人事五更頭」、「故人每憶心先見，新酒偷嘗手自開」、「人泊孤舟青草岸，鳥鳴高樹夕陽村」，爲致堯集中佳句。（余成教《石園詩話》）

何義門：三、四一氣。落句應「未偶」，蘊藉。（《瀛奎律髓彙評》卷三十九消遣類）

紀昀：致堯詩限於時代，格律不高，而較唐末諸人爲趁着。羅昭諫之次，可置一席。（《瀛奎律髓彙評》卷三十九消遣類）

【按】此詩抒發詩人惜春之情，詩中似有無限感慨者。此情感尤以後六句爲然，於寫景議論中含蓄無限情思。其中「一夜雨聲三月盡，萬般人事五更頭」，誠是寫景抒情佳句。

及第過堂日作〔一〕

早隨真侶集蓬瀛〔二〕，閶闔門開尚見星〔三〕。龍尾樓臺迎曉日〔四〕，鼇頭宫殿入青冥〔五〕。暗驚凡骨升仙籍〔六〕，忽訝麻衣謁相庭〔七〕。百辟斂容開路看〔八〕，片時輝赫勝圖形〔九〕。

【注　釋】

〔一〕此詩作於唐昭宗龍紀元年（公元八八九年）春。據徐松《登科記考》卷二十四所考，韓偓與李瀚、温憲、吴融等二十五人於是年進士科及第。《新唐書·吴融傳》：「吴融字子華，越州山陰人。……融學自力，富辭調，龍紀初，進士及第。」

及第：此指進士科及第。高承《事物紀原·學校貢舉》：「漢之取士，其射策中者謂之『高第』。隋唐以來，進士諸科遂有『及第』之目。」過堂，唐代進士及第後，須由主司帶領至都堂謁見宰相，叫過堂。五代王定保《唐摭言》卷三：「唐制，新及第進士隨座主至都堂，初見宰相通姓名，謂之過堂。」

〔二〕真侣：此真侣即仙侣，唐代詩人用以稱同年進士。蓬瀛，原指仙島蓬萊、瀛洲，此處喻指朝廷。

〔三〕閶闔：指宫殿。南朝梁費昶《華觀省中夜聞城外擣衣》詩：「閶闔下重關，丹墀吐明月。」唐杜甫《八哀詩·故秘書少監武功蘇公源明》：「晨趨閶闔内，足踏宿昔趼。」仇兆鼇注：「天上有閶闔殿，故人間帝殿，亦名閶闔。」

〔四〕龍尾樓臺：謂宫殿屋脊建築成龍尾狀的樓臺。

〔五〕鼇頭宫殿：謂築有鼇頭狀建築物的宫殿。青冥，指青天。《楚辭·九章·悲回風》：「據青冥而攄虹兮，遂儵忽而捫天。」王逸注：「上至玄冥，舒光耀也。所至高眇不可逮也。」

〔六〕凡骨：此指平凡的人。升仙籍，指躋身於登科者之名册中。仙籍，唐代稱登第爲登仙，故稱登第者爲入仙籍。唐李滄《及第後宴曲江》：「紫毫粉壁題仙籍，柳色簫聲拂御樓。」《唐摭言》卷三所載會昌三年登科者孟球詩：「仙籍共知推麗則，禁垣同得薦嘉名。」

〔七〕麻衣：舊時舉子所穿的麻織物衣服。《唐摭言·與恩地舊交》記舉子劉虛白「試雜文日，簾前獻一絶句曰：『二十年前此夜中，一般燈燭一般風。不知歲月能多少，猶著麻衣待至公。』」。唐李賀《野歌》：「麻衣黑肥衝北風，帶酒日晚歌田中。」王琦彙解：「唐時舉子皆著麻衣，蓋苧葛之類。」此處代指舉子。謁相庭，此謂拜謁宰相。相庭，宰相辦公之處。

〔八〕百辟：百官。《宋書·孔琳之傳》：「羨之（徐羨之）内居朝右，外司輦轂，位任隆重，百辟所瞻。」唐白居易《醉後走筆酬劉五主簿長句之贈》詩：「閶闔晨開朝百辟，冕旒不動香煙碧。」歛容，收斂臉容，顯出肅穆恭敬之臉色。《漢書·霍光傳》：「每朝見，上虛己歛容，禮下之已甚。」

〔九〕輝赫：猶顯赫，煊赫。北齊顔之推《顔氏家訓·省事》：「拜守宰者，印組光華，車騎輝赫，榮兼九族，取貴一時。」唐杜甫《莫相疑行》：「憶獻三賦蓬萊宫，自怪一日聲輝赫。」圖形，畫像，圖繪形象。《宋書·禮志四》：「自漢興以來，小善小德，而圖形立廟者多矣。」《新唐書·方技傳·張果》：「有詔圖形集賢院，懇辭還山，詔可。」按，此處指朝廷爲有顯要功績者畫像，以表示榮寵。劉肅《大唐新語》卷十一：「貞觀十七年，太宗圖畫太原倡義及秦府功臣趙公長孫無忌、河間王孝恭、蔡公杜如晦、鄭公魏徵、梁公房玄齡、申公高士廉、鄂公尉遲敬德、鄖公張亮、陳公侯君集、盧公程知節、永興公虞世南、渝公劉政會、莒公唐儉、英公李勣、胡公秦叔寶等二十四人於淩煙閣。太宗親爲之贊，褚遂良題閣，閻立本畫。」

【按】此詩乃詩人龍紀元年進士及第過堂日所作，描述此行入宫拜見宰相所經所見所感之情景。有謂韓偓詩中之「真侶」爲道士者，以此釋「暗驚凡骨升仙籍」，謂「驚詫自己由布衣而升入官吏的行列」。按，此詩中之「真侶」，即仙侶，即指已登科及第之進士們，而非道士。「真」於唐人有作「仙」之用法，陳寅恪先生《元白詩箋證稿·讀鶯鶯傳》中云：「茲所欲言者，僅爲『會真』之名究是何義一端而已。莊子稱關尹老冉爲博大真人（天下篇語）。後來因有真誥真經諸名。故真字即與仙字同義，而『會真』即遇仙或遊仙之謂也。」又唐人每喜稱登科爲登仙，謂登科爲登蓬瀛。如《唐摭言》卷三所載會昌三年登科者崔軒、孟球詩：「國器舊知收片玉，朝宗轉覺集登瀛」、「仙籍共知推麗則，禁垣同得薦嘉名。」進士們稱自己登科爲登仙，則將自己視若仙人，因此進士們稱同年進士爲「仙侶」。以此，此詩首句應理解爲自己一早即隨同同年進士們聚集於朝廷中，而與道士無關。又，「暗驚凡骨升仙籍，忽訝麻衣謁相庭」兩句亦無「驚詫自己由布衣升入官吏的行列」意。考唐制，進士及第後有謝恩、期集、點檢文書、過堂、關試等等活動與考試。其中過堂後之「關試」，《唐摭言》卷三《關試》謂：「吏部員外，其日於南省試判兩節。諸生謝恩。其日稱門生，謂之『一日門生』。自此方屬吏部矣。」此即謂進士登第過堂後，仍屬禮部，唯過吏部關試後，方屬吏部所管，取得做官資格。然此時尚未任官，晚唐一般還需守選，待以後銓選任官後方進入官員行列。因此韓偓進士及第過堂時，仍未解褐入官員行列。故此兩句詩僅表明：暗驚自己如此普通之人，亦能登科及第；驚訝自己穿著麻衣之百姓，亦能有幸來到相庭拜謁宰相。

夏課成感懷〔一〕

別離終日心忉忉〔二〕，五湖煙波歸夢勞〔三〕。淒涼身事夏課畢，濩落生涯秋風高〔四〕。居世無媒多困躓〔五〕，昔賢因此亦號咷〔六〕。誰憐愁苦多衰改〔七〕，未到潘年有二毛〔八〕。

【注　釋】

〔一〕此詩徐復觀以爲非韓偓詩，認爲「《夏課成感懷》中有『未到潘年有二毛』之句，潘安仁《秋興賦》『余春秋三十有二，始見二毛』，則此詩是三十二歲以前所作的。但起首兩句『別離終日思忉忉，五湖煙波歸夢勞』，這決非籍居萬年（長安）人的口氣，則這首詩也不是韓偓的」。按，所説未諦。韓偓雖爲長安人，然其爲科舉考試而做「夏課」，非必於長安不可，或因各種原因而於長安外爲此「夏課」矣。《韓偓年譜》於大中十二年繫此詩，謂「偓青年時期曾遊江南。父瞻任睦州刺史，偓蓋從父至遊江南。《翰林集》中《夏課成感懷》（首聯云『別離終日心忉忉，五湖煙波歸夢勞』）、《遊江南水陸院》、《江南送別》等詩，爲遊江南時所作。姑繫於此」。按，繫於大中十二年（公元八五八年），時韓偓十七歲，似過早。蓋此詩有「誰憐愁苦多衰改，未到潘年有二毛」句，且有「淒涼身事」、「居世無媒多困躓」等歷經苦難之語，當非年二十左右年輕舉子之語。《韓偓詩注》謂「作於唐懿宗咸通十四年（公元八七三年）」。其《韓偓事跡考略·韓偓生平簡表》於咸通十四年亦謂「三十二歲。作《夏課成感懷》，中有『未到潘年有二毛』之句。潘岳三十二歲，始見二毛」。按，所繫亦稍晚。其詩謂「未到潘年」，則時年未到三十二。韓偓生於唐武宗會昌二年（公元八四二年），則其年三十二爲咸通十四年（公元八七三年），「未到潘年」，則最多爲三十一歲，時乃咸通十三年（公元八七二年），今姑繫於是年。其集中遊江南諸作，亦多約作於咸通十三年或稍前（其此行約咸通十二年秋離家出遊，詳參見本集《寄京城親友二首》詩注〔一〕、《離家》詩注〔一〕等所考）。

夏課：李肇《唐國史補》卷下：舉子「退而肄業，謂之過夏；執業而出，謂之夏課」。五代王定保《唐摭言·述進士下》：「退而肄業，謂之過夏；執業以出，謂之夏課。」自注：「亦謂之秋卷。」宋王讜《唐語林·補遺三》：「盧司空鈞，爲郎官守衢州。有進士贄謁，公開卷閱其文十餘篇，皆公所製也。語曰：『君何許得此文？』對曰：『某苦心夏課所爲。』」

〔二〕忉忉：憂思貌。《詩·齊風·甫田》：「無思遠人，勞心忉忉。」毛傳：「忉忉，憂勞也。」孔穎達疏：「憂也，以言勞心，故云憂勞也。」漢揚雄《法言·修身》：「田圃田者莠喬喬，思遠人者心忉忉。」

〔三〕五湖：五湖有各種説法。此處蓋乃江南五大湖之總稱。《史記·三王世家》：「大江之南，五湖之間，其人輕心。」司馬貞索隱：「五湖者，具區、洮滆、彭蠡、青草、洞庭是也。」明楊慎《丹鉛總録·地理》：「王勃文『襟三江而帶五湖』，則總言南方之湖。洞庭一也，青草二也，鄱陽三也，彭蠡四也，太湖五也。」勞，憂愁，愁苦。《詩·邶風·燕燕》：「瞻望弗及，實勞我心。」高亨注：「勞，愁苦。」唐鮑溶《送羅侍御歸西臺》詩：「此舉關風化，誰云別恨勞。」

〔四〕濩落：原謂廓落。引申謂淪落失意。唐韓愈《贈族姪》詩：「蕭條資用盡，濩落門巷空。」唐王昌齡《贈宇文中丞》詩：「僕本濩落人，辱當州郡使。」

〔五〕無媒：此處意爲没有引薦的人。比喻進身無路。唐杜牧《送隱者一絶》：「無媒徑路草蕭蕭，自古雲林遠市朝。」唐韋莊《下第題青龍寺僧房》詩：「千蹄萬轂一枝芳，要路無媒果自傷。」困躓，受挫，顛沛窘迫。晉鍾會《檄蜀文》：「困躓冀徐之郊，制命紹布之手。」《舊唐書·文苑傳下·蕭穎士》：「（蕭穎士）終以誕傲褊忿，困躓而卒。」

〔六〕號咷：啼哭呼喊；放聲大哭。《易·同人》：「同人，先號咷而後笑。」三國魏曹植《文帝誄》：

「顧皇嗣之號咷兮，存臨者之悲聲。」

〔七〕衰改：謂鬢毛衰落變白。唐李白《古風》：「春容捨我去，秋髮已衰改。人生非寒松，年貌豈長在。」

〔八〕「潘年」句：晉朝潘岳年三十二而有二毛。其《秋興賦·序》：「晉十有四年，余春秋三十有二，始見二毛。」故後以「潘年」稱年三十二。二毛，斑白的頭髮。常用以指老年人。《左傳·僖公二十二年》：「君子不重傷，不禽二毛。」杜預注：「二毛，頭白有二色。」此處謂已長出白髮。

【按】此詩乃詩人久未第而抒發無人引薦，久困舉場之愁苦也。詩人《與吳子華侍郎同年玉堂同直懷恩叙懇因成長句四韻兼呈諸同年》詩云「二紀計偕勞筆研」句下自注云「余與子華俱久困名場」，可見詩人此詩所言「淒涼身事夏課畢，濩落生涯秋風高。居世無媒多困躓，昔賢因此亦號咷」等抒發牢愁語，並非文士無病呻吟之音，乃其「濩落生涯」之真實寫照。此亦可作此詩爲韓偓詩之一證，謂此詩非韓偓作，當不可信。

離家第二日卻寄諸兄弟〔一〕

睡起褰簾日出時，今辰初恨間容輝〔二〕。千行淚激傍人感，一點心隨健步歸〔三〕。卻望山川空黯黯①〔四〕，迴看僮僕亦依依。定知兄弟高樓上，遥指征途羨鳥飛〔五〕。

【校記】

①「川」，玉山樵人本、統籤本均作「南」。

【注釋】

〔一〕此詩之作年難於確考。《唐韓學士偓年譜》、《韓冬郎年譜》均繫此詩於韓偓天復三年貶官時，而《韓偓詩注》謂「作於唐懿宗咸通十三年（公元八七二年）」，同人此後之《韓偓事跡考略・韓偓生平簡表》則於咸通十二年謂「三十歲。遊歷江南，作《離家第二日卻寄諸兄弟》、《遊江南水陸院》、《江南送別》等詩」。按，上述此詩繫年均無確證，且此次詩人離家亦難斷定具體時間與事由，故所繫年未可遽定。

〔二〕今辰：即今晨。辰，通「晨」。《詩・齊風・東方未明》：「不能辰夜，不夙則莫。」間，阻隔；間隔。《穆天子傳》卷三：「道里悠遠，山川間之。」唐柳宗元《李赤傳》：「其友與俱遊者有姻焉。間累日，乃從之館。」容輝，儀容丰采。《古詩十九首・凜凜歲雲暮》：「獨宿累長夜，夢想見容輝。」唐錢起《寄袁州李嘉祐員外》詩：「容輝常在目，離別任經年。」

〔三〕健步：指善於走路的人。常被派去送信或辦理急事。此處指送信者。《三國志・魏志・鄧艾傳》：「毌丘儉作亂，遣健步齎書，欲疑惑大衆。」宋楊萬里《得壽仁壽俊二子塗中家書》詩之一：「急呼兩健步，爲我致渠側。」

〔四〕黯黯：昏暗貌。東漢陳琳《遊覽》詩之一：「蕭蕭山谷風，黯黯天路陰。」南朝梁江淹《哀千里賦》：「水黯黯兮蓮葉動，山蒼蒼兮樹色紅。」

〔五〕「羨鳥飛」句：謂其兄弟羨慕鳥能高飛，而能於征途中伴隨詩人。

【按】詩乃詩人於離家翌日晨思念兄弟之作，故全詩均抒發此恨別思親情懷。詩言「山川空諳諳」，實乃離愁之映射耳，所謂山川皆著我之顏色也。「僮僕亦依依」，乃更深一層之寫法，僮僕尚且依依，則我念親之情更何以堪！末兩句與王維之「遥知兄弟登高處，遍插茱萸少一人」乃同一意趣。

遊江南水陸院〔一〕

早於喧雜是深讎，猶恐行藏墜俗流〔二〕。高寺懶爲攜酒去，名山長恨送人遊。關河見月空垂淚，風雨看花欲白頭。除卻祖師心法外〔三〕，浮生何處不堪愁〔四〕。

【注釋】

〔一〕《韓偓簡譜·後記》云：「考致堯集中有《遊江南水陸院》，及江南風物之詩，似係廣明亂前所作，豈（韓）瞻亦曾官江南？」《韓偓年譜》於大中十二年謂：「偓青年時期曾遊江南。父瞻任睦州刺史，偓蓋從父至遊江南。《翰林集》中《夏課成感懷》（首聯云「別離終日心忉忉，五湖煙波歸夢勞」）、《遊江南水陸院》、《江南送別》等詩，爲遊江南時所作。姑繫於此。」《韓偓詩注》謂：「作於唐懿宗咸通十三年（公元八七二）。詩人《夏課成感懷》詩有『五湖煙波歸夢勞』之句，可見詩人早年曾遊歷過江南，這首詩應是詩人遊歷江南時所作。」然同人《韓偓事跡考略·韓偓生平簡表》則記於咸通十二年。按，上述諸家繫年，以約作於咸通十三年較爲合理，蓋前考韓偓《夏課成感懷》詩亦在江南作，時間疑約在咸通十三年。然此時間亦僅約略言之而已，非確年也。此詩有「風雨看花欲白頭」句，則詩約作於咸通十三年春。

水陸院：佛教設置水陸道場之處所。水陸道場爲佛教法會的一種。僧尼設壇誦經，禮佛拜懺，遍施飲食，以超度水陸一切亡靈，普濟六道四生，故稱。宋蘇軾《釋迦文佛頌》引：「元祐八年十一月十一日，設水陸道場供養。」

〔二〕行藏：指出處或行止。參卷一《再思》詩注釋〔四〕。語本《論語·述而》：「用之則行，舍之則藏。」晉潘岳《西征賦》：「孔隨時以行藏，蘧與國而舒卷。」唐岑參《武威送劉單判官赴安西行營便呈高開府》詩：「功業須及時，立身有行藏。」

〔三〕祖師：原謂佛教、道教中創立宗派的人。此處指佛教創立禪宗的達摩祖師。《六祖壇經》：「昔達摩大師，初來此土，人未之信，故傳此衣，以爲信體，代代相承。法則以心傳心，皆令自悟自解。」唐李涉《雙峰寺得舍弟書》：「暫入松門拜祖師，殷勤再讀塔前碑。」心法，佛教語。指經典以外傳受之法。以心相印證，故名。唐李華《潤州天鄉寺故大德雲禪師碑》：「自菩提達摩降及大照禪師，七葉相乘，謂之七祖，心法傳示，爲最上乘。」唐温庭筠《訪知玄上人遇暴經因有贈》：「惠能未肯傳心法，張湛徒勞與眼方。」

〔四〕浮生：語本《莊子·刻意》：「其生若浮，其死若休。」以人生在世，虚浮不定，因稱人生爲「浮生」。南朝宋鮑照《答客》詩：「浮生急馳電，物道險絃絲。」唐元稹《酬哥舒大少府寄同年科第》詩：「自言行樂朝朝是，豈料浮生漸漸忙。」

【按】此詩乃詩人攄寫遊水陸院之感受，其中「關河見月空垂淚，風雨看花欲白頭」兩句，乃「浮生何處不堪愁」之具體寫照。而謂「除卻祖師心法外」，「浮生何處不堪愁」，其於「祖師心法」則亦服膺矣。

江南送别〔一〕

江南行止忽相逢，江館棠梨葉正紅〔二〕。一笑共嗟成往事，半酣相顧似衰翁。關山月皎清風起，送别人歸野渡空。大抵多情應易老①，不堪岐路數西東。

【校記】

①「易」，汲古閣本作「已」，《全唐詩》、吴校本均校：「一作已。」按，作「易」是。

【注釋】

〔一〕按，據前考韓偓《夏課成感懷》詩亦在江南作，時間約在咸通十三年。此詩亦在江南作，則以約作於咸通十三年較爲合理，然此時間亦僅約略言之而已，非確年也。此詩有「江館棠梨葉正紅」句，乃秋日景色，故此詩約作於咸通十三年（公元八七二年）秋。

〔二〕棠梨：俗稱野梨。落葉喬木，葉長圓形或菱形，花白色，果實小，略呈球形，有褐色斑點。可用做嫁接各種梨樹的砧木。三國吴陸璣《毛詩草木鳥獸蟲魚疏·蔽芾甘棠》：「甘棠，今棠梨，一名杜梨。」唐元稹《村花晚》詩：「三春已暮桃李傷，棠梨花白蔓菁黄。」

【按】此詩乃詩人遊江南時送别友人之作，故詩中乃抒發别離之情。宋詩人王禹偁《村行》詩有「棠梨葉落胭脂色」、「馬穿山徑菊初黄」句，則時在秋季，棠梨葉紅而落。故韓偓詩「江館棠梨葉正紅」，其節候恐亦在秋季。

格　卑〔一〕

格卑嘗恨足牽仍①〔二〕，欲學忘情似不能②〔三〕。入意雲山輸畫匠〔四〕，動人風月羨琴僧。南朝峻潔推弘景〔五〕，東晉清狂數季鷹〔六〕。惆悵後塵流落盡〔七〕，自拋懷抱醉懵騰〔八〕。

【校　記】

①「嘗」，玉山樵人本、韓集舊鈔本、統籤本、麟後山房刻本、吴校本均作「常」。按，「嘗」通「常」。《史記·刺客列傳》：「公子光曰：『使以兄弟次邪，季子當立；必以子乎，則光真適嗣，當立。』故嘗陰養謀臣以求立。」唐卿雲《送人遊塞》詩：「雪每先秋降，花嘗近夏生。」清孫枝蔚《六客詩·棋客》：「人

間勝敗尋嘗有，一局何勞重嘆嗟。」

②「忘」，統籤本作「亡」，《全唐詩》、吴校本均校：「一作無。」「似」，韓集舊鈔本、統籤本、汲古閣本、麟後山房刻本、吴校本均作「盡」，吴校本下校「一作似」，《全唐詩》校「一作盡」。

【注釋】

〔一〕此詩作年難確考。

〔二〕嘗：通「常」。牽仍，連續。

〔三〕忘情：無喜怒哀樂之情。南朝宋劉義慶《世説新語·傷逝》：「聖人忘情，最下不及情，情之所鍾，正在我輩。」唐杜甫《寫懷》詩之一：「全命甘留滯，忘情任榮辱。」

〔四〕入意：中意，滿意。唐姚巖傑《報顔標》詩：「眼前俗物關情少，醉後青山入意多。」唐李白《夜坐吟》：「情聲合，兩無違。一語不入意，從君萬曲梁塵飛。」

〔五〕峻潔：指品行高潔。唐柳宗元《南嶽雲峰和尚塔銘》：「行峻潔兮貌齊莊，氣混溟兮德洋洋。」宋陸游《與何蜀州啟》：「恭惟某官曠度清真，高標峻潔。」弘景，指南朝齊梁間陶弘景。

〔六〕清狂：放逸不羈。晉左思《魏都賦》：「僕黨清狂，怵迫閩濮。」唐李白《陪侍郎叔遊洞庭醉後三首》之一：「今日竹林宴，我家賢侍郎。三杯容小阮，醉後發清狂。」季鷹，即西晉張翰。《世説新語·任誕》：「張季鷹縱任不拘，時人號爲江東步兵。或謂之曰：『卿乃可縱適一時，獨不爲身後名耶？』答曰：『使我有身後名，不如即時一杯酒。』」注：「《文士傳》曰：『翰任性自適，無求當世，時人貴其曠達。』」

〔七〕後塵：原比喻在他人之後。此處指追隨效法陶弘景、張翰者。晉張協《七命》：「余雖不敏，請尋後塵。」唐杜甫《戲爲六絶句》之五：「竊攀屈宋宜方駕，恐與齊梁作後塵。」

〔八〕懵騰：蒙矓；迷糊。韓偓《馬上見》詩：「去帶懵騰醉，歸因困頓眠。」南唐馮延巳《金錯刀》詞：「只銷幾覺懵騰睡，身外功名任有無。」

【按】此詩乃自憾未能忘情世俗，自覺「格卑」，而抒發企慕陶弘景之「峻潔」，張翰之「清狂」之作。末句「自拋懷抱」云云，乃因有感於「後塵流落盡」，自己又「足仍牽」，未能「忘情」，故只能如此以「醉懵騰」而自我開解也。其無奈而自「恨」之意於此再次逗露，以呼應首二句。再從此詩之「入意雲山輸畫匠，動人風月羨琴僧」之句，可知詩人之所企慕追求，亦可知其貶官後堅辭復官，一意隱逸，其來亦有自矣。

冬　日〔一〕

蕭條古木銜斜日，戚瀝晴寒滯早梅①〔二〕。愁處雪煙連野起，静時風竹過牆來。故人每憶心先見，新酒偷嘗手自開。景狀入詩兼入畫〔三〕，言情不盡恨無才②。

【校　記】

①「戚」，《全唐詩》、吴校本均校：「一作淅。」

②「恨」，玉山樵人本作「愧」。

【注　釋】

〔一〕此詩難於考其作年。

〔二〕戚瀝：淒寒貌。滯，積聚；凝結；積壓。《周禮·地官·廛人》：「凡珍異之有滯者，斂而入於膳府。」鄭玄注引鄭司農曰：「謂滯貨不售者，官爲居之。」晉曹攄《思友人》詩：「情隨玄陰滯，心與迴飇俱。」

〔三〕景狀：景象；情狀。元楊維楨《書畫舫記》：「七十二峰之空翠，四時朝暮景狀一同。」明王世貞《弇山園記》六：「迴顧一峰北嚮，若首肯灘景狀，曰挹清峰。」

【集　評】

「四時最好是三月，一去不迴唯少年」、「一夜雨聲三月盡，萬般人事五更頭」、「故人每憶心先見，

新酒偷嘗手自開」、「人泊孤舟青草岸，鳥鳴高樹夕陽村」，爲致堯集中佳句。（余成教《石園詩話》）

【按】此詩描摹冬日凝寒景狀，上四句即寫寒冬景色也。余成教稱賞「故人每憶心先見，新酒偷嘗手自開」爲佳句，其實此四句亦寫冬景之佳句也。「愁處雪煙連野起，靜時風竹過牆來。故人每憶心先見，新酒偷嘗手自開」四句，若與唐李益《竹窗聞風寄苗發司空曙》詩之「微風驚暮坐，臨牖思悠哉。開門復動竹，疑是故人來」並讀，其間詩人取資並融入李益詩意之妙處，宛然可見。

再止廟居〔一〕

去值秋風來值春，前時今日共銷魂。頹垣古柏疑山觀〔二〕，高柳鳴鴉似水村。菜甲未齊初出葉〔三〕，樹陰方合掩重門。幽深凍餒皆推分〔四〕，靜者還應爲討論〔五〕。

【注　釋】

〔一〕考此詩題爲《再止廟居》，又有「去值秋風來值春，前時今日共銷魂」、「頹垣古柏疑山觀」、「幽深凍餒皆推分」等句，與韓偓前《過臨淮故里》詩中之「交遊昔歲已凋零，第宅今來亦變更。舊廟荒涼時饗絶，諸孫饑凍一官成」等句，其中似有相關聯之處，故疑兩詩中之廟爲臨淮王郭子儀在臨淮之廟。以此兩詩蓋乃其中年遊江南一帶，往返前後兩年之秋、春時路過之作。據本集《過臨淮故里》詩注所考，《過臨淮故里》乃約咸通十二年秋之作，而此詩乃次年春再經過所詠，則蓋約作於咸通十三年（公元八七二年）春歟？

〔二〕山觀：山中道觀。唐王昌齡《武陵開元觀黄煉師院》詩之三：「山觀空虚清静門，從官役吏擾塵喧。」唐李商隱《贈鄭讜處士》詩：「寒歸山觀隨碁局，暖入汀洲逐釣輪。」

〔三〕菜甲：菜初生的葉芽。唐杜甫《有客》詩：「自鋤稀菜甲，小摘爲情親。」唐白居易《二月二日》：「二月二日新雨晴，草芽菜甲一時生。」

〔四〕推分：謂守分自安。《晉書·王導傳》：「及劉隗用事，導漸見疏遠，任真推分，澹如也。」唐錢起《山園棲隱》詩：「守静信推分，灌園樂在兹。」

〔五〕静者：深得清静之道、超然恬静的人。多指隱士、僧侣和道徒。《吕氏春秋·審分》：「得道者必静，静者無知。」南朝宋謝靈運《過始寧墅》詩：「拙疾相倚薄，還得静者便。」黄節注引《論語》：「智者動，仁者静。」唐杜甫《送孔巢父謝病歸遊江東兼呈李白》詩：「蔡侯静者意有餘，清夜置酒臨前除。」仇兆鼇注：「夢弼謂：蔡侯爲人恬静而意氣有餘。」

【按】此詩乃再止舊廟，見廟宇荒涼破敗而起傷感之情，引發人生窮達貧富命運之思索。中四句乃寫荒頹舊廟。「頹垣」、「鳴鴉」，均爲荒敗冷寂之景；「疑山觀」、「似水村」，一「疑」、一「似」，皆謂舊廟及週遭景物之破敗，竟已不像廟宇矣。「菜甲未齊初出葉，樹陰方合掩重門」，正是「幽深凍餒」之寫照。

老將〔一〕

折槍黃馬倦塵埃①，掩耳凶徒怕疾雷〔二〕。雪密酒酣偷號去〔三〕，月明衣冷斫營回〔四〕。行驅貔虎披金甲〔五〕，立聽笙歌擲玉杯。坐久不須輕矍鑠〔六〕，至今雙擘硬弓開〔七〕。

【校記】

①「黃」，吴校本校：「一作老。」

【注釋】

〔一〕《新唐書·韓偓傳》載韓偓「擢進士第，佐河中幕府」，韓偓乃龍紀元年登進士第，後即於當年赴河中幕府。其在河中幕府尚作有《邊上看獵贈元戎》等詩（詳見此下是詩注釋）。此詩寫沙場老將，或即作於是年其佐河中幕府時歟？ 詩有「密雪」句，則蓋冬日作。 據此，姑繫本詩於龍紀元年（公元八八九年）冬。

〔二〕「掩耳凶徒」句：此句謂凶徒懼怕老將之雄威，猶如驚怕迅雷而掩耳。

〔三〕偷號：謂偷取敵營之口令。 號，號令。 唐劉滄《邊思》：「偷號甲兵衝塞色，銜枚戰馬踏寒蕪。」

〔四〕斫營：劫營，偷襲敵營。《晉書·藝術傳·佛圖澄》：「勒（石勒）自葛陂還河北，過枋頭，枋頭人夜欲斫營，澄謂黑略曰：『須臾賊至，可令公知。』」《魏書·傅永傳》：「永量吳楚之兵，好以斫營爲事。」唐白居易《奉送三兄》詩：「少年曾管二千兵，晝聽笙歌夜斫營。」

〔五〕貔虎：原指貔和虎。 亦泛指猛獸。《書·牧誓》：「如虎如貔。」貔，孔穎達《詩》疏引陸璣疏云：「貔似虞，或曰似熊，一名執夷，一名白狐，遼東人謂之白羆。」三國魏阮籍《搏赤猿帖》：「僕不想欻爾夢搏赤猿，其力甚於貔虎。」此處比喻勇猛的將士。《後漢書·光武帝紀贊》：「尋邑百萬，貔虎爲群。」南朝梁劉孝標《辯命論》：「驅貔虎，奮尺劍，入紫微，升帝道。」

〔六〕矍鑠：形容老人目光炯炯，精神健旺。《後漢書·馬援傳》：「援據鞍顧眄，以示可用。 帝笑曰：『矍鑠哉，是翁也！』」唐劉禹錫《贈致仕滕庶子》詩：「矍鑠據鞍時騁健，殷勤把酒尚多情。」

〔七〕擘：大拇指。《孟子·滕文公下》：「於齊國之士，吾必以仲子爲巨擘焉。」硬弓，强弓；須用大力才能拉開的弓。唐張籍《老將》詩：「不怕騎生馬，猶能挽硬弓。」《宋史・王榮傳》：「榮善射，嘗引强注屋棟，矢入木數寸，時人目爲『王硬弓』。」

【按】此詩乃贊頌久經沙場之老將猶勇武善戰也。全詩八句，句句皆從不同角度展現老將之威武勇猛風采。首二句「折槍黃馬倦塵埃，掩耳凶徒怕疾雷」，乃總括全篇之意，寫久經沙場之老將，其聲威已令敵人聞風喪膽矣。此後六句，則具體分寫老將之矍鑠勇武。

邊上看獵贈元戎〔一〕

繡簾臨曉覺新霜〔二〕，便遣移廚校獵場①〔三〕。燕卒鐵衣圍漢相〔四〕，魯儒戎服從梁王〔五〕。搜山閃閃旗頭遠，出樹斑斑豹尾長②。贊獲一聲連朔漠③〔六〕，賀杯環騎舞優倡〔七〕。軍迴野静秋天白〔八〕，角怨城遥晚照黃〔九〕。紅袖擁門持燭炬〔一〇〕，解勞今夜宴華堂〔一一〕。

【校記】

①「校獵」，原作「較獵」，今據玉山樵人本、統籤本改。按，「較獵」亦可通，然其意爲比賽誰打獵收穫多。

較，通「角」。唐竇鞏《贈阿史那都尉》詩：「較獵燕山經幾春，雕弓白羽不離身。」然據本詩詩情，以「校獵」爲勝。

②「斑斑」，韓集舊鈔本、麟後山房刻本均作「班班」。按，「班」通「斑」，「班班」即「斑斑」。唐白居易《山中五絶句・石上苔》：「漠漠班班石上苔，幽芳靜緑絶纖埃。」一本作「斑斑」。

③「聲」，韓集舊鈔本作「方」。《全唐詩》、吴校本均校：「一作方。」

【注釋】

〔一〕《韓偓詩注》謂此詩「作於唐昭宗乾寧四年（公元八九七年）」。按，此詩之邊上指河中府之邊上。元戎，指河中節度使王重盈。據《新唐書・韓偓傳》：「擢進士第，佐河中幕府。」其時亦有《隰州新驛》、《隰州新驛贈刺史》、《并州》等詩作。本詩乃作於唐昭宗龍紀元年（公元八八九年）秋其在河中府時。

元戎：主將，統帥。南朝陳徐陵《移齊王》：「我之元戎上將，協力同心，承稟朝謨，致行明罰。」唐柳宗元《故連州員外司馬淩君權厝志》：「以謀畫佐元戎，常有大功。」

〔二〕新霜：指秋日初下之霜。

〔三〕校獵場：打獵場。校獵，遮攔禽獸以獵取之。亦泛指打獵。《漢書・成帝紀》：「冬，行幸長楊宮，從胡客大校獵。」顔師古注：「此校謂以木自相貫穿爲闌校耳。……校獵者，大爲闌校以庶禽獸而獵取也。」漢司馬相如《上林賦》：「於是乎背秋涉冬，天子校獵。」唐杜甫《冬狩行》：「君不見東川節度兵馬雄，校獵亦似觀成功。」

〔四〕燕卒：東北方燕地之士兵。此處用以代指河中府之士兵。漢相，原謂漢代的宰相，此借指元戎，即當時河中節度使王重盈。王重盈光啟元年以陝虢節度使同平章事，後又加護國節度使。

〔五〕魯儒：原謂魯國儒生。亦泛指儒家學説的信奉者、儒派學者。唐皇甫冉《送孔黨赴舉》詩：「家承孔聖後，身有魯儒名。」此處借指韓偓等文士。戎服，軍服。亦指着軍服。《漢書·匈奴傳下》：「是以文帝中年，赫然發憤，遂躬戎服，親御鞍馬。」梁王，原指漢梁孝王劉武。此處借指元戎，即爲王重盈。《史記·梁孝王世家》：梁王「招延四方豪傑，自山以東游説之士，莫不畢至」。

〔六〕贊獲一聲：指稱贊捕獲獵物的歡呼聲。朔漠，北方沙漠地帶。《後漢書·袁安傳》：「今朔漠既定，宜令南單于反其北庭。」南朝宋謝惠連《雪賦》：「於是河海生雲，朔漠飛沙。」

〔七〕優倡：古代表演歌舞雜戲的藝人。《史記·孔子世家》：「優倡侏儒爲戲而前。」宋王讜《唐語林·方正》：「武宗數幸教坊作樂，優倡雜進。」

〔八〕秋天白：指秋天下霜，原野上一片白茫茫。

〔九〕角怨：此謂角聲悲怨。角，古樂器名。出西北遊牧民族，鳴角以示晨昏。軍中多用作軍號。

《通典·樂一》：「蚩尤氏帥魑魅與黄帝戰於涿鹿，帝乃命吹角爲龍吟以禦之。」

〔一〇〕紅袖：原指女子的紅色衣袖，後用以代指艷麗的女子。此處指軍中的歌妓。南朝齊王儉《白紵辭》之二：「情發金石媚笙簧，羅袿徐轉紅袖揚。」唐元稹《遭風》詩：「唤上驛亭還酩酊，兩行紅袖拂尊罍。」

〔一一〕解勞：解除疲勞。華堂，華麗的廳堂。唐李頎《緩歌行》：「業就功成見明主，擊鐘鼎食坐華堂。」唐劉長卿《觀李湊所畫美人障子》：「華堂翠幕春風來，内閣金屏曙色開。」

【集評】

韓致光詩，工麗圓警，實唐人後勁。（吴修塢《唐詩續評》卷三）

【按】此詩工於描繪狩獵場面氣氛，「燕卒鐵衣」以下六句將此場面寫得生龍活虎，繪聲繪色，熱烈歡動，令人仿佛置身其中。「搜山閃閃旗頭遠，出樹斑斑豹尾長。贊獲一聲連朔漠，賀杯環騎舞優倡」四句，尤見其刻畫之工致生動。此詩與中唐張祜《觀徐州李司空獵》之「曉出郡城東，分圍淺草中。紅旗開向日，白馬驟迎風。背手抽金鏃，翻身控角弓。萬人齊指處，一雁落寒空」詩並讀，可謂並是狩獵詩之佳什。

余自刑部員外郎爲時權所擠值盤石出鎮藩屏朝選賓佐以余充職掌記鬱鬱不樂因成長句寄所知〔一〕

正叨清級忽從戎〔二〕，況與燕臺事不同〔三〕。開口謾勞矜道在〔四〕，撫膺唯合哭途窮〔五〕。操心未省趨浮俗①〔六〕，點額尤慚自至公〔七〕。他日陶甄尋墜履②〔八〕，滄洲何處覓漁翁〔九〕。

【校　記】

①「省」，汲古閣本、《全唐詩》、吴校本均校：「一作必。」

②「尋」，麟後山房刻本作「成」。按，諸本均作「尋」，「成墜履」不辭，作「成」誤。

【注　釋】

〔一〕此詩乃作於乾寧四年（公元八九七年）。《韓偓年譜》於乾寧三年考此詩作年云：「本年，偓授刑部員外郎。偓明年有詩題云：《余自刑部員外郎爲時權所擠值磐石出鎮藩屏朝選賓佐以余充職掌記鬱鬱不樂因成長句以寄所知》。《全唐文》卷八百三十二錢珝《授賓回鳳翔節度副使崔澄觀察判官韓偓節度掌書記等制》：『漢詔子弟理郡國，必擇諸儒有材行者以左右之，……今朕以汧岐奥壤而輔京師，推擇統臨，重在藩邸，用乃命丞相選賓介於朝。……偓以致用於文，甚多强力。……爾等亮直勤敬，如在諫省郎署時，則安國王尊之賢，與古相望。』案：《通鑑》卷二百六十一乾寧四年六月己卯『以覃王嗣周爲鳳翔節度使』，即此《制》所謂『詔子弟理郡國』。偓詩《余自刑部員外郎爲時權所擠值磐石出鎮藩屏朝選賓佐以余充職掌記鬱鬱不樂因成長句以寄所知》，『朝選賓佐』即《制》所謂『選賓介於朝』。偓詩題云『余自刑部員外郎』『充職掌記』，即《制》授韓偓鳳翔節度使掌書記。偓自刑部員外郎充鳳翔節度使掌書記，事在明年乾寧四年六月，則偓授刑部員外郎，當在本年。」據此則韓偓此詩乃乾寧四年六月作。

刑部員外郎：《舊唐書·職官二》：「（刑部）郎中二員，員外郎二員（從六品上）。……郎中、員外郎之職，掌貳尚書、侍郎，舉其典憲，而辯其輕重。」時權，謂當時朝中之權勢者，如宰相。磐石，舊喻分封的宗室。《史記·孝文本紀》：「高帝封王子弟，地犬牙相制，此所謂磐石之宗也。」唐杜甫《秋日荆南述懷》詩之五：「磐石圭多翦，凶門轂少推。」此指覃王李嗣周。其時覃王嗣周出爲鳳翔節度使。藩屏，比喻邊防重鎮。《漢書·叙傳下》：「建設藩屏，以强守圉。」宋蘇舜欽《上杜侍郎啟》：「閣下爲世標矩，人所仰屬，坐鎮藩屏。」賓佐，指幕賓佐吏。唐范攄《雲溪友議》卷十二：「譙中舉子張魯封，爲詩譏其賓佐。」掌記，指節度使之掌書記。《新唐書·百官志》：「掌書記，掌朝覲、聘問、慰薦、祭祀、祈祝之文與號令升絀之事。」唐韓愈《徐泗濠三州節度掌書記廳石記》：「其朝覲、聘問、慰薦、祭祀、祈祝之文與所部之政，下三軍之號令，升黜，凡文辭之事，皆出書記。」

〔二〕叨：猶忝。表示承受之意。常用作謙詞。三國蜀諸葛亮《街亭之敗戮馬謖上疏》：「臣以弱才，叨竊非據，親秉旄鉞以厲三軍，不能訓章明法，臨事而懼，至有街亭違命之闕。」南朝陳徐陵《答李顒之書》：「孤子皆緣素乏，叨簉皇華。」清級，顯貴的官位。《南史·王僧虔傳》：「舍中亦有少負令譽，弱冠越超清級者，于時王家門中，優者龍鳳，劣猶虎豹。」唐劉肅《大唐新語·諛佞》：「敬宗位以才昇，歷居清級。」此處指任刑部員外郎。唐時重郎官，郎官爲清選，故云。從戎，謂從軍。時出佐藩鎮，故稱。

〔三〕「燕臺事」句：燕臺，指戰國時燕昭王所築之黄金臺。故址在今河北省易縣東南。相傳燕昭王築臺以招納天下賢士，故也稱賢士臺、招賢臺。《太平御覽·臺》引《史記》：「燕昭王置千金于臺上，以延天下士，謂之黄金臺。」南朝梁任昉《述異記》卷下：「燕昭王爲郭隗築臺。今在幽州燕王故城中。士人呼爲『賢士臺』，亦謂之『招賢臺』。」後作爲君主或長官禮賢之典。唐李白《江上答崔宣城》詩：「謬忝燕臺召，而陪郭隗蹤。」此句意爲此次出佐乃屬被擠，與燕臺優禮納賢不同。

〔四〕謾勞：徒勞。謾，通「漫」。《唐摭言·别頭及第》：「時楊知至因以長句呈同年曰：『由來梁燕與冥鴻，不合翩翾向碧空。寒谷謾勞鄒氏律，長天獨遇宋都風。』」矜道在，謂自矜能剛正守道。矜，自矜，自誇；自恃。《書·大禹謨》：「汝惟不矜，天下莫與汝爭能；汝惟不伐，天下莫與汝爭功。」孔傳：「自賢曰矜，自功曰伐。」孔穎達疏：「矜與伐俱是誇義。」《管子·宙合》：「功大而不伐，業明而不矜。」

〔五〕哭途窮：《三國志》裴松之注引《魏氏春秋》：「(阮籍)時率意獨駕，不由徑路，車跡所窮，輒慟哭而反。」

〔六〕趨浮俗：趨附浮薄的習俗。浮俗，南朝梁蕭統《令旨解二諦義》：「正以浮俗，故無義可辨，若有義可辨，何名浮俗。」唐杜甫《贈虞十五司馬》詩：「交態知浮俗，儒流不異門。」

〔七〕「點額」句：點額，謂跳龍門的鯉魚頭額觸撞石壁。北魏酈道元《水經注·河水四》：「鱣，鮪也。出鞏穴，三月則上渡龍門，得渡爲龍矣。否則，點額而還。」後因以「點額」指仕途失意或應試落第。唐李白《贈崔侍御》詩：「點額不成龍，歸來伴凡魚。」唐白居易《醉别程秀才》：「五度龍門點額迴，卻緣多藝復多才。」至公，最公正；極公正。《管子·形勢解》：「風雨至公而無私，所行無常鄉。」《後漢書·荀彧傳》：「秉至公以服天下，大略也。」又，科舉時代對主考官的敬稱。謂其大公無私。唐劉虛白《獻主文》詩：「不知歲月能多少，又著麻衣待至公。」

此處兼用上述兩義。韓偓自刑部員外郎出佐藩鎮，他自認爲受排擠，但時權卻以「至公」的名義（即制文所謂的「漢詔子弟理郡國，必擇諸儒有材行者以左右之」）選他爲賓佐，故有此句。

〔八〕陶甄：比喻君王。五代齊己《送司空學士赴京》詩：「重謁往年金榜主，便將才術佐陶甄。」明薛蕙《送楊石齋》詩：「累朝瞻翊戴，四海憶陶甄。」尋墜履，賈誼《新書·諭誠》：「昔楚昭王與吴人戰，楚軍敗。昭王走，屨決，背而行，失之，行三十步，復旋取屨。及至於隨，左右問曰：『王何曾惜一踦屨乎？』昭王曰：『楚國雖貧，豈愛一踦屨哉！思與偕反也。』自是之後，楚國之俗，無相棄者。」

〔九〕滄洲：濱水的地方。古時常用以稱隱士之居處。三國魏阮籍《爲鄭沖勸晉王箋》：「然後臨滄洲而謝支伯，登箕山以揖許由。」南朝齊謝朓《之宣城郡出新林浦向板橋》詩：「既歡懷禄情，復協滄洲趣。」漁翁，此處喻隱居者，乃詩人自稱。

【按】此詩乃詩人被擠出佐，抒發牢騷之作。全詩憤慨不平之氣充溢其中，讀之令人爲之憐憫。

北齊二首〔一〕

一

任道驕奢必敗亡，且將繁盛悦嬪嬙〔二〕。幾千斂鏡成樓柱〔三〕，六十間雲號殿廊〔四〕。後主獵回初按樂〔五〕，胡姬酒醒更新妝〔六〕。綺羅堆裏春風畔〔七〕，年少多情一帝王〔八〕。

【注釋】

〔一〕按此詩難於繫年。

北齊：朝代名。北朝之一。公元五五〇年高歡子高洋取代東魏，自立爲帝，國號齊，都鄴（今河北臨漳西）。爲與南朝齊相别，史稱北齊。據有今河北、山東、山西、河南及遼寧省西部。公元五七七年爲北周所滅。歷經六帝，凡二十八年。

〔二〕嬪嬙：宫中女官，天子諸侯姬妾。《左傳·昭公三年》：「君若不棄敝邑，而辱使董振擇之，以備嬪嬙，寡人之望也。」杜預注：「嬪、嬙，婦官。」楊伯峻注：「嬪、嬙皆天子諸侯姬妾。」唐白居易《策林》一：「慮人之有愁苦也，則念損嬪嬙之數。」此處指北齊後主高緯之嬪嬙。《北齊書》

卷八《後主幼主紀》：「宮女寶衣玉食者五百餘人，一裙直萬匹，鏡臺直千金，競爲變巧，朝衣夕弊。承武成之奢麗，以爲帝王當然。」

〔三〕「幾千欹鏡」兩句：《北齊書·後主幼主紀》：「乃更增益宮苑，造偃武修文臺。其嬪嬙諸宮中起鏡殿、寶殿、瑇瑁殿，丹青彫刻，妙極當時。又於晉陽起十二院，壯麗逾於鄴下。所愛不恒，數毁而又復。夜則以火照作，寒則以湯爲泥，百工困窮，無時休息。」欹鏡成樓柱，意謂欹鏡之多，堆積起來可成爲樓柱一般。

〔四〕「六十間雲」句：此句或意爲所起十二院，每院五殿，共六十殿廊。間雲，干雲、入雲。此處謂殿廊高聳入雲。

〔五〕後主：指北齊後主高緯。《北齊書·後主紀》：「後主諱緯，字仁綱，武成皇帝之長子也。……帝少美容儀，武成特所愛寵，拜王世子……大寧二年正月景戌，立爲皇太子。河清四年，武成禪位於帝。」初按樂，《北齊書·後主傳》：後主「遂自以策無遺算，乃益驕縱，盛爲無愁之曲。帝自彈胡琵琶而唱之，侍和之者以百數，人間謂之『無愁天子』。」

〔六〕胡姬：或指胡昭儀。《北齊書·後主傳》：「又爲胡昭儀起大慈寺，未成，改爲穆皇后大寶林寺，窮極工巧，運石填泉，勞費億計，人牛死者，不可勝紀。」

〔七〕綺羅堆裏：謂美女堆裏。綺羅，指穿著綺羅的人。多爲貴婦、美女之代稱。此指後主成長於美女窩中。《北齊書·後主傳》：「輔之以中官妳媪，屬之以麗色淫聲，縱韝紲之娱，恣朋淫之好。」春風畔，此謂其生活於父王之寵愛中。據《北齊書·後主紀》：「帝少美容儀，武成特所愛寵，拜世子。」春風，此喻君王之恩惠。曹植《上責躬應詔詩表》：「伏惟陛下德象天地，恩隆父母，施暢春風，澤如時雨。」

〔八〕「年少」句：此謂後主。後主於河清四年（公元五六五年）即位，年方十歲，在位十二年。

二

神器傳時異至公〔一〕，敗亡安可怨忽忽〔二〕。犯寒獵士朝頻戮〔三〕，告急軍書夜不通〔四〕。并部義旗遮日暗〔五〕，鄴城飛燄照天紅〔六〕。周朝將相還無體①〔七〕，寧死何須入鐵籠〔八〕。

【校記】

①「體」，玉山樵人本、統籤本作「禮」，《全唐詩》、吴校本均校：「一作禮。」

【注釋】

〔一〕「神器傳時」句：神器，代表國家政權的實物，如玉璽、寶鼎之類。借指帝位、政權。《漢書·叙傳上》：「世俗見高祖興於布衣，不達其故，以爲適遭暴亂，得奮其劍，遊説之士至比天下於逐鹿，幸捷而得之，不知神器有命，不可以智力求也。」顏師古注引劉德曰：「神器，璽也。」《文選・左思〈魏都賦〉》：「劉宗委馭，巽其神器。」呂延濟注：「神器，帝位。」巽至公，意爲非出於最公正。據《北齊書・後主紀》：「帝少美容儀，武成特所愛寵，拜王世子。及武成入纂大業，大寧二年正月景戌，立爲皇太子。河清四年，武成禪位於帝。」據此，則此句意爲北齊之政權乃篡位而得，而後主之爲帝，乃因其父武成之寵愛。

〔二〕「敗亡」句：北齊自開國至滅亡僅二十七年，故謂「忽忽」。《北齊書・後主紀》論曰：「重以名將貽禍，忠臣顯戮。始見浸弱之萌，俄觀土崩之勢，周武因機遂混區夏。悲夫！蓋桀紂罪人，其亡也忽焉，自然之理矣。」

〔三〕「犯寒獵士」句：據《北齊書・後主紀》載，後主「以人從欲，損物益己，彫牆峻宇，甘酒嗜音。廓肆遍於宮園，禽色荒於外，內俾晝作夜，罔水行舟，所欲必成，所求必得。……又暗於聽受，忠信不聞，萋斐必入。視人如草芥，從惡如順流。……賣官鬻獄，亂政淫刑。刳剒被於忠良，禄位加於犬馬」。

〔四〕「告急」句：據《北齊書・高阿那肱傳》，後主荒於政事，北周攻晉陽，後主正遊獵，「周師逼平陽，後主於天池校獵，晉州頻遣馳奏，從旦至午，驛馬三至，肱云：『大家正作樂，何急奏聞！』至暮，使更至，云：『平陽城已陷，賊方至。』乃奏知。明早旦，即欲引軍，淑妃又請更合一圍。

及軍赴晉州，令肱率前軍先進，仍總節度諸軍」。

〔五〕「并部義旗」句：并部，指并州部衆。此句指北齊諸臣於晉陽起義投奔北周。《北齊書·後主紀》載武平七年十二月，北周軍攻晉州，「開府儀同三司賀拔伏恩、封輔相、慕容鍾葵等宿衛近臣三十餘人西奔周師」。

〔六〕「鄴城飛燄」句：鄴城，古都邑名。故城在今河北臨漳縣北。北齊建都於此。此句謂後主從鄴出逃，周師攻鄴，火燒城西門。《北齊書·後主紀》：「周師漸逼，癸未，幼主又自鄴東走。己丑，周師至紫陌橋。癸巳，燒城西門。太上皇將百餘騎東走。」

〔七〕周朝：此處指北周。無體，謂行禮中没有一定的動作儀式。《禮記·孔子閒居》：「孔子曰：『無聲之樂，無體之禮，無服之喪，此之謂三無。』」孔穎達疏：「非有升降揖讓之禮，故爲無體之禮也。」

〔八〕「寧死」句：鐵籠，此處指囚禁犯人的鐵牢籠。據《北齊書·後主紀》，後主、幼主皆被北周所獲，「並太后、幼主、諸王俱送長安」，後「至建德七年，誣與宜州刺史穆提婆謀反，及延宗等數十人無少長咸賜死，神武子孫所存者一二而已」。此句謂如果後主等人寧死不屈，則何須受囚於鐵籠之辱。

【按】此兩首皆爲詠史詩，乃詠北齊後主高緯之作。故所詠皆爲北齊高緯一朝荒淫無道，以致爲北周滅亡史事。詩歌主旨即以北齊後主爲例，説明「驕奢必敗亡」道理。尤可注意者，乃韓偓此詩恐受李商隱詠史詩之影響。李商隱亦有《北齊二首》詩，云：「一笑相傾國便亡，何勞荆棘始堪傷。小憐玉體横陳夜，已報周師入晉陽。」又：「巧笑知堪敵萬幾，傾城最在著戎衣。晉陽已陷休回顧，更請君王獵一圍。」所詠與韓偓此兩首詩多有相似之處。又李商隱《詠史》云「歷覽前賢國與家，成由勤儉破由奢」，恐亦對韓偓「任道驕奢必敗亡」句深有影響。於此可見，詩人之親炙姨父李商隱，誠有是哉。

寄京城親友二首〔一〕

一

苦吟看墜葉①，寥落共天涯。壯歲空爲客，初寒更憶家。雨牆經月蘚〔二〕，山菊向陽花。因味碧雲句〔三〕，傷哉後會賒〔四〕。

【校　記】

①「看」，麟後山房刻本作「堪」。按，「堪」乃「看」之音誤。

【注　釋】

〔一〕此詩謂「壯歲空爲客，初寒更憶家」，則應是其約於咸通十二年八月離家後初寒時作，故詩應繫於約咸通十二年（公元八七一年），説詳《夏課成感懷》詩注〔一〕。據此詩「苦吟看墜葉」、「初寒更憶家」句，知詩乃秋末之作。

〔二〕「雨牆」句：此句意爲牆壁經過一個月的陰雨侵襲而長出苔蘚。

〔三〕「碧雲」句：指江淹《擬休上人怨别》詩之「日暮碧雲合，佳人殊未來」詩句。碧雲，原指青雲，此處喻遠方或天邊，用以表達離情别緒。唐韋應物《寄皎然上人》詩：「願以碧雲思，方君怨别餘。」

〔四〕「傷哉」句：謝靈運《雪賦》：「怨年歲之易暮，傷後會之無因。」唐杜甫《送路六侍御入朝》：「更爲後會知何地，忽漫相逢是别筵。」賒，遠。晉葛洪《抱朴子·至理》：「豈能棄交修賒，抑遺嗜好，割目下之近欲，修難成之遠功哉！」唐吕巖《七言》詩：「常憂白日光陰促，每恨青天道路賒。」

二

相思凡幾日，日欲詠離衿〔一〕。直得吟成病〔二〕，終難狀此心。解衣悲緩帶〔三〕，搔首問遺簪①〔四〕。西嶺斜陽外，潛疑是故林〔五〕。

【校記】

①「問」，原作「悶」，《全唐詩》、吴校本均校：「一作問。」按，作「問」是。參本詩注〔四〕。今據《全唐詩》、吴校本改。

【注釋】

〔一〕離衿：謂離別思念之情。蕭彧《賦月》：「光徹離衿冷，聲符別管清。」唐宋華《蟬鳴》之五：「我友來斯，言告離衿。何以叙懷，臨水鳴琴。」

〔二〕直得：直待；直到。唐王建《送裴相公上太原》：「遥知塞雁從今好，直得漁陽已北愁。」宋朱熹《答黄子耕》：「已通透後，便要純熟。直得不思索時，此意常在心胸之間驅遣不去方是。」

〔三〕緩帶：衣帶鬆緩。意爲因思念愁思而身體消瘦。《古詩十九首》之一：「相去日已遠，衣帶日已緩。浮雲蔽白日，遊子不顧返。」《太平御覽》卷二十五：「古樂府歌詩曰……離家日趨遠，衣帶日趨緩。心思不能言，腸中車輪轉。」

〔四〕搔首：以手搔頭。焦急或有所思貌。《詩·邶風·靜女》：「愛而不見，搔首踟躕。」唐高適《九日酬顔少府》詩：「縱使登高只斷腸，不如獨坐空搔首。」遺簪，原指失落的簪子。《史記·滑稽列傳》：「前有墮珥，後有遺簪。」此處意同遺簪墜屨（亦作「遺簪墜履」）之遺簪，用以比喻舊物或故情。《韓詩外傳》卷九：「孔子出遊少源之野，有婦人中澤而哭，其音甚哀。孔子怪之，使弟子問焉，曰：『夫人何哭之哀？』婦人曰：『鄉者刈蓍薪而亡吾蓍簪，吾是以哀也。』弟子曰：『刈蓍薪而亡蓍簪，有何悲焉？』婦人曰：『非傷亡簪也，吾所以悲者，蓋不忘故也。』」漢賈誼《新書·諭誠》：「昔楚昭王與吴人戰，楚軍敗，昭王走，屨決眥而行失之，行三十步，復旋取屨。及至於隋，左右問曰：『王何曾惜一踦屨乎？』昭王曰：『楚國雖貧，豈愛一踦屨哉？思與偕反也。』自是之後，楚國之俗無相棄者。」後人合兩事爲「遺簪墜屨」，比喻舊物或故情。《北史·韋夐傳》：「孝寬（韋孝寬）爲延州總管。夐至州，與孝寬相見。將還，孝寬以所乘馬及轡勒與夐。夐以其華飾，心弗欲之，笑謂孝寬曰：『昔人不棄遺簪墜屨者，惡與之同出，不與同歸。吾之操行，雖不逮前烈，然捨舊録新，亦非吾志也。』於是乃乘舊馬以歸。」唐朱放《九日陪劉中丞宴昌樂寺送梁廷評》詩：「不棄遺簪舊，寧辭落帽還。」

〔五〕潛疑：暗自懷疑。故林，故鄉之林子，此處意爲故鄉。唐李白《白頭吟》：「東流不作西流水，落花辭條羞故林。」唐李端《送郭補闕》：「馬影愁斜日，鶯聲怨故林。」

【按】此兩首詩，均是詩人壯歲外遊時，抒發思念親友的離愁之作。詩中值得注意者，乃詩人多有取資古詩樂府之句意。如「因味碧雲句，傷哉後會賒」、「解衣悲緩帶，搔首悶遺簪」等句皆是。

野　寺〔一〕

野寺看紅葉，縣城聞擣衣〔二〕。自憐癡病苦〔三〕，猶共賞心違。高閣正臨夜，前山應落暉。離情在煙鳥①〔四〕，遥入故關飛。

【校　記】

①「鳥」，汲古閣本作「島」，下校「一作鳥」。韓集舊鈔本、《全唐詩》、麟後山房刻本、吴校本均校：「一作島。」按，作「鳥」是，「島」誤。

【注　釋】

〔一〕此詩作年難於確考。

〔二〕擣衣：古時衣服常由紈素一類織物製作，質地較爲硬挺，須先置石上以杵反復舂搗，使之柔軟，稱爲「擣衣」。後亦泛指捶洗。南朝齊謝朓《秋夜》詩：「秋夜促織鳴，南鄰擣衣急。」唐李白《子夜吴歌》之三：「長安一片月，萬户擣衣聲。」

〔三〕自憐：自傷，自我憐惜。漢王褒《九懷・通路》：「陰憂兮感余，惆悵兮自憐。」晉束皙《貧家賦》：「行乞貸而無處，退顧影以自憐。」癡病，多情善感達到癡心的程度。《舊唐書・李益傳》：「少有癡病，而多猜忌。」

〔四〕「離情」二句：故關：古代的關隘。北周庾信《别周尚書弘正》詩：「扶風石橋北，函谷故關前。」唐耿湋《送王潤》詩：「相送臨寒水，蒼然望故關。」此處故關代指進入故鄉的關城。此兩句謂離别之思，隨著煙霧中的鳥兒，飛入遥遠的故關。

【按】此詩乃寫秋日遊子，在野寺而思念家鄉。首二句寫正面對野寺秋天艷麗的紅葉，然而卻聽到了城裏傳來的陣陣搗衣聲，不禁逗起鄉關之思。第四句「共賞心違」，乃因第三句之「癡病苦」耳。而「賞心」，乃因「紅葉」而起。末兩句則經層層渲染而直道出遊子「日暮鄉關何處是，煙波江上使人愁」之意緒。

吴郡懷古〔一〕

主暗臣忠枉就刑〔二〕，遂教强國醉中傾。人亡建業空城在〔三〕，花落西江春水平〔四〕。萬古壯夫猶抱恨①，至今詞客盡傷情〔五〕。徒勞鐵鎖長千尺②〔六〕，不覺樓船下晉兵。

【校記】

①「猶」，玉山樵人本、韓集舊鈔本、統籤本、麟後山房刻本、吴校本均作「應」，吴校本下校「一作猶」，《全唐詩》校：「一作應。」

②「鐵鎖」，韓集舊鈔本作「鐵鍊」。

【注釋】

〔一〕徐復觀《韓偓詩與香奩集論考》謂韓偓「《江南送别》、《過臨淮故里》、《吴郡懷古》、《遊江南水陸院》這一類的詩，可斷言其非出於韓偓」。按此説誤，前已甄别，今不再辨。此詩應約作於唐懿宗咸通十三年（公元八七二年）或稍前，説詳前《夏課成感懷》詩注〔一〕。此詩有「花落西江春水平」句，則約作於咸通十三年晚春三月時。

吴郡：東漢永建四年分會稽郡置，治所在吴縣（今江蘇蘇州市）。轄境相當今江蘇省、上海市長江以南，大茅山以東，浙江長興、吴興、天目山以東，與建德市以下的錢塘江兩岸。唐武德四年改爲蘇州，天寶元年改爲吴郡。乾元元年復改爲蘇州。

〔二〕「主暗臣忠」二句：《韓偓詩注》謂指夫差及伍子胥，是。此詩既以《吴郡懷古》爲題，則必顧及蘇州吴王夫差事，否則全詩詠建業孫皓事，則題爲《建業懷古》可矣，何必以《吴郡懷古》爲題。今以《吴郡懷古》爲題，可包含夫差與建業都城孫皓（或含陳叔寶）荒淫亡國之史事。

〔三〕「人亡建業」句：此句指三國時吴國末帝孫皓事。建業，三國時吴國都城，即在今南京市。據《三國志·孫皓傳》，孫皓投降，吴國爲西晉所滅，孫皓「舉家西遷」，太康「五年，皓死於洛陽」。

〔四〕西江：指長江。唐人多稱長江中下游爲西江。唐李白《夜泊牛渚懷古》詩：「牛渚西江夜，青天無片雲。」唐元稹《相憶淚》詩：「西江流水到江州，聞道分成九道流。」唐温庭筠《西洲詞》：「南樓登且望，西江廣復平。艇子摇兩槳，催過石頭城。」此指南京市北的長江。

〔五〕詞客：擅長文詞的人。唐王維《偶然作》詩之六：「宿世謬詞客，前身應畫師。」唐詩人李白、劉禹錫、許渾、劉商、司空曙、殷堯藩、唐彦謙等多有以《姑蘇懷古》或《金陵懷古》爲題之詩作。與韓偓當時之文士亦應如是，故稱。

〔六〕「徒勞鐵鎖」二句：指晉武帝時，益州刺史王濬造樓船順江流而下以伐吴。儘管吴人於長江險隘處設鐵鎖横截，然亦未能阻擋王濬大軍南下秣陵，吴國遂亡事。據《晉書·吾彦傳》：「吾彦字士則，吴郡吴人也。出自寒微，有文武才幹。……稍遷建平太守。時王濬將伐吴，造船於蜀，彦覺之，請增兵爲備。皓不從，彦乃輒爲鐵鎖，横斷江路。及師臨境，緣江諸城皆望風降附，或見攻而拔，唯彦堅守，大衆攻之不能剋。」然晉兵最後還是突破鐵鎖防線而滅吴。《晉書·王濬傳》載：王濬重拜「益州刺史。武帝謀伐吴，詔濬修舟艦。濬乃作大船連舫，方百二十步，受二千餘人。以木爲城，起樓櫓，開四出門，其上皆得馳馬來往。又畫鷁首怪獸於船首，以懼江神。舟楫之盛，自古未有。濬造船於蜀，其木柹蔽江而下，吴建平太守吾彦取流柹以呈孫皓曰：『晉必有攻吴之計，宜增建平兵。建平不下，終不敢渡。』皓不從。……吴人於江險磧要害之處，並以鐵鎖横截之，又作鐵錐長丈餘，暗置江中，以逆距船。先是，羊祜獲吴間諜，具知情狀。濬乃作大筏數十，亦方百餘步，縛草爲人，被甲持杖，令善水者以筏先行，筏遇鐵錐，錐輒著筏去。又作火炬，長十餘丈，大數十圍，灌以麻油，在船前，遇鎖，然炬燒之，須臾，融液斷絶，於是船無所礙。……於是順流鼓棹，徑造三山。……壬寅，濬入于石頭。皓乃備亡國之禮，素車白馬，肉袒面縛」而降。

守　愚〔一〕

深院寥寥竹蔭廊〔二〕，披衣欹枕過年芳〔三〕。守愚不覺世途險，無事始知春日長。一畝落花圍隙地，半竿濃日界空牆①〔四〕。今來自責趨時懶，翻恨松軒書滿牀。

【校　記】

①「濃」，《全唐詩》、吴校本均校：「一作斜。」按，《全五代詩》卷七十七作「斜」。

【注　釋】

〔一〕疑此詩約大順二年（公元八九一年）作，説詳【按】語。詩有「守愚不覺世途險，無事始知春日長。一畝落花圍隙地，半竿濃日界空牆」句，則作於本年春末。

守愚：保持愚拙，不事巧僞。漢王充《論衡·别通》：「無温故知新之明，而有守愚不覽之闇。」

〔二〕寥寥：寂寞；孤單。唐宋之問《温泉莊卧疾寄楊七炯》詩：「移疾卧兹嶺，寥寥倦幽獨。」

〔三〕年芳：指美好的春色。南朝梁沈約《三月三日率爾成篇》詩：「麗日屬元巳，年芳具在斯。開花已匝樹，流嚶復滿枝。」唐李商隱《判春》詩：「一桃復一李，井上占年芳。」

〔四〕界：猶臨，對著。宋孫光憲《清平樂》詞：「盡日目斷魂飛，晚窗斜界殘暉。」宋林逋《小隱》詩：「月界曉窗琴岳潤，竹摇秋机墨雲鮮。」

【集評】

「濃日半竿」，眼前妙句。（陸次雲輯《唐詩善鳴集》卷下）

【按】細味此詩情意以及所居處，似爲解職歸家休養時所作。檢《新唐書·韓偓傳》，韓偓「擢進士第，佐河中幕府。召拜左拾遺，以疾解。後遷累左諫議大夫」。又錢珝《授司勳郎中兼侍御史知雜事賜緋魚韓偓本官充翰林學士制》敕：「具官韓偓，動人之行，率性自强，慎獨不渝，考祥甚遠。資以講學，見於文章。惟是求已之多，播於群譽矣。朕初嗣丕業，擢升諫曹，繼陳言辭，罔不摩切，雖公賞曾光於赤紙，而直誠尚記於皂囊。愈聞勵脩，宜列左右。」（《文苑英華》卷三八四）據此知韓偓任左拾遺時「繼陳言辭，罔不摩切」，頗爲「直誠」。故疑此詩乃其任左拾遺「以疾解」在家時所作，故有「守愚」之題，以及「今來自責趨時懶，翻恨松軒書滿牀」之句。據《韓偓年譜》，韓偓以疾解左拾遺職以及復職在大順二年（公元八九一年）。則詩，或作於是年。

村居〔一〕

二月三月雨晴初，舍南舍北唯平蕪〔二〕。前歡入望盈千恨，勝景牽心非一途。日照神堂聞啄木〔三〕，風含社樹叫提壺〔四〕。行看旦夕梨霜發〔五〕，猶有山寒傷酒壚。

【注釋】

〔一〕此詩作年難考。

〔二〕平蕪：草木叢生的平曠原野。南朝梁江淹《去故鄉賦》：「窮陰匝海，平蕪帶天。」唐李山甫《劉員外寄移菊》詩：「秋來緣樹復緣牆，怕共平蕪一例荒。」

〔三〕神堂：供神的處所。唐白居易《草茫茫》詩：「一朝盜掘墳陵破，龍槨神堂三月火。」啄木，謂啄木鳥。

〔四〕社樹：古代封土爲社，各隨其地所宜種植樹木，稱社樹。唐蘇鶚《蘇氏演義》卷上：「《周禮》文：二十五家爲社，各樹其土所宜木。今村墅間，多以大樹爲社樹，蓋此始也。」提壺，鳥名。即鵜鶘。又名提壺蘆。唐劉禹錫《和蘇郎中尋豐安里舊居寄主客張郎中》：「池看科斗成文字，鳥聽提壺憶獻酬。」唐白居易《寓意詩五首》之三：「促織不成章，提壺但聞聲。嗟哉蟲與鳥，無實有虚名。」

〔五〕梨霜：謂梨花。梨花白如霜，故謂。

【按】此村居時寫景抒情詩也，故前六句皆爲寫景句，中含情語。後二句則兼景與情，唯是預料中之情景耳。三、四句「前歡入望盈千恨，勝景牽心非一途」，當亦是情景合一之句。「前歡」與「勝景」相對，皆是景語。

離家〔一〕

八月初長夜，千山第一程。款顏唯有夢①〔二〕，怨泣卻無聲。祖席諸賓散〔三〕，空郊匹馬行。自憐非達識②〔四〕，局促爲浮名〔五〕。

【校記】

①「款」，《全唐詩》、吴校本均校：「一作歡。」

②「達」，《全唐詩》、吴校本均校：「一作遠。」

【注釋】

〔一〕此詩《韓偓詩注》謂「作於唐懿宗咸通十三年（公元八七二年）」。據其於《江南送別》、《遊江南水陸院》等詩詩下注，以爲咸通十三年韓偓有江南之遊，則其乃將此詩看作離家遊江南時作。按，據本集前文《夏課成感懷》詩注所考，韓偓此次離家首途遊江南乃約在咸通十二年八月或稍前，則此詩乃約咸通十二年（公元八七一年）八月或稍前時作。

〔二〕款顔：見面暢談。南朝宋謝惠連《七月七日夜詠牛女》：「傾河易回斡，款顔難久悰。」唐白居易《截樹詩》：「又如所念人，久别一款顔。」

〔三〕祖席：餞行的宴席。唐杜甫《送許八拾遺歸江寧覲省》詩：「聖朝新孝理，祖席倍輝光。」仇兆鼇注：「祖席，飲餞也。」唐韓愈《祖席》：「祖席洛橋邊，交親共黯然。」

〔四〕達識：通達的見識。劉邵《人物志》：「明能見機，謂之達識之士。」《北史·邢劭傳》：「高情達識，開遣滯累。」

〔五〕局促：形容見識、心胸狹隘。《文選·傅毅〈舞賦〉》：「嘉《關雎》之不淫兮，哀《蟋蟀》之局促。」李善注：「局促，小見之貌。」南朝梁鍾嶸《詩品》卷下：「思光紆緩誕放，縱有乖文體，然亦捷疾豐饒，差不局促。」

【按】此詩乃離家覓功名時作。離家亦「怨泣卻無聲」，然雖受離别之苦而不得不如此者，乃「局促爲浮名」耳。浮名者，功名也。詩人雖在晚年亦能棄浮名而隱居，然早年未得功名時，則如同衆多士子汲汲於功名，以致長達二紀方進士及第。之所以如此，乃其時難於有「達識」，此關其時之社會風氣與士子之前途命運使然也，誠難於免俗超脱耳。

秋雨内宴 乙卯年作①〔一〕

一帶清風入畫堂，撼真珠箔碎玎璫〔二〕。更看檻外霏霏雨，似勸須教醉玉觴②。

【校　記】

① 韓集舊鈔本、統籤本、汲古閣本、麟後山房刻本題下均無「乙卯年作」小注，吴校本題下小注同。

② 「教」，嘉靖洪邁本作「交」。

【注　釋】

〔一〕此詩詩題下有「乙卯年作」小注，乙卯年即唐昭宗乾寧二年（公元八九五年），則此詩乃是年秋之作。

〔二〕珠箔：即珠簾。《漢武故事》：「武帝起神室，以白珠織爲箔。」唐張説《端午侍宴》：「三殿褰珠箔，群官上玉除。」唐李白《陌上贈美人》詩：「美人一笑褰珠箔，遥指紅樓是妾家。」

寒食日沙縣雨中看薔薇　己巳①〔一〕

何處遇薔薇，殊鄉冷節時〔二〕。雨聲籠錦帳，風勢偃羅幃。通體全無力，酡顔不自持〔三〕。緑疏微露刺，紅密欲藏枝。愜意憑闌久，貪吟放醆遲。旁人應見訝，自醉自題詩。

【校　記】

① 韓集舊鈔本、汲古閣本、麟後山房刻本題下均無「己巳」小注，吴校本題下小注同。

【注　釋】

〔一〕據此詩詩題及題下「己巳」小注，知詩乃作於後梁開平三年（公元九〇九年）寒食，其時韓偓在閩沙縣。

〔二〕冷節，寒食節。在清明前一日。王謨輯本漢崔寔《四民月令》：「齊人呼寒食爲冷節。以麵爲蒸餅樣，團棗附之，名曰棗糕。」唐白居易《酬鄭二司録與李六郎中寒食日相過同宴見贈》：「偶因冷節會嘉賓，況是平生心所親。」宋王禹偁《清明日獨酌》詩：「一郡官閑唯副使，一年冷節是清明。」

〔三〕酡顔：本指飲酒臉紅貌。亦泛指臉紅。此處借喻薔薇花紅。唐白居易《與諸客空腹飲》詩：「促膝纔飛白，酡顔已渥丹。」唐元稹《酬樂天勸醉》詩：「酡顔返童貌，安用成丹砂？」

【集評】

韓偓在沙縣進退維谷，不能離閩，又無心居閩。病後體弱，每飲必醉，「自醉自題詩」，其苦況全在此五字。（陳香《晚唐詩人韓偓》引沈暹評語）

【按】此詩乃寒食節於雨中欣賞薔薇花而吟詠也。前四句乃就「寒食日沙縣雨中」題意而詠。「通體全無力」以下四句，則詠雨中薔薇之形態色澤。此乃全詩最佳之句，將風雨中薔薇寫得妖嬌艷麗，情態活靈活現，仿佛一位弱不勝衣之千嬌百媚，惹人憐愛之女子。「全無力」、「不自持」、「微露刺」、「欲藏枝」，可謂窮形盡態，生龍活現。末四句則寫詩人欣賞入神之狀，乃襯托薔薇之筆。

地爐

兩星殘火地爐畔，夢斷背燈重擁衾①。側聽空堂聞静響，似敲疏磬褭清音〔一〕。風燈有影隨籠轉〔二〕，臘雪無聲逐夜深。禪客釣翁徒自好，那知此際湛然心〔三〕。

【校記】

①「背」，玉山樵人本作「青」。

【注釋】

〔一〕磬：古代打擊樂器。狀如曲尺。用玉、石或金屬製成。懸掛於架上，擊之而鳴。《詩·商頌·那之什》：「既和且平，依我磬聲。」《左傳·襄公十一年》：「凡兵車百乘，歌鐘二肆，及其鎛、磬，女樂二八。」杜預注：「鎛、磬，皆樂器。」

〔二〕風燈：有罩能防風的燈。唐杜甫《漫成一絶》：「江月去人只數尺，風燈照夜欲三更。」清陳維崧《桂殿秋·淮河夜泊》詞：「船頭水笛吹晴碧，檣尾風燈颭夜紅。」

〔三〕湛然：淡泊。南朝宋謝靈運《佛影銘》序：「容儀端莊，相好具足，莫知始終，常自湛然。」亦指清靜。隋王通《中説·周公》：「其上湛然，其下恬然。」阮逸注：「湛、恬皆靜。」宋蘇軾《觀妙堂記》：「我所居室，汝知之乎？沉寂湛然，無有喧爭。」

【按】此詩寫寒冬雪夜，夢醒擁衾時之感觸。詩題雖爲「地爐」，然僅首句點明。第二句則點明其感觸乃在夜深夢醒時分，雖僅一句，然此句頗是關鍵，蓋人於夜深虛靜之時，頗能清醒自省矣。況夜半身處「側聽空堂」至「臘雪無聲」四句之清寂空虛、「風燈有影」、「臘雪無聲」之境界，則身世際遇之思，窮達進退之想，當頗爲深邃矣，故有末二句「湛然心」之詠。

隰州新驛贈刺史〔一〕

賢侯新换古長亭〔二〕，先定心機指顧成〔三〕。高義盡招秦逐客〔四〕，曠懷偏接魯諸生〔五〕。萍蓬到此銷離恨〔六〕，燕雀飛來帶喜聲。卻笑昔賢交易極〔七〕，一開東閤便垂名〔八〕。

【注　釋】

〔一〕此詩乃詩人於唐昭宗龍紀元年(公元八八九年)出佐河中幕經隰州所作,詳參卷二《隰州新驛》詩注釋〔一〕所考。

隰州:詳見卷二《隰州新驛》詩注釋〔一〕。刺史,古代官名。原爲朝廷所派督察地方之官,後沿爲地方官職名稱。漢武帝時,分全國爲十三部(州),部置刺史。成帝改稱州牧,哀帝時復稱刺史。魏晉於要州置都督兼領刺史,職權益重。隋煬帝、唐玄宗兩度改州爲郡,改稱刺史爲太守。後又改郡爲州,稱刺史,此後太守與刺史互名。宋於州置知州,而無刺史職任,刺史之名僅爲武臣升遷之階。清顧炎武《日知録·隋以後刺史》:「漢之刺史猶今之巡按御;魏晉以下之刺史猶今之總督,隋以後之刺史猶今之知府及直隸知州也。」

〔二〕賢侯:對有德位者的敬稱。此指詩中之刺史。三國魏邯鄲淳《贈吴處玄詩》:「見養賢侯,於今四祀。」唐權德輿《武公神道碑銘》:「中朝名卿大夫,四方賢侯通人,多與公爲道義之交。」

〔三〕心機:心思,計謀。此處指建造長亭的規劃。指顧,一指一瞥之間。形容時間的短暫、迅速。漢班固《東都賦》:「指顧倏忽,獲車已實。」唐鄭谷《迴鑾》:「香泛傳宣里,塵清指顧間。」指顧成,比喻很快即完成。

〔四〕秦逐客:據《史記·李斯列傳》,秦始皇十年,始皇聽從宗室大臣「一切逐客」之建議,下令逐客，李斯亦在驅逐之列，故上《諫逐客書》，後秦始皇方取消逐客令。此處秦逐客，借指不爲唐王朝所用之人。

〔五〕曠懷：豁達的襟懷。唐杜甫《贈祕書監江夏李公邕》：「例及吾家詩，曠懷掃氛翳。」唐白居易《酬楊八》詩：「君以曠懷宜靜境，我因蹇步稱閑官。」魯諸生，《史記·叔孫通列傳》：漢高祖時，「群臣飲酒爭功，醉或妄呼，拔劍擊柱，高帝患之。叔孫通知上益厭之也，說上曰：『夫儒者難與進取，可與守成。臣願徵魯諸生，與臣弟子共起朝儀。』」此處魯諸生指讀書人。

〔六〕萍蓬：萍浮蓬飄。喻行蹤轉徙無定。唐杜甫《將别巫峽贈南卿兄瀼西果園四十畝》詩：「苔竹素所好，萍蓬無定居。」此處比喻漂泊之遊客。

〔七〕交易：猶往來。《公羊傳·宣公十二年》：「君之不令臣交易爲言。」何休注：「言君之不善臣數往來爲惡言。」

〔八〕東閤：《漢書·公孫弘傳》：「弘自見爲舉首，起徒步，數年至宰相封侯，於是起客館，開東閤以延賢人。」王先謙補注引姚鼐曰：「此閤是小門，不以賢者爲吏屬，别開門延之。」《後漢書·周黄徐等傳序》：「東平王蒼爲驃騎將軍，開東閤延賢俊。」後因以稱宰相招致款待賓客之所。唐孟浩然《題長安主人壁》詩：「久廢南山田，謬陪東閤賢。」唐李商隱《哭遂州蕭侍郎二十四韻》：「早歲思東閤，爲邦屬故園。」

【按】此詩乃詩人出佐河中時經隰州，適逢新驛站建成而贈隰州刺史之作。故詩歌以贊頌刺史之建驛站功德爲主旨，甚至以漢代公孫弘爲比。有學者以爲詩中之「秦逐客」乃韓偓「自況」，「魯諸生」亦韓偓「自命」，所説恐未諦。蓋此時韓偓未貶官，未得以「秦逐客」自況也。此處乃泛指。「高義」、「曠懷」固然乃贊頌刺史之言，但並非就接納詩人自己而言，乃謂建此新驛可便以接納外來之客，以顯刺史之廣納人材之襟懷，其中心仍是圍繞新驛站之作用而言。故「萍蓬」、「燕雀」二句，亦仍是圍繞「新驛」而言，其「到此」、「飛來」，均謂「新驛」也。

草書屏風〔一〕

何處一屏風，分明懷素蹤〔二〕。雖多塵色染〔三〕，猶見墨痕濃。怪石奔秋澗，寒藤挂古松〔四〕。若教臨水畔，字字恐成龍〔五〕。

【注釋】

〔一〕此詩作年難考。

〔二〕懷素：《宣和書譜》卷十九《釋懷素傳》：「釋懷素，字藏真，俗姓錢，長沙人，徙家京兆。玄奘三藏之門人也。初勵律法，晚精意於翰墨，追倣不輟，禿筆成塚。一夕觀夏雲隨風，頓悟筆意，自謂得草書三昧。斯亦見其用志不分，乃凝於神也。當時名流如李白、戴叔倫、竇臮、錢起之徒，舉皆有詩美之，狀其勢以謂若驚蛇走虺，驟雨狂風，人不以爲過論。又評者謂張長史爲顛，懷素爲狂，以狂繼顛，孰爲不可。及其晚年益進，則復評其與張芝逐鹿，兹亦有加無已。故其譽之者，亦若是耶。考其平日得酒發興，要欲字字飛動，圓轉之妙，宛若有神，是可尚者。今御府所藏草書一百有一。」懷素蹤，指懷素的筆跡。

〔三〕塵色染：謂懷素的筆跡因年久而蒙上灰塵。

〔四〕「怪石」二句：意爲懷素草書遒勁有力，猶如秋澗奔瀉於怪石之間，寒藤纏掛古松上。懷素《自叙帖》：「初疑輕煙淡古松」，「寒猿飲水撼枯藤。」

〔五〕「若教」兩句：意爲懷素草書筆走龍蛇，十分靈動。如果臨近水邊，恐怕會化成活龍而潛入水中。《自叙帖》：「字成只畏盤龍走。」

【集評】

偓自號玉山樵人，所著歌詩頗多，其間綺麗得意者數百篇，膾炙人口，或樂工配入聲律，粉牆椒壁，竊詠者不可勝計。行書亦可喜，《題懷素草書》詩云：「怪石奔秋澗，寒藤挂古松。若教臨水畔，

字字恐成龍。」非潛心字學，作語不能逮此。（《宣和書譜》）

紀昀：語意并淺。起句俚而野。（《瀛奎律髓彙評》卷三十七技藝類）

永明禪師房〔一〕

景色方妍媚〔二〕，尋真出近郊〔三〕。寶香爐上爇〔四〕，金磬佛前敲〔五〕。蔓草稜山徑〔六〕，晴雲拂樹梢。支公禪寂處，時有鶴來巢①〔七〕。

【校　記】

①「鶴」，玉山樵人本、統籤本、麟後山房刻本均作「鵲」，《全唐詩》、吴校本均校：「一作鵲。」按，作「鶴」是，據《世説新語·言語》：「支公好鶴。」

【注　釋】

〔一〕此詩之永明禪師，《韓偓年譜》、徐復觀《韓偓詩與香奩集論考》均以爲可能即韓偓《明公大德》詩之「明公」，故《韓偓年譜》姑繫於後梁開平二年。按，宋李綱《梁溪集》卷十一《讀韓偓詩并記有感》云：「韓偓唐昭宗時爲翰林學士承旨，頗與國論，爲崔胤、朱全忠所不容，謫濮州司馬。

其後復官，不敢入朝，挈其族依閩中王審知。嘗道沙陽，寓居天王院者歲餘，與老僧藴明相善，以詩贈之。至後唐時，邑令章僚爲之記，敘偓始末甚詳，且述唐末亂離之事，頗與唐史合。予來沙陽聞之，竊願一觀，而其碑因寺中廢，爲有力者取去，祕不示人。久之始得見其副本，感而賦之，且録偓詩卷中，傳諸好事者云。」其所録韓偓《偶訪明公大德贈長句四韻》（前翰林學士承旨户部侍郎知制誥韓偓）詩云：「寸髮如霜袒右肩，倚肩筇竹貌怡然。懸燈深屋夜深坐，移榻向陽齋後眠。刮膜且揚三毒論，攝心徐指二宗禪。清涼藥分能知味，各自胸中有醴泉。」據此，則韓偓「嘗道沙陽，寓居天王院者歲餘」。韓偓至沙縣，《韓偓年譜》於後梁開平二年譜謂「偓去福州居沙縣（今屬福建），當在本年」。其考云：「案：本集明年己巳年有詩題《余寓汀州沙縣病中聞前鄭左丞璘隨外鎮舉薦赴洛兼云繼有急徵旋見脂轄因作七言四韻戲以贈之或冀其感悟也》、《己巳年正月十二日自沙縣抵邵武軍將謀撫信之行到才一夕爲閩相急腳相召卻其請赴沙縣郊外泊船偶成一篇》，夫明年己巳年正月初已寓居沙縣，正月十二日又離沙縣抵邵武（今屬福建），則偓早在本年戊辰年已離福州遷居沙縣。宋李綱《梁谿集》卷十一《讀韓偓詩並記有感》序云偓『嘗道沙陽，寓居天王院者歲餘』，復按偓以明年己巳年歲末離沙縣赴尤溪（詳己巳年譜），則自本年至明年歲末，偓居沙縣適爲歲餘也。」又於開平三年譜云：「年底，偓取水道自水溪（今沙溪，順東北流向）入建陽溪（即建溪，今閩江，順東南流向），經黯淡灘諸險，在今尤溪口向西轉入尤溪水，溯尤溪水至尤溪（今福建尤溪）。有《建溪灘波心目驚眩余平生溺奇境今則畏怯不暇因書二十八字》詩紀行。」接云：「案：此詩編次，集中在《己巳年正月十二日自沙縣抵邵武……偶成一篇》之後，《自沙縣抵尤溪縣值泉州軍過後村落皆空因有一絶》（題下自注：「此後庚午年」）之前。故定此行在本年底，並繫此詩於此。」所考可信。據此，則韓偓於己巳年底即後梁開平三年離沙縣，其時亦在沙縣「歲餘」。如此推其初至沙縣，蓋在開平二年冬。則其能於沙縣訪永明禪師且作《永明禪師房》最早應在開平二年冬。此詩有「景色方妍媚，尋真出近郊」句，謂「景色方妍媚」，則景色當是春日，最遲爲夏日之景（詳參下文「妍媚」注釋）。如此，此詩當作於開平三年（公元九〇九年）春夏間，而非開平二年。

〔二〕妍媚：謂美麗可愛。本詩謂景色妍媚，此妍媚之景多指春景。唐李景儉、吕温、吕恭等人《道州春日感興》詩：「始見花滿枝，又看花滿地。且持增氣酒，莫滴傷心淚。深誠長鬱結，芳晨自妍媚。嘯歌聊永日，誰知此時意。」唐貫休《觀懷素草書歌》：「或細微，仙衣半拆金線垂。或妍媚，桃花半紅公子醉。」《太平廣記》卷十七引《續玄怪録·裴諶》：「樓閣重複，花木鮮秀，似非人境。烟翠葱籠，景色妍媚，不可形狀。香風颯來，神清氣爽。」宋歐陽修《送梅堯臣赴湖州》：「更吟君句勝啖炙，杏花妍媚春酣酣（自注：君詩有「春風酣酣春正妍」之句）。」《佩文韻府》卷六十三之十六「妍媚」引《列仙傳》：「大中十二年二月十五日春景妍媚，花卉爛漫，有羽蓋瓊輪，幡幢滿空……」清姚燮《春江曲》：「千枝萬枝各妍媚，天色平浮變葱翠。」據諸詩文所詠，可見「妍媚」一詞乃狀春夏間景色。

〔三〕真：舊時所謂仙人。《説文·匕部》：「真，僊人變形登天也。」《樂府詩集·郊廟歌辭十一·唐太清宫樂章》：「金奏迎真，瓊宫展盛。」此指永明禪師。

〔四〕爇：燒，焚燒。《左傳·僖公二十八年》：「魏犫、顛頡怒曰：『勞之不圖，報於何有！』爇僖負羈氏。」杜預注：「爇，燒也。」

〔五〕磬：寺院中召集衆僧用的雲板形鳴器或誦經用的鉢形打擊樂器。南朝梁慧皎《高僧傳·興福·慧元》：「卒後有人入武當山下見之，神色甚暢，寄語寺僧，勿使寺業月廢。自是寺内常聞空中應時有磬聲，依而集衆，未嘗差失。」唐常建《題破山寺後禪院》詩：「萬籟此都寂，但餘鐘磬音。」

〔六〕稜：原指物體之稜角。此處意爲突出，挺露。

〔七〕支公：即晉高僧支遁。字道林，時人也稱爲「林公」。河内林慮人，一説陳留人。精研《莊子》與《維摩經》，擅清談。當時名流謝安、王羲之等均與爲友。南朝宋劉義慶《世説新語·言語》劉孝標注引《高逸沙門傳》：「支遁，字道林，河内林慮人，或曰陳留人。本姓關氏，少而任心獨往，風期高亮。家世奉法。嘗於餘杭山沈思道行，泠然獨暢。年二十五始釋形入道，年五十三終於洛陽。」《世説新語·言語》篇「支道林常養數匹馬」，余嘉錫箋疏：「《建康實録》八引《許玄度集》曰：『遁字道林，常隱剡東山，不遊人事，好養鷹馬，而不乘放，人或譏之，遁曰：「貧道愛其神駿。」』」此處借指永明禪師。禪寂，謂坐禪習定。《景德傳燈録·迦毗摩羅》：「師可禪寂於此否？」鶴來巢，乃典出《世説新語·言語》：「支公好鶴，……有人遺其雙鶴。少時翅長欲飛，支意惜之，乃鎩其翮，鶴軒翥不復能飛，乃反顧翅垂頭，視之如有懊喪意。林曰：『既有凌霄之姿，何肯爲人作耳目近玩！養令翮成，置使飛去。』」

登樓有題〔一〕

暑氣檐前過，蟬聲樹杪交〔二〕。待潮生浦口〔三〕，看雨過山坳。才見蘭舟動〔四〕，仍聞桂檝敲〔五〕。窣雲朱檻好〔六〕，終睹鳳來巢〔七〕。

【注　釋】

〔一〕此詩作年難考。

〔二〕樹杪：樹梢。《陳書·儒林傳·王元規》：「元規自執檝棹而去，留其男女三人，閣於樹杪。」唐王維《送梓州李使君》詩：「山中一夜雨，樹杪百重泉。」交，會合、交融、交匯。

〔三〕浦口：小河入江之處。南朝梁何遜《夜夢故人》詩：「浦口望斜月，洲外聞長風。」北周庾信《畫屏風》詩之十二：「平沙臨浦口，高柳對樓前。」唐王昌齡《採蓮曲》之一：「來時浦口花迎入，采罷江頭月送歸。」

〔四〕蘭舟：木蘭舟。此處用爲小舟的美稱。唐許渾《重遊練湖懷舊》詩：「西風渺渺月連天，同醉蘭舟未十年。」唐杜牧《陵陽送客》：「蘭舟倚行棹，桂酒掩餘樽。」

〔五〕桂檝：亦作桂楫。桂木船槳，亦泛指槳。晉王嘉《拾遺記·前漢下》：「桂楫松舟，其猶重樸。」

〔六〕窣雲：浮雲。唐杜荀鶴《亂後逢李昭象叙别》詩：「李生李生何所之，家山窣雲胡不歸？」《贈元上人》：「垂露竹粘蟬落殼，窣雲松載鶴棲巢。」朱檻，紅色欄杆。《西京雜記》卷四：「方騰驤而鳴舞，憑朱檻而爲歡。」唐白居易《百花亭》詩：「朱檻在空虚，涼風八月初。」此處代指所登之樓。

〔七〕鳳來巢：謂祥瑞之徵兆。《初學記》卷三十引皇甫謐《帝王世紀》「黄帝服齋於中宫」，有鳳來，「或止帝之東園，或巢阿閣」。

【按】此詩乃登樓所題之作，寫登樓之所見週遭夏日景色。故首兩句「暑氣」、「蟬聲」即寫夏日景色。中四句乃寫登樓所見之廣遠山水景物，以襯托樓之高而四野之開闊也。末二句則以「窣雲」顯樓之高聳，「朱檻好」以預示「鳳來巢」之祥瑞。

朝退書懷①〔一〕

鶴帔星冠羽客裝〔二〕，寢樓西畔坐書堂。山禽養久知人喚，窗竹芟多漏月光。粉壁不題新拙惡，小屏唯録古篇章。孜孜莫患勞心力，富國安民理道長②〔三〕。

【校　記】

① 汲古閣本詩題作「退朝書懷」。

② 「富國」，麟後山房刻本作「富貴」。按，諸本均作「富國」，作「富貴」誤。

【注　釋】

〔一〕此詩乃作於韓偓爲官朝中時。考《新唐書·韓偓傳》云：「後累遷左諫議大夫。宰相崔胤判度支，表以自副。王溥薦爲翰林學士，遷中書舍人。」又，《新唐書·崔胤傳》載：「還守司空、門下侍郎、平章事，兼領度支、鹽鐵、户部使，而賜摶死。」《新唐書·宰相表下》光化三年六月載「丁卯，崔胤爲尚書左僕射兼門下侍郎、同中書門下平章事、諸道鹽鐵轉運等使」。則崔胤判度支表韓偓以自副之時間，乃在光化三年六月丁卯或稍後數日。韓偓任此職涉及掌「度支、鹽鐵、户部使」事，實乃有關「國富民安」事。如户部侍郎之職，「掌天下田户、均輸、錢穀之政令，其屬有四：一曰户部，二曰度支，三曰金部，四曰倉部。總其職務，而行其制命。凡中外百司之事，由於所屬，皆質正焉」（《舊唐書》卷四十三《職官志二》）。故疑韓偓賦此詩乃在光化三年（公元九〇〇年）六月，詩即賦於此時。

〔二〕鶴帔：修道者的衣裝。宋陸游《遊廬山記》：「至太宗皇帝時，嘗遣中使送泥金絳羅雲鶴帔，仍命三年一易。」清厲鶚《續遊仙百詠》之三十九：「劉綱夫婦住瓊臺，鶴帔霞裙次第裁。」星冠，道士的帽子。唐戴叔倫《漢宮人入道》詩：「蕭蕭白髮出宮門，羽服星冠道意存。」羽客，指神仙或道士。北周庾信《邛竹杖賦》：「和輪人之不重，待羽客以相貽。」倪璠注：「羽客，羽人。《山海經》有羽人之國，不死之民。」唐柳宗元《摘櫻桃贈元居士》詩：「蓬萊羽客如相訪，不是偷桃一小兒。」

〔三〕理道：理政之道。唐高適《淇上酬薛三據兼寄郭主簿》：「理道資任賢，安人在求瘼。」《舊五代史·世襲傳二·錢鏐》：「（錢鏐）迨於晚歲，方愛人下士，留心理道，數十年間，時甚歸美。」

【集評】

樓作卧房，能杜濕氣。或謂梯級不便老年，華陀《導引論》曰：「老年筋縮足疲，緩步階級，以展舒之。」則登樓，正可借以展舒。諺又有寒暑不登樓之説。天寒所畏者風耳，如風無漏隙，何不宜之有？即盛夏，但令窗外遮蔽深密，便無熱氣内侵。惟三面板隔者，木能生火也。按《吴興掌故》有銷暑樓，顔真卿題額，則樓亦可銷暑也。又韓偓詩云「寢樓西畔坐書堂」，則樓宜寢，并可稱寢樓。然少覺不適，暫遷樓下，詎曰非宜。（曹庭棟《老老恒言》卷四）

結語亦何庸腐！（陸次雲輯《五朝詩善鳴集》）

【按】此詩乃詩人朝退休憩時所詠，全詩多描繪其居處之清幽可人以及瀟灑超脱之情懷。唯末二句乃自勉之辭，雖爲人惡評爲「結語亦何庸腐」，然亦可見詩人之「富國安民」之政治情懷，未可全抹煞也。

元夜即席〔一〕

元宵清景亞元正〔二〕，絲雨霏霏向晚傾。桂兔韜光雲葉重〔三〕，燭龍銜耀月輪明〔四〕。煙空但仰如膏潤〔五〕，綺席都忘滴砌聲〔六〕。更待今宵開霽後，九衢車馬未妨行〔七〕。

【注釋】

〔一〕此詩作年難考。

元夜：即元宵。農曆正月十五日爲上元節，又稱元夜、元夕。唐顧況有《上元夜憶長安》詩。宋歐陽修《生查子・元夕》詞：「去年元夜時，花市燈如晝。」

〔二〕元正：正月元日。元旦。語出《書・舜典》：「月正元日，舜格于文祖。」孔傳：「月正，正月；元日，上日。」《藝文類聚》卷七十引漢崔瑗《三子釵銘》：「元正上日，百福孔靈。」

〔三〕桂兔：指月亮。傳説月中有桂樹、玉兔，故稱。《初學記》卷一《月第三》：「俗傳月中仙人桂樹，今視其初生，見仙人之足，漸已成形，桂樹後生。」又傳説月中有金兔、瑶蟾，《初學記》卷一《月第三》：「劉孝綽詩曰：明明三五月，垂影當高樹。攢柯半玉蟾，叢葉映金兔。」又有白兔搗藥之説，傅玄《擬天問》：「月中何有？白兔搗藥。」《容齋隨筆・續筆》卷十六《月中桂兔》：「《酉陽雜俎・天咫篇》載月星神異數事。……其紀月中蟾桂，引釋氏書，言須彌山南面有閻扶樹，月過樹，影入月中。或言月中蟾桂，地影也。空處，水影也。」韜光，斂藏光采。漢孔融《離合作郡姓名字詩》：「玟璿隱曜，美玉韜光。」雲葉，猶雲片，雲朵。南朝陳張正見《初春賦得池應教》：「春光落雲葉，花影發晴枝。」唐杜甫、崔彧《夏夜李尚書筵送宇文石首赴縣聯句》：「雨稀雲葉斷，夜久燭花偏。」仇兆鼇注：「陸機《雲賦》：金柯分，玉葉散。」

〔四〕燭龍：古代神話中的神名。傳説其張目（亦有謂其駕日、銜燭或珠）能照耀天下。《山海經·大荒北經》：「西北海之外，赤水之北，有章尾山。有神，人面蛇身而赤，直目正乘，其瞑乃晦，其視乃明，不食不寢不息，風雨是謁。是燭九陰，是謂燭龍。」《楚辭·天問》：「日安不到，燭龍何照？」王逸注：「言天之西北有幽冥無日之國，有龍銜燭而照之也。」《文選·謝惠連〈雪賦〉》：「若乃積素未虧，白日朝鮮，爛兮若燭龍銜燿照崑山。」李周翰注：「燭龍，崑山神也，常銜燭以照。」

〔五〕煙空：高空，縹緲的雲天。唐李白《上之回》詩：「閣道步行月，美人愁煙空。」唐黄滔《送君南浦賦》：「夜泊而猿啼霜樹，晨征而月在煙空。」膏潤，指使草木滋潤生長的雨露。《漢書·禮樂志·郊祀歌·青陽三》：「膏潤並愛，跂行畢逮。」

〔六〕綺席：華麗的席具。古人稱坐卧之鋪墊用具爲席。南朝梁江淹《雜體詩·效惠休〈怨别〉》：「膏鑪絶沈燎，綺席生浮埃。」南朝梁陸倕《石闕銘》：「乃焚其綺席，棄彼寶衣。」

〔七〕九衢：縱横交叉的大道；繁華的街市。《楚辭·天問》：「靡蓱九衢，枲華安居。」王逸注：「九交道曰衢。」游國恩纂義：「靡蓱九衢，即謂其分散如九達之衢也。」唐韋應物《長安道》詩：「歸來甲第拱皇居，朱門峨峨臨九衢。」此處指京城大道。

【按】此詩寫元宵夜遇雨景象。五、六兩句，言天空煙氣如潤，然爲望月而忘卻雨滴也。末兩句則盼望雨霽天清，月光皎潔，不妨車如流水馬如龍以鬧元宵也。

余作探使以繚綾手帛子寄賀因而有詩〔一〕

解寄繚綾小字封〔二〕，探花筵上映春叢〔三〕。黛眉印在微微緑〔四〕，檀口消來薄薄紅〔五〕。緾處直應心共緊〔六〕，砑時兼恐汗先融〔七〕。帝臺春盡還東去〔八〕，卻繫裙腰伴雪胸〔九〕。

【注　釋】

〔一〕從詩題「余作探使」知，此詩乃作於韓偓剛進士及第時。據元辛文房《唐才子傳》卷九《韓偓傳》：「偓字致堯，京兆人。龍紀元年，禮部侍郎趙崇下擢第。」《登科記考》卷二十四亦記龍紀元年韓偓進士及第，同年有吴融等人。《新唐書》卷二〇三《吴融傳》：「吴融，字子華。越州山陰人。……融學自力，富辭調，龍紀初，進士及第。」《唐才子傳》卷九《吴融傳》：「吴融，字子華，……龍紀元年，李瀚榜及進士第。」據此，本詩乃唐昭宗龍紀元年（公元八八九年）春之作。探使：即探花使，亦稱探花郎。唐時稱進士及第後杏園初宴時采折名花的人，常以同榜中最年少的進士二人爲之。唐李淖《秦中歲時記》：「進士杏園初宴，謂之探花宴。差少俊二人爲探花使，遍遊名園，若它人先折花，二使皆被罰。」宋魏泰《東軒筆録》卷六：「進士及第後，例期集一月，共醵罰錢奏宴局，什物皆請同年分掌。又選最年少者二人爲探花使，賦詩，世謂之探花郎。」繚綾，一種精緻的絲織品。質地細緻，文彩華麗，産於越地，唐代作爲貢品。唐白居易《繚綾》詩：「繚綾繚綾何所似？不似羅綃與紈綺。」《新唐書·李德裕傳》：「（敬宗）又詔索盤條繚綾千匹。」手帛子，即手帕子。唐張鷟《遊仙窟》：「紅衫窄裹小擷臂，綠衭帖亂細纏腰。時將帛子拂，還投和香燒。」宋王衮《博濟方》卷四：「用手帛子繫定後，更服一丸。」

〔二〕小字：以小字題寫。封，此謂封套，如今之信封。

〔三〕探花筵：即探花宴，科舉時代稱進士及第後的杏園初宴。唐李淖《秦中歲時記》：「進士杏園初宴，謂之探花宴。便差定先輩二人少俊者爲兩街探花使，若他人折得花卉先開牡丹、芍藥來者，即各有罰。」金元好問《探花詞五首》之三：「六十人中數少年，風流誰占探花筵。」又，《杏花二首》之二：「荒城此日腸堪斷，老卻探花筵上人。」春叢，春日叢生的花木。此指詩人作探花郎所采之花叢。南朝梁劉孝標《廣絶交論》：「叙温鬱則寒谷成暄，論嚴苦則春叢零葉。」唐陳子昂《魏氏園林人賦一物得秋亭萱草》：「昔時幽徑裏。榮耀雜春叢。今來玉墀上，銷歇畏秋風。」

〔四〕黛眉：黛畫之眉。特指女子之眉。晉左思《嬌女詩》：「明朝弄梳臺，黛眉類掃跡。」唐温庭筠《春日》詩：「草色將林彩，相添入黛眉。」

〔五〕檀口：紅艷的嘴唇。多形容女性嘴唇之美。唐張祜《觀楊瑗柘枝》：「微動翠蛾拋舊態，緩遮檀口唱新詞。」張祜《黄蜀葵花》：「無奈美人閒把嗅，直疑檀口印中心。」

〔六〕緶：用針縫。《漢書・賈誼傳》「緁以偏諸」，唐顔師古注：「謂以偏諸緶著之也。」唐王建《宫詞》之四十七：「緶得紅羅手帕子，中心細畫一雙蟬。」

〔七〕砑：壓印。唐張祜《少年樂》詩：「帶盤紅鼴鼠，袍砑紫犀牛。」清史震林《西青散記》卷一：「（玉女）貽桃花箋數疊，皆砑『寫韻』二字於箋尾。」

〔八〕帝臺：猶帝闕。唐駱賓王《和孫長史秋日卧病》詩：「霍第疏天府，潘園近帝臺。」唐沈佺期《三日梨園侍宴》：「日晚迎祥處，笙鏞下帝臺。」

〔九〕裙腰：裙的上端緊束於腰部之處。《南史・齊魚復侯子響傳》：「子響密作啟數紙，藏妃王氏裙腰中，具自申明。」唐白居易《和夢遊春詩一百韻》：「裙腰銀線壓，梳掌金筐蹙。」雪胸，雪白之胸脯。此處代指贈手帕之女子。

【集　評】

題似有脱誤。（吴汝綸《吴評韓翰林集》）

【按】此詩乃詩人進士及第出席探花宴，時有女子寄來繚綾手帛子祝賀，故賦此詩以答。「黛眉」以下四句均寫女子所寄之繚綾手帛，及其用情之深也。唯不知此女子是下首詩之「錦兒」否？據此可見詩人與此女子之浪漫關係。

別錦兒　及第後出京別錦兒與蜀妓①〔一〕

一尺紅綃一首詩〔二〕，贈君相別兩相思。畫眉今日空留語②〔三〕，解佩他年更可期〔四〕。臨去莫論交頸意〔五〕，清歌休著斷腸詞〔六〕。出門何事休惆悵③，曾夢良人折桂枝〔七〕。

【校　記】

① 玉山樵人本、統籤本此詩詩題均爲「及第後出京別錦兒」。

② 「今」，《全唐詩》、吴校本均校：「一作此。」按，清黄之雋撰《香屑集》卷十四引作「此」。

③ 「休」，《全唐詩》、吴校本均校：「一作仍。」

【注釋】

〔一〕據此詩題下「及第後出京別錦兒與蜀妓」語，知詩乃龍紀元年（公元八八九年）春詩人進士及第後所作。詩人及第事，詳見《余作探使以繚綾手帛子寄賀因而有詩》注釋〔一〕。

〔二〕紅綃：紅色薄綢。唐白居易《琵琶行》：「五陵年少爭纏頭，一曲紅綃不知數。」南唐馮延巳《應天長》詞之三：「枕上夜長衹如歲，紅綃三尺淚。」

〔三〕畫眉：以黛描飾眉毛。《漢書·張敞傳》：「敞無威儀……又爲婦畫眉，長安中傳張京兆眉憮。有司以奏敞。上問之，對曰：『臣聞閨房之内，夫婦之私，有過於畫眉者。』」唐朱慶餘《近試上張水部》詩：「妝罷低聲問夫婿，畫眉深淺入時無？」後以「畫眉」喻夫妻感情融洽。南朝梁劉孝威《郗縣遇見人織率爾寄婦》詩：「新妝莫點黛，余還自畫眉。」唐岑參《韓員外夫人清河縣君崔氏挽歌》：「仙郎看隴月，猶憶畫眉時。」

〔四〕解佩：解下佩帶的飾物。漢劉向《列仙傳·江妃二女》：「江妃二女者，不知何所人也，出遊於江漢之湄，逢鄭交甫，見而悦之，不知其神人也，謂其僕曰：『我欲下請其佩。』……遂手解佩與交甫。」五代李瀚《蒙求》詩：「淵客泣珠，交甫解佩。」

〔五〕交頸意：兩頸相依，表示親密。《莊子·馬蹄》：「夫馬，陸居則食草飲水，喜則交頸相靡，怒則分背相踶。」後多用以比喻夫妻恩愛，男女親昵。唐李郢《爲妻作生日寄意》：「鴛鴦交頸期千歲，琴瑟諧和願百年。」唐王氏婦《與李章武贈答詩》：「鴛鴦綺，知結幾千絲。別後尋交頸，應傷未別時。」

〔六〕清歌：清亮的歌聲。晉葛洪《抱朴子·知止》：「輕體柔聲，清歌妙舞。」

〔七〕良人：古時女子對丈夫的稱呼。《孟子·離婁下》：「齊人有一妻一妾而處室者，其良人出，必饜酒肉而後反。」趙岐注：「良人，夫也。」唐白居易《對酒示行簡》詩：「昨日嫁娶畢，良人皆可依。」折桂枝，此處謂進士及第。《晉書·郤詵傳》：「武帝於東堂會送，問詵曰：『卿自以爲何如？』詵對曰：『臣舉賢良對策，爲天下第一，猶桂林之一枝，崑山之片玉。』」後因以「折桂」謂科舉及第。

【集評】

韓偓有《別錦兒》詩，錦兒，侍兒也。（王初桐《奩史》卷二十妾婢門二《釵小志》）

【按】此詩乃詩人及第後出京時別錦兒所贈詩。從詩中「兩相思」、「畫眉」、「解佩」、「交頸意」、「良人」諸語，皆可見詩人與錦兒之情感綢繆繾綣。論者有謂「錦兒，侍兒也」，未知是否如此。詩題爲「別錦兒」，則錦兒乃詩所贈之主要對象，故全詩大多詩句均爲錦兒而發。「蜀妓」乃從屬者，故詩中僅有「清歌休著斷腸詞」一句及之。據《新唐書·韓偓傳》「擢進士第，佐河中幕府」，詩人及第後即出佐河中，河中大致位於長安東方。再參其前一首《余作探使以繚綾手帛子寄賀因而有詩》詩謂「帝臺春盡還東去」，則此番「出京」，或即出佐河東歟？

閒　步〔一〕

莊南縱步遊荒野〔二〕，獨鳥寒煙輕惹惹〔三〕。傍山疏雨濕秋花，僻路淺泉浮敗果。樵人相見指驚麞①〔四〕，牧童四散收嘶馬。一壺傾盡未能歸，黄昏更望諸峰火〔五〕。

【校　記】

①「見」，玉山樵人本、韓集舊鈔本、統籤本、麟後山房刻本均作「聚」，《全唐詩》、吴校本均校：「一作聚。」

【注　釋】

〔一〕此詩作年難考。

〔二〕縱步：漫步。唐柳宗元《夢歸賦》：「老聃遁而適戎兮，指淳茫以縱步。」南唐劉崇遠《金華子雜編》卷上：「爾後絶無影響，適來忽見躡履自南廊縱步而前。」

〔三〕惹惹：輕盈貌。明朱謀垔《畫史會要》卷五《用筆》：「以鋭筆横卧，惹惹而取之，謂之皴擦。」

〔四〕麏：同「麇」，亦同「麕」，即獐子。《詩·召南·野有死麕》：「野有死麕，白茅包之。」《左傳·哀公十四年》：「逢澤有介麇焉。」陸德明《釋文》：「麇，獐也。」《楚辭·淮南小山〈招隱士〉》：「白鹿麏麚兮，或騰或倚。」洪興祖補注：「麏，麞也。」

〔五〕諸峰火：謂黄昏時群峰上之夕陽霞光。

【集評】

此律詩。（吴汝綸《吴評韓翰林集》）

【按】此詩乃寫莊外閒步所見荒野景色。所寫秋日景色雖不免荒寒蕭疏，然亦頗有詩人所欣賞者，故有「一壺傾盡未能歸，黄昏更望諸峰火」之句。

乾寧三年丙辰在奉天重圍作〔一〕

仗劍夜巡城，衣襟滿霜霰。賊火遍郊坰〔二〕，飛燄侵星漢。積雪似空江，長林如斷岸。獨凭女牆頭〔三〕，思家起長歎。

【注　釋】

〔一〕據此詩詩題，知詩作於「乾寧三年丙辰」，即唐昭宗乾寧三年（公元八九六年）。詩人明言「奉天圍中」，則此時非必伴昭宗於華州行在，其時奉天在圍中，故賦是詩。奉天，即奉天縣，唐文明元年（公元六八四年）分醴泉、始平、好畤、武功、永壽五縣地置，屬雍州。治所即今陝西乾縣。乾寧元年（公元八九四年）爲乾州治。此詩有「衣襟滿霜霰」句，則詩乃作於乾寧三年（公元八九六年）深秋。

〔二〕星漢：天河，銀河。三國魏曹操《步出夏門行》：「日月之行，若出其中；星漢粲爛，若出其裏。」北周庾信《哀江南賦》序：「舟楫路窮，星漢非乘槎可上。」此處借指高空。

〔三〕女牆：城牆上呈凹凸形的小牆。《釋名·釋宫室》：「城上垣，曰睥睨……亦曰女牆，言其卑小，比之於城。」《宋書·南平穆王鑠傳》：「憲督厲將士，固女牆而戰，賊之死者，屍與城等。」唐劉長卿《登餘干古縣城》詩：「官舍已空秋草緑，女牆猶在夜烏啼。」

【按】此詩乃詩人在圍城中仗劍夜巡城所作。詩中寫敵軍之衆多及氣燄之囂張，故有詩中「賊火遍郊坰，飛燄侵星漢」兩句；又寫天氣之寒冷惡劣，故有「衣襟滿霜霰」、「積雪似空江，長林如斷岸」之句。此皆襯托局勢之險惡嚴峻也。

雨中〔一〕

青桐承雨聲〔二〕，聲聲何重疊①。疏滴下高枝，次打敧低葉〔三〕。鳥濕更梳翎，人愁方拄頰。獨自上西樓，風襟寒帖帖〔四〕。

【校記】

① 前一「聲」字，汲古閣本、《全唐詩》、吴校本均校：「一作雨。」

【注釋】

〔一〕此詩作年難考。

〔二〕青桐：樹木名。即梧桐。因其皮青，故稱。南朝梁庾肩吾《謝賚檳榔啟》：「色譬青桐，不生空井。」北魏賈思勰《齊民要術·種槐柳楸梓梧柞》「梧桐」自注：「今人以其皮青，號曰『青桐』也。」唐李頎《題僧房雙桐》詩：「青桐雙拂日，傍帶淩霄花。」

〔三〕次：依次接替。敧，傾斜，歪斜不正。唐白居易《新昌新居書事四十韻》：「簷漏移傾瓦，梁敧換蠹椽。」攲低葉，謂較低而斜倚之枝葉。

〔四〕風襟：外衣的下襟。亦指外衣。此處指外衣。唐杜甫《月》詩：「爽合風襟靜，當空淚臉懸。」唐陸龜蒙《遊楞伽精舍》詩：「到迴解風襟，臨幽濯雲屩。」帖帖，逼近、貼近貌。元薩都剌《繡鞋》詩：「羅裙習習春風輕，蓮花帖帖秋水擎。」清阮元《冒雨由縉雲趨麗水》詩：「迷漫十步外，白雪飛帖帖。」

【按】此詩寫雨中登樓所見景象與感受。首兩句以雨聲寫雨；三、四句寫雨滴從高下落，穿枝打葉，極具動態。五、六兩句，分寫雨中鳥與人之反應與影響。末二句則轉寫雨中自己之感受，所謂「風襟寒帖帖」，乃因雨之故，仍是扣緊詩題「雨中」。

與僧〔一〕

江海扁舟客〔二〕，雲山一衲僧〔三〕。相逢兩無語，若箇是南能〔四〕。

【注釋】

〔一〕此詩作年難考。

〔二〕「江海」句：扁舟客乃作者自稱。此句意爲自己乃放浪江湖之人。

〔三〕一衲僧：即一個僧人。衲，僧衣。因其常用許多碎布拼綴而成，故稱。唐白居易《贈僧·自遠禪師》詩：「自出家來長自在，緣身一衲一繩牀。」唐杜荀鶴《夏日題悟空上人院》：「三伏閉門披一衲，兼無松竹蔭房廊。」

〔四〕若箇：哪個。可指人，亦可指物。此處指人。唐東方虬《春雪》詩：「不知園裏樹，若箇是真梅？」南能，指唐代佛教禪宗南宗創始人慧能。道原《傳燈録》：「五祖下曹溪慧能爲南宗，神秀爲北宗，故時號『南能北秀』。」唐雍陶《同賈島宿無可上人院》詩：「還因愛閒客，始得見南能。」

【按】此乃贈僧詩。首句自指，第二句謂僧人，第三句之「兩無語」即並謂兩人而言。後兩句語出幽默，亦頗具不立文字，直指人心，頓悟成佛之禪味。

晚岸〔一〕

揭起青籭上岸頭①〔二〕，野花和雨冷脩脩〔三〕。春江一夜無波浪，校得行人分外愁〔四〕。

【校　記】

①「篷」，嘉靖萬首唐人絶句等諸本作「蓬」，翰林集作「篷」，玉山樵人本、統籤本均作「艭」，汲古閣本作「韡」，下校：「一作篷。」

【注　釋】

〔一〕此詩作年難考。

〔二〕青篷：青竹所編成之船篷。《集韻·平東》：「篷，編竹編箬以覆船。」

〔三〕翛翛：象聲詞。多形容風雨之聲。唐姚合《渚上行》：「微風屢此來，泱泱復翛翛。」前蜀貫休《送薛侍郎貶峽州司馬》詩：「花落扁舟香冉冉，草侵公署雨翛翛。」

〔四〕校得：即挍得，攪得。校通挍。清代學者錢大昕《十駕齋養新録·陸氏〈釋文〉多俗字》中云：「《説文·手部》無挍字，漢碑木旁字多作手旁，此隸體之變，非别有挍字。」挍亂，即謂攪擾。《再生緣》第二回：「加封提督都元帥，總督雲南一省城。只爲遠方來挍亂，江山初定用能人。」

【集　評】

【按】此詩乃夜裏船行，遇寒雨上岸而作也。首句揭題，扣「晚岸」；第三句之「一夜」，亦扣題之詞。然第三句乃鋪墊之句，意在説明「校得行人分外愁」者，不在於「春江一夜無波浪」，乃緣「野花和雨」之「泠脩脩」耳。

仙　山〔一〕

一炷心香洞府開〔二〕，偃松皺澀半莓苔〔三〕。水清無底山如削，始有仙人騎鶴來〔四〕①。

【校　記】

①「騎」，《全唐詩》、吴校本均校：「一作跨。」按，《佩文齋詠物詩選》卷二百三十八録作「跨」。

【注　釋】

〔一〕此詩作年難考。

〔二〕一炷：即一根。炷，燈炷；燈心。心香，佛教語。謂中心虔誠，如供佛之焚香。南朝梁簡文帝《相宫寺碑銘》：「窗舒意蕊，室度心香。」洞府，道教稱神仙居住的地方。南朝梁沈約《善館碑》：「或藏形洞府，或棲志靈岳。」

〔三〕偃松：枝葉蟠曲之松樹。皺澀，謂松樹皮凹凸粗糙，不光滑。

〔四〕仙人騎鶴來：參卷二《余寓汀州沙縣……冀其感悟也》「華表歸來」條注。

過茂陵〔一〕

不悲霜露但傷春〔二〕，孝理何因感兆民〔三〕。景帝龍髯消息斷〔四〕，異香空見李夫人〔五〕。

【注　釋】

〔一〕此詩作年難考。

茂陵：陵墓名。此指漢武帝劉徹的陵墓。在今陝西省興平縣東北。《漢書·武帝紀》：「（後元二年）二月丁卯，帝崩於五柞宮，入殯於未央宮前殿。三月甲申，葬茂陵。」顔師古注引臣瓚曰：「自崩至葬凡十八日。茂陵在長安西北八十里也。」

〔二〕悲霜露：即霜露之悲。意爲對父母先祖之悲思。北齊顔之推《顔氏家訓》卷下《終制篇》：「死者人之常分，不可免也。……四時祭祀，周孔所教，欲人勿死其親，不忘孝道也。……若報罔極之德，霜露之悲，有時齋供，及盡忠信，不辱其親，所望於汝也。」宋鄭獬《鄖溪集》卷七《贈母制》：「君子履霜露，則怵然而懷。……朕之繼大業，慶行于士大夫，亦念乎北堂之賢母，禄養不能及，乃飭有司，裂邑而封之。……猶足以慰霜露之悲乎。」宋楊冠卿《客亭類稿》卷十《册寶禮成追封三代代焚黄祭文・妣》：「母兮鞠我，垂休無窮。子之慕親，欲報罔極。……焚告墓庭，增光泉壤。莫罄晨昏之養，惟深霜露之悲。」

〔三〕孝理：猶孝道。謂漢武帝以孝治國教民。《漢書・武帝紀》：建元元年詔曰：「古之立教，鄉里以齒，朝廷以爵，扶世導民，莫善於德。然則於鄉里先耆艾，奉高年，古之道也。今天下孝子順孫願自竭盡以承其親，外迫公事，内乏資財，是以孝心闕焉。朕甚哀之。民年九十以上，已有受鬻法，爲復子若孫，令得身帥妻妾遂其供養之事。」《南齊書・文惠太子傳》：「(王)儉又諮太子曰：『《孝經》「仲尼居，曾子侍」。夫孝理弘深，大賢方盡其致，何故不授顔子，而寄曾生？』」兆民，古稱天子之民，後泛指衆民，百姓。《書・吕刑》：「一人有慶，兆民賴之。」《禮記・月令》：「(孟春之月)命相布德和令，行慶施惠，下及兆民。」鄭玄注：「天子曰兆民。」南朝梁劉勰《文心雕龍・祝盟》：「兆民所仰，美報興焉。」

〔四〕「景帝龍髯」句：景帝，即漢孝景皇帝，武帝之父。景帝與其父漢文帝均爲明主，史稱兩人治國期間爲「文景之治」。《漢書・景帝紀・贊》謂：「漢興，掃除煩苛，與民休息。至于孝文，加之以恭儉，孝景遵業，五六十載之間，至於移風易俗，黎民醇厚。周云成康，漢言文景，美矣！」龍髯，龍之鬚。《史記・封禪書》：「黄帝采首山銅，鑄鼎於荆山下。鼎既成，有龍垂胡髯下迎黄帝。黄帝上騎，群臣後宫從上者七十餘人，龍乃上去。餘小臣不得上，乃悉持龍髯，龍髯拔，墮，墮黄帝之弓。百姓仰望黄帝即上天，乃抱其弓與胡髯號，故後世因名其處曰鼎湖，其弓曰烏號。」後用爲皇帝去世之典。唐李嶠《汾陰行》：「自從天子向秦關，玉輦金車不復還。珠簾羽扇長寂寞，鼎湖龍髯安可攀？」

〔五〕「異香空見」句：李夫人，即漢孝武李夫人。《漢書·外戚傳上·孝武李夫人傳》：「上嘆息曰：『善！世豈有此人乎？』平陽主因言延年有女弟，上乃召見之，實妙麗善舞。由是得幸。……李夫人少而蚤卒，上憐憫焉，圖畫其形於甘泉宫。……初李夫人病篤，上自臨候之。……上思念李夫人不已，方士齊人少翁言能致其神。乃夜張燈燭，設帳帷，陳酒肉，而令上居他帳，遥望見好女如李夫人之貌，還幄坐而步。又不得就視，上愈益相思悲感，爲作詩曰：『是邪，非邪？立而望之，偏何姍姍其來遲！』令樂府諸音家絃歌之。上又自爲作賦，以傷悼夫人。」

【按】此詩乃過茂陵而詠漢武帝。究其詩旨，乃批評漢武帝。其意乃謂漢武帝雖倡孝道，然而未能親躬孝道；唯重女色，故畫李夫人之圖形，又信方士之言，以求見李夫人之神魂，然此乃徒然而已耳。首句「不悲霜露但傷春」，乃總評漢武，概括以下三、四兩句之意。「不悲霜露」，乃「景帝龍髯消息斷」之謂，批評武帝之不悲思先帝；「但傷春」，乃刺武帝「異香空見李夫人」，譏其重色也。「傷春」，喻傷李夫人之早逝也。第二句「孝理何因感兆民」，乃批評漢武帝雖倡孝道，然未能躬行孝道，唯重女色，則其所倡孝道，又如何能感動百姓，令人信服。「何因」，乃就首句而反詰，諷意由此亦可見。「消息斷」，與下句「異香空見李夫人」成反襯，譏刺之意自在其中。此詩亦有承李義山衣鉢之處。義山亦有《茂陵》、《漢宮》詩，中亦諷漢武之耽於神仙方士與女寵，《茂陵》謂「玉桃偷得憐方朔，金屋修成貯阿嬌」；《漢宮》謂「通靈夜醮達清晨，承露盤晞甲帳春。王母不來方朔去，更須重見李夫人」。於此可知致堯實曾親炙義山。

曲江秋日〔一〕

斜煙縷縷鷺鷥棲〔二〕，藕葉枯香折野泥〔三〕。有箇高僧入圖畫①，把經吟立水塘西〔四〕。

【校　記】

①「入」，玉山樵人本、嘉靖洪邁本、統籤本均作「似」，韓集舊鈔本、汲古閣本、《全唐詩》、麟後山房刻本、吴校本均校：「一作似。」

【注　釋】

〔一〕此詩作年難考。

曲江：水名。即曲江池，在今陝西省西安市東南。秦爲宜春苑，漢爲樂遊原，有河水水流曲折，故稱。隋文帝以曲名不正，更名芙蓉園。唐復名曲江。開元中更加疏鑿，爲都人中和、上巳等節遊賞勝地。

〔二〕鷺鷥：即鷺。因其頭頂、胸、肩、背部皆生長毛如絲，故稱。唐李紳《姑蘇台雜句》：「江浦迴看鷗鳥没，碧峰斜見鷺鷥飛。」

〔三〕枯香：此處指枯萎之藕花。

〔四〕水塘：此處指曲江池。

【按】詩寫秋日曲江景色也。此景色既有自然之秋景，更有僧人讀經而入秋景，故更别具詩情畫意與特色。首二句描寫曲江秋景，拈出斜煙中之「鷺鷥棲」，乃點曲江池，有池水，故有鷺鷥也；謂「藕葉枯香」而「折野泥」，亦寫曲江秋日實景，又扣「曲江秋日」之題。後二句拈出高僧水邊讀經，既是曲江特出一景，又暗點曲江旁之慈恩寺與慈恩塔。蓋慈恩寺在曲江北，寺旁有慈恩塔藏經像。此寺在全盛時有十餘院，僧三百人。故詩人其時可見高僧於曲江池旁讀經也。

流年〔一〕

三月傷心仍晦日①〔二〕，一春多病更陰天②。雄豪亦有流年恨，況是離魂易黯然〔三〕。

【校記】

①「仍」，《全唐詩》、吴校本均校：「一作逢。」

②「更」，《全唐詩》、吴校本均校：「一作是。」

【注釋】

〔一〕此詩作年難考。

流年：如水般流逝的光陰、年華。南朝宋鮑照《登雲陽九里埭》詩：「宿心不復歸，流年抱衰疾。」唐黄滔《寓言》詩：「流年五十前，朝朝倚少年。流年五十後，日日侵皓首。」

〔二〕晦日：農曆每月最後的一天。《公羊傳·僖公十六年》：「何以不日？晦日也。」《三國志·吴志·孫韶傳》「會翊帳下，徐元、孫高、傅嬰等殺覽、員」，裴松之注《吴曆》：「晦日設祭除服。」

〔三〕離魂：指遠遊他鄉的旅人。唐韋莊《家叔南遊卻歸因獻賀》詩：「旅夢遠依湘水闊，離魂空伴越禽飛。」黯然，感傷沮喪貌。梁江淹《別賦》：「黯然銷魂，唯別而已矣。」唐柳宗元《別舍弟宗一》詩：「零落殘魂倍黯然，雙垂別淚越江邊。」

【按】此詩乃遊子逢春末，痛傷春之將逝，且歎歲月之流逝也。三月晦日，乃春盡將夏也，故引發傷春之情。更何況「一春多病更陰天」，乃令人雙重傷心也。然詩題爲「流年」，則詩人所更傷心者，實在春盡節换，流光之消逝耳。故下句有雄豪亦歎流年以陪襯，則何況自己一庸碌之離人，其傷別歎流年之情，逢此春盡之辰，豈不黯然傷心也！

商山道中〔一〕

雲横峭壁水平鋪，渡口人家日欲晡〔二〕。卻憶往年看粉本〔三〕，始知名畫有工夫。

【注　釋】

〔一〕據前考，韓偓咸通十二年秋八月曾有離家遊江南之行，此行亦可能經商山。故頗疑此詩乃其時經商山所賦，然未有確證，僅提出以供進一步研究。

商山：山名。在今陝西商縣東。亦名商嶺、商阪、地肺山、楚山。地形險阻，景色幽勝。秦末漢初四皓曾在此隱居。晉陶潛《桃花源詩》：「黄綺之商山，伊人亦云逝。」

〔二〕晡：申時，即十五時至十七時。此指太陽西移至晡時的視覺位置。宋楊萬里《秋暑》詩之二：「追涼能到竹溪無，隔水斜陽未肯晡。」

〔三〕粉本：畫稿。古人作畫，先施粉上樣，然後依樣落筆，故稱畫稿爲粉本。元夏文彦《圖繪寶鑒》卷一：「古人畫稿謂之粉本，前輩多寶蓄之；蓋其草草不經意處，有自然之妙。宣和、紹興所藏粉本，多有神妙者。」清方薰《山靜居畫論上》：「畫稿謂粉本者，古人於墨稿上加描粉筆，用時撲入縑素，依粉痕落墨，故名之也。」

【按】此詩乃寫商山道中所見商山一帶景色，且歎賞前人所繪商山名畫之逼真也。故前兩句乃寫雲繞商山峭壁，黄昏時渡口人家景色；一寫高處之山峰，一狀低平處渡口人家景色，頗有天地空間之山水佈局之巧，似呈現一幅絕美之圖畫。以此故有後二句之聯想，且此聯想又反襯眼前商山景色之美也。

招隱〔一〕

立意忘機機已生〔二〕，可能朝市汙高情〔三〕。時人未會嚴陵志〔四〕，不釣鱸魚只釣名〔五〕。

【注釋】

〔一〕此詩作年難於確考。

招隱：招人歸隱。唐駱賓王《酬思玄上人林泉》詩：「聞君招隱地，髣髴武陵春。」

〔二〕忘機：消除機巧之心。常用以指甘於淡泊，與世無爭。唐王勃《江曲孤鳧賦》：「爾乃忘機絶慮，懷聲弄影。」唐李白《下終南山過斛斯山人宿置酒》：「我醉君復樂，陶然共忘機。」

〔三〕朝市：泛指名利之場。晉陶潛《感士不遇賦》：「擁孤襟以畢歲，謝良價於朝市。」宋蘇軾《發廣州》詩：「朝市日已遠，此身良自如。」高情，高尚之情操。此謂超脱名利之情操。

〔四〕嚴陵志：指隱居不仕之志。《後漢書·嚴光傳》：「嚴光，字子陵，一名遵，會稽餘姚人也。少有高名，與光武同遊學。及光武即位，光乃變名姓，隱身不見。帝思其賢，乃令以物色訪之。後齊國上言，有一男子披羊裘釣澤中。帝疑其光，乃備安車玄纁，遣使聘之。……除爲諫議大夫，不屈，乃耕於富春山，後人名其釣處爲嚴陵瀨焉。」

〔五〕「不釣」句：釣名，作僞以求虚名。《管子·法法》：「釣名之士，無賢士焉。」《漢書·公孫弘傳》：「夫以三公爲布被，誠飾詐欲以釣名。」顔師古注：「釣，取也。言若釣魚之謂也。」唐張志和《漁父》詞之八：「蘭棹快，草衣輕，只釣鱸魚不釣名。」此句意爲時人並非真心隱居，而是借隱居之名以沽名釣譽。

【按】此詩乃譏諷時人借隱居之名而沽名釣譽也。詩謂時人於立意隱居之初，即已存機巧之心，此乃受世俗名利心之汙染所致耳。此等僞隱之徒，絶不懂嚴子陵隱居不仕之志嚮，乃一心借隱釣而沽名釣譽耳。末句「不釣鱸魚只釣名」，亦乃化用張翰故事以諷。《晉書·張翰傳》：「張翰字季鷹，吴郡吴人也。……翰有清才，善屬文，而縱任不拘，時人號爲『江東步兵』。……齊王冏辟爲大司馬東曹掾。冏時執權，翰謂同郡顧榮曰：『天下紛紛，禍難未已。夫有四海之名者，求退良難。吾本山林間人，無望於時。子善以明防前，以智慮後。』榮執其手，愴然曰：『吾亦與子採南山蕨，飲三江水耳。』翰因見秋風起，乃思吴中菰菜、蓴羹、鱸魚膾，曰：『人生貴得適志，何能羈宦數千里以要名爵乎？』遂命駕而歸。」

雨　村〔一〕

雁行斜拂雨村樓〔二〕，簾下三重幕一鉤①。倚柱不知身半濕，黄昏獨自未迴頭。

【校　記】

①「重」，嘉靖洪邁本、汲古閣本均作「更」，《全唐詩》、吴校本均校：「一作更。」按，諸本多作「三重」，且詩有「黄昏」句，則作「三更」誤。

【注　釋】

〔一〕此詩作年難考。

〔二〕雁行：飛雁的行列。南朝梁簡文帝《雜句從軍行》：「邐迤觀鵝翼，參差睹雁行。」唐盧綸《春夜對月見寄》詩：「露如輕雨月如霜，不見星河見雁行。」

【按】詩題「雨村」，故首句即以「雨村樓」點題，然其意並非僅寫「雁行斜拂雨村樓」之雨村景象也。「雁行斜拂」乃是緊關詩旨之景，故有以下詩句以爲響應。「幕一鉤」，爲看「雁行」更分明也；後二句「不知身半濕」，「黄昏」而「未回頭」，之所以如此長時間專注垂情於雁行者，乃在於睹雁行而深陷離思之中耳。寥寥數筆而詩情畫意宛然，意味雋永深摯，致堯誠寫景抒情之作手也。

使風〔一〕

茶煙睡覺心無事①，一卷黄庭在手中〔二〕。欹枕卷簾江萬里②，舟人不語滿帆風。

【校記】

①「煙」，玉山樵人本、韓集舊鈔本、嘉靖洪邁本、統籤本、麟後山房刻本均作「香」，《全唐詩》、汲古閣本、吴校本均校：「一作香。」

②「卷簾」，《全唐詩》、吴校本均校：「一作已過。」

【注釋】

〔一〕此詩作年難確考。

使風：謂利用風力，張帆行船。清顧張思《土風録》卷六：「船行張帆曰使風。見温飛卿《西州詞》：『去帆不安幅，作抵使西風？』」

〔三〕黄庭：指《黄庭經》。道教的經典著作。唐李白《送賀賓客歸越》詩：「山陰道士如相見，應寫《黄庭》换白鵝。」

【按】首二句謂船中睡醒無事品茗，於茶煙輕颺中，手把《黄庭經》品讀。此景此情，詩人之閑適愜意從可體味矣。後二句點出身在江中船上，並寫出「使風」題意。「欹枕」承首句「睡覺」，「卷簾」開下「江萬里」、「滿帆風」詩句。「滿帆風」回扣「使風」詩題。

阻風〔一〕

平生情趣羨漁師①〔二〕，此日煙江愜所思。肥鱖香秔小艛艓②〔三〕，斷腸滋味阻風時。

【校記】

①「趣」，《全唐詩》、吴校本均校：「一作性。」

②「艘艓」，吴校本作「樓艓」。

【注釋】

〔一〕此詩作年難確考。

阻風：被風所阻。唐白居易《臼口阻風十日》：「世上方爲失途客，江頭又作阻風人。」唐杜牧《鄭瓘協律》：「自説江湖不歸事，阻風中酒過年年。」

〔二〕漁師：漁人。唐秦韜玉《題刑部李郎中山亭》：「不是主人多野興，肯開青眼重漁師。」宋于真人《鳳棲梧》詞：「樵子漁師來又去，一川風月誰爲主？」

〔三〕鱖：又名桂花魚、鯚花魚。魚綱鮨科。體側扁，背隆起，青黄色，腹部灰白色，全身有不規則黑色斑點。大口，細鱗。生活在淡水中，是我國的特産，肉味鮮美。徐珂《清稗類鈔·動物·鱖》：「鱖，可食，巨口細鱗，背鰭有刺甚硬，色青微黄，有黑斑，腹淡白。亦名罽魚。」吴趨《姑蘇野史·松鶴樓菜館》：「鱖魚即桂魚，以滿身桂花斑點，又名桂花魚。」唐張志和《漁歌》之一：「西塞山前白鷺飛，桃花流水鱖魚肥。」香秔，一種有香味的粳米。産江浙一帶。《文選·張衡〈南都賦〉》：「若其廚膳，則有華薌重秬，滍皋香秔。」吕向注：「香秔，稻名。」明李時珍《本草綱目·穀一·粳》：「香粳，長白如玉，可充御貢，皆粳之稍異也。」唐李頎《贈張旭》詩：「荷葉裏江魚，白甌貯香秔。」艛艓，一種小船。唐白居易《入峽次巴東》詩：「兩片紅旌數聲鼓，使君艛艓上巴東。」

【按】詩寫江上阻風之感受。詩言平生羨慕漁人之生活與情趣，蓋漁人身處「肥鱖香秔小艛艓」之江上風光，頗爲愜意也。然而此時身處阻風之境，方體味到江上阻風時之令人斷腸之苦楚矣。真可謂身處其中，方能真正體會其中之酸甜苦辣矣。

并州〔一〕

戍旗青草接榆關〔二〕，雨裏并州四月寒。誰會憑闌潛忍淚，不勝天際似江干〔三〕。

【注釋】

〔一〕此詩作於唐昭宗龍紀元年（公元八八九年）四月，詳見本書《隰州新驛》詩注釋〔一〕。

并州：州名，漢置。其地當今内蒙古、山西大部及河北之一部。東漢時併入冀州。三國時復置。地約當今山西汾水中游地區。唐開元改爲太原府，州治即今太原市。

〔二〕戍旗：邊防軍的旗幟。漢王粲《七哀詩》之三：「登城望亭隧，翩翩飛戍旗。」唐趙嘏《歙州道中僕逃》詩：「莫遣窮歸不知處，秋山重疊戍旗多。」榆關，本謂古海關。古稱渝關、臨榆關、臨渝關，明改爲今名。其地古有渝水，縣與關都以水得名。在今河北省秦皇島市。唐于志寧《中書令昭公崔敦禮碑》：「奉敕往幽州……建節榆關，糜清柳室。」此處乃泛指北方邊塞。南朝齊謝朓《雩祭歌·白帝歌》：「嘉樹離披，榆關命賓鳥；夜月如霜，金風方嫋嫋。」北周庾信《周柱國大將軍大都督同州刺史爾綿永神道碑》：「武成二年，有詔進公都督瓜州諸軍事、瓜州刺史。是以名馳梓嶺，聲振榆關。」宋張世南《遊宦紀聞》卷八：「又賦《雨中花》一闋云：『……榆關萬里，一去飄然，片雲甚處神州？』」

〔三〕江干：江邊，江岸。南朝梁范雲《之零陵郡次新亭》詩：「江干遠樹浮，天末孤煙起。」唐王勃《羈遊餞別》詩：「客心懸隴路，遊子倦江干。」

【按】詩乃至并州而傷其邊鄙之荒寒也。首句實寫并州景象，乃邊鄙之空曠邊野景色。次句突出并州之寒冷，雖已入夏，然而雨中仍是令人寒凜，真是「春風不度玉門關」矣。「潸忍淚」，則詩人之傷心可知。而之所以傷心者，乃「天際似江干」也。「天際似江干」，意謂眼前乃一望無際之荒蕪景象，有若在江岸面對茫茫無際之渺渺江水也。

夏　夜〔一〕

猛風飄電黑雲生〔二〕，霎霎高林簇雨聲〔三〕。夜久雨休風又定〔四〕，斷雲流月卻斜明。

【注　釋】

〔一〕此詩作年難考。

〔二〕飄電：指閃電。元宋無《海上自之罘至成山覽秦皇漢武遺跡》詩：「奢侈如飄電，危亡若炳星。」

〔三〕霎霎：象聲詞。此形容雨聲。簇，叢集；聚集。唐黄滔《江州夜宴獻陳員外》詩：「多少歡娛簇眼前，潯陽江上夜開筵。」唐韋莊《聽趙秀才彈琴》詩：「蜂簇野花吟細韻，蟬移高柳迸殘聲。」

〔四〕雨休：雨止、雨歇。唐温憲《杏花》：「店香風起夜，村白雨休朝。」

【集　評】

與黄巢起義後之晚唐殘局，何其相似！較之「夕陽無限好，只是近黄昏」，蓋已每況愈下矣。（劉

拜山、富壽蓀選注《千首唐人絶句》)

【按】詩寫夏夜暴雨時與雨霽後月明景色。首二句描繪暴風驚雷、烏雲聚生，猛雨飄灑高林，霎霎作響，真是一派夏日狂風暴雨景象。後二句則是夜深雨霽月明時之風景。「斷雲流月」，寫出雨初霽月明時之天空景象。

闌干①〔一〕

掃花雖恨夜來雨②，把酒卻憐晴後寒。吴質謾言愁得病〔二〕，當時猶不凭闌干。

【校記】

① 按，此詩諸本韓偓集收於正集中，而其《香奩集》未收，僅見屈鈔本《香奩集》以拾遺詩收入。

② 「掃花」，吴校本作「掃地」。按，諸本均作「掃花」，作「掃地」誤。

【注釋】

〔一〕此詩作年難確考。

〔二〕吴質：三國魏濟陰人，字季重。以文才爲曹丕所善。漢獻帝建安中爲朝歌長，遷元成令。入魏，拜振威將軍，假節都督河北諸軍事，封列侯。魏明帝太和四年，入爲侍中。卒謚醜，後改謚威。傳見《三國志·魏志·吴質傳》、元郝經《續後漢書》卷六十六中下。謾言，説假話。《史記·淮南衡山列傳》：「陛下以淮南民貧苦，遣使者賜長帛五千匹，以賜吏卒勞苦者。長不欲受賜，謾言曰：『無勞苦者。』」《新唐書·周寶傳》：「帝在蜀，淮南絶貢賦，謾言道浙西爲寶剽阻。」據《文選注》卷四十吴質《答魏太子牋》中就昔日遊處之陳琳、徐幹、應瑒、劉楨，王粲等皆亡於瘟疫流行中，答云：「然年歲若墜，今質已四十二矣。白髮生鬢，所慮日深，實不復若平日之時也。但欲保身敕行，不蹈有過之地，以爲知己之累耳。遊宴之歡，難可再遇；盛年一過，實不可追。臣幸得下愚之才，值風雲之會，時邁齒載，猶欲觸胸奮首，展其割裂之用也。」

【按】此詩乃憑欄傷花詩也。首二句言雖恨夜來花爲風雨吹落，憐花而將落花掃起；然此時把酒倚欄，所幸雨晴天寒，天氣還是令人憐愛。然詩人緣何喜歡此雨後之晴寒？揣度其由，莫非乃因雨霽風止，花朵可免卻再度摧殘耶？如是，則詩人惜花之情從可知矣。「把酒」，消愁也，詩人因落花而愁可見，故有後二句「吴質謾言愁得病」，以襯托不如自己爲花落之愁而「憑闌干」之情重。有學者以爲此詩乃唐昭宗被弑後，詩人藉以抒發傷情，是否果如此，今尚未敢苟同，還俟高明斟酌之。

以庭前海棠梨花一枝寄李十九員外①〔一〕

二月春風澹蕩時〔二〕，旅人虚對海棠梨〔三〕。不如寄與星郎去〔四〕，想得朝回正畫眉〔五〕。

【校　記】

①「寄李十九員外」，玉山樵人本作「奉寄十九員外」。

【注　釋】

〔一〕此詩作年難考。李十九員外，名不詳。十九，乃其於兄弟輩中排行第十九。

〔二〕澹蕩：猶駘蕩。謂使人和暢。形容春天的景物。南朝宋鮑照《代白紵曲》之二：「春風澹蕩俠思多，天色净渌氣妍和。」唐陳鴻《長恨歌傳》：「賜以湯沐，春風靈液，澹蕩其間。」

〔三〕旅人：詩人自謂。虚對，空面對。海棠梨，即海棠果。又名「海紅」、「秋子」、「柰子」。落葉小喬木。葉卵圓至橢圓形，果圓形或卵圓形。樹性强健，適應性强，耐澇，耐鹽，抗寒力强。果實除生食外，大多供加工用。

〔四〕星郎：《後漢書・明帝紀》：「館陶公主爲子求郎，不許，而賜錢千萬。謂群臣曰：『郎官上應列宿，出宰百里，苟非其人，則民受殃，是以難之。』」後因稱郎官爲「星郎」。唐岑參《送李别將攝伊吾令充使赴武威便寄崔員外》詩：「遥知竹林下，星使對星郎。」唐張籍《早朝寄白舍人嚴郎中》詩：「鳳闕星郎離去遠，閤門開日入還齊。」

〔五〕畫眉：以黛描飾眉毛。《漢書·張敞傳》：「敞無威儀……又爲婦畫眉，長安中傳張京兆眉憮。有司以奏敞。上問之，對曰：『臣聞閨房之内，夫婦之私，有過於畫眉者。』」唐朱慶餘《近試上張水部》詩：「妝罷低聲問夫婿，畫眉深淺入時無？」後以「畫眉」喻夫妻感情融洽。南朝梁劉孝威《鄀縣遇見人織率爾寄婦》詩：「新妝莫點黛，余還自畫眉。」

【按】詩寫詩人於旅舍中寄海棠梨花與京中友人，賦此詩以調侃也。所謂「虚對」，乃空對、徒然面對也。之所以言「虚對」，乃因詩人旅居在外也，且似詩人因海棠梨花而思及家中妻子，故有此説。後二句則謂不如將此海棠梨花寄與李員外，而之所以如此，乃因李員外朝回可與其妻卿卿我我，恩愛綢繆也。此詩之妙，亦全在此末二句之戲謔調侃。於此亦可知兩人之親睦無間矣。

驛　樓〔一〕

流雲溶溶水悠悠〔二〕，故鄉千里空迴頭。三更猶凭闌干月①，淚滿關山孤驛樓〔三〕。

【校　記】

①「猶」，玉山樵人本、韓集舊鈔本、嘉靖洪邁本、統籤本、麟後山房刻本均作「獨」，汲古閣本、《全唐詩》、吴校本均校：「一作獨。」

【注　釋】

〔一〕此詩作年難考。

〔二〕溶溶：此處形容浮雲如水流盛多貌。《楚辭・劉向〈九歎・逢紛〉》：「揚流波之潢潢兮，體溶溶而東回。」王逸注：「溶溶，波貌也。」南朝梁江淹《哀千里賦》：「水則遠天相逼，浮雲共色，茫茫無底，溶溶不測。」

〔三〕關山：關隘山嶺。《樂府詩集・横吹曲辭五・木蘭詩一》：「萬里赴戎機，關山度若飛。」

【按】遊子思念家園之深情，古今同然。此種情思，流溢宣泄於全詩四句中。「流雲溶溶水悠悠」，是寫景，更是遊子離愁鄉思之象喻，所謂「浮雲遊子意」、「思悠悠，恨悠悠，恨到歸時方始休。月明人倚樓」也。三、四句「三更猶憑」、「淚滿關山」，亦是此意。「猶憑」、「淚滿」，將遊子思鄉念親之愁苦渲染得極爲濃至。

頻訪盧秀才　盧時在選末〔一〕

藥訣棋經思致論〔二〕，柳腰蓮臉本忘情〔三〕。頻頻强入風流坐①〔四〕，酒肆應疑阮步兵〔五〕。

【校　記】

①「坐」，韓集舊鈔本、麟後山房刻本作「座」。按，「坐」通「座」。

【注　釋】

〔一〕此詩作年難考。

盧秀才：姓盧之秀才，其人未詳。秀才，此處乃應舉讀書人之通稱。選末，唐代科舉，舉子由州縣考試後，按照名次排列選送禮部赴試，其排列於最後者謂選末。

〔二〕致論：指正確真實的深奧學問道理。

〔三〕柳腰蓮臉：指窈窕婀娜之美女。柳腰，比喻女子纖柔之身腰。後蜀花蕊夫人徐氏《宮詞》：「自教宮娥學打毬，玉鞍初跨柳腰柔。」蓮臉，美如荷花的臉。形容貌美。隋薛道衡《昭君辭》：「自知蓮臉歇，羞看菱鏡明。」唐李華《詠史》之十：「電影開蓮臉，雷聲飛蕙心。」

〔四〕風流坐：即風流座，指風月場。南朝梁江洪《爲傅建康詠紅箋》：「不值情牽人，豈識風流座。」唐韓翃《送萬巨》詩：「紅牋色奪風流座，白苧歌傾翰墨場。」

〔五〕「酒肆」句：酒肆，酒店。阮步兵，即三國名士阮籍，曾官步兵校尉，故稱。傳見《三國志》卷二十一、《晉書》卷四十九。《世説新語·任誕》：「阮公鄰家婦有美色，當壚酤酒。阮與王安豐常從婦飲酒。阮醉，便眠其婦側。夫始殊疑之，伺察終無他意。」

【按】此惜盧秀才科舉不得意，入風流場以醉忘憂之詩也。首二句言盧秀才本是潛心問學之士，故忘情於煙花女色也。三、四句謂此時秀才一反常態，頻頻出入風月場中，以酒自醉，有若阮步兵之醉卧酒肆當壚美女旁。「本忘情」、「强入風流坐」，乃此詩之著意處，謂盧秀才一反常態之情有可原，乃「盧時在選末」之故也。詩人憐惜之意，同情之心亦借二語流露而出。

答友人見寄酒〔一〕

雖可忘憂矣〔二〕，其如作病何〔三〕。淋漓滿襟袖，更發楚狂歌①〔四〕。

【校　記】

①「狂」，玉山樵人本、韓集舊鈔本、統籤本、汲古閣本、麟後山房刻本均作「長」。按，作「狂」是。

【注　釋】

〔一〕此詩作年難考。

〔二〕此處用《晉書·顧榮傳》傳意（詳下注釋〔三〕），亦暗用曹操《短歌行》「對酒當歌，人生幾何。譬如朝露，去日苦多。慨當以慷，憂思難忘。何以解憂，唯有杜康」之意。

〔三〕作病：發生疾病，致病。《晉書·顧榮傳》：「（顧榮）恒縱酒酣暢，謂友人張翰曰：『惟酒可以忘憂，但無如作病何耳。』」

〔四〕楚狂歌：楚狂，《論語·微子》：「楚狂接輿歌而過孔子曰：『鳳兮鳳兮，何德之衰！往者不可諫，來者猶可追。已而已而，今之從政者殆而！』」邢昺疏：「接輿，楚人，姓陸名通，字接輿也。昭王時，政令無常，乃披髮佯狂不仕，時人謂之楚狂也。」後用爲狂士的通稱。唐韓愈《芍藥歌》：「花前醉倒歌者誰？ 楚狂小子韓退之。」

【集評】

【按】此詩借酒以抒發内心憂時畏禍之情。首兩句借晉人顧榮「惟酒可以忘憂，但無如作病何耳」之言，以抒發酒雖可忘憂，但終難於解除心病。而其心病，乃是如顧榮似憂時畏禍之病。據《晉書·顧榮傳》，顧榮爲「齊王冏召爲大司馬主簿，冏擅權驕恣，榮懼及禍，終日昏酣，不綜府事。……冏以爲中書侍郎，在職不復飲酒。人或問之曰：『何前醉而後醒邪？』榮懼罪，乃復更飲。與州里楊彦明書曰：『吾爲齊王主簿，恒慮禍及，見刀與繩，每欲自殺，但人不知耳。』」後二句則謂酒雖未能解除心病，然而亦只能借醉酒以作楚狂之歌，宣洩心中之積鬱耳。

野釣〔一〕

細雨桃花水，輕鷗逆浪飛。風頭阻歸櫂〔二〕，坐睡倚蓑衣。

【注　釋】

〔一〕此詩作年難考。

〔二〕風頭：風的勢頭。亦泛指風。唐岑參《走馬川行奉送武判官出師西征》：「風頭如刀面如割，馬毛帶雪汗氣蒸。」歸櫂，亦作「歸棹」。指歸舟。唐王勃《臨江》詩之二：「去驂嘶別路，歸棹隱寒洲。」唐徐彦伯《採蓮曲》：「春歌弄明月，歸櫂落花前。」

【按】詩詠船中垂釣，遇風阻歸，遂倚蓑衣而坐睡。此詩頗有張志和《漁父歌》之風調，豈致堯效學志和之作歟？

曲江晚思〔一〕

雲物陰寂歷〔二〕，竹木寒青蒼〔三〕。水冷鷺鷥立，煙月愁昏黄。

【注　釋】

〔一〕此詩作年難考。

〔二〕雲物：景物，景色。南朝齊謝朓《高松賦》：「爾乃青春受謝，雲物含明，江皋緑草，暧然已平。」唐李白《下途歸石門舊居》：「雲物共傾三月酒，歲時同餞五侯門。」寂歷，猶寂靜；冷清。南朝梁江淹《燈賦》：「冬膏既凝，冬箭未度，悁連冬心，寂歷冬暮。」唐孟郊《過彭澤》詩：「揚帆過彭澤，舟人訝嘆息。不見種柳人，霜風空寂歷。」

〔三〕青蒼：深青色。常用以形容樹色、山色、天色、水色等。唐劉昚虚《暮秋揚子江寄孟浩然》詩：「林山相晚暮，天海空青蒼。」

【按】詩題爲「曲江晚思」，然全詩四句均寫曲江晚來景色，於思字不著一字，似與「晚思」了不相干。實則全詩四句，句句均以景色寫其情思之寂寞、冷寂、孤獨與愁緒。只不過不顯言其情思耳。此正可謂寓情於景，景皆著我之色彩，「不著一字，盡得風流」也。

贈友人〔一〕

莫嫌談笑與經過〔二〕，卻恐閒多病亦多。若遣心中無一事，不知争奈日長何。

【注　釋】

〔一〕此詩作年難考。

〔二〕經過：交往。唐李白《少年行》：「經過燕太子，結託并州兒。」唐張籍《過周處士》：「已掃書堂安茶灶，山人作意早經過。」

半　睡①〔一〕

眉山暗澹向殘燈②〔二〕，一半雲鬟墜枕稜〔三〕。四體著人嬌欲泣〔四〕，自家揉損砑繚綾③〔五〕。

【校　記】

①此詩吴校本收於其《香奩集》卷三，玉山樵人本、韓集舊鈔本、統籤本、屈鈔本、石印本《香奩集》亦均收。韓集舊鈔本、汲古閣本、麟後山房刻本、吴校本亦均收於正集中。按，據此詩之情韻，蓋原乃《香奩集》中詩。

②「澹」，韓集舊鈔本、統籤本、屈鈔本、汲古閣本、麟後山房刻本、吴校本、石印本《香奩集》均作「淡」，吴校本《韓翰林集》卷三則作「澹」。

③「損」,《全唐詩》校:「一作碎。」石印本《香奩集》作「碎」。按,元楊廉夫《復古詩集》卷六、明宋公傳編《元詩體要》卷八、清王士禛《池北偶談》卷十七等作「碎」。

【注釋】

〔一〕此詩作年難確考。按,清人王士禛《池北偶談》謂此詩乃「楊廉夫《香奩詩》也,見集中;今訛作韓偓,非是」。此説非是,清人恒仁《月山詩話》已駁之(詳下「箋評」引)。且今影宋本韓偓集,如玉山樵人本、韓集舊鈔本、汲古閣本等均録此詩。楊維楨乃元代人,此詩豈是其所作歟!再者,此詩見於楊維楨《復古詩集》卷六《續奩集》二十首之第十五首,題爲《成配》,可疑者乃此詩題與是詩内容似不相符,與其此集另十九首詩之詩題與内容皆相扣不同,此可疑也。又其《續奩集》第九首爲《出浴》:「初訝洗花難抑按,終疑沃雪不勝任。豈知侍女簾帷外,剩取君王數餅金。」此詩乃截取韓偓《詠浴》詩「再整魚犀攏翠簪,解衣先覺冷森森。教移蘭燭頻羞影,自試香湯更怕深。初似洗花難抑按,終憂沃雪不勝任。豈知侍女簾帷外,賸取君王幾餅金」而成。清永瑢《四庫全書總目》卷一百八十九集部四十二已謂「楊維楨《出浴》絶句,實唐韓偓七言律詩後四句,亦間有疎舛,然去取頗有鑒裁」。可見,此詩實非楊維楨詩,乃韓偓詩也。

〔二〕眉山:比喻女子之秀眉。《西京雜記》卷二:「文君(卓文君)姣好,眉色如望遠山。」後因以「眉山」形容女子秀麗的雙眉。韓偓《生查子》詞：「繡被擁輕寒，眉山正愁絶。」宋陳師道《菩薩蠻》詞：「髻釵初上朝雲捲，眼波翻動眉山遠。」

〔三〕雲鬟：高聳的環形髮髻。亦泛指烏黑秀美的頭髮。唐李白《久别離》詩：「至此腸斷彼心絶，雲鬟緑鬢罷梳結。」唐杜甫《月夜》：「香霧雲鬟濕，清輝玉臂寒。」枕稜，舊式枕頭兩端的稜角。謂枕邊。韓偓《三憶》詩：「展轉不能起，玉釵垂枕稜。」元洪希文《秋聲》：「膽薄生憎窗紙擘，夢迴錯被枕稜驚。」

〔四〕四體：指整個身體，身軀。唐顧況《謝王郎中贈琴鶴》詩：「因想羨門輩，眇然四體輕。」

〔五〕揉損：即揉煞，搓煞。揉，摩擦；搓挪。北魏賈思勰《齊民要術·脯臘》：「細切蔥白，擣令熟。椒、薑、橘皮皆末之。以浸脯，手揉令徹。」唐王建《照鏡》詩：「暖手揉雙目，看圖引四肢。」損，副詞，猶煞、極。用於動詞後表程度之深。唐李商隱《雜纂》：「悶損人：請貴客不來；惡客不請自來；被醉人纏住不放。」宋李清照《玉樓春》詞：「道人憔悴春窗低，悶損闌干愁不倚。」砑，光滑貌。宋范成大《桂海虞衡志·志岩洞》：「曾公洞舊名冷水巖，山根石門砑然。」

【集評】

「眉山暗淡向殘燈，一半雲鬟墜枕稜。四體着人嬌欲泣，自家揉碎砑繚綾。」楊廉夫《香奩詩》也，見集中；今訛作韓偓，非是。（王士禛《池北偶談》卷十七《談藝》七《香奩詩》，又見王士禛《帶經堂詩話》卷十八《校勘類》引《池北偶談》）

《池北偶談》云：「『眉山暗淡向殘燈，一半雲鬟墜枕稜。四體著人嬌欲泣，自家揉碎砑繚綾。』楊廉夫《香奩詩》也，見集中，今訛作韓偓，非是。」余按，顧俠君《元詩選》載揭曼碩一絶句云：「步出城南門，悵望江南路。前日風雪中，故人從此去。」此本古詩，曼碩嘗書以寄太虛，後人因誤刻入《秋宜集》中。楊廉夫集中此首亦其類也（「南」字，古詩作「東」）。曼碩改之，取其切合順承門耳。曼碩集中，此詩題作《曉出順承門有懷太虛》，此題亦後人所爲）。今《唐音統籤》、《全唐詩》等書並作韓偓，阮亭以爲非是，豈别有據耶？（恒仁《月山詩話》）

形容少年時得意光景，亦太自喜矣。（震鈞《香奩集發微》此詩下評）

【按】此描述女子夜中嬌媚撒嬌情態。首二句寫女子半夜之睡態體貌也。「眉山暗澹」，寫娟媚之女也。謂「殘燈」，點此時乃夜間也。「一半雲鬟墜枕稜」，言女子睡態，點詩題之「睡」字。三、四兩句，描述女子之泥人撒嬌情態，暗扣「半睡」詩題。

已涼①〔一〕

愁多卻訝天涼早②，思倦翻嫌夜漏遲〔二〕。何處山川孤館裏③，向燈彎盡一雙眉④。

【校記】

①此詩亦見於玉山樵人本、統籤本、屈鈔本、吴校本之《香奩集》中。此首玉山樵人本、韓集舊鈔本正集、統籤本均作「已涼」，屈鈔本題作「天涼二首」，此爲第一首。嘉靖洪邁本作《已涼二首》之二。《全唐詩·香奩集》、吴校本《香奩集》亦收，題作「天涼」。

②「愁」，嘉靖洪邁本作「秋」。「多」，《全唐詩·香奩集》作「來」，玉山樵人本、屈鈔本均作「多」，《全唐詩·香奩集》、吴校本均校：「一作多。」

③「川」，《全唐詩·香奩集》、吴校本《香奩集》均校：「一作村。」

④「盡」，汲古閣本、《全唐詩》、吴校本均校：「一作畫。」按，作「盡」是，「畫」非是。

【注釋】

〔一〕此詩作年難確考。

〔二〕夜漏：夜間的時刻。漏，古代滴水記時的器具。《周禮·春官·雞人》漢鄭玄注：「夜漏未盡，鷄鳴時也，呼旦以警起百官，使夙興。」唐韋應物《驪山行》：「禁仗圍山曉霜切，離宫積翠夜漏長。」

【按】詩寫秋夜之愁思也。詩之主旨乃「愁」，故首句即以「愁多」開篇以揭出詩旨也。「天涼早」，點「已涼」詩題；且「天涼早」亦易引起淒淒之愁思也。以下三句，亦均是描寫愁思之意，尤其「彎盡一雙眉」，更是愁情之具體寫照。而爲何愁思不可耐，以致輾轉反側，「翻嫌夜漏遲」者，其「何處山川」，又加之以「孤館」二字，則已窺見其因矣。蓋乃遠遊人之孤獨無偶，思親念友之愁情也。

寄禪師①〔一〕

從無入有雲峰聚，已有還無電火銷。銷聚本來皆是幻，世間閒口漫囂囂〔二〕。

【校　記】

① 此詩汲古閣本收入《韓内翰别集補遺》。吴校本題下注：「已下四首本集不載。」按，所謂「已下四首」指此詩與此下《訪明公大德》、《大酺樂》、《思歸樂》諸詩。

【注釋】

〔一〕此詩作年難考。

〔二〕囂囂：喧嘩貌。《詩·小雅·車攻》：「之子于苗，選徒囂囂。建旐設旄，搏獸于敖。」毛傳：「囂囂，聲也。」漢桓寬《鹽鐵論·遵道》：「不從，文學以爲非也，衆口囂囂，不可勝聽。」

訪明公大德①〔一〕

寸髮如霜袒右肩，倚肩筇竹貌怡然②〔二〕。懸燈深屋夜分坐〔三〕，移榻向陽齋後眠。刮膜且揚三毒論③〔四〕，攝心徐指二宗禪〔五〕。清涼藥分能知味〔六〕，各自胸中有醴泉〔七〕。

【校記】

① 本詩吴校本注：「本集不載。」統籤本題下有小注云：「《閩南唐雅》補。」此詩詩題李綱《梁溪集》卷十一《讀韓偓詩并記有感》文中爲《偶訪明公大德贈長句四韻》，下題「前翰林學士承旨户部侍郎知制誥韓偓」。又，此詩又見於清乾隆三十年重修《延平府志》卷四十二《藝文志》（見《中國方志叢書》，台灣

成文出版社一九六七年版），詩題作《天王寺》。又據是書卷十三《寺觀》，沙縣有「天王寺，在和仁坊，唐中和四年建。陳瓘有記」。

②「竹」，玉山樵人本作「杖」。

③「論」，玉山樵人本、統籤本、李綱《梁溪集》卷十一均作「諭」。

【注釋】

〔一〕此詩之明公大德，蓋即韓偓另一首《永明禪師房》詩之永明禪師。據前《永明禪師房》詩注釋〔二〕所考，韓偓乃在沙縣訪永明禪師，詩人在沙縣乃在開平二年秋後至開平三年底。前又考《永明禪師房》非作於開平二年，乃作於開平三年春夏間。此詩或和《永明禪師房》詩同時作，或稍前後所作，今姑繫於開平三年（公元九〇九年）。

〔二〕笻竹：竹名。因高節實中，常用以爲手杖，爲杖中珍品。晉戴凱之《竹譜》：「笻竹高節實中，爲杖之極。《廣志》云山南廣邛都縣。」唐盧綸《送張郎中還蜀歌》：「笻竹筍長椒瘴起，荔支花發杜鵑鳴。」此處指笻竹杖。

〔三〕夜分：夜半。《後漢書·光武帝紀下》：「（帝）數引公、卿、郎、將講論經理，夜分乃寐。」李賢注：「分猶半也。」

〔四〕刮膜：中醫醫術，指治療盲膜之病。盲膜在腹臟之間，藥力難及，治癒不易。宋劉克莊《村居書事》詩之四：「刮膜神方直萬金，國醫曾費一生心。可憐髽髻提籃者，也有盲人問點針。」此處喻指刷除蒙在表面的一層薄膜。唐皮日休《魯望讀襄陽耆舊傳見贈五百言耆舊傳所未載者予次而贊之因而寄答次韻》：「日似新刮膜，天如重熨縐。」三毒，佛教稱貪、嗔、癡爲三毒。晉法顯《佛國記》：「我今但欲殺三毒賊。」南朝梁武帝《遊鐘山大愛敬寺》詩：「二苦常追隨，三毒自燒然。貪癡養憂畏，熱惱坐焦煎。」

〔五〕攝心：收斂心神。北魏楊衒之《洛陽伽藍記・崇真寺》：「沙門之體，必須攝心守道，志在禪誦。」《唐會要》卷九：「攝心奉祀，不可聞外事。」明呂坤《〈呻吟語〉序》：「司農大夫劉景澤，攝心繕性，平生無所呻吟，予甚愛之。」二宗禪，指禪宗北宗神秀之漸悟與南宗慧能之頓悟説。

〔六〕清涼藥：佛教認爲假如誤以爲有「我」（生命主體）則成爲「煩惱障」，「根本煩惱」是貪、嗔、癡「三毒」；煩惱又稱「熱惱」。對治煩惱則須樹立菩提心，即求正覺作佛之心，比喻做「清涼藥」。典出佛陀跋陀羅翻譯之六十卷本《華嚴經》，其最後一品《入法界品》謂善財童子到五十三個菩薩處求菩提道，於彌勒菩薩處，彌勒説法中云「菩提心者，則爲雪山，長養智慧，清涼藥故」。《百喻經・煮黑石蜜漿喻》：「而望清涼寂靜之道，終無是處。」分，分別，分辨。清涼藥分，意爲能辨別出「清涼藥」味。

〔七〕醴泉：甜美的泉水。《禮記・禮運》：「故天降膏露，地出醴泉。」唐韓愈《鴑驥贈歐陽詹》詩：

「飢食玉山禾，渴飲醴泉流。」此處隱喻每個人的「清浄自性」。

【集　評】

李綱《讀韓偓詩并記有感》：韓偓唐昭宗時爲翰林學士承旨，頗與國論，爲崔胤、朱全忠所不容，謫濮州司馬。其後復官，不敢入朝，挈其族依閩中王審知。嘗道沙陽，寓居天王院者歲餘，與老僧蘊明相善，以詩贈之。至後唐時，邑令章僚爲之記，叙偓始末甚詳，且述唐末亂離之事，頗與唐史合。予來沙陽聞之，竊願一觀，而其碑因寺中廢，爲有力者取去，祕不示人。久之始得見其副本，感而賦之，且録偓詩卷中，傳諸好事者云。

《偶訪明公大德贈長句四韻》（前翰林學士承旨户部侍郎知制誥韓偓）（詩略）。

李綱詩：唐室昔不競，天綱遂陵遲。閹豎擅朝政，姦雄肆覦窺。天子遭迫脇，翠蓋蒙塵飛。矢石集黄屋，四郊皆鼓鼙。群兇雖殄滅，國命亦已移。韓子司翰苑，實被昭宗知。忠言雖屢貢，顛厦誠難支。謫官旅南土，召復不敢歸。當時白馬驛，縱横卿相尸。投之濁流中，至今耆舊悲。夫子乃幸免，禍福良難期。假道寓沙陽，空門知所依。雖踰二百載，猶傳贈僧詩。邑令真好事，作記刊豐碑。文辭雖淺陋，事實頗可追。讀之三嘆息，弔古情悽洏。寄聲藏去者，擅有將奚爲。

又：詞臣謫去墮天南，詩墨從來榜寺簷。好事不須收拾去，世間遺集有《香奩》。（以上均見李綱《梁溪集》卷十一）

【按】此詩乃詩人貶後入閩,「嘗道沙陽,寓居天王院者歲餘,與老僧藴明相善」,故以此詩贈之。明公乃高僧,故詩中於其相貌、修行及其道行均多有描述揄揚,以此高僧之外貌神態活脱脱顯現而出矣。由此可見詩人崇敬高僧之心,且於禪理亦頗有會心。

韓偓集繫年校注卷四

幽　窗①〔一〕

刺繡非無暇，幽窗自鬬歡②〔二〕。手香江橘嫩〔三〕，齒軟越梅酸③〔四〕。密約臨行怯，私書欲報難〔五〕。無憑諳鵲語〔六〕，猶得暫心寬。

【校　記】

①《全唐詩》於詩題下注「以下《香籢集》」，故此後本卷詩即《全唐詩》所收之《香奩集》詩。然此卷末所收《鞦韆》詩題下小注云：「以下三首，本集不載。」則此《鞦韆》詩以及此下之《長信宫二首》、《句》乃非《全唐詩》所據底本《香奩集》中詩，乃《全唐詩》從他書所輯録者。此《幽窗》詩亦見於玉山樵人本、韓集舊鈔本、統籤本、屈鈔本、吴校本、石印本之《香奩集》中。

②「自」，韓集舊鈔本下校「本作日」，吴校本作「日」，《全唐詩》校：「一作日。」

③「軟」，吴校本、《全唐詩》均校：「一作冷。」

【注釋】

〔一〕《全唐詩》卷六八三韓偓四所收第一首即此《幽窗》詩，其題下小注云「以下《香奩集》」。故此集中詩除卷末之《鞦韆》、《長信宫二首》以及斷句外《全唐詩》編者以爲皆是《香奩集》詩。據《香奩集序》，《香奩集》詩乃作者咸通初至廣明間（公元八六〇至八八〇年）所作。故本集作品除個别作品（如《無題》、《寄遠》、《思録舊詩於卷上淒然有感因成一章》、《代小玉家爲蕃騎所虜後寄故集賢裴公相國》、《褭娜》、《多情》等等後來所作增入者）外，大多是此期間之作，未能一一具體編年。

〔二〕尟歡：少歡樂。尟，同鮮，少。《説文·是部》：「尟，是少也。」段玉裁注：「《易·繫辭》：『故君子之道鮮矣。』鄭本作『尟』，云：少也。又『尟不及矣』，本亦作『鮮』。又《釋詁》：鮮，善也。本或作『尠』。尠者，尟之俗。」唐玄奘《大唐西域記·藍摩國》：「窣堵波側不遠，有一伽藍，僧衆尟矣。」

〔三〕江橘：産於江南之橘子。唐張九齡《感遇》之七：「江南有丹橘，經冬猶緑林。」宋强至《依韻奉和司徒侍中壓沙寺梨》：「江橘空甘得奴號，果中清品合稱公。」此句所謂「手香」，乃因手拿江橘之故。

〔四〕齒軟：因嚐特酸之越梅而感到牙齒酸軟。越梅，即越地所産之梅子。

〔五〕私書：私人密信。此處蓋爲約會之情書。

〔六〕鵲語，鵲噪，俗謂喜兆。唐竇鞏《早春松江野望》詩：「耕地人來早，營巢鵲語頻。」唐竇庠《敕目至家兄蒙淮南僕射杜公奏授祕校兼節度參謀同書寄上》：「鶴書承處重，鵲語喜時頻。」金元好問《得緯文兄書》詩：「鵲語喜復喜，山城誰與娱。」

【集評】

《幽窗》：鍾云：細而慧，所以艷。鍾云：無聊妙想。（鍾惺、譚元春輯《唐詩歸》卷三十六晚唐四）

方回：致堯筆端甚高。唐之將亡，與吴融詩律皆不全似晚唐。善用事，極忠憤，惟《香奩》之作詞工格卑，豈非世事已不可救，故留連荒亡以紓其憂乎？（《瀛奎律髓彙評》卷七風懷類）

紀昀：致堯詩格不高，惟不忘忠憤，是其高於晚唐處。「紓憂」云云，論似是，然考致堯本叙，《香奩集》實作於未遇之前。（《瀛奎律髓彙評》卷七風懷類）

馮舒：能作「香奩體」者定是情至人，正用之決爲忠臣義士。（《瀛奎律髓彙評》卷七風懷類）

何義門：五、六爲「幽」字寫神。三、四承「匙歡」意。結句反激，暗寓「喜」字。止聞「鵲語」，仍見其「幽」。（《瀛奎律髓彙評》卷七風懷類）

紀昀：此真正淫詞，非義山有所寄託者比，就彼法論之，亦自細微。（《瀛奎律髓彙評》卷七風懷類）

無名氏（甲）：此首猶可，後作應汰。（《瀛奎律髓彙評》卷七風懷類）

此曲子相公之言耶？抑冬郎之句耶？嫁名與不嫁名姑不論，存此以法不删鄭、衛之意。（陸次雲輯《五朝詩善鳴集》）

寫美人從虚處比擬，不落熟徑。臨行轉怯，欲報又難，寫盡低迴一寸心也。（屈復《唐詩成法》）

《香奩》之所以同於《離騷》，以其同是愛君也；所以異於《離騷》，《離騷》以美人比君，《香奩》以美人自比。如第一首《幽窗》，純描怨女之態，而實以寫羈臣也。大抵致堯素性修潔，不肯同流合污，故以静女自方。然杜陵之「絶代有佳人」，自是處子未嫁；致堯之「刺繡非無暇」，則樂昌之生離矣。故起四句極形容其窈窕修潔，而後四句又極形容其貞静自持。致堯既貶，天子有失股肱之痛，則當年之倚賴可知。致堯集中《感事三十四韻》有云「去梯言必盡，仄席意彌堅」，則當朱温犯駕之時，天子所與深計者，惟致堯一人，觀去梯之語可知。故有「密約」、「私書」之句。至「無憑諳鵲」語二句，則無聊極矣。（震鈞《香奩集發微》此詩下評）

【按】此乃寫淑女幽獨少歡，含情密約，欲赴而復矜持不往之情態。震鈞謂此詩「起四句極形容其窈窕修潔，而後四句又極形容其貞静自持」，所説頗得詩意。然其以《香奩》比附《離騷》，則全非此詩之本意。屈復、何義門所説頗爲中肯。紀昀斥「此真正淫詞」，則無乃太過矣！

江樓二首①

一

夢啼嗚咽覺無語，杳杳微微望煙浦〔一〕。樓空客散燕交飛，江静帆飛日亭午②〔二〕。

【校記】

①此詩二首亦見於玉山樵人本、韓集舊鈔本、統籤本、屈鈔本、吴校本、石印本之《香奩集》中。

②「飛」，玉山樵人本、統籤本、嘉靖洪邁本、屈鈔本均作「稀」，《全唐詩》、吴校本均校：「一作稀。」

【注釋】

〔一〕杳杳：幽遠貌。《楚辭·九章·哀郢》：「堯舜之抗行兮，瞭杳杳而薄天。」洪興祖補注：「杳杳，遠貌。」唐柳宗元《早梅》詩：「欲爲萬里贈，杳杳山水隔。」煙浦，雲霧迷漫的水濱。唐李賀《釣魚》詩：「爲看煙浦上，楚女淚沾裾。」唐王建《泛水曲》：「載酒入煙浦，方舟泛緑波。」

〔二〕亭午：正午。晉孫綽《遊天台山賦》：「爾乃羲和亭午，遊氣高褰。」唐杜甫《寄贊上人》：「亭午頗和暖，石田又足收。」

【集　評】

起句忠憤已極，次句望美人兮天一方也。末二句寫其時其地，所謂風景不殊，舉目有山河之異。（震鈞《香奩集發微》此詩下評）

【按】詩爲江樓懷人之作。起句夢中相思成泣，醒後悵然若失，黯然無語。謂「起句忠憤已極」，顯非此詩之意。末二句雖是寫「其時其地」，扣「江樓」詩題，然並非「所謂風景不殊，舉目有山河之異」。「樓空客散燕交飛」者，正是寫歡聚後之離散，突顯主人之孤獨索寞也。

二

鯷魚苦筍香味新〔一〕，楊柳酒旗三月春①。風光百計牽人老②，争奈多情是病身③〔二〕。

【校　記】

①「柳」，玉山樵人本、韓集舊鈔本、嘉靖洪邁本、屈鈔本均作「花」，《全唐詩》校：「一作花。」

②「光」，韓集舊鈔本作「花」，石印本《香奩集》作「華」。按「花」同「華」。

③「争奈」，玉山樵人本、統籤本、嘉靖洪邁本、屈鈔本均作「爭那」。「是」，嘉靖洪邁本、韓集舊鈔本、屈鈔

本作「足」，《全唐詩》校：「一作足。」

【注釋】

〔一〕鯷魚：有兩種。其一即大鯰。明李時珍《本草綱目·鱗四·鮧魚》（集解）引陶弘景曰：「鯷即鮎也。」明黄省曾《魚經·法》：「鮎魚者，鮧魚也，即鯷魚也，大首方口，背青黑而無鱗，是多涎。」其二爲魚綱鯷科。又名黑背鰮。體長三寸到四寸，側扁，銀灰色，體側有一顯明銀白色縱帶，無側線。腹部呈圓柱形，眼和口都大。爲群集於淺海的小型魚類。我國東海、黄海盛産。幼鯷多加工製成魚乾，通稱海蜒。苦筍，苦竹之筍。品種不一，其味微苦者可食，俗稱甜苦筍。宋吴曾《能改齋漫録·方物》：「（廬山簡寂觀）觀出苦筍，而味反甜。」

〔二〕争奈：怎奈，無奈。唐顧況《從軍行》之一：「風寒欲砭肌，争奈裘襖輕。」宋張先《百媚娘》詞：「樂事也知存後會，争奈眼前心裏。」

【集評】

情湧而成。（陸時雍《唐詩鏡》卷五十四此詩下評）

此首指王審知而言。主人留客，未嘗不極盡慇勤，爭奈愁病相牽，無心戀此。昔君黄居蜀，勤訓子孫，幼安度遼，惟談經典，致堯類之矣。（震鈞《香奩集發微》此詩下評）

【按】此詩乃面對三月春光而傷流年之匆遽也。首二句乃後二句之鋪墊。首句乃以春日美食之「香味新」，言春日之美好也；二句之「楊柳酒旗」，正是「三月春」之快人景色。末二句則感光陰之易逝，歎多情病身之無奈風光匆遽何也！此感傷正因前兩句之美好而起，所謂樂極生悲也。震鈞所謂「此首指王審知而言」，實爲牽强附會。

春盡日①

樹頭初日照窗檐②，樹底蔫花夜雨霑〔一〕。外院池亭聞動鎖，後堂闌檻見垂簾〔二〕。柳腰入户風斜倚〔三〕，榆莢堆牆水半淹〔四〕。把酒送春惆悵在③，年年三月病厭厭④〔五〕。

【校記】

①此詩亦見於玉山樵人本、韓集舊鈔本、統籤本、屈鈔本、吴校本、石印本之《香奩集》中。

②「初」，韓集舊鈔本作「春」，下校：「本作初。」石印本《香奩集》作「春」，吴校本校：「一作春。」「窗」，原作「西」，石印本《香奩集》作「窗」，吴校本校「一作窗」，今據石印本《香奩集》、吴校本校改。蓋「初日」非晚照，不應照「西檐」。

③「春」，玉山樵人本、統籤本均作「君」。

④「厭厭」，屈鈔本作「懨懨」，《全唐詩》校：「一作懨懨。」按，此處「厭厭」同「懨懨」。

【注釋】

〔一〕蔫花：枯萎之花。蔫，花草枯萎，顔色不鮮豔。宋秦觀《輦下春晴》：「亂絮迷春闊，蔫花困日長。」宋陸游《累日倦甚不能觴客睡起戲作》詩：「粉闈紅蔫樽俎薄，不如止酒得安眠。」

〔二〕闌檻：欄杆。《説文·木部》：「楯，闌檻也。」段玉裁注：「闌檻者，謂凡遮闌之檻，今之闌干是也。」宋歐陽修《朝中措·送劉仲原甫出守維揚》詞：「平山闌檻倚晴空，山色有無中。」

〔三〕柳腰：形容楊柳的柔條。北周庾信《和春日晚景宴昆明池》：「上林柳腰細，新豐酒徑多。」

〔四〕榆莢：亦作「榆筴」。榆樹的果實。初春時先于葉而生，聯綴成串，形似銅錢，俗呼榆錢。《太平御覽》卷九五六引漢崔寔《四民月令》：「二月榆莢成者，收乾以爲醬。」北周庾信《燕歌行》：「桃花顔色好如馬，榆筴新開巧似錢。」

〔五〕厭厭：亦作懨懨，精神萎靡貌。亦用以形容病態。唐劉兼《春晝醉眠》詩：「處處落花春寂寂，時時中酒病懨懨。」唐陸龜蒙《自遣詩三十首》：「故疾未平，厭厭卧田舍中。」

【集評】

方回：此詩只尾句佳，宋人用以爲小詞者。（《瀛奎律髓彙評》卷七風懷類）

馮舒：尾句正未佳。（《瀛奎律髓彙評》卷七風懷類）

查慎行：尾句亦嫌俗韻。（《瀛奎律髓彙評》卷七風懷類）

無名氏（甲）：義山《無題》，妙在别有託諷，自覺意味深長。若「香奩」，只是靡詞，不作可也。（《瀛奎律髓彙評》卷七風懷類）

致堯之貶，在天復三年二月十一日，到濮州，當在三月也。故集中屢致憾於三月。（震鈞《香奩集發微》此詩下評）

【按】此春末送春傷春詩作。首句寫春杪最後一日初臨，後句「薦花」點「春盡」，「夜雨霑」暗指昨夜風雨摧花也，其傷春之意亦寓焉。「外院」句謂夜盡天曉，故「聞動鎖」，春末最後一日開始也。第二、五、六句皆是春末景象，後兩句則直抒送春傷春之情。震鈞謂「致堯之貶，在天復三年二月十一日，到濮州，當在三月也。故集中屢致憾於三月」。所説非是，蓋此詩乃其未及第時作，與其貶後之情感實無關涉。

詠　燈①

高在酒樓明錦幕，遠隨漁艇泊煙江。古來幽怨皆銷骨〔一〕，休向長門背雨窗〔二〕。

【校　記】

①此詩亦見於韓集舊鈔本、統籤本、屈鈔本、吴校本、石印本之《香奩集》。韓集舊鈔本《香奩集》於題下注「重」。吴校本於詩末校「重見」，蓋在其《韓翰林集》卷三已録此詩，又於其《香奩集》卷一重録，然《全唐詩》韓偓正集未收此詩，而收於其《香奩集》中。《玉山樵人集》及其所附《香奩集》未收此詩。韓集舊鈔本、汲古閣本、麟後山房刻本均收於正集中。

【注　釋】

〔一〕幽怨：鬱結於心的愁恨。唐李頎《古從軍行》：「行人刁斗風沙暗，公主琵琶幽怨多。」唐李白《萬憤詞投魏郎中》：「獄户春而不草，獨幽怨而成迷。」銷骨，猶銷魂。形容極其哀傷。唐元稹《别李十一》詩之五：「聞君欲去潛銷骨，一夜暗添新白頭。」宋辛棄疾《賀新郎·陳同父自東陽來過余》詞：「路斷車輪生四角，此地行人銷骨。」

〔二〕「長門」句：用司馬相如《長門賦》典。長門，漢宫名。《長門賦·序》：「孝武皇帝陳皇后時得幸，頗妒，别在長門宫，愁悶悲思。聞蜀郡成都司馬相如天下工爲文，奉黄金百斤，爲相如、文君取酒，因于解悲愁之辭。而相如爲文以悟主上，陳皇后復得親幸。」唐杜牧《早雁》：「仙掌月明孤影過，長門燈暗數聲來。」

【集評】

此自比阿嬌也。長門永巷，怨雨淒風，反不如酒樓漁艇可以自適己意。張翰蒓鱸，正此之謂。（震鈞《香奩集發微》此詩下評）

【按】此詩乃詠燈之作，未必即「自比阿嬌也」。前兩句以及末句皆詠不同境地之燈，以此寓詩人之嚮往與誡勉之意，亦即所謂「長門永巷，怨雨淒風，反不如酒樓漁艇可以自適己意」矣。李商隱亦有詠《燈》詩，今録如下，或可見韓偓詩學玉山之跡也。《燈》：「皎潔終無倦，煎熬亦自求。花時隨酒遠，雨夜背窗休。冷暗黄茅驛，暄明紫桂樓。錦囊名畫掩，玉局敗棋收。何處無佳夢，誰人不隱憂。影隨簾押轉，光信簟文流。客自勝潘岳，儂今定莫愁。固應留半焰，迴照下幃羞。」

別緒①

別緒靜愔愔②〔一〕，牽愁暗入心。已回花渚櫂〔二〕，悔聽酒壚琴〔三〕。菊露淒羅幕〔四〕，梨霜惻錦衾〔五〕。此生終獨宿，到死誓相尋。月好知何計，歌闌歎不禁③〔六〕。山巔更高處④〔七〕，意上上頭吟⑤〔八〕。

【校 記】

①此詩亦見於玉山樵人本、韓集舊鈔本、統籤本、屈鈔本、吴校本、石印本之《香奩集》中。

②「静」，吴校本、《全唐詩》均校：「一作情。」

③「歎」，韓集舊鈔本下校「本作欲」。屈鈔本作「欲」。《全唐詩》校：「一作欲，一作思。」吴校本作「欲」，下校：「一作歎，一作思。」

④「高」，《全唐詩》、《吴校本》均校：「一作何。」

⑤「意」，原作「憶」，石印本《香奩集》作「意」，似較合詩意，今據改。

【注 釋】

〔一〕愔愔：幽深貌；悄寂貌。漢蔡琰《胡笳十八拍》：「雁飛高兮邈難尋，空腸斷兮思愔愔。」明湯顯祖《紫釵記·謁鮑述嬌》：「客思繞無涯，青門近狹斜，愔愔陌巷是誰家？」

〔二〕花渚：開着花的水中小洲。櫂，亦作棹。原爲船槳。《楚辭·九歌·湘君》：「桂櫂兮蘭枻，斲冰兮積雪。」唐李咸用《和人湘中作》：「一棹寒波思范蠡，滿尊醇酒憶陶唐。」此處代指船。南朝陳徐陵《爲護軍長史王質移文》：「王師艤櫂，素在中流，群帥爭驅，應時殲蕩。」唐徐彦伯《採蓮曲》：「春歌弄明月，歸櫂落花前。」

〔三〕「酒壚琴」句：此用卓文君聽司馬相如彈琴而夜奔相如典故。《史記·司馬相如列傳》：「是時卓王孫有女文君新寡，好音，故相如繆與令相重，而以琴心挑之。相如之臨邛，從車騎，雍容閒雅甚都；及飲卓氏，弄琴，文君竊從户窺之，心悦而好之，恐不得當也。既罷，相如乃使人重賜文君侍者通殷勤。文君夜亡奔相如，相如乃與馳歸成都。家居徒四壁立。卓王孫大怒曰：『女至不材，我不忍殺，不分一錢也。』人或謂王孫，王孫終不聽。文君久之不樂，曰：『長卿第俱如臨邛，從昆弟假貸猶足爲生，何至自苦如此！』相如與俱之臨邛，盡賣其車騎，買一酒舍酤酒，而令文君當鑪。相如身自著犢鼻褌，與保庸雜作，滌器於市中。」

〔四〕菊露：即露水。因露白如菊，故稱。淒羅幕，使羅幕顯得淒冷。

〔五〕梨霜：即霜。因霜白如梨花，故稱。惻錦衾，使錦衾顯得悽惻。

〔六〕歌闌：歌將盡。闌，將盡，將完。《史記·高祖本紀》：「酒闌，吕公因目固留高祖。」三國魏嵇康《琴賦》：「於是曲引向闌，衆音將歇。」

〔七〕「山巔」句：意爲登上更高之山峰以遠望懷人。猶如望夫石之喻女子懷念丈夫之堅貞。

〔八〕上頭：此處似指山峰之最高處。

【集評】

命意與《楚辭·涉江》同。已至高處，仍思向上，所謂絶世獨立者也。「悔聽」句，與老杜「不嫁昔娉婷」同意。然既已聽矣，則勢惟從一而終，故有「此生」一聯。夫曰「到死誓相尋」，則真百折不回矣！（震鈞《香奩集發微》此詩下評）

韓偓《香奩集》頗有輕薄作品，不必學之。其詩蓋受義山影響，義山有詩亦輕薄。或曰：韓氏詩有含蓄，含而不露。「佯佯脈脈是深機」其輕薄不必提，即含蓄亦不必取韓，然其「……菊露淒羅幕，梨霜惻錦衾。此生終獨宿，到死誓相尋……」（《別緒》）四句，真好。（顧隨、葉嘉瑩、顧之京著《駝庵詩話·續編》卷四）

韓《香奩集》中有《新上頭》一首，寫女子及笄上頭，意即詠李氏女（慶按，指李商隱之女）十五歲上頭事。詩云：「學梳鬆鬢試新裙，消息佳期在此春。爲愛好多心轉惑，偏將宜稱問旁人。」第三句清楚表明他（她）們的相遇定情所謂「佳期」是在這一年的春天，即李氏女十五歲時。但是在哪一天呢？就是在寒食日這天。原來我國古代女子上頭，不僅要在十五歲，而且一定在寒食這一天，這與上文關於愛情發生時間的考索正合。且看吴自牧《夢粱録》卷二的一則記載：「清明交三月，節前兩日謂之寒食……凡官民不論大小家，子女未冠笄者，以此日上頭。」又孟元老《東京夢華録》卷七也記寒食日「女子及笄者多以是日上頭」。由於李氏女上頭那日正是他（她）們定情之時，所以當日後闊別千里，韓即有《別緒》詩云：「山巔更高處，憶上上頭吟。」由此可見《香奩集》中的「寒食詩」、「三月詩」、「鞦韆詩」、「偶見詩」、「繞廊詩」、「五更詩」、「上頭詩」等數十首（以上各類共四十九首，已佔

《香奩集》之半，此外如《青春》、《春恨》、《中春憶贈》、《舊館》、《有憶》、《兩處》……等皆是），所詠實同一情事，其所懷皆爲李氏女一人。（黄世中《韓偓其人及「香奩詩」本事考索》）

【按】此詩乃寫癡情懷念離人之深情。其中「菊露淒羅幕，梨霜惻錦衾。此生終獨宿，到死誓相尋」四句猶可見其纏綿反側，誓死非它之深摯情感。

見花①

褰裳擁鼻正吟詩〔一〕，日午牆頭獨見時。血染蜀羅山躑躅〔二〕，肉紅宫錦海棠梨〔三〕。因狂得病真閒事②，欲詠無才是所悲。看卻東風歸去也③，争教判得最繁枝④〔四〕。

【校記】

① 此詩亦見於玉山樵人本、韓集舊鈔本、統籤本、屈鈔本、吴校本、石印本之《香奩集》中。

② 「真」，屈鈔本作「渾」。

③ 「東」，韓集舊鈔本下校「本作春。」《全唐詩》、吴校本均校：「一作春。」按，《唐詩鏡》卷五十四作「春」。

④ 「判」，《全唐詩》、吴校本均校：「一作賸。」

【注釋】

〔一〕褰裳：撩起下裳。《詩·鄭風·褰裳》：「子惠思我，褰裳涉溱。」晉葛洪《抱朴子·廣譬》：「褰裳以越滄海，企佇而躍九玄。」擁鼻，即擁鼻吟。詳參卷三《清興》詩「擁鼻」條注釋。

〔二〕「山躑躅」句：山躑躅，杜鵑花的别稱。明李時珍《本草綱目·草六·山躑躅》：「山躑躅，時珍曰：處處山谷有之，高者四五尺，低者一二尺。春生，苗葉淺緑色，枝少而花繁，一枝數萼。二月始開花，如羊躑躅，而蒂如石榴花。有紅者、紫者、五出者、千葉者。小兒食其花，味酸無毒。一名紅躑躅，一名山石榴，一名映山紅，一名杜鵑花。其黄色者即有毒，羊躑躅也。」唐白居易《題元十八溪居》：「晚葉尚開紅躑躅，秋房初結白芙蓉。」此句謂山躑躅如血染之蜀羅。

〔三〕「海棠梨」句：海棠梨，即海棠果，又名「海紅」。又名「秋子」。又名「柰子」。落葉小喬木。葉卵圓至橢圓形，果圓形或卵圓形。樹性强健、適應性强，耐澇、耐鹽，抗寒力强。果實除生食外，大多供加工用。此句謂海棠梨如肉紅色的宫錦。

〔四〕争教：怎教。唐白居易《遺懷》詩：「遂使四時都似電，争教兩鬢不成霜。」唐徐凝《白人》：「泥郎爲插瓏璁釵，争教一朵牙雲落。」判得，捨得。判，通「拚」，捨棄。唐元稹《遺春》詩之一：「學問慵都廢，聲名老更判。」唐韋莊《離筵訴酒》詩：「不是不能判酩酊，却憂前路醉醒時。」

【集　評】

此三詩（指《倚醉》《見花》、《有憶》）是開詞曲法門。（陸時雍《唐詩鏡》卷五十四）

不能忘情於君國，惓惓三致意焉。東坡《海棠》詩「天涯流落俱可念，爲飲一尊歌此曲」，詩境相似。（震鈞《香奩集發微》此詩下評）

【按】此詩乃賞花惜花之作。三、四句描寫春花之艷麗，以「血染蜀羅」、「肉紅宮錦」比喻之；首句以及五、六兩句乃是賞花、詠花，以見其憐香惜玉之情。末兩句則抒發惜花之心，仍是其憐愛春花之深情。至於此詩有無寓託，寓託爲何？各家所説有異：震鈞以爲此詩「不能忘情於君國，惓惓三致意焉」；徐復觀《韓偓詩與香奩集論考》認爲韓偓此詩乃傷宮人宋柔之作，云：「爲什麼我又推測到宮人宋柔身上呢？因爲從韓偓這類詩的情調氣氛體玩，他所畸戀的戀人，是悲慘的結局。《通鑑》卷二百六十四，天復三年二月甲戌『宮人宋柔等十一人，皆韓全誨（宦官）所獻，……並送京兆杖殺』。韓偓下面《見花》的詩，我認爲是爲此事而作。……再過幾天癸未，韓偓便被貶外出。從有關的詩中所透出的身份看，他的戀人，以趙國夫人的可能性最大；而此位夫人，也可能以慘死終局。但宮人宋柔們的慘死，必給韓偓以很大的刺激，而她也會是執燭送韓偓歸院的宮人之一。在韓偓晚年凄涼的回憶中，必會把她和趙國夫人，融織在一起，以詠歎出哀感頑艷的音調，這是決無可疑的。」然《韓偓簡譜》則以爲「《香奩集》詩如《詠燈》、《見花》、《屐子》、《聞雨》、《懶起》、《已涼》、《橫塘》、《踏青》、《夜深》、《中庭》、《玉合》、《懶卸頭》、《詠手》、《荷花》、《鬆髻》、《晝寢》、《意緒》、《忍笑》、《寒食夜有寄》、《效崔國輔體》等，皆似候選時效初唐及温李詩所作，未必真有寄託也」。

馬上見①

驕馬錦連錢②〔一〕，乘騎是謫仙〔二〕。和裙穿玉鐙③〔三〕，隔袖把金鞭。去帶懵騰醉〔四〕，歸成困頓眠④〔五〕。自憐輸廄吏〔六〕，餘煖在香韉〔七〕。

【校　記】

① 此詩亦見於玉山樵人本、韓集舊鈔本、統籤本、屈鈔本、吴校本、石印本之《香奩集》中。

② 「錢」，玉山樵人本、韓集舊鈔本、統籤本、屈鈔本均作「乾」，《全唐詩》、吴校本均校「一作乾」，統籤本下校：「一作錢。」按，「連錢」同「連乾」。

③ 「裙」，《瀛奎律髓》卷七作「裾」。按，應作「裙」。

④ 「成」，玉山樵人本、統籤本、屈鈔本均作「因」，韓集舊鈔本下校「本作成」，統籤本校「一作成」，《全唐詩》、吴校本均校：「一作應。」按，《瀛奎律髓》卷七作「應」。

【注釋】

〔一〕驕馬：壯健的馬。唐白居易《武丘寺路》：「自開山寺路，水陸往來頻。銀勒牽驕馬，花船載麗人。」唐徐夤《蜀》：「在井蟄龍如屈伏，食槽驕馬忽騰驤。」連錢，代稱連錢障泥。障泥上飾花紋如連錢。南朝宋劉義慶《世説新語·術解》：「王武子善解馬性，嘗乘一馬，著連錢障泥。」唐盧照鄰《長安古意》詩：「妖童寶馬鐵連錢，娼婦盤龍金屈膝。」

〔二〕謫仙：謫居世間的仙人。常用以稱譽才學優異的人。《南齊書·高逸傳·杜京産》：「永明中會稽鍾山有人姓蔡，不知名。山中養鼠數十頭，呼來即來，遣去便去。言語狂易。時謂之『謫仙』。」唐李白《玉壺吟》：「世人不識東方朔，大隱金門是謫仙。」

〔三〕裙：古謂下裳，男女同用。今專指婦女的裙子。《後漢書·皇后紀上·明德馬皇后》：「常衣大練，裙不加緣。」五代馬縞《中華古今注·裙》：「古之前制，衣裳相連，至周文王令女人服裙，裙上加翟衣，皆以絹爲之。」

〔四〕懵騰：蒙矓，迷糊。南唐馮延巳《金錯刀》詞：「只銷幾覺懵騰睡，身外功名任有無。」蘇東坡《上元夜》：「浩歌出門去，我亦歸懵騰。」

〔五〕困頓：指疲憊。《晉書·皇甫謐傳》：「神氣損劣，困頓數矣。」前蜀花蕊夫人《宮詞》之六十二：「歸來困頓眠紅帳，一枕西風夢裏寒。」

〔六〕輸：遜，差。此處意爲不如、比不上。廄吏，管理馬廄之小吏。《管子》卷十六《小問》：「桓公觀於廄，問廄吏曰：『廄何事最難？』廄吏未對。」

〔七〕韉：馬鞍下的墊子。《魏書・段承根傳》：「暉置金於馬韉中，不欲逃走，何由爾也？」唐李賀《馬詩》之十一：「内馬賜宫人，銀韉刺麒麟。」

【集評】

《香奩》之作，爲韓偓無疑也。或以爲和凝之作，嫁名於韓，劉濳夫誤信之。考諸同時《吴融集》，有依韻倡和者，何可掩哉！誨淫之言不以爲恥，非唐之衰而然乎！（方回《瀛奎律髓》卷七《風懷類》評此詩）

馮班：五、六好，落句太褻，「香奩體」如此。（《瀛奎律髓彙評》卷七風懷類）

紀昀：三、四猥極，然此種體裁不必繩之過刻。（《瀛奎律髓彙評》卷七風懷類）

《馬上見》：鍾云：妙題。驕馬錦連錢，乘騎是謫仙。和裙穿玉鐙，隔袖把金鞭。譚云此句妙于上句。去帶懵騰醉，歸成困頓眠。自憐輸廄吏，餘煖在香韉。鍾云：細極。（鍾惺、譚元春輯《唐詩歸》卷三十六晚唐四）

「之子于歸，言秣其馬」，箋疏解此本謂：「於之子出嫁之時，我願秣其馬，乘之以致禮餼，示欲其適己。」文似乎迂，意則正也。永叔解之曰：「之子出遊而歸，我願秣其馬，猶古人言雖執鞭，猶欣慕焉者是也。」朱傳敬之深意亦同歐，文較順而意稍媟焉。唐人《香奩詩》曰：「自憐輸廄吏，餘煖在香轆」，此即歐、朱意也。孰謂周南正風，乃豔情之濫觴哉！嚴坦叔粲釋此云：「此女出嫁人，將有秣馬以禮親迎之者，豈可以非禮犯之！」意本於箋，然青出於藍矣。（陳啟源《毛詩稽古編》卷一）

全集中獨此似以美人況君。自以不得扈蹕，不如廄吏之尚得承恩，日近清光。回憶玉堂，如在天上焉。（震鈞《香奩集發微》此詩下評）

【按】此詩詩題「馬上見」，而詩中除末兩句外，所寫均是旁觀者所見他人騎在馬上之情景，故鍾惺稱賞此詩題謂「妙題」。前人稱賞、貶斥此詩者不一。所評均就香奩體之艷情而言，本無所政治寓意。震鈞「全集中獨此似以美人況君。自以不得扈蹕，不如廄吏之尚得承恩，日近清光」云云，實乃强爲比附之言，不可信也。

繞　廊①

濃煙隔簾香漏泄②〔一〕，斜燈映竹光參差③〔二〕。繞廊倚柱堪惆悵④，細雨輕寒花落時⑤。

【校　記】

① 此詩亦見於玉山樵人本、韓集舊鈔本、統籤本、屈鈔本、吴校本、石印本之《香奩集》中。

②「香漏」，嘉靖洪邁本作「玉漏」。按，作「玉漏」誤。蓋「香漏泄」與下句「光參差」相對，「香」與「光」單字對，如作「玉漏」，則不對矣。且「玉漏泄」，於此句中亦不諧。

③「映竹」，嘉靖洪邁本作「照燭」。按，作「照燭」誤，應爲「映竹」。

④「柱」，玉山樵人本、統籤本、嘉靖洪邁本、屈鈔本均作「檻」，《全唐詩》、吴校本均校：「一作檻。」「堪」，玉山樵人本、統籤本、嘉靖洪邁本、屈鈔本均作「更」，《全唐詩》、吴校本均校：「一作更，一作正。」

⑤「細」，玉山樵人本、統籤本、嘉靖洪邁本均作「微」，《全唐詩》、吴校本均校：「一作微。」

【注　釋】

〔一〕濃煙：此指房中薰香濃鬱之煙氣。香漏泄，謂薰香之煙氣漏泄出來。

〔二〕光參差：參差，不齊貌。《詩·周南·關雎》：「參差荇菜，左右流之。」漢張衡《西京賦》：「華嶽峩峩，岡巒參差。」光參差，謂燈光映竹而參差不齊。

【集　評】

依然「年年三月病懨懨」意。（震鈞《香奩集發微》此詩下評）

【按】此詩應是戀情之作。首二句乃以襯托手法寫所戀之房中女子。所謂「漏泄」之香，「參差」之光，均是房中女主人公所薰之香、所點之燈所漏泄映照出者，以此映襯房中之女子。後二句則寫

「繞廊」之人。繞廊倚柱而惆悵，細雨輕寒而見花落，均是表現戀中人一時未能親近所戀者之情態。

屐子①〔一〕

六寸膚圓光緻緻②〔二〕，白羅繡屧紅托裏③〔三〕。南朝天子事風流④〔四〕，卻重金蓮輕緑齒〔五〕。

【校記】

① 此詩亦見於玉山樵人本、韓集舊鈔本、統籤本、屈鈔本、吴校本、石印本之《香奩集》中。

② 「六」，原作「方」，玉山樵人本、統籤本、嘉靖洪邁本、石印本《香奩集》均作「六」，《全唐詩》、吴校本均校「一作六」，今據改。「膚圓」，石印本《香奩集》作「圓膚」。

③ 「托」，韓集舊鈔本校「本作花」，《全唐詩》、吴校本均校：「一作花。」

④ 「事」，原作「欠」，嘉靖洪邁本作「事」，《全唐詩》、吴校本均校「一作事」，今據改。

【注釋】

〔一〕屐子：指木底的鞋子。《敦煌曲子詞·内家嬌》：「屐子齒高，慵移步，兩足恐行難。」《宋書·

謝靈運傳》：「靈運常著木屐，上山則去前齒，下山則去後齒。」

〔二〕膚圓：既美且圓。膚，美。《詩·豳風·狼跋》：「公孫碩膚，赤舄幾幾。」毛傳：「膚，美也。」馬瑞辰通釋：「碩膚者，心廣體胖之象。」光緻緻，細潤光滑貌。清曹寅《夜飲和培山眼鏡歌》：「銅盤磨雲光緻緻，晶瑩刻得棘端刺。」

〔三〕繡屧：屧，本指鞋中的襯墊，後即用指木屐。《南齊書·孝義傳·江泌》：「泌少貧，晝日斫屧，夜讀書，隨月光握卷升屋。」繡屧，此處謂錦繡的木屐。紅托裹，謂木屐鞋的内襯爲紅色。

〔四〕「南朝天子」二句：南朝天子，指南朝齊東昏侯。《南史·齊本紀下·廢帝東昏侯紀》：「又鑿金爲蓮華以帖地，令潘妃行其上，曰：『此步步生蓮華也。』塗壁皆以麝香，錦幔珠簾，窮極綺麗。」又載「每遊走，潘氏乘小輿，宫人皆露褌，著緑絲屩，帝自戎服騎馬從後」。金蓮，唐李商隱《南朝》詩：「誰言瓊樹朝朝見，不及金蓮步步來。」後蜀毛熙震《臨江仙》詩：「縱態迷心不足，風流可惜當年。纖腰婉約步金蓮。妖君傾國，猶自至今傳。」緑齒，此指緑絲屩。

【集評】

婦人之纏足起於近世，前世書傳皆無所自。《南史》：齊東昏侯爲潘貴妃鑿金爲蓮花以帖地，令行其上，曰「此步步生蓮花」，然亦不言其弓小也。如古樂府、《玉臺新詠》，皆六朝詞人纖艷之言，類多體狀美人容色之姝麗。又言粧飾之華，眉目唇口腰支手指之類，無一言稱纏足者，如唐之杜牧、李白、李商隱之徒，作詩多言閨幃之事，亦無及之者。惟韓偓《香奩集》有詠屧子詩云「六寸膚圓光緻緻」。唐尺短，以今校之，亦自小也。而不言其弓。（張邦基《墨莊漫録》卷八）

婦人纏足，不知始自何時。或云始於齊東昏，則以「步步生蓮」一語也。然余向年觀唐文皇長孫后繡履圖，則與男子無異。友人陳眉公、姚叔祥俱有説爲證明。又見則天后畫像，其芳趺亦不下長孫。可見唐初大抵俱然。惟大曆中，夏侯審《咏被中睡鞋》云：「雲裏蟾鈎落鳳窩，玉郎沉醉也摩挲。」蓋弓足始見此。至杜牧詩云：「鈿尺裁量減四分，纖纖玉笋裹輕雲。」又韓偓詩云：「六寸膚圓光緻緻。」唐尺只抵今制七寸，則六寸當爲今四寸二分，亦弓足之尋常者矣。因思此法當始于唐之中葉。今又傳南唐後主爲宮婢窅娘作新月様，以爲始於此時，似亦未然也。（沈德符《萬曆野獲編》卷二十三《婦人弓足》）

屧履，中薦也。曰步屧，曰舞屧。吴王宮中有響屧廊，以楩梓板藉地。西子行則有聲，故名響屧，是婦人通服之。韓偓《屐子》詩「六寸膚圓光緻緻，白羅繡屧紅託裏。南朝天子事風流，卻重金蓮輕緑齒」。唐尺雖短，謂之「六寸膚圓」，想亦不纏足也。梁詩「畫屧重高牆」，畫之者當是繪以五彩，高牆者想是闊頰也。今之高底鞋類履，底曰舄，以皮爲之。舄以木置履下，乾濕不畏。古者祭服用之。屐以木爲之，即今之木屐。古婦女亦著之，李白《浣紗石上女》詩：「一雙金齒屐，兩足白如霜。」（顧起元《説略》卷二十一）

嘗與更生論婦人裹足緣起，更生引古樂府……以爲六朝已然。然亦未爲確。惟《酉陽雜俎》載葉限女金履事云：「陁汗國主得之，命其左右履之，足小者履減一寸。乃令一國婦人履之，竟無一稱者。」《諸皋》固屬寓言，可見當時婦人以足小爲貴，其不始於五代可知。韓偓詩「六寸圓膚光緻緻」。唐尺六寸，尚不足今四寸耳。（沈濤《瑟榭叢談》卷下）

此什似含怨意。怨昭宗之輕棄己也。（震鈞《香奩集發微》此詩下評）

【按】此乃詠屐子詩，雖不免「反映士大夫的狹邪生活，感情浮薄，作風輕靡」、「趣味惡濁」（《韓偓生平及其詩作簡論》）之譏，然其主旨則在後二句之批評南齊東昏侯之重「金蓮」而輕「緑齒」，仍不無可取之處。震鈞以爲「此什似含怨意。怨昭宗之輕棄己也」，所説實爲誤解。此詩斷無此意，蓋此乃詩人未仕時所作《香奩集》中詩，無緣涉及唐昭宗；再者，詩人對昭宗畢生懷忠耿感恩之情，斷無怨昭宗「輕棄己」之意。

青春①

眼意心期卒未休②〔一〕，暗中終擬約秦樓〔二〕。光陰負我難相偶③，情緒牽人不自由。遥夜定嫌香蔽膝〔三〕，悶時應弄玉搔頭④〔四〕。櫻桃花謝梨花發，腸斷青春兩處愁〔五〕。

【校　記】

①此詩亦見於玉山樵人本、韓集舊鈔本、統籤本、屈鈔本、吴校本、石印本之《香奩集》中。

②「卒」，石印本《香奩集》作「拼」。

③「偶」，原作「遇」，玉山樵人本、韓集舊鈔本、統籤本、屈鈔本均作「偶」，《全唐詩》、吴校本均校：「一作偶。」今即據玉山樵人本、韓集舊鈔本等改。

④「時」，韓集舊鈔本作「心」，下校：「本作時。」石印本《香奩集》作「心」。《全唐詩》、吴校本均校：「一作懷，一作心。」

【注　釋】

〔一〕眼意心期：眼中之情意，心中之期盼。心期，期望。《南齊書·豫章王嶷傳》：「居今之地，非心期所及。」唐袁郊《甘澤謡·紅綫》：「憂往喜還，頓忘於行役；感知酬德，聊副於心期。」

〔二〕約秦樓：秦樓，秦穆公爲其女弄玉所建之樓。亦名鳳樓。《列仙傳》卷上《蕭史》：「蕭史者，秦穆公時人也，善吹簫，能致孔雀、白鶴於庭。穆公有女字弄玉，好之，公遂以女妻焉。日教弄玉作鳳鳴，居數年，吹似鳳聲，鳳凰來止其屋。公爲作鳳臺，夫婦止其上，不下數年，一旦皆隨鳳凰飛去。」南朝梁沈約《修竹彈甘蕉文》：「巫岫斂雲，秦樓開照。」南唐李煜《謝新恩》詞：「秦樓不見吹簫女，空餘上苑風光。」約秦樓，謂相約結爲夫妻。

〔三〕蔽膝：圍於衣服前面的大巾，用以蔽護膝蓋。《漢書·王莽傳上》：「母病，公卿列侯遣夫人問疾，莽妻迎之，衣不曳地，布蔽膝。」前蜀毛文錫《甘州遍》詞之一：「花蔽膝，玉銜頭。尋芳逐勝歡宴，絲竹不曾休。」

〔四〕玉搔頭：即玉簪。古代女子的一種首飾。《西京雜記》卷二：「武帝過李夫人，就取玉簪搔頭。自此後宮人搔頭皆用玉，玉價倍貴焉。」唐白居易《長恨歌》：「花鈿委地無人收，翠翹金雀玉搔頭。」

〔五〕兩處愁：謂男女雙方兩處皆發愁。

【集評】

結語風趣。（陸時雍《唐詩鏡》卷五十四）

此則雖遭輕棄，而仍忠懷耿耿，且明君棄己之非得已，故云「兩處愁」。負我而歸，怨於光陰，牽人而別有情緒。此難相遇，不自由之隱衷耳。「櫻桃花謝梨花發」，正三月時節。集中於三月三致意焉。（震鈞《香奩集發微》此詩下評）

【按】此詩寫青春男女相戀相許，然相隔未偶時之相思愁緒。本應是戀情詩，至於震鈞以爲「此則雖遭輕棄，而仍忠懷耿耿，且明君棄己之非得已，故云『兩處愁』」云云，實不符此詩本旨，不可信也。「櫻桃花謝梨花發，腸斷青春兩處愁」，李清照《一剪梅》詞「花自飄零水自流，一種相思，兩處閒愁。此情無計可消除，纔下眉頭，卻上心頭」，蓋自韓偓詩句脱化而來。

聞雨①

香侵蔽膝夜寒輕〔一〕，聞雨傷春夢不成。羅帳四垂紅燭背②〔二〕，玉釵敲著枕函聲〔三〕。

【校記】

①此詩亦見於玉山樵人本、韓集舊鈔本、統籤本、屈鈔本、吴校本、石印本之《香奩集》中。

②「紅」，韓集舊鈔本作「花」，下校「本作紅」，《全唐詩》、吴校本均校「一作花」。石印本《香奩集》作「華」。按，「華」同「花」。

【注釋】

〔一〕蔽膝：圍於衣服前面的大巾。用以蔽護膝蓋。詳參本卷《青春》詩「蔽膝」條注釋。

〔二〕紅燭背：即背對着紅燭。

〔三〕枕函：中間可以藏物的枕頭。唐司空圖《楊柳枝壽杯詞》之六：「偶然樓上捲珠簾，往往長條拂枕函。」唐《開元天寶遺事》卷二《金籠蟋蟀》：「每至秋時，宮中妃妾輩皆以小金籠捉蟋蟀閉於籠中，置之枕函畔，夜聽其聲。」此句謂女子睡時輾轉反側，故玉釵不時碰着枕函，發出聲響。

【集評】

寫意而不及情，艷詩佳手。（陸次雲輯《五朝詩善鳴集》）

極艷，極冷。（《王闓運手批唐詩選》）

顧影自憐，確是第一流人物，彷彿虞仲翔居訶林時。（震鈞《香奩集發微》此詩下評）

聞雨由閨思着筆，帳垂燭背，幽寂無聲，惟聞玉釵敲枕。但寫景物，而深宵聽雨，傷春懷人之意，自在其中。句殊妍婉。（俞陛雲《詩境淺説續編》二）

【按】此詩乃春夜聞雨而傷春懷人，然其傷春懷人之意頗是藴藉含蓄。陸次雲所説「寫意而不及情」，乃就一、三、四句而言，其第二句則明謂「傷春」，乃「及情」矣。

懶起①

百舌喚朝眠②〔一〕，春心動幾般〔二〕。枕痕霞黯澹③〔三〕，淚粉玉闌珊④〔四〕。籠繡香煙歇⑤〔五〕，屏山燭燄殘〔六〕。煖嫌羅襪窄⑥，瘦覺錦衣寬。昨夜三更雨，臨明一陣寒⑦。海棠花在否，側卧卷簾看⑧。

【校記】

①此詩亦見於玉山樵人本、韓集舊鈔本、統籤本、屈鈔本、吴校本、石印本之《香奩集》中。「懶起」，《全唐詩》、吴校本均校：「一作閨意。」

②「喚」，玉山樵人本、統籤本、屈鈔本均作「惱」，《全唐詩》、吴校本均校「一作惱」，統籤本校：「一作喚。」

③「痕霞黯」，玉山樵人本、統籤本均作「霞紅黯」，韓集舊鈔本、石印本《香奩集》作「霞紅暗」，《全唐詩》、吴校本均校「一作霞紅暗」。慶按，「黯」通「暗」。「澹」，統籤本作「淡」。慶按，「淡」此處通「澹」。

④「珊」，《全唐詩》、吴校本均校：「一作干。」

⑤「繡」，石印本《香奩集》作「袖」。按，應作「繡」，「袖」乃「繡」之音訛。

⑥「嫌」，玉山樵人本、統籤本、屈鈔本均作「憐」，《全唐詩》、吴校本均校：「一作憐。」

⑦「臨明」，本作「今朝」，玉山樵人本、統籤本、屈鈔本均作「臨明」，韓集舊鈔本作「臨朝」，下校：「本作臨明，又今朝。」《全唐詩》、吴校本均校：「一作臨明。」今據玉山樵人本等改。

⑧「側卧」，屈鈔本作「傾卧」。按，應作「側卧」。

【注　釋】

〔一〕百舌：鳥名。善鳴，其聲多變化。《淮南子·説山訓》：「人有多言者，猶百舌之聲。」高誘注：「百舌，鳥名，能易其舌效百鳥之聲，故曰百舌也。以喻人雖多言無益於事也。」唐陸翬《送胡八弟》詩：「孤帆影入江煙盡，百舌聲流浦樹新。」

〔二〕春心：春景所引發的意興或情懷。《楚辭·招魂》：「目極千里兮傷春心，魂兮歸來哀江南。」亦指男女之間相思愛慕的情懷。南朝梁元帝《春別應令》詩之一：「花朝月夜動春心，誰忍相思不相見？」唐李商隱《無題》「春心莫共花爭發，一寸相思一寸灰」。此處兩者皆有之。

〔三〕霞：此處指女子睡時留在枕上之紅色脂粉。黯澹，此處意同模糊。

〔四〕淚粉：和着淚水之脂粉。玉，指淚珠。闌珊，零亂；歪斜。唐李賀《李夫人歌》：「紅壁闌珊懸佩璫，歌臺小妓遥相望。」唐白居易《偶作》：「紅杏初生葉，青梅已綴枝。闌珊花落後，寂寞酒醒時。」

〔五〕籠：指薰香鑪外之籠子。香煙，指薰香。

〔六〕屏山：指屏風。唐温庭筠《南歌子》詞：「撲蕊添黄子，呵花滿翠鬟，鴛枕映屏山。」宋歐陽修《蝶戀花》詞：「枕畔屏山圍碧浪，翠被華燈，夜夜空相向。」燭燄，謂燈燭的光焰。南朝梁簡文帝《和湘東王古意詠燭》：「花中燭，似將人意同。憶啼流膝上，燭燄落花中。」唐李世民《冬宵各爲四韻》：「雕宮靜龍漏，綺閣宴公侯。珠簾燭燄動，繡柱月光浮。」

【集評】

五七字絶句最少而最難工，雖作者亦難得四句全好者。晚唐人與王介甫最工於此。如韓偓云：「昨夜三更雨，臨明一陣寒。薔薇花在否，側卧捲簾看。」四句皆好。（楊萬里《誠齋詩話》）

……南都石黛掃晴山（小注：《玉臺新詠》：「南都石黛，最發雙蛾。」又《趙后外傳》云「趙合德爲薄眉，號遠山黛」，乃晴明遠山入色也，今人有遠山眉），衣薄耐朝寒（小注：韓偓詩「六銖衣薄惹輕寒」）。一夕東風，海棠花謝，樓上捲簾看（小注：韓偓：「海棠花在否，側卧捲簾看。」）。（陳元龍《詳注片玉集》卷三《少年遊》）

深院捲簾看，應憐江上寒（小注：韓偓詩「側卧捲簾看」）。（陳元龍《詳注片玉集》卷八《菩薩蠻·梅雪》）

致堯又有詩云：「昨夜三更雨，今朝一陣寒。海棠花在否？側卧捲簾看。」亦必傷時之作。（吴喬《圍爐詩話》卷一）

《懶起》：百舌惱朝眠，春心動幾般。枕霞紅黯淡，淚粉玉闌珊。籠繡香煙歇，屏山燭焰殘。暖憐羅韈窄，瘦覺錦衣寬。昨夜三更雨，臨明一陣寒。海棠花在否，側卧卷簾看。案，楊誠齋以末四句爲一首，其《詩話》云：「五七字絶句最少，而最難工，雖作者亦難得四句全好。晚唐惟韓偓『昨夜三更雨』四句皆好。」（鄭傑《閩詩録》甲集卷五流寓《韓偓》）

形容閨房靜女，宛約極矣。正《序》所云「金閨繡户，始與風流」者也。大抵唐士大夫尤重流品門第，致堯以翰林位三省高華之選，故有此懷。（震鈞《香奩集發微》此詩下評）

【按】此詩乃春閨之女傷春自憐之作，非吴喬所云「亦必傷時之作」。其描摹少女傷春自憐之情態，誠如震鈞所評「形容閨房靜女，宛約極矣」。故楊誠齋尤稱其「昨夜三更雨，臨明一陣寒。海棠花在否，側卧卷簾看」「四句皆好」。從内容情韻上看，此詩將懷春少女之傷春自憐情態形容盡致，且婉約含蓄，自是春閨靜女之情思體段，不必以「非常俗惡」（徐復觀《韓偓詩與香奩集論考》）貶斥之。此詩之含蓄藴藉，用詞之婉約，頗有詞體之韻味，可見詩詞相互影響之跡。故明代張綖《草堂詩餘别録》前集謂李清照《如夢令》：「昨夜雨疏風驟。濃睡不消殘酒。試問捲簾人，卻道海棠依舊。知否，知否？應是緑肥紅瘦。」謂「韓偓詩云：『昨夜三更雨，今朝一陣寒。海棠花在否？側卧捲簾看。』此詞蓋用其語點綴，結句尤爲委曲精工，含蓄無窮之意焉，可謂女流之藻思者矣。」

已　涼①

碧闌干外繡簾垂②，猩色屏風畫折枝③〔一〕。八尺龍鬚方錦褥〔二〕，已涼天氣未寒時。

【校　記】

①此詩亦見於玉山樵人本、韓集舊鈔本、統籤本、屈鈔本、吴校本、石印本之《香奩集》中。「已涼」，嘉靖洪邁本作「已涼二首」，此爲第一首，所録第二首爲「秋多俗訝天涼早，思倦翻嫌夜漏遲。何處山川孤館裏，向燈彎盡一雙眉」。玉山樵人本、統籤本、屈鈔本《香奩集》均亦有兩首前後相連同題「已涼」詩，此爲其第二首。

②「繡」，《全唐詩》、吴校本均校「一作翠」。

③「色」，原作「血」，玉山樵人本、統籤本、嘉靖洪邁本、屈鈔本、吴校本均作「色」，吴校本又校「一作血」，《全唐詩》校「一作色」，今據玉山樵人本等改。「折」，韓集舊鈔本校「本作柘」。《全唐詩》、吴校本均校：「一作柘。」

【注　釋】

〔一〕猩色：鮮紅色。色如猩猩之血，故稱。唐韋莊《乞彩牋歌》：「留得溪頭瑟瑟波，潑成紙上猩猩色。」元薩都剌《鸚鵡曲題楊妃繡枕》：「水晶簾垂宫晝長，猩色屏風圍繡床。」折枝，花卉畫法之一。不畫全株，只畫連枝折下來的部分，故名。宋仲仁《華光梅譜·取象》：「（六枝）其法有偃仰枝、覆枝、從枝、分枝、折枝。」

〔二〕龍鬚：此指用龍鬚草編成的席子，即龍鬚席。《初學記》卷二十五引《晉東宫舊事》：「太子有獨坐龍鬚席、赤皮席、花席、經席。」亦省稱「龍鬚」。唐孟浩然《襄陽公宅飲》詩：「綺席捲龍鬚，香杯浮碼碯。」清趙執信《海鷗小譜・夜合花》：「龍鬚鳳枕，黛眉幾許低横？」

【集評】

末句香嫩，更想見意態盈盈，語卻近詞。（陸時雍《唐詩鏡》卷五十四）

《論詞絶句一百首・韓偓》：猩色屏風畫折枝，已涼天氣未寒時。《香奩》語豔無人儷，奈僅《生查子》一詞。（譚瑩《樂志堂詩集》卷六）

中具多少情事，妙在不明説，令人思而得之。（周詠棠《唐賢小三昧集續集》）

人問：詩要耐想，如何而耐人想？余應之曰：「八尺龍鬚方錦褥，已涼天氣未寒時」、「狎客淪亡麗華死，他年江令獨來時」……皆耐想也。（袁枚《隨園詩話》）

庭珠按，唐末詩人如羅、韋、吴、韓，可以追配温、李。唯昭諫於激昂兀奡中，時帶粗率。茲録其雅馴者若已上三家，細膩風光，含思悽惋，蓋亦變風之餘波爾。（杜詔《唐詩叩彈集》卷十二此詩下按語）

句法整齊。（鄒弢《精選評注五朝詩學津梁》）

韓致堯遭唐末造，力不能揮戈挽日，一腔忠憤，無所於泄，不得已託之閨房兒女。世徒以香奩目之，蓋未深究厥旨耳。余最愛其「碧闌干外繡簾垂。猩色屏風畫折枝。八尺龍須方錦褥，已涼天氣未寒時」一絶，與「靜中樓閣深春雨，遠處簾櫳半夜燈」句，言外別具深情。……其蒿目時艱，自甘貶死，深鄙楊涉輩之意，更昭然若揭矣。（丁紹儀《聽秋聲館詞話》卷一《韓致堯詞》）

通首布景，并不露情思，而情愈深遠。（孫洙《唐詩三百首》）

龍鬚席上加方錦褥，是「已涼」也；然不必詠。（《王闓運手批唐詩選》）

此追憶在翰林時恩遇而作。寫景如畫，寄託遥深。（震鈞《香奩集發微》此詩下評）

韓冬郎「已涼天氣未寒時」七字最耐人尋繹。福山鹿木公先生林松《立秋夜同星船先生》云：「露坐入深夜，不知秋已生。感人先以氣，到樹尚無聲。」感人十字，奥妙處正與冬郎同，非真得秋氣者見不到説不出耳。若立秋夜聞秋聲，便是衆人筆下所有。（林昌彝《射鷹樓詩話》卷四）

上首《聞雨》，尚有「傷春」二字着眼。此則由闌干繡簾，而至錦褥，迤邐寫來，純是景物；而景中有人，隱有小憐玉體，在涼涼羅帳掩映之中。麗不傷雅，《香奩集》中雋詠也。（俞陛雲《詩境淺説續編》二）

《已涼》一首如工筆仕女圖，古今傳誦以此。（劉永濟《唐人絶句精華》）

設色濃麗，大似宋人院畫，妙在此中無人，而其人又未嘗不在。《深院》詩從簾外寫，此詩從簾内寫，用筆不同，而悽艷入骨則一也。（劉拜山、富壽蓀選注《千首唐人絶句》）

寫空疏之境，韓偓爲一能手。人或謂其艷而弱，吾卻謂其樸而健。《已涼》一詩可舉爲例。……字面雖艷，意境極樸。先寫室内，次寫床中，不露情思，而情思自在言外；不夾人跡，而人跡宛在境

中。（《晚唐詩人韓偓》引《味詩録》）

欲去①

紛紜隔窗語〔一〕，重約躡青期〔二〕。縱得相逢處②，無非欲去時③。恨深書不盡〔三〕，寵極意多疑。惆悵桃源路〔四〕，惟教夢寐知。

【校記】

① 此詩亦見於玉山樵人本、韓集舊鈔本、統籤本、屈鈔本、吴校本、石印本之《香奩集》中。

② 「縱」，原作「總」，玉山樵人本、統籤本、屈鈔本均作「縱」，韓集舊鈔本校：「本作縱。」《全唐詩》、吴校本均校「一作縱」，今據玉山樵人本等改。

③ 「無非欲」，韓集舊鈔本校「本作非無獨」，《全唐詩》、吴校本均校：「一作非無獨。」

【注釋】

〔一〕「紛紜」句：紛紜，亦作「紛雲」。多盛貌。《漢書·司馬相如傳下》：「威武紛雲，湛恩汪濊。」顔師古注：「紛雲，盛貌。」宋梅堯臣《五月十三日大水》詩：「紛紜閭里兒，踴躍競學泅。」此句意爲隔窗説了許許多多話。

〔二〕蹋青：亦作「踏青」。清明節前後郊野遊覽的習俗。舊時多以清明節爲踏青節。唐孟浩然《大堤行》：「歲歲春草生，踏青二三月。」

〔三〕恨：失悔；遺憾。《史記·商君列傳》：「梁惠王曰：『寡人恨不用公叔痤之言也。』」唐杜甫《復愁》詩之十一：「每恨陶彭澤，無錢對菊花。」宋蘇軾《上神宗皇帝書》：「世常謂漢文不用賈生以爲深恨。」書，表達、訴説。

〔四〕桃源路：此用劉晨、阮肇入天台山遇見天台二女事。詳見劉義慶《幽明録》。

【集評】

此則追憶初貶官時情事。其時尚有再起之望也，至終則無復它想，惟托之夢寐而已。與正集中《夢中作》詩參看便知。（震鈞《香奩集發微》此詩下評）

【按】此詩乃寫男女青年相戀時複雜微妙心理感受之作，而非震鈞所謂。蓋此爲小兒女之戀情之作，而非詩人晚年之政治寓託詩也。詩中「縱得相逢處，非無欲去時」。恨深書不盡，寵極意多疑」之句，將内心矛盾與複雜微妙心理描繪得入木三分、惟妙惟肖，真爲情至之語，頗爲精彩。末「惆悵桃源路，惟教夢寐知」二句，亦是「欲去」之意，再次扣題，表明此詩主旨。

横塘①〔一〕

秋寒灑背入簾霜②，鳳脛燈青照洞房③〔二〕。蜀紙麝煤添筆媚④〔三〕，越甌犀液發茶香〔四〕。風飄亂點更籌轉〔五〕，拍送繁弦曲破長〔六〕。散客出門斜月在，兩眉愁思向横塘⑤。

【校記】

①此詩亦見於玉山樵人本、韓集舊鈔本、統籤本、屈鈔本、吴校本、石印本之《香奩集》中。

②「寒」，韓集舊鈔本、屈鈔本均作「深」，《全唐詩》、吴校本均校：「一作風。」

③「脛」，《全唐詩》、吴校本均校：「一作頸。」按應作「脛」。「青」，原作「清」，玉山樵人本、韓集舊鈔本、統籤本、屈鈔本均作「青」，《全唐詩》、吴校本均校「一作青」，今據玉山樵人本等改。

④「添」，原作「沾」，玉山樵人本、韓集舊鈔本、統籤本、屈鈔本均作「添」，《全唐詩》、吴校本均校「一作添」，今據玉山樵人本等改。「媚」，原作「興」，韓集舊鈔本下校「本作媚。」玉山樵人本、屈鈔本均作「媚」，《全唐詩》、吴校本均校「一作媚」，今據玉山樵人本等改。

⑤「向」，原作「問」，玉山樵人本、韓集舊鈔本、統籤本、屈鈔本均作「向」，韓集舊鈔本下校「本作問」，《全唐詩》、吴校本均校「一作向」，今據玉山樵人本等改。

【注釋】

〔一〕橫塘：古堤名。三國吴大帝時於建業（今南京市）南淮水（今秦淮河）南岸修築。亦爲百姓聚居之地。晉左思《吴都賦》：「横塘查下，邑屋隆誇。」唐崔顥《長干曲》之一：「君家住何處？妾住在横塘。」此處乃取崔顥詩之意，代指女子所居之地。

〔二〕鳳脛：指燈。以燈足如同鳥腿，故稱。元王沂《次吴彦暉望月寄張孟功韻》：「鳳脛燈無焰，龍鬚褥有文。」清陳維崧《金盞子·詠燈》詞：「且獨自纖手，靠粧臺，挑鳳脛。」

〔三〕蜀紙：猶蜀箋，自唐以來蜀地所産精緻華美之紙的統稱。唐李賀《湖中曲》：「蜀紙封巾報雲鬟，晚漏壺中水淋盡。」葉葱奇注引《國史補》：「紙則有蜀之麻面、屑末、滑石、金花、長麻、魚子、十色箋。」唐僧鸞《贈李粲秀才》詩：「十軸示余三百篇，金碧爛光燒蜀牋。」麝煤，即麝墨，含有麝香的墨。後泛指名貴的香墨。宋楊萬里《送羅永年西歸》詩：「南溪鷗鷺如相問，爲報春吟費麝煤。」唐王勃《秋日餞别序》：「研精麝墨，運思龍章。」蔣清翊注引《初學記》：「韋伯將《墨方》曰：合墨法，以真珠一兩，麝香半兩，皆擣細，後都合下鐵臼中，擣三萬杵，杵多愈益，不得過二月、九月。」

〔四〕越甌：指越窑所産的茶甌。唐孟郊《憑周況先輩于朝賢乞茶》詩：「蒙茗玉花盡，越甌荷葉空。」唐鄭谷《送吏部曹郎中免官南歸》：「篋重藏吴畫，茶新换越甌。」犀液，指犀胯茶水。犀，犀胯，古時塊茶名。宋琬《阮郎歸・春閨》：「越甌犀液試新茶，困來眠碧紗。」宋黄庭堅《阮郎歸》詞：「黔中桃李可尋芳，摘茶人自忙。月團犀胯鬭圓方，研膏入焙香。」又清吴騫《尖陽叢筆》卷五謂：「俗以桂花初放者，連枝斷寸許，鹹滷浸之，用以點茶，清芬可愛。又有用橄欖子者。此法並見于前人題韓偓詩云：『蜀紙麝煤添筆媚，越甌犀液發茶香。』犀液即醃桂也。貢師泰詩：『海風舡候檳榔信，溪雨茶煎橄欖香。』即以橄欖子入茶也。」

〔五〕點：樂器名。一種懸空敲擊的樂器。形如小銅鼓，中間隆起，兩邊有孔繫繩。用於報時，或用於合樂，擊之以顯節拍。唐温庭筠《菩薩蠻》詞：「春恨正關情，畫樓殘點聲。」更籌轉，謂時間推移。更籌，古代夜間報更用的計時竹簽。南朝梁庾肩吾《奉和春夜應令》詩：「燒香知夜漏，刻燭驗更籌。」宋歐陽澈《小重山》詞：「無眠久，通夕數更籌。」此處借指時間。唐李福業《嶺外守歲》詩：「冬去更籌盡，春隨斗柄迴。」

〔六〕拍：指古樂器的拍板，打擊樂器的一種。也稱檀板、綽板。用堅木數片，以繩串聯，用以擊節。唐宋時拍板爲六或九片，以兩手合擊發音，今拍板常由三片木板組成。《舊唐書・音樂志二》：「婆羅樂用漆篳篥二，齊鼓一。散樂用横笛一，拍板一，腰鼓三。」宋樂史《楊太真外傳》卷上：「就按於清元小殿，寧王吹玉笛，上羯鼓，妃琵琶，馬仙期方響，李龜年觱篥，張野狐箜篌，賀懷智拍板。」繁弦，繁雜的弦樂聲。漢蔡邕《琴賦》：「於是繁絃既抯，雅韻復揚。」唐王維《魚山神女祠歌·送神曲》：「悲急管兮思繁弦，神之駕兮儼欲旋。」曲破，唐宋樂舞名。大曲的第三段稱「破」，單演唱此段稱「曲破」。節奏緊促，有歌有舞。唐元稹《琵琶歌》：「月寒一聲深殿磬，驟彈曲破音繁併。」《宋史·樂志十七》：「太宗洞曉音律，前後親製大小曲及因舊曲刱新聲者，總三百九十。凡製大曲十八……曲破二十九。」

【集評】

縟繡語。（陸時雍《唐詩鏡》卷五十四於詩末評）

此與老杜《佳人》一首同意。「兩眉愁思問横塘」，即「天寒翠袖薄，日暮倚修竹」意也。（震鈞《香奩集發微》此詩下評）

【按】此詩之「横塘」並非謂作者所經之地，乃用崔顥《長干曲》之一「君家住何處？妾住在横塘」之意，代指女子所居之地。故詩末有「散客出門斜月在，兩眉愁思向横塘」之句。徐復觀《韓偓詩與香奩集論考》謂「《金陵》、《横塘》，非韓偓所曾經歷之地，當然不是韓偓的」，「連上面《横塘》的詩，不妨推測這是韓熙載的大作」。所説不可信。此詩乃寫秋寒之夜在女子居處賦詩品茗，彈曲拍板，而後曲盡人散之情景。此詩恐無震鈞所言寄託之意，其説不可信。

五　更①

往年曾約鬱金牀②〔一〕，半夜潛身入洞房〔二〕。懷裏不知金鈿落③〔三〕，暗中唯覺繡鞋香④。此時欲別魂俱斷，自後相逢眼更狂〔四〕。光景旋消惆悵在⑤〔五〕，一生贏得是淒涼。

【校　記】

① 此詩亦見於玉山樵人本、統籤本、屈鈔本、吴校本、石印本之《香奩集》中。此首韓集舊鈔本《香奩集》未見，然另有一首同題詩見其《香奩集》中（石印本《香奩集》亦收入），首二句爲「秋雨五更頭，桐竹鳴騷屑」。

② 「年」，玉山樵人本、統籤本均作「來」，《全唐詩》、吴校本均校：「一作來。」

③ 「金鈿」，屈鈔本作「金釧」。

④ 「唯」，《全唐詩》、吴校本均校：「一作空。」「鞋」，《全唐詩》、吴校本均校：「一作衣。」

⑤ 「旋消」，屈鈔本作「易消」，《全唐詩》、吴校本均校：「一作暗添。」

【注釋】

〔一〕鬱金牀：謂發散出鬱金香味的床。鬱金，多年生草本植物，薑科。葉片長圓形，夏季開花，穗狀花序圓柱形，白色。有塊莖及紡錘狀肉質塊根，黄色，有香氣。中醫以塊根入藥，古人亦用作香料，泡作鬱鬯，或浸水作染料。《藝文類聚》卷八十一引晉左芬《鬱金頌》：「伊此奇草，名曰鬱金。越自殊域，厥珍來尋。芬香酷烈，悦目欣心。」唐沈佺期《獨不見》：「盧家小婦鬱金堂，海燕雙棲瑇瑁梁。」

〔二〕洞房：幽深的内室。多指卧室、閨房。《楚辭·招魂》：「姱容修態，絙洞房些。」唐沈亞之《賢良方正能直言極諫策》：「市言唯恐田園陂地之不廣也，簪珥羽鈿之不侈也，洞房綺闥之不邃也。」

〔三〕金鈿：指嵌有金花的婦人首飾。南朝梁丘遲《敬酬柳僕射征怨》詩：「耳中解明月，頭上落金鈿。」南朝陳徐陵《〈玉臺新詠〉序》：「反插金鈿，横抽寶樹。」

〔四〕眼更狂：謂眼波更爲放縱。狂，縱情，恣意。《後漢書·蔡邕傳》：「狂淫振蕩，乃亂其情。」唐白居易《玩半開花贈皇甫郎中》詩：「醉玩無勝此，狂嘲更讓誰。」

〔五〕光景：光陰，時光。南朝梁沈約《休沐寄懷》詩：「來往既雲勑，光景爲誰留。」唐李白《相逢行》：「光景不待人，須臾成髮絲。」

【集評】

方回：前四句太猥太褻，後四句始是詩。（《瀛奎律髓彙評》卷七風懷類）

馮舒：此公都不解。不如此終未盡興，豈病在猥褻耶？「猥」字直至楊鐵崖方可加，唐人決下不得此評語。（《瀛奎律髓彙評》卷七風懷類）

紀昀：亦不以詩論。（《瀛奎律髓彙評》卷七風懷類）

（《瀛奎律髓》）又曰：風懷之題，須意有餘而不及於褻。如韓偓詠《偶見》，三四云「仙樹有花難問種，御香聞氣不知名」，此兩句佳。至詠《五更》，三四云「懷裏不知金鈿落，暗中惟覺繡鞋香」，則太猥太褻矣。如《席上有贈》詩，五六云「鬟垂香頸雲遮藕，粉著蘭胸雪壓梅」，語雖褻，然止形容其貌。如巧笑美目之詩，不及乎淫也。（蔡鈞《詩法指南》卷四）

天復二年，帝行武德殿，因至尚食局，使宫人招偓。偓至再拜，曰：「崔胤無恙，全忠軍必捷。」帝喜。偓曰：「願陛下還宫，勿爲人所知。」帝賜以麫豆而去。詩詠此事也。此事極難著筆，故以私情寫之耳。（震鈞《香奩集發微》此詩下評）

韓偓詩寫女性的多，寫自己的少。寫得最好的，是女子的嬌羞；但卻不是嘲弄，是同情於女子的怯弱與不自由。如《偶見》云：「鞦韆打困解羅裙，指點醍醐酒一樽。見客入來和笑走，手搓梅子映中門。」他的詩中寫自己的，如《寄遠》、《簡儂》、《五更》、《倚醉》、《有憶》、《寒食日重遊李氏林亭有

懷》、《重遊曲江》、《病憶》、《舊館》等都是。（陳香《晚唐詩人韓偓》引吴雲鵬《中國文學史》）

【按】此詩乃回首往年與相戀女子熱戀幽會情景，而如今則韶光已逝，唯留惆悵與悽涼，故結尾有「光景旋消惆悵在，一生贏得是淒涼」之遺憾終生語。震鈞以香草美人之寓託解此詩，所説實强爲比附。黄世中先生《韓偓其人及「香奩詩」本事考索》則以爲詩人早年曾與一李氏女相戀，所説别開新徑以釋韓偓《香奩集》中某些詩作，可參研。

聯綴體①

院宇秋明日日長②〔一〕，社前一雁别遼陽③〔二〕。隴頭針線年年事〔三〕，不喜寒砧擣斷腸〔四〕。

【校記】

① 此詩亦見於玉山樵人本、韓集舊鈔本、統籤本、屈鈔本、吴校本、石印本之《香奩集》中。

② 「秋明」，玉山樵人本、韓集舊鈔本、統籤本、嘉靖洪邁本均作「明秋」，《全唐詩》、吴校本均校：「一作明秋。」

③ 「别」，原作「到」，玉山樵人本、統籤本、屈鈔本均作「别」，嘉靖洪邁本作「辭」，韓集舊鈔本下校「本作

別」，《全唐詩》、吴校本均校「一作別」，今據玉山樵人本等改。蓋遼陽地在北方，大雁爲候鳥，秋來由北往南飛，故應爲「別（或「辭」）遼陽」。

【注釋】

〔一〕院宇：有院牆的屋宇；院落。唐薛用弱《集異記・李清》：「清巡視院宇，兼啟東西門，情意飄飄然，自謂永棲真境。」秋明，秋天明潔的天空。唐李賀《送韋仁實兄弟入關》詩：「野色浩無主，秋明空曠間。」

〔二〕社：此指秋社。秋社爲古代秋季祭祀土神的日子。宋陳元靚《歲時廣記・二社日》：「《統天萬年曆》曰：立春後五戊爲春社，立秋後五戊爲秋社。」唐元稹《有鳥二十章》詩之十一：「春風吹送廊廡間，秋社驅將嵌孔裹。」宋陸游《秋夜感遇》詩之二：「牲酒賽秋社，簫鼓迎新婚。」遼陽，曾爲縣名、府名。指今遼陽市一帶地方。《文選・孫楚〈爲石仲容與孫皓書〉》：「宣王薄伐，猛鋭長驅，師次遼陽，而城池不守。」李善注：「《漢書》曰：遼東郡有遼陽縣。」唐沈佺期《古意呈補闕喬知之》詩：「九月寒砧催木葉，十五征戍憶遼陽。」

〔三〕隴頭針線：隴頭，隴山，即六盤山南段的別稱。古時又稱隴阪、隴坻。北魏酈道元《水經注・斤江水》：「隴山、終南山、惇物山在扶風武功縣西南也。」此處借指邊塞。南朝宋陸凱《贈范曄詩》：「折花逢驛使，寄與隴頭人。」樂府《隴頭歌辭》：「隴頭流水，鳴聲幽咽，遥望秦川，心肝斷絶。」隴頭針線，謂縫製寒衣寄給邊塞離人之事。

〔四〕寒碪：亦作寒砧。指寒秋的擣衣聲。砧，擣衣石。唐沈佺期《古意呈補闕喬知之》詩：「九月寒砧催木葉，十年征戍憶遼陽。」唐李賀《龍夜吟》：「寒碪能擣百尺練，粉淚凝珠滴紅線。」

【集評】

絶不做作，故佳。（陸時雍《唐詩鏡》卷五十四此詩下評）

此傷不如征婦尚得搗衣寄遠也。（震鈞《香奩集發微》此詩下評）

【按】此詩乃寫女子秋日懷遠人之作。後二句乃是傷離盼聚之辭，故言「不喜寒碪擣斷腸」。所謂「寒碪擣斷腸」，乃因聽搗衣聲而痛斷離腸也。震鈞所説恐未諦。

半睡①

擡鏡仍嫌重②〔一〕，更衣又怕寒。宵分未歸帳〔二〕，半睡待郎看。

【校記】

①此詩亦見於玉山樵人本、韓集舊鈔本、統籤本、屈鈔本、吴校本、石印本之《香奩集》。玉山樵人本、韓集舊鈔本、統籤本、屈鈔本、吴校本、石印本《香奩集》另有一首題同内容不同詩，其首句爲「眉山暗淡向殘燈」。

②「擡」，屈鈔本作「攬」。「鏡」，玉山樵人本、統籤本、屈鈔本作「照」，吴校本、《全唐詩》均校：「一作照。」「重」，玉山樵人本、統籤本、屈鈔本均作「瘦」，《全唐詩》、吴校本均校：「一作瘦。」

【注釋】

〔一〕擡鏡：舉鏡子，即謂照鏡。

〔二〕宵分：夜半。《魏書·崔楷傳》：「亮由君之勤恤，臣用劬勞，日昃忘餐，宵分廢寢。」唐李群玉《中秋越臺看月》詩：「宵分憑檻望，應合見蓬萊。」未歸帳，未進羅帳，謂未上床睡覺。

【集評】

此亦自寫身分之詩，須會之於語句之外。（震鈞《香奩集發微》此詩下評）

【按】此乃描摹閨中少婦夜深未睡，等待其夫歸來時之情態之作。

寒食夜①

清江碧草兩悠悠，各自風流一種愁。正是落花寒食雨②，夜深無伴倚南樓③。

【校　記】

①此詩亦見於玉山樵人本、韓集舊鈔本、統籤本、屈鈔本、吴校本、石印本之《香奩集》中。「寒食夜」，韋縠《才調集》卷八、玉山樵人本、韓集舊鈔本、統籤本、嘉靖洪邁本、屈鈔本均作「夜深」，《全唐詩》、吴校本均校：「一作深夜，一作夜深。」按，宋祝穆《古今事文類聚·前集》卷八亦作「夜深」。

②「雨」，原作「夜」，據韋縠《才調集》卷八、玉山樵人本、嘉靖洪邁本、屈鈔本以及《全唐詩》、吴校本所校「一作雨」改。

③「伴」，《全唐詩》、吴校本均校：「一作扶。」「南」，韓集舊鈔本下校「本作空」，玉山樵人本、統籤本、屈鈔本、嘉靖洪邁本均作「空」，《全唐詩》、吴校本均校：「一作空。」

【集　評】

自傷孤客天涯，舊侶散失，獨鬱鬱而誰語，故曰無伴也。（震鈞《香奩集發微》此詩下評）

【按】此詩乃抒發濃鬱深摯相思之情。

哭　花①〔一〕

曾愁香結破顏遲②〔二〕，今見妖紅委地時③〔三〕。若是有情爭不哭，夜來風雨葬西施。

【校　記】

① 此詩亦見於玉山樵人本、韓集舊鈔本、統籤本、屈鈔本、吴校本、石印本之《香奩集》中。

②「愁」，《全唐詩》、吴校本均校：「一作悲。」

③「見」，《全唐詩》、吴校本均校：「一作日。」

【注　釋】

〔一〕震鈞《韓承旨年譜》繫於天祐二年，並謂：「《香奩集》《哭花》詩，傷何太后也，故以西施比之。」按，所説不可信。

〔二〕香結：謂花蕾，花朵未開放。破顏，露出笑容；笑。唐宋之問《發端州初入西江》詩：「破顏看鵲喜，拭淚聽猿啼。」此處喻花開。

〔三〕妖紅：艷紅。此處謂艷紅色的花朵。妖，艷麗。《文選・宋玉〈神女賦〉》：「近之既妖，遠之有望。」李善注：「近看既美，復宜遠望。」三國魏曹植《美女篇》詩：「美女妖且閑，採桑歧路間。」委地，落地。散落或委棄於地。唐白居易《長恨歌》：「花鈿委地無人收，翠翹金雀玉搔頭。」

【集評】

韓偓《火蛾》云：「陽光不照臨，積陰生此類。非無惜死心，奈有賊明意。」……《翠鳥》云：「天長水遠網羅稀，保得重重翠碧衣。挾彈少年多害物，勸君莫近五陵飛。」《哭花》云：「曾愁香結破顔遲，今見妖紅委地時。人若有情爭不哭，夜來風雨葬西施。」美成詞云「葬楚宮傾國」，本此。（劉克莊《後村集》卷一八四）

落花詩始於二宋。莒公賦云：「一夜東風拂苑牆，歸來何處剩淒涼。漢皋珮冷臨江失，金谷樓危到地香。淚臉補痕勞獺髓，舞臺收影費鸞觴。南朝樂府多賡曲，桃葉桃根盡可傷。」景文賦云：「墜素翻紅各自傷，青樓煙雨忍相忘。欲飛更作回風舞，已落猶成半面粧。滄海客歸珠迸淚，章臺人去骨遺香。可憐無意傳芳蝶，盡委花心與蜜房。」誠絕唱也。沈啟南以七言詠落花至三十律，虞長孺、僧儒遂至百律。近時作者亦多佳句。……茲不備載。然總不如韓偓《哭花》一絕：「曾愁香結破顔遲，今見妖紅委地時。若是有情爭不哭，夜來風雨葬西施。」（徐應秋《玉芝堂談薈》卷八《落花詩》）

開成以後，詩非一種，不當概以晚唐視之。如落花之「高閣客竟去，小園花亂飛」、「夜來風雨葬

西施」，皆是初唐人未想到者，故能發學者之心光，豈可輕視。（吴喬《圍爐詩話》卷三）

詩有同出一意而工拙自分者。……韓偓《哭花》：「若是有情爭不哭，夜來風雨葬西施。」韋莊《殘花》：「十日笙歌一宵夢，苧蘿煙雨失西施。」兩君同時，當非相襲，然韓語自勝（黄白山評：「予謂韋語勝。」）。（賀裳《載酒園詩話》卷一《三偷》）

首句謂其開遲，次句言其即落。第三句「若是有情爭不哭」，致堯悲感身世，牢落結塞之懷，俱於此句中一慟矣。「夜來」句是比。（黄叔燦《唐詩箋注》）

《香奩集》《哭花》詩，傷何太后也，故以西施比之。（震鈞《韓承旨年譜》天祐二年譜）

此爲朱全忠弑何后而作，故云「葬西施」。大抵何后被弑，正在盛年，故比之於花。（震鈞《香奩集發微》此詩下評）

【按】此爲傷花詩，哀傷之情感深摯，前人頗推許之，誠爲佳什。

重遊曲江①

鞭梢亂拂暗傷情②，蹤跡難尋露草青。猶是玉輪曾輾處③〔一〕，一泓秋水漲浮萍④〔二〕。

【校記】

① 此詩亦見於玉山樵人本、韓集舊鈔本、統籤本、屈鈔本、吴校本、石印本之《香奩集》中。屈鈔本題作《重遊曲江二首》，此爲第一首。第二首爲「鞦韆打困解羅裙」首，然統籤本、《全唐詩》、吴校本「鞦韆打困解羅裙」首均題作《偶見》，《全唐詩》、吴校本題下均校：「一作鞦韆。」

② 「鞭梢」，嘉靖洪邁本作「鞭鞘」。

③ 「是」，嘉靖洪邁本作「有」。

④ 「泓」，韓集舊鈔本下校「本作溪」；《全唐詩》、吴校本均校：「一作溪。」「秋水」，韓集舊鈔本下校「本作春雨」；《全唐詩》、吴校本均校：「一作春雨。」

【注釋】

〔一〕玉輪：猶如香輪，指車子，乃車的美稱。唐鄭谷《曲江春草》詩：「香輪莫輾青青破，留與愁人一醉眠。」宋惠洪《冷齋夜話·秦國大長公主挽詞》：「海闊三山路，香輪定不歸。」

〔三〕一泓：清水一片或一道。唐李賀《夢天》詩：「遥望齊州九點煙，一泓海水杯中瀉。」唐喻鳧《憶友人》：「一泓秋水一輪月，今夜故人來不來。」

【集　評】

正集中有《重遊曲江》七律，起句即云「追尋往事立煙汀，漁者應聞太息聲」，與此詩意正同。（震鈞《香奩集發微》此詩下評）

【按】此詩乃重遊曲江，回首昔日遊曲江之事而傷情之作，故詩即以「暗傷情」唱起。次句又回應首句之意，揭示之所以「暗傷情」者，乃因往日之「蹤跡難尋」之故。然而引發今日「暗傷情」之往日情事究爲何事，則未有明確説明，僅以後兩句含蓄逗露，留下聯想追索空間，故可謂有幽思裊裊，含蓄不盡之致。當時究是何事令詩人如此「暗傷情」？千年之下雖難於明曉，然「猶是玉輪曾輾處」之「玉輪」，則透露其中之些微隱秘，莫非與早年之艷情有關歟？

遥　見①

悲歌淚濕澹胭脂②，閒立風吹金縷衣〔一〕。白玉堂東遥見後③〔二〕，令人評泊畫楊妃④〔三〕。

【校　記】

① 此詩亦見於玉山樵人本、韓集舊鈔本、統籤本、屈鈔本、吴校本、石印本之《香奩集》中。

② 「澹」，玉山樵人本、韓集舊鈔本、統籤本、嘉靖洪邁本均作「淡」。

③「後」，韓集舊鈔本下校「本作處」，《全唐詩》、吴校本均校：「一作處。」

④「令人」，嘉靖洪邁本作「今人」。按，「今人」乃「令人」之形誤。「評泊」，原作「斗薄」，韓集舊鈔本作「陡薄」，下校「本作評泊」；嘉靖洪邁本、屈鈔本均作「評泊」；玉山樵人本、統籤本均作「評説」，統籤本下校「一作陡薄」，《全唐詩》、吴校本均校：「一作評説。」「斗」，石印本《香奩集》作「陡」，《全唐詩》、吴校本均校：「一作陡。」王士禛《池北偶談》云：「韓致堯詩：『白玉堂東遥見後，令人評泊畫楊妃。』李子田云：『評泊者，論貶人、是非人也，今作評駁者，非。近諸本或作「斗薄」，殊無意義。《萬首絶句》本作「評泊」，當猶近古。』」今即據改。

【注釋】

〔一〕金縷衣：以金絲編織的衣服。南朝梁劉孝威《擬古應教》詩：「青鋪緑瑣琉璃扉，瓊筵玉笥金縷衣。」唐許渾《聽歌鷓鴣辭》：「山行水宿不知遠，猶夢玉釵金縷衣。」

〔二〕白玉堂：原指神仙所居。此處喻指富貴人家的邸宅。唐王績《過漢故城》：「翡翠明珠帳，鴛鴦白玉堂。」唐李商隱《代應》詩：「本來銀漢是紅牆，隔得盧家白玉堂。」

〔三〕評泊：評説，評論。宋朱耆壽《瑞鶴仙・壽秦伯和侍郎》詞：「教公議，細評泊。自和我以來，謀國多少，蕭曹衛霍。」宋周密《浩然齋雅談》卷下：「樽前不用多評泊，春淺春深，都向杏梢覺。」元羅如篪《桂隱詩集跋》：「先生平生詩文，流落過半。少年所作，多經諸老評泊，以爲高逼古人。」楊妃，指唐楊貴妃，即楊玉環。

【集評】

韓致堯詩：「白玉堂東遥見後，令人評泊畫楊妃。」李子田云：「評泊者，論貶人、是非人也，今作『評駁』者，非。近諸本或作『斗薄』，殊無意義。《萬首絶句》本作『評泊』，當猶近古。」（王士禛《池北偶談》）

楊妃遇元宗而承寵，已遇昭宗而飄零，亦有幸不幸耳。而一死於陳元禮，一貶於朱全忠，則一也。（震鈞《香奩集發微》此詩下評）

【按】此詩乃詠所遥見女子之美艷，故以第三句之「遥見」爲題，實亦如無題。前兩句乃具寫女子之美艷動人，故有「澹胭脂」、「風吹金縷衣」之描摹。後則以美艷之楊貴妃比擬之，可見此女之美，真摇動詩人之心旌矣。震鈞以「楊妃遇元宗而承寵，已遇昭宗而飄零，亦有幸不幸耳」云云解讀此詩，實乃强爲比附，當不可信。

新秋①

一夜清風動扇愁〔一〕，背時容色入新秋〔二〕。桃花眼裏汪汪淚②，忍到更深枕上流。

【校　記】

①此詩亦見於玉山樵人本、韓集舊鈔本、統籤本、屈鈔本、吴校本、石印本之《香奩集》中。

②「眼」，原作「臉」，《全唐詩》、吴校本均校「一作眼」，今據改。按，謂「桃花臉裏汪汪淚」，不通，應作「桃花眼裏汪汪淚」。

【注　釋】

〔一〕清風：清涼之風。此指秋風。動扇愁，指秋天一到，扇子即被遺棄之愁。此處用班婕妤故事以比喻女子失寵之愁。《漢書·外戚傳》下：「其後趙飛燕姊弟亦從自微賤興，踰越禮制，寖盛於前。班倢伃及許皇后皆失寵，稀復進見。鴻嘉三年，趙飛燕譖告許皇后、班倢伃挾媚道，祝詛後宫，詈及主上。許皇后坐廢。考問班倢伃，倢伃對曰：『妾聞「死生有命，富貴在天」。修正尚未蒙福，爲邪欲以何望？使鬼神有知，不受不臣之愬；如其無知，愬之何益？故不爲也。』上善其對，憐憫之，賜黄金百斤。趙氏姊弟驕妬，倢伃恐久見危，求共養太后長信宫，上許焉。倢伃退處東宫，作賦自傷悼。」《文選·班婕妤〈怨歌行〉》：「新裂齊紈素，皎絜如霜雪。裁爲合歡扇，團團似明月。出入君懷袖，動摇微風發。常恐秋節至，涼風奪炎熱。棄捐篋笥中，恩情中道絶。」

〔二〕背時：過時，不時興。此處意爲失寵。宋劉克莊《滿江紅》詞：「歎出群風韻，背時裝束。」

【集　評】

此又以班婕妤自比。結暗用光武哭伯升事，志在必復讐也。（震鈞《香奩集發微》此詩下評）

【按】此詩乃詠失寵女子，故以新秋而團扇被棄爲比喻，恐無自比之深層含意。震鈞「志在必復讐也」之説，恐未必是。

宮　詞①

繡裙斜立正銷魂②〔一〕，侍女移燈掩殿門。燕子不來花著雨③，春風應自怨黄昏④。

【校　記】

① 此詩亦見於玉山樵人本、韓集舊鈔本、統籤本、屈鈔本、吴校本、石印本之《香奩集》中。

② 「裙」，玉山樵人本、統籤本、嘉靖洪邁本作「屏」，《全唐詩》、吴校本均校：「一作屏。」

③ 「來」，統籤本、嘉靖洪邁本、屈鈔本均作「歸」，韓集舊鈔本校「本作歸」，《全唐詩》、吴校本均校：「一作歸。」

④「自」，韓集舊鈔本校「本作是」，《全唐詩》、吴校本均校：「一作是。」按，宋趙令時《侯鯖録》卷二引作「是」。

【注 釋】

〔一〕繡裙：此指穿著繡裙之宫女。銷魂，謂靈魂離開肉體。形容極其哀愁。南朝梁江淹《别賦》：「黯然銷魂者，唯别而已矣。」唐錢起《别張起居》詩：「有别時留恨，銷魂况在今。」

【集 評】

余嘗愛韓致光《宫詞》云：「繡裙斜立正銷魂，宫女移燈掩殿門。燕子不歸花著雨，春風應是怨黄昏。」（趙令時《侯鯖録》卷二）

此又以阿嬌長門自比。静女城隅，如是如是。（震鈞《香奩集發微》此詩下評）

【按】此詩既以《宫詞》爲題，則所描摹者乃春日黄昏時，宫女有所祈盼而不得之幽怨。後兩句尤含蓄藴藉，韻味無窮，於短短兩句之中含無限韻致，故宋人趙令時特爲賞愛之。既爲宫怨之作，故首句之「正銷魂」，末句之「怨黄昏」，皆言怨也。怨者何人？乃「繡裙斜立」者，「春風應自」者，實皆爲宫女也。而何爲有怨？乃「燕子不來花著雨」也。此句既爲景語，實亦含比意。燕子亦比所盼之人，花亦自喻也。燕子春時應來而今不來，則爽約失信；宫女「斜立」等候，直至黄昏而「移燈掩殿門」，則難免失望而怨泣，所謂「花著雨」也。詩雖爲《宮詞》，然自不必以爲宮女即詩人之化身也，故震鈞以爲此詩乃以「阿嬌長門自比」云云，恐失於比附。

蹋青①

蹋青會散欲歸時②，金車久立頻催上〔一〕。收裙整鬢故遲遲③〔二〕，兩點深心各惆悵。

【校記】

①此詩亦見於玉山樵人本、韓集舊鈔本、統籤本、屈鈔本、吴校本、石印本之《香奩集》中。「踏青」，《全唐詩》、吴校本題下均校：「一本有詞字。」

②「散」，《全唐詩》校：「一作上。」

③第二個「遲」字，玉山樵人本、韓集舊鈔本、統籤本、嘉靖洪邁本、屈鈔本、石印本《香奩集》均作「留」，《全唐詩》、吴校本均校：「一作留。」

【注釋】

〔一〕金車：用銅作裝飾的車子。《易·困》：「來徐徐，困於金車。」高亨注：「金車，以黄銅鑲其車轅衡等處，車之華貴者也。」唐蘭《中國青銅器的起源與發展》：「至於車馬飾，更爲繁多；這種到處用銅作裝飾的車子，稱爲金車。」

〔三〕整髻：整理髮髻。髻，在頭頂或腦後盤成各種形狀的髮髻。《後漢書·馬廖傳》：「長安語曰：『城中好高髻，四方高一尺。』」故遲遲，故意遲緩。遲遲，緩慢、慢慢地。唐陳子昂《感遇》詩之一：「遲遲白日晚，嫋嫋秋風生。」

【集　評】

被迫去國，情景如見。（震鈞《香奩集發微》此詩下評）

【按】詩寫踏青會散時，女子有所眷戀而遲遲不願遽歸也。詩題雖爲《踏青》，然而着重點並不在於踏青，而是描摹女子有所眷戀，不願遽歸之情態，故此詩實可看作「無題」。中二句描摹女子有所屬意，眷戀不願遽歸之情態頗爲栩栩如生。謂「久立」，謂「頻催」；既「收裙」，又「整髻」，後復明揭出「故遲遲」，在在顯示女子之有所屬意依戀也。末句「兩點深心各惆悵」，則直揭女子如此情態之原委也。震鈞謂此詩「被迫去國，情景如見」，乃以爲此詩是韓偓晚年被貶時作，並加以政治比附，皆爲不實之詞。

夜深①

惻惻輕寒剪剪風②〔一〕，杏花飄雪小桃紅③。夜深斜搭鞦韆索〔二〕，樓閣朦朧煙雨中④。

【校記】

①此詩亦見於玉山樵人本、韓集舊鈔本、統籤本、屈鈔本、吴校本、石印本之《香奩集》中。「夜深」，韓集舊鈔本下校：「本題寒食夜。」玉山樵人本、嘉靖洪邁本、統籤本、屈鈔本均作「寒食夜」，《全唐詩》校：「一作寒食夜。」

②「惻惻」，韓集舊鈔本作「側側」，統籤本作「測測」。按，「惻惻」同「側側」、「測測」。説詳下注釋。

③「杏花」，原作「小梅」，韓集舊鈔本、統籤本、嘉靖洪邁本、石印本《香奩集》均作「杏花」，韓集舊鈔本下校「本作小梅」，《全唐詩》校「一作杏花」，今據韓集舊鈔本等改。「小桃」，原作「杏花」，韓集舊鈔本、統籤本、嘉靖洪邁本、石印本《香奩集》均作「小桃」，韓集舊鈔本下校「本作杏花」，《全唐詩》校「一作小桃」，今據韓集舊鈔本等改。

④「煙」，統籤本、嘉靖洪邁本作「細」，《全唐詩》校：「一作細。」

【注釋】

〔一〕惻惻：寒冷貌。韓愈《秋懷詩十一首》之四：「秋氣日惻惻，秋空日凌凌。」宋周邦彦《漁家傲》詞：「幾日輕陰寒惻惻，東風急處花成積。」又作測測，唐韋應物《再遊西山》詩：「測測石泉冷，曖曖煙谷虚。」清黄景仁《醉花陰·春困》詞：「滿院秭歸花外哢，測測寒颸送。」又作側側，清江立《台城路》詞：「嚴寒側側，指兩點金焦，路分南北。」又作翦翦。剪剪，風拂或寒氣侵襲貌。宋王安石《夜直》：「金爐香燼漏聲殘，剪剪輕風陣陣寒。」金張翰《再過回公寺》詩：「輕寒剪剪侵毹褐，小雪霏霏入蜃樓。」

〔二〕鞦韆：唐杜甫《清明》詩之二：「十年蹴踘將雛遠，萬里鞦韆習俗同。」仇兆鼇注：「宗懔《歲時記》：寒食有打毬、鞦韆、施鈎之戲。《古今藝術圖》：以綵繩懸木立架，士女坐立其上，推引之。謂之鞦韆。一云當作千秋，本出漢宫祝壽詞，後人倒讀，又易其字爲鞦韆耳。」宋蘇軾《寒食夜》詩：「漏聲透入碧窗紗，人静鞦韆影半斜。」

【集評】

《遯齊閑覽》云：韓致堯詩，詞致婉麗，如此絶者是也。（蔡正孫《詩林廣記》前集卷九）

李賀「桃花亂落如紅雨」，韓偓「杏花飄雪小桃紅」，桃花紅而長吉以雨比之，杏花紅而致光以雪比之，皆可爲善用不拘拘於故常者，所以爲奇。不然，柳雪、李月、梨雪、桃霞，誰不能道？（田藝衡《留

青日札》卷六）

吕聖求《望海潮》詞云：「側寒斜雨，微燈薄霧，匆匆過了元宵。簾影護風，盆池見日，青青柳葉，柔條碧草，皺裙腰。正晝長煙暖，蜂困鶯嬌。望處淒迷，半篙緑水浸斜橋。孫郎病酒無聊，記烏絲醉語，碧玉風標。新燕又雙，蘭心漸吐，佳期趁取花朝。心事轉迢迢，但夢隨人遠，心與山遥。誤了芳音，小窗斜日到芭蕉。」其用側寒字甚新。唐詩「春寒側側掩重門」。韓偓詩「側側輕寒剪剪風」。又無名氏詞「玉樓十二春寒側」，與此側寒斜雨相襲用之，不知所出。大意側不正也，猶云峭寒爾。（楊慎《詞品》卷一《側寒》）

以下四絶，皆追憶在翰林時事。（震鈞《香奩集發微》此詩下評）

春日多雨。唐人詩如「春在濛濛細雨中」、「多少樓臺煙雨中」，昔人詩中屢見之。此則寫庭院之景。樓閣宵寒，鞦韆罷戲，其中有剪燈聽雨人在也。（俞陛雲《詩境淺説續編》二）

韓冬郎集中，數提鞦韆，而境界無一相類。《閨怨》云：「初拆鞦韆人寂寞。」《夜深》云：「夜深斜搭鞦韆索。」《偶見》云：「鞦韆打困解羅裙。」《效崔國輔體》云：「風動鞦韆索。」《補李波小妹歌》云：「海棠花下鞦韆畔。」《想得》云：「嬌羞不肯上鞦韆。」其善使景物，殊爲晚唐諸家之冠。（陳香《晚唐詩人韓偓》引《蕉窗夜話》）

純寫景色，而其中自有「愛而不見，搔首踟躕」之意。冬郎七絶設色濃麗而意境迷離，於温、李外別樹一幟。（劉拜山、富壽蓀選注《千首唐人絶句》）

【按】此詩乃寫春寒之夜，女子蕩罷鞦韆時景象。震鈞謂詩「追憶在翰林時事」，恐未諦。

夏日①

庭樹新陰葉未成，玉階人静一蟬聲②。相風不動烏龍睡〔一〕，時有嬌鶯自唤名③。

【校記】

① 此詩亦見於玉山樵人本、韓集舊鈔本、統籤本、屈鈔本、吴校本、石印本之《香奩集》中。

② 「一蟬」，嘉靖洪邁本、統籤本均作「下簾」，韓集舊鈔本下校「本作下簾」，《全唐詩》校：「一作下簾。」

③ 「時有」，《全唐詩》校：「一作待得。」「嬌鶯」，韓集舊鈔本下校「本作幽禽」，嘉靖洪邁本、統籤本均作「幽禽」，《全唐詩》校：「一作幽禽。」

【注釋】

〔一〕相風：亦稱相風烏，古代觀測風向的儀器。《三輔黄圖·臺榭》：「郭延生《述征記》曰：『長安宫南有靈臺，高十五仞，上有渾儀，張衡所製。又有相風銅烏，遇風乃動。』」北周庾信《周宗廟歌》之十二：「鼓移行漏，風轉相烏。」清吴偉業《八風詩·南風》：「玉尺披圖解愠篇，相烏高指越裳天。」吴翌鳳注引《拾遺記》：「少昊母曰皇娥，遊窮桑之浦。有神童稱爲帝子，與皇娥讌戲泛於海。以桂枝爲表，結芳茅爲旍，刻玉爲鳩置於表端，言知四時之候，今之相風，蓋其遺象。」晉潘岳《相風賦》：「立成器以相風，棲靈烏於帝庭。」烏龍，原乃犬名。晉陶潛《搜神後記》卷九：「會稽句章民張然，滯役在都……養一狗，甚快，名曰烏龍。」此處泛指犬。唐白居易《和夢遊春詩一百韻》：「烏龍卧不驚，青鳥飛相逐。」唐李商隱《題二首後重有戲贈任秀才》詩：「遥知小閣還斜照，羨殺烏龍卧錦茵。」

【集評】

《槁簡贅筆》：韓偓詩云：「洞門深閉不曾開，横卧烏龍作妒媒。」又云：「相風不動烏龍睡，時有幽禽自喚名。」祝鎡子權賢良窮探古詩，無不貫通，一日問余曰：「韓致光詩用『烏龍』，爲何事？」余答曰：「樂天《和元微之夢遊春》詩云『烏龍卧不驚，青龍飛相逐』，當是犬爾。」子權曰：「何所據？」余戲之曰：「豈不聞俚語云拜狗作烏龍。」後閲沈汾《續仙傳》云：韋善俊攜一犬號「烏龍」，化爲龍，乘之飛昇而去。樂天、致光詩未必不用此事。（吴士玉《駢字類編》卷二〇七）

沈汾《續仙傳》云：韋善俊嘗攜一犬號烏龍，後乘之飛昇。韓致堯《香奩集》屢用之。有曰：「洞門深閉不曾開，横卧烏龍作妒媒。」又曰：「相風不動烏龍睡，時有幽禽自喚名。」又曰「遥知小閣還斜

照，羨殺烏龍卧錦茵」，此句又見義山集。（宋長白《柳亭詩話》卷九《烏龍》）

此玉堂獨值之景。（震鈞《香奩集發微》此詩下評）

【按】此詩寫初夏日庭院幽靜恬美景象。首句樹葉未長成而有新陰，正是初夏時節景色。「玉階人静」而「一蟬聲」，以及「相風不動烏龍睡，時有嬌鶯自唤名」，乃寫庭院之幽静也，或有效學南朝梁王籍「蟬噪林逾静，鳥鳴山更幽」之處。震鈞謂此詩乃「追憶在翰林時事」，是寫「玉堂獨值之景」，恐未必是。蓋此詩在《香奩集》中，非作於詩人入值翰林院後。

新上頭①〔一〕

學梳蟬鬢試新裙②〔二〕，消息佳期在此春。爲要好多心轉惑③，偏將宜稱問傍人④〔三〕。

【校　記】

① 此詩亦見於玉山樵人本、韓集舊鈔本、統籤本、屈鈔本、吴校本、石印本之《香奩集》中。

② 「蟬」，原作「鬆」，統籤本、嘉靖洪邁本均作「蟬」，統籤本下校「一作鬆」，韓集舊鈔本下校「本作蟬」，《全唐詩》校「一作蟬」，今據統籤本、嘉靖洪邁本等改。「新裙」，《全唐詩》校：「一作裙新。」

③「要」，韓集舊鈔本下校「本作愛」，嘉靖洪邁本作「愛」，統籤本、《全唐詩》校：「一作愛。」「心轉」，《全唐詩》校：「一作心多。」

④「傍」，石印本《香奩集》作「旁」。

【注釋】

〔一〕上頭：指女子束髮插笄，爲成年的象徵。南朝梁蕭綱《和人渡水》詩：「婉娩新上頭，湔裾出樂遊。」前蜀花蕊夫人《宮詞》之七十五：「年初十五最風流，新賜雲鬟便上頭。」宋孟元老《東京夢華録·清明節》：「子女及笄者，多以是日上頭。」清梁章鉅《退庵隨筆·家禮一》：「女子至十四，則擇日爲蓄髮，謂之上頭。」

〔二〕蟬鬢：亦作「蟬髩」。古代婦女的一種髮式。兩鬢薄如蟬翼，故稱。晉崔豹《古今注·雜注》：「魏文帝宮人絶所寵者，有莫瓊樹、薛夜來、田尚衣、段巧笑，日夕在側，瓊樹乃製蟬鬢。縹眇如蟬翼，故曰蟬鬢。」南朝梁元帝《登顔園故閣》詩：「妝成理蟬鬢，笑罷斂蛾眉。」

〔三〕宜稱：適當（的狀態）；合適；相宜。漢賈誼《新書·容經》：「故身之倨佝，手之高下，顔色聲氣，各有宜稱，所以明尊卑，別疏戚也。」《漢書·文帝紀》：「丞相平等皆曰：『臣伏計之，大王奉高祖宗廟最宜稱。』」

【集　評】

「學梳鬆鬢試裙新，消息佳期在此春。爲要好多心轉惑，遍將宜稱問傍人。」鍾云：全是一片徘徊自賞之意。（鍾惺、譚元春輯《唐詩歸》卷三十六晚唐四）

此初入翰林也。與「畫眉深淺入時無」同意。（震鈞《香奩集發微》此詩下評）

迨吉有期，新妝乍試，明知梳裹入時，而猶問傍人者，一生愛好，不厭詳求。作者善狀閨人情性也。至嫁後，則畫眉深淺，問夫婿而不問傍人。同一愛好，更饒風趣矣。（俞陛雲《詩境淺説續編》二）

《新上頭》一首寫女子愛好心情，亦極工細。（劉永濟《唐人絶句精華》）

寫將嫁少女愛好心情，刻畫入微，如見其人，用筆極爲細密。（劉拜山、富壽蓀選注《千首唐人絶句》）

【按】此詩描摹新上頭之女子妝扮時之特别複雜心態，誠如鍾惺所云：「全是一片徘徊自賞之意。」震鈞所説「此初入翰林也」，雖不中，然所云「與『畫眉深淺入時無』同意」則頗是。沈祖棻先生對此詩有頗爲詳悉到家之分析，今迻録如下以爲參考。沈氏云：「……因爲如果只是成年而不出嫁，那麽愛好也許不至如此之『多』，以至於心裏都反而『惑』了。所以，從結構上探討，次句雖似宕開，實則承上啟下。第三、四句十四個字，實有六層意思。愛好，一也。愛好多，二也。因愛好多而心轉惑，三也。所惑乃是否宜稱，四也。由於不能定其是否宜稱而問傍人，五也。一問不足，因而遍問，六也。由於層次之多，更見出詩人用筆之曲折，針線之細密，但另外一方面，語言卻極其曉暢明白，使

人感到真實、生動而且自然，毫無做作。」（沈祖棻《唐人七絶詩淺釋》）

中　庭①

夜短睡遲慵早起，日高方始出紗窗。中庭自摘青梅子〔一〕，先向釵頭戴一雙②。

【校　記】

①此詩亦見於玉山樵人本、韓集舊鈔本、統籤本、屈鈔本、吴校本、石印本之《香奩集》中。

②「先」，《全唐詩》校：「一作閒。」「戴」，統籤本、嘉靖洪邁本、石印本《香奩集》均作「帶」。按，當以「戴」爲是。

【注　釋】

〔一〕青梅：即梅子。南朝宋鮑照《代挽歌》：「憶昔好飲酒，素盤進青梅。」唐杜牧《罷鍾陵幕吏十三年來泊湓浦感舊爲詩》：「青梅雨中熟，檣倚酒旗邊。」

【集評】

丰致翩翩，有荷衣蕙帶之致。（震鈞《香奩集發微》此詩下評）

【按】詩乃描寫女子嬌慵愛美之情態。首二句乃寫其嬌慵，後二句則描摹其風流愛美之情致。此誠如震鈞所評「丰致翩翩，有荷衣蕙帶之致」。然其謂此詩乃「追憶在翰林時事」，則未必也。

詠浴①

再整魚犀攏翠簪〔一〕，解衣先覺冷森森。教移蘭燭頻羞影②〔二〕，自試香湯更怕深③〔三〕。初似洗花難抑按④〔四〕，終憂沃雪不勝任⑤〔五〕。豈知侍女簾帷外〔六〕，賸取君王幾餅金⑥。

【校記】

① 此詩亦見於玉山樵人本、韓集舊鈔本、統籤本、屈鈔本、吴校本、石印本之《香奩集》中。

② 「燭」，韓集舊鈔本下校「本作燼」，統籤本、《全唐詩》、吴校本均校：「一作燼。」按，作「燼」誤。

③ 「試」，統籤本、《全唐詩》、吴校本均校：「一作拭。」

④ 「似」，元楊維楨《復古詩集》卷六、明宋緒《元詩體要》卷八引作「訝」。「洗」，統籤本、《全唐詩》、吴校本均校：「一作染。」按，應作「洗」。

⑤「憂」，韓集舊鈔本下校「本作愁」，《全唐詩》、吴校本均校：「一作愁。」按，元楊維楨《復古詩集》卷六、明宋緒《元詩體要》卷八引作「疑」。

⑥「幾」，《全唐詩》、吴校本均校：「一作數。」按，元楊維楨《復古詩集》卷六、明宋緒《元詩體要》卷八引作「數」。

【注釋】

〔一〕魚犀：此處指魚犀帶，水犀皮所製成之腰帶。《册府元龜》卷二百三十二《稱藩》：「臨汝郡公徐遼，代李景捧壽觴以獻，仍進上金酒器一副，御衣一襲，戲衣魚犀帶一條，金器五百兩。」《氏族大全》卷九《名在御屏》：「梁鼎，宋淳化中爲殿中丞出守吉州，擊狂猾，上賞其能，賜緋魚犀帶，且記其名於御屏。」潘永因編《宋稗類鈔》卷二十九：「趙韓王久病無生意，解所寶雙魚犀帶，遣親吏甄潛詣上。」攏，梳理；整理。唐韓偓《信筆》詩：「睡髻休頻攏，春眉忍更長。」前蜀李珣《南鄉子》詞之九：「攏雲髻，背犀梳，焦紅衫映緑羅裾。」翠簪，翠玉之簪。簪，古人用來綰定髮髻或冠的長針。後來專指婦女綰髻的首飾。《韓非子·内儲説上》：「周主亡玉簪，令吏求之，三日不能得也。」

〔二〕蘭燭：用蘭膏製成的燭。蘭膏，古代用澤蘭子煉製的油脂。可以點燈。《楚辭·招魂》：「蘭膏明燭，華容備些。」王逸注：「蘭膏，以蘭香煉膏也。」晉張華《雜詩》：「朱火青無光，蘭膏坐自凝。」

〔三〕香湯：調有香料的熱水。南朝梁沈約《齊禪林寺尼淨秀行狀》：「又嘗請聖僧浴器盛香湯。」唐元稹《臺中鞫獄憶開元觀舊事》詩：「香湯洗驄馬，翠篋籠白鷴。」

〔四〕洗花：此處花用以比喻如花之美女。抑按，按壓。漢蔡邕《琴賦》：「抵掌反覆，抑按藏摧。」三國魏嵇康《琴賦》：「或徘徊顧慕，擁鬱抑按。」

〔五〕沃雪：以熱水澆雪。此處比喻用熱水沐浴女子嫩白之肌體。

〔六〕「豈知侍女」二句：宋劉斧《青瑣高議》前集卷七引秦醇《趙飛燕别傳》：「昭儀方浴，帝私覘，侍者報昭儀。昭儀急趨燭後避，帝瞥見之，心愈眩惑。他日，昭儀浴，帝默賜侍者金錢，特令不言。帝自屏罅覘，蘭湯灩灩，昭儀坐其中，若三尺寒泉浸明玉，帝意思飛蕩，若無所主。帝常語近侍曰：『自古人主無二后，若有，則吾立昭儀爲后矣。』」賸取，唯取。賸，唯。宋劉摯《上洛都文太尉》詩：「想公賸覺西都樂，門外逍遥緑野鄉。」餅，餅狀物。《南史·褚顔回傳》：「有人求官，密袖中將一餅金，因求請間，出金示之，曰：『人無知者。』」《後漢書·列女傳·樂羊子妻》：「羊子嘗行路，得遺金一餅。」唐劉禹錫《唐侍御寄遊道林嶽麓二寺詩所和見徵繼作》詩：「恨無黄金千萬餅，布地買取爲丘園。」

【集　評】

方回：《趙后外傳》：「昭儀浴，帝竊觀之，令侍兒勿言，投贈以金，一浴賜百餅。」此詩當有所諷，謂世之爲君者，亦惑乎此也。（《瀛奎律髓彙評》卷七風懷類）

馮舒：如此癡見識，何事取鴨遺半細也！（《瀛奎律髓彙評》卷七風懷類）

馮班：胡説。（《瀛奎律髓彙評》卷七風懷類）

紀昀：曲解。（《瀛奎律髓彙評》卷七風懷類）

馮班：落句妙，人都不解。第三聯意已盡，若説浴罷着衣而起，便索然矣；卻説簾外潛窺，較有餘味，此落句所以佳也。方公全不解此輩語。（《瀛奎律髓彙評》卷七風懷類）

何義門：若無落句，便是猷詠也。通篇爾許情態，皆從簾外眼中傳出，定翁語得其一半。○第二便含恐人窺見，第四並將侍女亦遣出。「洗花」、「沃雪」，百態俱露矣。呼應緊密，在死法之外。（《瀛奎律髓彙評》卷七風懷類）

紀昀：此亦太猥褻。（《瀛奎律髓彙評》卷七風懷類）

又有《詠浴》詩云（文略）。詩言成帝、合德事。「沃雪」謂死期將至，當是崔胤擅權，昭宗寵信過甚，而朱温駸駸之勢，君相命在旦夕，故以漢事比之也。此時内有宦者韓全誨輩，外有藩鎮李茂貞、王行瑜、韓建、朱温輩，致堯忠耿之士，深懷不平，而言出禍隨，故寓意如此。結語當是指三使相賞賜傾府庫也。（吴喬《圍爐詩話》卷一）

《元詩體要》十四卷，浙江巡撫採進本。又第八卷楊維楨《出浴》絶句，實唐韓偓七言律詩後四句，亦間有疎舛，然去取頗有鑒裁。鄧林序稱「緒深於詩，故選詩如此之精」，非溢詞也。（永瑢《四庫全書總目》卷一百八十九集部四十二）

冷森森：韓偓《詠浴》：「解衣先覺冷森森。」案：森森，冷而寒毛動也。諺謂「寒月解衣曰冷森森」。（胡文英《吴下方言考》卷四）

夫詠浴而結以餅金事，此豈尋常閨帷所有。致堯自待身分極高，於爾時直有舉朝無人之歎。故以合德自比，而昭宗之所以待致堯者，亦可知矣。（震鈞《香奩集發微》此詩下評）

一卷《香奩》，須知其純是自況。《落花》則比西子，《詠浴》則自比合德，《遥見》則自比楊妃，至於明妃、弄玉、玉兒，處處陪襯，以自形其身分之高，其命意於詩中别是一格，然實三百篇之遺法。小儒以綺語呵之，固致堯所不受。即《全唐詩録》於《李波小妹歌》，疑其别有所感，亦未道出致堯心事也。《香奩集》命意，去詞近，去詩卻遠。然三百篇之西方美人，靜女其姝，何一非比物此志也。（震鈞《香奩集發微》卷首論《香奩集》語）

【按】此詩乃如其題爲詠浴之作，當無如方回、吴喬、震鈞等人所説别有寄託也。

席上有贈①

矜嚴標格絶嫌猜〔一〕，嗔怒難逢笑靨開②〔二〕。小雁斜侵眉柳去〔三〕，媚霞横接眼波來〔四〕。

鬟垂香頸雲遮藕〔五〕，粉著蘭胸雪壓梅〔六〕。莫道風流無宋玉〔七〕，好將心力事妝臺〔八〕。

【校　記】

①此詩亦見於玉山樵人本、韓集舊鈔本、統籤本、屈鈔本、吴校本、石印本之《香奩集》中。

②「難」，原作「雖」，《全唐詩》、吴校本均校「一作難」，今據玉山樵人本、韓集舊鈔本、統籤本、屈鈔本改。「靨」，玉山樵人本、統籤本均作「眼」，《全唐詩》、吴校本均校：「一作眼。」

【注　釋】

〔一〕矜嚴：儀態矜持莊重。唐徐鉉《和歙州陳使君見寄》：「織絡文章麗，矜嚴道義尊。」標格，風範，風度。《藝文類聚》卷七十七引北魏温子昇《寒陵山寺碑序》：「大丞相渤海王，命世作宰，惟機成務。標格千刃，崖岸萬里。」唐楊敬之《贈項斯》詩：「幾度見詩詩總好，及觀標格過於詩。」

〔二〕笑靨：笑容，笑顔。南朝梁蕭統《擬古》詩：「眼語笑靨近來情，心懷心想甚分明。」

〔三〕小雁：比喻笑時兩眉形如小雁狀。眉柳，即柳眉。形容女子細長秀美之眉。唐李商隱《和人題真娘墓》：「柳眉空吐效顰葉，榆莢還飛買笑錢。」前蜀李珣《望遠行》詞：「露滴幽庭落葉時，愁聚蕭娘柳眉。」

〔四〕媚霞：明媚之霞彩。此處比喻女子明麗燦爛之笑容。眼波，形容流動如水波之目光。唐杜牧《宣州留贈》：「爲報眼波須穩當，五陵遊宕莫知聞。」韓偓《偶見背面是夕兼夢》詩：「眼波向我無端豔，心火因君特地燃。」

〔五〕「鬢垂」句：謂鬢髮垂遮香頸，有如雲遮雪白之蓮藕。

〔六〕「粉著」句：謂女子蘭胸粉白，猶如白雪覆壓着梅花。

〔七〕宋玉：宋玉爲戰國時期楚國著名辭賦家，著有《九辯》、《高唐賦》、《登徒子好色賦》等。《登徒子好色賦》云：「天下之佳人，莫若楚國；楚國之麗者，莫若臣里；臣里之美者，莫若臣東家之子。東家之子，增之一分則太長，減之一分則太短；著粉則太白，施朱則太赤；眉如翠羽，肌如白雪，腰如束素，齒如含貝；嫣然一笑，惑陽城，迷下蔡。然此女登牆窺臣三年，至今未許也。」此處詩人以風流宋玉自擬。

〔八〕心力：心思和能力。《左傳·昭公十九年》：「盡心力以事君。」《後漢書·方術傳下·郭玉》：「玉仁愛不矜，雖貧賤廝養，必盡其心力，而醫療貴人，時或不愈。」事妝臺，妝臺，即梳粧臺。唐盧照鄰《梅花落》詩：「因風入舞袖，雜粉向妝臺。」事妝臺，謂精心妝扮。

【集評】

方回：五、六雖褻，然止形容其貌，如「巧笑」、「美目」之詩，不及乎淫也。（《瀛奎律髓彙評》卷七風懷類）

馮舒：謬。「香奩」自是一體，不必與他回護。（《瀛奎律髓彙評》卷七風懷類）

紀昀：五、六俗甚，評亦曲説。（《瀛奎律髓彙評》卷七風懷類）

馮舒：五、六不如三、四。（《瀛奎律髓彙評》卷七風懷類）

查慎行：「雲遮藕」、「雪壓梅」語氣欠雅。（《瀛奎律髓彙評》卷七風懷類）

何義門：第二句「難」或改作「雖」，改了「雖」字，句便活妙。（《瀛奎律髓彙評》卷七風懷類）

（《瀛奎律髓》）又曰：風懷之題，須意有餘而不及於褻。如韓偓詠《偶見》，三四云：「仙樹有花難問種，御香聞氣不知名」，此兩句佳。至詠《五更》，三四云：「懷裏不知金鈿落，暗中惟覺繡鞋香」，則太猥太褻矣。如《席上有贈》詩，五六云「鬢垂香頸雲遮藕，粉著蘭胸雪壓梅」，語雖褻，然止形容其貌。如巧笑美目之詩，不及乎淫也。（蔡鈞《詩法指南》卷四）

與前首同意。結有陶長沙運甓意，所以深望中興有人也。集中《有感》詩云「萬里關山如咫尺，女牀惟待鳳棲鸞」，是致堯始尚有起復之想也。（震鈞《香奩集發微》此詩下評）

【按】此詩乃宴席間贈所心儀之女子，非有所寄託也。故詩除末兩句外，均著力描摹此女之「矜嚴標格」與蕙心蘭質，艷麗巧笑之美。末兩句則以「風流宋玉」自擬，寄情於所贈之女。此類唐人風流塲中有贈之作，其體格風韻固多如此。徐復觀先生評此詩爲「非常俗惡」，恐未免責之過甚。至於震鈞所説未免强加比附也。

早　歸①

去是黄昏後，歸當朧憁時。衩衣吟宿醉②〔一〕，風露動相思〔二〕。

【校　記】

① 此詩亦見於玉山樵人本、韓集舊鈔本、統籤本、屈鈔本、吴校本、石印本之《香奩集》中。

② 「衩」，原作「扠」，《全唐詩》、吴校本均校「一作衩」，今據玉山樵人本、統籤本、屈鈔本改。蓋「衩衣」與「風露」均名詞對。

【注　釋】

〔一〕衩衣：兩側開衩的長衣。古人用以稱男子便服，始于唐。唐李廓《長安少年行》之六：「不樂還逃席，多狂慣衩衣。」《資治通鑑·唐僖宗乾符元年》：「凝、彦昭同舉進士，凝先及第，嘗衩衣見彦昭。」胡三省注：「衩衣，便服不具禮也。」胡三省《通鑑釋文辨誤》卷十一：「衩衣二字，今人所常言也。凡交際之間，賓以世俗之所謂禮服來者，主欲從簡便，必使人傳言曰：『請衩衣。』客於是以便服進。又有服宴褻之服而遇服交際之服者，必謝曰：『衩袒無禮。』可見衩衣之語，起於唐人，而通行於今世也。」宿醉，謂經宿尚未全醒的餘醉。南朝宋劉義慶《世説新語·文學》：「司空鄭沖，馳遣信就阮籍求文，籍時在袁孝尼家，宿醉扶起，書札爲之，無所點定，乃寫付使，時人以爲神筆。」唐白居易《洛橋寒食日作十韻》：「宿醉頭仍重，晨遊眼乍明。」

〔二〕「風露」句：謂於清晨之風露中頓起相思之情。

【集評】

詠夜值也。（震鈞《香奩集發微》此詩下評）

【按】此詩乃寫拂曉歸時，宿醉未醒，於清晨風露吹拂下，頓想起昨夜讌飲歡聚情形，遂動起相思懷人之情愫。震鈞「詠夜值也」之説，未諦。蓋詩非入仕時作，且「夜值」何能飲至「宿醉」耶？

玉合 雜言①〔一〕

羅囊繡兩鳳凰②〔二〕，玉合雕雙鸂鶒〔三〕。中有蘭膏漬紅豆③〔四〕，每回拈著長思憶④。長思憶⑤，經幾春⑥。人悵望，香氤氳⑦〔五〕。開緘不見新書迹，帶粉猶殘舊淚痕⑧。

【校　記】

①此詩亦見於玉山樵人本、韓集舊鈔本、統籤本、屈鈔本、吴校本、石印本之《香奩集》中。慶按，又見張璋、黄畬編《全唐五代詞》（下簡稱張、黄編《全唐五代詞》）第五一六頁。亦見曾昭岷、曹濟平等編著《全唐五代詞》（下簡稱曾、曹等編著《全唐五代詞》）第一〇六〇至一〇六一頁。

②「鳳皇」，《全唐詩》、吴校本均校：「一作鴛鴦。」

③「漬」，《全唐詩》、吴校本均校：「一作積。」按，應作「漬」，「積」乃「漬」之形誤。

④「思」，原作「相」，玉山樵人本、統籤本、屈鈔本《香奩集》均作「思」，《全唐詩》、吴校本均校：「一作思。」曾、曹等編著《全唐五代詞》本校：「鈔本《香奩集》、《唐音統籤》作『思』。」今即據玉山樵人本等改。

⑤「長」，韓集舊鈔本下校：「一本無。」「思」，原作「相」，玉山樵人本、統籤本、屈鈔本均作「思」，《全唐詩》、吴校本均校：「一作思。」曾、曹等編著《全唐五代詞》本校：「鈔本《香奩集》、《唐音統籤》作『思』。」今即據玉山樵人本等改。

⑥「幾」，韓集舊鈔本下校：「一本無。」

⑦「氤氳」，統籤本作「氛氳」。曾、曹等編著《全唐五代詞》本校：「鈔本《香奩集》、《唐音統籤》作

氛氲。」

⑧「淚」，玉山樵人本、統籤本、屈鈔本均作「指」，韓集舊鈔本下校「本作指」，《全唐詩》、吴校本均校：「一作指。」曾、曹等編著《全唐五代詞》本校：「鈔本《香奩集》、《唐音統籤》作『指』。」

【注釋】

〔一〕《全唐詩》題下注「雜言」。曾、曹等編著《全唐五代詞》本考辨云：「此首及下首《金陵》本雜言詩，鈔本《香奩集》、《唐音統籤》列入《長短句》類。按此『長短句』似非指長短句之詞，乃指長短句（即雜言）詩，故吴本《香奩集》題下皆注『雜言』。王國維輯本《香奩詞》以此二首乃『致光創調』，未可據信。若以此二首合乎詞體而視爲『創調』，則原列於《長短句》類之《厭花落》（見鈔本《香奩集》、《唐音統籤》）亦當視作詞，而王國維輯本《香奩集》又摒而不録，是其去取本屬隨意而無定則，難以信從。」玉合，玉製的盒子或精美的盒子。合，通「盒」。宋李彭老《生查子》詞：「羅襦隱繡茸，玉合銷紅豆。」雜言，即雜言體詩，古體詩的一種。最初出於樂府。每句字數不等，長短句間雜，無一定標準，用韻也較自由。後人多有仿作。南朝梁劉勰《文心雕龍·明詩》：「至於三六雜言，則出自篇什。」明胡應麟《詩藪·古體上》：「余歷考漢、魏、六朝、唐人詩，有三言、四言、五言、六言、七言、雜言、近體、排律、絶句，樂府皆備有之。」明徐師曾《文體明辨·雜言詩》：「按古今詩自四、五、六、七雜言之外，復有五七言相間者，有三、五、七言各兩句者，有一、三、五、七、九言各兩句者，有一字至七字、九字、十字者，比之雜言，又略有不同，故别列之於此篇。」

〔二〕羅囊：指作佩飾的絲質香袋。唐杜甫《又示宗武》：「試吟青玉案，莫羡紫羅囊。」明王彦泓《踏春詞》：「偶因裙帶换，忘卻紫羅囊。」

〔三〕㶉鶒：亦作「㶉鷘」。水鳥名。形大於鴛鴦，而多紫色，好並遊。俗稱紫鴛鴦。唐孟浩然《鸚鵡洲送王九之江左》：「昔登江上黄鶴樓，遥愛江中鸚鵡洲。洲勢逶迤遶碧流，鴛鴦㶉鶒滿灘頭。」唐温庭筠《開成五年秋以抱疾郊野一百韻》：「溟渚藏㶉鶒，幽屏卧鷓鴣。」顧嗣立補注：「《臨海異物志》：㶉鶒，水鳥，毛有五采色，食短狐，其中溪中無毒氣。」

〔四〕蘭膏：古代用澤蘭子煉製的油脂。可以點燈。漬，醃漬；浸泡。《禮記·内則》：「漬取牛肉，必新殺者。」漢王充《論衡·商蟲》：「神農、后稷藏種之方，煮馬屎以汁漬種者，令禾不蟲。」紅豆，紅豆樹、海紅豆及相思子等植物種子的統稱。其色鮮紅，常用以象徵愛情或相思。唐王維《相思》詩：「紅豆生南國，春來發幾枝。願君多採擷，此物最相思。」前蜀牛希濟《生查子》詞：「紅豆不堪看，滿眼相思淚。」

〔五〕氤氲：濃烈的氣味。多指香氣。南朝梁沈約《芳樹》詩：「氤氲非一香，參差多異色。」唐王維《送别》：「春江愁送君，蕙草生氤氲。」

【集評】

此似檢點賜物而作。《南唐近事》記致堯捐館後，尚緘藏燒殘龍鳳燭，金縷紅巾百餘條，緘鐍甚密，蠟淚尚新，巾香尚鬱。此作詠之。（震鈞《香奩集發微》此詩下評）

韓偓詩變體極多，不獨《香奩》綰領晚唐，其餘破格變體，亦爲宋詩宋詞開先河。如《雜言》、《三憶》、《效崔國輔》之類，已全脱唐人律紀之制。其《效崔國輔》，實竟凌而上之，如「澹月照中庭，海棠花自落。獨立俯閒階，風動鞦韆索」。崔國輔無此造詣，張祜、許渾、吴融、韋莊，亦難望塵。（陳香《晚唐詩人韓偓》引《鈞餘讀詩記得》）

【按】此詩乃詠打開玉合，重睹昔時情人所贈紅豆，情不自禁湧起相思悵惘之情耳。震鈞據《南唐近事》所載，謂此詩似乃詩人晚年「檢點賜物而作」，則將此詩歸於香草美人之寓託之作，所説恐非符合實情。

金陵 雜言①〔一〕

風雨蕭蕭②，石頭城下木蘭橈〔二〕。煙月迢迢，金陵渡口去來潮③。自古風流皆暗銷，才鬼妖魂誰與招④〔三〕。彩牋麗句今已矣⑤〔四〕，羅韈金蓮何寂寥〔五〕。

【校記】

①此詩亦見於玉山樵人本、韓集舊鈔本、統籤本、屈鈔本、吴校本、石印本之《香奩集》中。慶按，又見於張、黄編《全唐五代詞》第五一七頁。亦見曾、曹等編著《全唐五代詞》第一〇六一至一〇六二頁。

②「蕭蕭」，屈鈔本、石印本《香奩集》均作「瀟瀟」，張、黄編《全唐五代詞》、曾、曹等編著《全唐五代詞》本均作「瀟瀟」。後者校云：「毛本、鈔本、吴本《香奩集》、《唐音統籤》作『蕭蕭』。」按，玉山樵人本、韓集舊鈔本亦均作「蕭蕭」。

③「去來」，韓集舊鈔本下校：「本作來去。」

④「鬼」，原作「魂」，玉山樵人本、統籤本、屈鈔本均作「鬼」，《全唐詩》校：「一作鬼。」曾、曹等編著《全唐五代詞》本校：「鈔本《香奩集》、《唐音統籤》作『鬼』。」韓集舊鈔本作、石印本《香奩集》、吴校本均作「魄」，前者下校「本作鬼」，後者下校：「一作鬼。」今據玉山樵人本等改。

⑤「彩」，韓集舊鈔本作「錦」，《全唐詩》、吴校本均校：「一作錦。」「今」，玉山樵人本、統籤本、屈鈔本均作「徒」，《全唐詩》、吴校本均校：「一作徒。」曾、曹等編著《全唐五代詞》本校：「鈔本《香奩集》、《唐音統籤》作『徒』。」

【注釋】

〔一〕此詩徐復觀先生《韓偓詩與香奩集論考》以爲韓偓未到過金陵，故非韓偓詩。按，所説不可信。

韓偓早年曾約於唐懿宗咸通十二、三年到過江南，此行有《過臨淮故里》、《遊江南水陸院》、《江南送別》、《吴郡懷古》等詩，則其或於遊江南時過金陵，遂有此詠亦未可知。再者，詩人詠歷史名城古跡，亦未必非到過方可詠，如劉禹錫《金陵五題》即詠於未到金陵時。其《劉禹錫集》卷二十四《金陵五題並序》云：「余少爲江南客，而未遊秣陵，嘗有遺恨。後爲歷陽守，跂而望之。適有客以《金陵五題》相示，逌爾生思，欻然有得。它日，友人白樂天掉頭苦吟，歎賞良久，且曰：『《石頭詩》云「潮打空城寂寞回」，吾知後之詩人不復措詞矣！』餘四詠雖不及此，亦不孤樂天之言爾。」據此，此詩乃韓偓作，未可否定也。且疑此詩約作於咸通十三年（公元八七二年）。

金陵：古邑名。今南京市的别稱。戰國楚威王七年（公元三三三年）滅越後在今南京市清涼山（石城山）設金陵邑。南朝齊謝朓《鼓吹曲·入朝曲》：「江南佳麗地，金陵帝王州。」

〔二〕石頭城：古城名。又名石首城。故址在今江蘇省南京市清涼山。本楚金陵城，漢建安十七年孫權重築改名。城負山面江，南臨秦淮河口，當交通要衝，六朝時爲建康軍事重鎮。唐以後城廢。《文選·謝靈運〈初發石首城〉詩》李善注引伏韜《北征記》：「石頭城，建康西界臨江城也，是曰京師。」宋岳珂《桯史·石城堡寨》：「六朝建國江左，臺城爲天闕，復築石頭城於右，宿師以守，蓋如古人連營之制。」木蘭橈，小舟的美稱。唐太宗《帝京篇》之六：「飛蓋去芳園，蘭橈遊翠渚。」橈，原意爲槳，此處代指舟。木蘭橈，即言木蘭舟。任昉《述異記》卷下：「七星洲中，有魯班刻木蘭爲舟，舟至今在洲中。詩家云木蘭舟，出於此。」

〔三〕才鬼妖魂：此處指昔時歷朝的才子佳人。

〔四〕彩牋麗句：此處指歌詠金陵的詩文佳什。

〔五〕羅韈金蓮：此處指代昔時與金陵有關的風流女子。羅韈，絲襪。三國魏曹植《洛神賦》：「淩波微步，羅襪生塵。」金蓮，此指女子的纖足。此處亦暗用《南史·齊紀下·廢帝東昏侯》之故典。

【集評】

宋人視唐詞，猶唐人之視古詩，骨格風標相去自遠。（陸時雍《唐詩鏡》卷五十四此詩下評）

震鈞云：此似譏徐知誥之不能擁戴皇家，徒知僭竊者。（震鈞《香奩集發微》此詩下評）

【按】此乃詠金陵之作，有如懷古詩。詩乃詩人未及第時之作，故震鈞所謂不可信。詩前半首似有劉禹錫《金陵五題·石頭城》「山圍故國周遭在，潮打空城寂寞回。淮水東邊舊時月，夜深還過女牆來」之意緒；後半首則亦囊括劉禹錫《烏衣巷》「朱雀橋邊野草花，烏衣巷口夕陽斜。舊時王謝堂前燕，飛入尋常百姓家」，《臺城》「臺城六代競豪華，結綺臨春事最奢。萬户千門成野草，只緣一曲

《後庭花》」二詩之詩旨意趣，可見此詩乃受劉禹錫《金陵五題》詩之影響。

懶卸頭①〔一〕

侍女動妝奩〔二〕，故故驚人睡②〔三〕。那知本未眠③，背面偷垂淚④。懶卸鳳皇釵⑤，羞入鴛鴦被〔四〕。時復見殘燈，和煙墜金穗〔五〕。

【校　記】

① 慶按，此詩《全唐詩》、屈鈔本、韓集舊鈔本、吳校本、石印本均收於《香奩集》，題作《懶卸頭》，然玉山樵人本、統籤本之正集與《香奩集》均未收入。《全唐詩》卷八九一又收入詞部分，爲第一首。「懶卸頭」，《全唐詩》、吳校本均校：「一作生查子。」

② 「故故」，曾、曹等編著《全唐五代詞》本校：「《詞的》卷一作『故欲』。」

③ 「那」，張、黃編《全唐五代詞》本校：「《聽秋聲館詞話》作『誰』。」

④ 「面」，張、黃編《全唐五代詞》本校：「《香奩集》作『地』。」「偷」，《全唐詩》校：「一作由。」張、黃編《全唐五代詞》本校：「《香奩集》注：『一作「由」。』」按，應作「偷」。

⑤ 「鳳」，曾、曹等編著《全唐五代詞》本校：「《花草粹編》卷一、《詞的》作『頭』。」按，應作「鳳」。

【注釋】

〔一〕按，此首《玉山樵人集》及其所附《香奩集》均未收入，然見於韓集舊鈔本、屈鈔本《香奩集》。曾、曹等編著《全唐五代詞》本考辨云：「此首毛本、吴本《香奩集》題作《懶卸頭》詩（鈔本《香奩集》、《唐音統籤》未收），並無調名。《花草粹編》卷一始以《生查子》調收作詞，其後《唐詞紀》卷一〇、《古今詞統》卷三、《詞的》卷一、《詞綜》卷一、《全唐詩》卷八九一、《歷代詩餘》卷四、《詞譜》卷三俱因之。按此詞乃明清人所認定，未足據信，兹入副編。」又施蟄存《讀韓偓詞札記》謂：「王、林二家輯本，均有《生查子》二首。此二首均見於汲古閣本《香奩集》，第一首題作《懶卸頭》，第二首題作《五更》，《全唐詩》韓偓詩卷四同。惟涵芬樓本只有《五更》一首，編入五言古詩。第一首則無有。然《全唐詩》於《懶卸頭》題下注云『一作生查子』，而《全唐詞》中所收《生查子》一首，亦即此篇，蓋兩存之。林大椿校記謂《生查子》二首『均見《全唐詞》』，誤也，其第二首實未嘗入詞。考《懶卸頭》之題作《生查子》，今所見實始於《花草粹編》，《全唐詩》注所謂『一作』，亦即指《花草粹編》而言。至《五更》一首之題爲《生查子》，則不見於故籍，此殆作俑於王國維，而林大椿從之。《生查子》本爲五言八句仄韻詩，然其聲調卻與五言古詩不類，蘇東坡有『三度别君來』一首，原題作《送蘇伯固效韋蘇州》，編在詩集中，然《東坡樂府》中亦收此作，題爲《生查子送蘇伯固》。後人以韓偓二詩爲《生查子》詞，即用此例。韋蘇州者，中唐詩人韋應物也。東坡所效，當事其詩格，非效其類似《生查子》之聲調也。然《生查子》曲名，已早見於《教坊記》，實爲開元、天寶舊曲。《花間集》有張泌《生查子》一首，上片句法爲三三五五五，下片句法爲五言四句，用仄韻。又有牛希濟《生查子》一首，其句法爲上片五言四句，下片三三五五五。仄韻。又有孫光憲《生查子》三首，其第一、第三首句法與牛希濟所作同，第二首則上片作五言四句，下片作七五五五。此式實即牛作形式，蓋其七言一句乃三言二句加一襯字耳。至魏承班作《生查子》二首，其句法始爲上下片皆五言四句，亦仄韻。可見唐五代時，《生查子》句格未定，以韓偓此二詩移作《生查子》詞，必宋人作意。《花草粹編》亦必有舊本依據。清定《詞譜》謂《生查子》是韓偓創調，甚謬。」又謂「《生查子》第一首，箋云：『一腔熱血，寂寞無聊，惟以眼淚洗面而已。』按震氏此箋，猶嫌空泛。此作原題爲《懶卸頭》，甚可注意。蓋作者已指出全篇要語在『懶卸鳳凰釵，羞入鴛鴦被』二句。何以『懶卸』？何以『羞入』？則由於時見殘燈落穗耳。味其情緒，殆作於初入閩倚王審知時。偓有《閨情》七言律詩一首，起句云：『清風滴礫動簾鈎，宿酒初醒懶卸頭。』此詩題下自注云：『癸酉年在南安作。』二詩同用『懶卸頭』，可知其實一時所作。癸酉爲梁乾化三年。乾化二年六月，朱友珪殺朱全忠而自立。三年二月，朱友貞殺朱友珪而自立。時韓偓在閩之南安也。」按，所云此詩作於乾化三年，缺乏確證，聊備一説而已。

卸頭：婦女卸去頭上的裝飾。唐司空圖《燈花》詩：「姊姊教人且抱兒，逐他女伴卸頭遲。」前蜀薛昭蘊《浣溪沙》詞：「鈿匣菱花錦帶垂，靜臨蘭檻卸頭時，約鬟低珥算歸期。」

〔二〕妝奩：女子梳妝用的鏡匣。北周庾信《鏡賦》：「暫設妝奩，還抽鏡屜。」唐劉禹錫《泰娘歌》：「妝奩蟲網厚如繭，博山鑪側傾寒灰。」

〔三〕「故故」句：故故，故意，特意。宋徐鉉《九月三十夜雨寄故人》詩：「別念紛紛起，寒更故故遲。」俞平伯《唐宋詞選釋》：「以爲人睡著了，久待不耐，有意驚醒她。」

〔四〕鴛鴦被：繡有鴛鴦圖案的被子。《古詩十九首》：「文彩雙鴛鴦，裁爲合歡被。」葛洪《西京雜記》卷一：「鴛鴦被，鴛鴦襦。」

〔五〕金穗：指燈花。因燈花形如麥、稻子之金穗，故稱。

【集評】

五言古如「侍女動粧奩，故故驚人睡。那知本未眠，背面偷垂淚。」……則詩餘變爲曲調矣（餘參見卷二《南浦》集評）。（許學夷《詩源辯體》卷三十二）

《唐詩紀事》曰：韓字致堯，小字冬郎。父瞻，李義山同門也。偓常即席爲詩相送，義山喜贈之，有「十歲裁詩走馬成」，及「雛鳳清于老鳳聲」句。《生查子》二首，風致過人。（沈雄《古今詞話》詞評卷上《韓偓香奩集》）

「時復見殘燈，和煙墜金穗」，如此結搆方爲含情無限。（沈雄《柳塘詞話》卷三）

韓致堯遭唐末造，力不能揮戈挽日，一腔忠憤，無所於泄，不得已託之閨房兒女。世徒以香奩目之，蓋未深究厥旨耳。……至《生查子》云：「侍女動妝奩，故故驚人睡。誰知本未眠，背面偷垂淚。懶卸鳳凰釵，羞入鴛鴦被。時復見殘燈，和煙墜金穗。」其蒿目時艱，自甘貶死，深鄙楊涉輩之意，更昭然若揭矣。（丁紹儀《聽秋聲館詞話》卷一《韓致堯詞》）

柔情密意。（陳廷焯《閑情集》卷一）

魏承班《生查子》（四十字）：「烟雨晚晴天，零落花無語。難話此時情，梁燕雙來去。琴韻對薰風，有限和情撫。腸斷斷絃頻，淚滴黃金縷。」五言八句四韻作者，平仄多有參差。此詞八句，第二字俱用仄者。按，韓偓詞前第三句「那知本未眠」，後第四句「和烟墜金穗」，此乃初創之體，故只如五言古詩。至五代而宋，漸加紀律，故或亦依此魏體，而前後首句第二字用平者爲多。雖間有一二拗句者，然名流則如出一軌也。（萬樹《詞律》卷三）

一腔熱血，寂寞無聊，惟以眼淚洗面而已。（震鈞《香奩集發微》此詩下評）

右韓偓《生查子》詞。按《詞筌》曰：韓詞別一首曰：「空樓雁一聲，遠屏燈半滅。」結句曰：「眉山正愁絕。」平仄不拘，惟用仄韻叶，與《怨回紇》之叶平韻者不同。（劉毓盤《詞史》）

兩句寫就寢後依舊不眠。金穗，燈芯結爲燈花。結的過長了，有時會掉下一些火星，寫殘夜光

景。（俞平伯《唐宋詞選釋》）

【按】此詩乃描寫女子因相思愁苦，而終夜未眠之情景。其「懶卸鳳凰釵，羞入鴛鴦被」乃扣「懶卸頭」題面。首二句侍女之所以「動妝奩」，乃因女子之未卸頭釵，而欲以此「故故驚人睡」，促使女子卸頭釵也。「那知本未眠，背面偷垂淚」，則謂侍女不曉女子尚「偷垂淚」而未眠也。四句中兩人之舉動心態展現得細膩婉曲而場面活現。再與「時復見殘燈，和煙墜金穗」等句並讀，可見女子徹夜苦思之「柔情密意」。丁紹儀《聽秋聲館詞話》謂此詩乃詩人「蒿目時艱，自甘貶死，深鄙楊涉輩之意，更昭然若揭矣」。所云楊涉事，據《新五代史·唐六臣傳》：天祐四年「三月，唐哀帝遜位于梁，遣中書侍郎同中書門下平章事張文蔚爲册禮使，禮部尚書蘇循爲副，中書侍郎同中書門下平章事楊涉爲押傳國寶使，翰林學士、中書舍人張策爲副，御史大夫薛貽矩爲押金寶使，尚書左丞趙光逢爲副。四月甲子，文蔚等自上源驛奉册寶，乘輅車……朝梁于金祥殿。梁王衮冕南面，臣文蔚、臣循奉册升殿進讀已，臣涉、臣策奉傳國璽，臣貽矩、臣光逢奉金寶以次升進，讀已降，率文武百官北面舞蹈再拜賀」。則楊涉等大臣，乃於天祐四年主動稱臣於朱全忠之後梁。韓偓此詩乃未仕時所作艷情詩，當無「自甘貶死，深鄙楊涉輩」之政治寓意。

倚　醉①〔一〕

倚醉無端尋舊約，卻令惆悵轉難勝②。靜中樓閣深春雨③，遠處簾櫳半夜燈④。抱柱立時風細細〔二〕，繞廊行處思騰騰〔三〕。分明窗下聞裁翦，敲徧闌干喚不譍〔四〕。

【校　記】

①此詩亦見於玉山樵人本、韓集舊鈔本、統籤本、屈鈔本、吴校本、石印本之《香奩集》中。

②「令」，原作「憐」，玉山樵人本、統籤本、屈鈔本作「令」，韓集舊鈔本下校：「本作令。」「卻憐」，韓集舊鈔本下校「本作那令」，《全唐詩》、吴校本均校「一作那令」。今據玉山樵人本等改。

③「深春」，韓集舊鈔本下校「本作春深」，《全唐詩》、吴校本均校：「一作春深。」

④「半夜」，韓集舊鈔本下校「本作夜半」，《全唐詩》、吴校本均校：「一作夜半。」

【注　釋】

〔一〕《韓偓簡譜》繫於天復二年，謂「味詩句『橫卧烏龍作妬媒』，『多爲過時成後悔』句，正與本傳所記，在岐日昭宗竊與語事合。《倚醉》詩五六兩句『抱柱』、『繞廊』亦與在岐下事合」。按，此乃祖清人吴喬之説（詳見下文「集評」），當不可信。蓋此乃詩人早年之艷情詩，與詩人昭宗朝事無涉，所説不可信。

倚醉：仗着醉意。唐李賀《少年樂》：「陸郎倚醉牽羅袂，奪得寶釵金翡翠。」

〔二〕抱柱：抱著廊柱。此處抱柱亦暗用尾生抱柱典。《莊子·盜跖》：「尾生與女子期於梁下，女子不來，水至不去，抱梁柱而死。」《玉臺新詠·古詩八首》之「穆穆如春風」：「安得抱柱信，皎日以爲期。」

〔三〕思騰騰：騰騰，不停地翻騰滚動。思騰騰，此處意爲思緒翻湧。清納蘭性德《别意》詩之三：「獨擁餘香冷不勝，殘更數盡思騰騰。」

〔四〕譍：亦作「應」，意爲應，答話。《玉篇》：「譍，於甑切，譍對也。」宋辛棄疾《滿江紅·遊南巖和范先之》詞：「正仰看、飛鳥卻譍人，回頭錯。」

【集評】

歐公詞曰「池外輕雷池上雨，雨聲滴碎荷聲」云云，末曰「水晶雙枕，旁有墮釵横」。此詞甚膾炙人口。舊説謂歐公爲郡幕日，因郡宴與一官妓荏苒。郡守得知，令妓求歐詞以逸過，公遂賦此詞。僕觀此詞，正祖李商隱《偶題》詩云：「小亭閒眠微醉消，石榴海柏枝相交。水紋簟上琥珀枕，旁有墮釵雙翠翹。」又「池外輕雷」亦用商隱「芙蓉塘外有輕雷」之語，「好風微動簾旌」用唐《花間集》中語。歐詞又曰「欄干敲遍不應人，分明窗下聞裁剪」，此語見韓偓《香奩集》。（王楙《野客叢書》卷二十四《歐陽公詞意》）

韓偓《香奩集》……至七言律如「仙樹有花難問種，御香聞氣不知名」，「靜中樓閣深春雨，遠處簾櫳半夜燈」，亦頗有致（餘參見卷二《南浦》集評）。（許學夷《詩源辯體》卷三十二）

此三詩（指《倚醉》、《見花》、《有憶》）是開詞曲法門。（陸時雍《唐詩鏡》卷五十四）

此詩方有味而不及乎猥。（方回《瀛奎律髓》卷七《風懷類》）

又有《倚醉》詩曰：「倚醉無端尋舊約，卻因惆悵轉難勝。靜中樓閣春深雨，遠處簾櫳夜半燈。抱柱立時風細細，遶廊行處思騰騰。分明窗下聞裁剪，敲徧闌干喚不譍。」昭宗在鳳翔，制于李茂貞，使趙國夫人詗學士院二使不在，亟召韓偓、姚洎，竊見之于土門外，執手相泣。觀此情事，必是又曾召偓而爲事所阻，故有「尋舊約」之語。下文則叙立伺機會之情景也。（吴喬《圍爐詩話》卷一）

有景，有情，有味（「靜中樓閣」聯下）。（查慎行《初白庵詩評》）

馮舒：如此詩設景言情，幾入神矣，正不病其猥褻。若忌猥褻，則亦更無可加。馮班：第三聯亦未雅。紀昀：三四空中淡寫，何嘗不有餘於情？虚谷譏致堯《五更》詩太猥褻，未爲不是。馮氏乃曰不猥褻不儘興，何哉？趙熙：淡寫有味。（《瀛奎律髓彙評》）

恍惚迷離之景，彷佛《九章》。結語秋水伊人之意也。（震鈞《香奩集發微》此詩下評）

七言中亦有此法，王、杜、高、岑尚矣。外此則如……韓翃「落日澄江烏傍外，秋風疎柳白門前」，温庭筠「三秋梅雨愁楓葉，一棹蓬舟宿葦花」，許渾「溪雲初散日沉閣，山雨欲來風滿樓」，韓偓「靜中樓閣深春雨，遠處簾櫳半夜燈」，不獨上下融化，風致嫣然，尤妙在不斤斤作二五句法。舉一臠以該全鼎，無亦爲含英咀華之一助乎？（宋長白《柳亭詩話》卷十五）

韓致堯遭唐末造，力不能揮戈挽日，一腔忠憤，無所於泄，不得已託之閨房兒女。世徒以香奩目之，蓋未深究厥旨耳。余最愛其「碧闌干外繡簾垂。猩色屏風畫折枝。八尺龍鬚方錦褥，已涼天氣未寒時」一絶，與「靜中樓閣深春雨，遠處簾櫳半夜燈」句，言外别具深情。……其蒿目時艱，自甘貶死，深鄙楊涉輩之意，更昭然若揭矣。（清　丁紹儀《聽秋聲館詞話》卷一《韓致堯詞》）

韓偓詩寫女性的多，寫自己的少。寫得最好的，是女子的嬌羞；但卻不是嘲弄，是同情於女子的怯弱與不自由。如《偶見》云：「鞦韆打困解羅裙，指點醍醐酒一樽。見客入來和笑走，手搓梅子映中門。」他的詩中寫自己的，如《寄遠》、《箇儂》、《五更》、《倚醉》、《有憶》、《寒食日重遊李氏林亭有懷》、《重遊曲江》、《病憶》、《舊館》等都是。（陳香《晚唐詩人韓偓》引吴雲鵬《中國文學史》）

【按】此詩當爲《香奩集》中之艷情詩。然此詩中之情事究爲如何，則所説有異。吴喬謂將此事作韓偓天復間與唐昭宗約會而不得解。《韓偓簡譜》同此意。徐復觀《韓偓詩與香奩集論考》則以爲韓偓晚年曾有一次畸戀，又以爲《錫宴日作》、《侍宴》、《感事三十四韻》、《遥見》、《偶見》、《個儂》、《夢仙》、《裊娜》、《倚醉》等詩均可見此一情事。然而黄世中所見不同，他認爲韓偓此詩以及三月詩、寒食詩等，乃寫其早年與一女子相戀而終未果之事。今思前所述情事，吳、徐二位之説乃失於附會，黄説則可聊備一説，以爲參研之資。

詠　手①

腕白膚紅玉筍芽②〔一〕，調琴抽線露尖斜〔二〕。背人細撚垂煙鬢③〔三〕，向鏡輕勻襯臉霞④〔四〕。悵望昔逢褰繡幔⑤，依稀曾見托金車⑥〔五〕。後園笑向同行道⑦，摘得蘼蕪又折花⑧〔六〕。

【校　記】

① 此詩亦見於玉山樵人本、韓集舊鈔本、統籤本、屈鈔本、吳校本、石印本之《香奩集》中。

② 「腕」，玉山樵人本、統籤本均作「煖」，《全唐詩》、吳校本均校：「一作暖。」按，應作「腕」爲是。「煖白」、「暖白」不辭。

③「煙」，原作「臙」，玉山樵人本、統籤本均作「煙」，《全唐詩》、吴校本均校「一作煙」，今據玉山樵人本、統籤本等改。「臙鬢」，不辭。「臙鬢」，韓集舊鈔本作「眉髮」，屈鈔本作「肩髮」，《全唐詩》、吴校本均校：「一作眉髮。」

④「臉」，《全唐詩》、吴校本均校：「一作眼。」按，宋趙與旹《賓退録》卷九作「眼」。

⑤「幔」，韓集舊鈔本下校：「本作帳。」《全唐詩》、吴校本均校：「一作帳。」

⑥「曾」，《全唐詩》、吴校本均校：「一作重。」「金」，韓集舊鈔本下校「本作香」，統籤本、《全唐詩》、吴校本均校：「一作香。」

⑦「道」，《全唐詩》、吴校本均校：「一作者。」

⑧「醾蕪」，《全唐詩》、吴校本均校：「一作荼醾。」「折花」，玉山樵人本、統籤本均作「一扠」，韓集舊鈔本、石印本《香奩集》均作「摘花」，韓集舊鈔本下校「本作一扠」，《全唐詩》、吴校本均校：「一作一扠。」按，宋趙與旹《賓退録》卷九引作「一杈」。

【注釋】

〔一〕玉筍芽：此處用以比喻纖細柔嫩的手指。

〔二〕尖斜：此處用以形容手指。

〔三〕煙鬢：猶雲鬢。宋王安石《望夫石》：「雲鬟煙鬢與誰期，一去天邊更不歸。」宋華岳《新市雜詠》：「雲鬟煙鬢縷雙鴉，一搦宫腰柳帶花。」

〔四〕霞：此喻指胭脂。

〔五〕金車：用銅作裝飾的車子。

〔六〕蘼蕪：草名。芎藭的苗，葉有香氣。《山海經·西山經》：「（浮山）有草焉，名曰薰草，麻葉而方莖，赤華而黑實，臭如蘼蕪，佩之可以已癘。」漢劉向《九歎·怨思》：「菀蘼蕪與蘭若兮，漸槁本於洿瀆。」隋薛道衡《昔昔鹽》詩：「垂柳覆金堤，蘼蕪葉復齊。」

【集評】

《夷堅·支乙》載紫姑《詠手》詩：「笑折櫻桃力不禁，時攀楊柳弄春陰。管絃曲裏傳聲慢，星月樓前斂拜深。繡幕偷回雙舞袖，緑窗閑整小眉心。秋來幾度挑羅襪，爲憶相思放卻針。」唐韓致光《香奩集》亦有《詠手》一詩（文略）。其體正同，蓋皆言手之用爾，韓詩獨首句不然。（趙與旹《賓退録》卷九）

此則蘼蕪故夫之恨，有未能已於怨者。（震鈞《香奩集發微》此詩下評）

【按】此詩乃詠手之作，當無甚寄託之意。震鈞所謂「此則蘼蕪故夫之恨，有未能已於怨者」，所説詩有古詩「上山采蘼蕪，下山逢故夫」之意，當非是。

荷花①

鈿扇相欹緑②〔一〕，香囊獨立紅〔二〕。浸淫因重露〔三〕，狂暴是秋風。逸調無人唱〔四〕，秋塘每夜空。何繇見周昉〔五〕，移入畫屏中。

【校記】

① 此詩亦見於玉山樵人本、韓集舊鈔本、統籤本、屈鈔本、吴校本、石印本之《香奩集》中。

② 「鈿」，原作「紈」，玉山樵人本、統籤本、屈鈔本、吴校本均作「鈿」，韓集舊鈔本下校「本作鈿」，吴校本校「一作紈」，《全唐詩》校：「一作鈿。」今據玉山樵人本等改。

【注釋】

〔一〕鈿扇：本指鑲嵌金、銀、玉、貝等物的團扇。宋趙湘《太后閤春帖子》：「宫童移鈿扇，慶壽早期歸。」清吴偉業《畫蘭曲》：「度曲佳人遮鈿扇，知書侍女下瓊鈎。」此處用以比喻荷葉。唐白居易《六年秋重題白蓮》詩：「素房含露玉冠鮮，紺葉摇風鈿扇圓。」白居易《池邊》：「柳老香絲宛，荷新鈿扇圓。」宋楊億《荷花》詩：「玉杯承露重，鈿扇起風多。」

〔二〕香囊：原指盛香料的小囊。佩于身或懸於帳以爲飾物。三國魏繁欽《定情》詩：「何以致叩叩，香囊繫肘後。」宋秦觀《滿庭芳》詞：「香囊暗解，羅帶輕分。」此處喻指荷花。

〔三〕浸淫：浸潤，濡濕。漢董仲舒《雨雹對》：「霧不塞望，浸淫被泊而已；雪不封條，淩殄毒害而已。」

〔四〕「逸調」句：逸調，超脱世俗的格調。唐盧綸《暢博士當感懷前蹤有五十韻見寄輒有所酬以申悲舊》詩：「拾遺興難侔，逸調曠無程。」唐陸龜蒙《獨夜有懷因作吴體寄襲美》詩：「雲蚪澗鹿真逸調，刀名錐利非良圖。」此處指荷花超俗的品格氣韻。

〔五〕周昉：唐張彦遠《歷代名畫記》卷十：「周昉字景玄，官至宣州長史。初効張萱畫，後則小異。頗極風姿，全法衣冠，不近閭里。衣裳勁簡，彩色柔麗，菩薩端嚴，妙創水月之體。」朱景玄《唐朝名畫録·神品中一人》：「周昉字仲朗，京兆人也，節制之後，好屬文，窮丹青之妙，遊卿相間，貴公子也。……今上都有畫《水月觀自在菩薩》，時人又云：大雲佛寺殿前《行道僧》、廣福寺佛殿前面兩神，皆殊絶當代。昉任宣州别駕，於禪定寺畫《北方天王》，嘗於夢中見其形像。又畫士女，爲古今冠絶。又畫《渾侍中宴會圖》、《劉宣按武圖》、《獨孤妃按曲圖》粉本；又畫《仲尼問禮圖》、《降真圖》、《五星圖》、《撲蝶圖》，兼寫諸真，及《文宣王十弟子》卷軸等至多。

貞元末新羅國有人於江淮以善價收市數十卷，持往彼國。其畫佛像、真仙、人物、士女，皆神品也；惟鞍馬、鳥獸、草木、林石，不窮其狀。」

【集　評】

「浸淫」句指昭宗，「狂暴」指全忠也。一結自見身分。（震鈞《香奩集發微》此詩下評）

【按】此乃詠荷花之作，慨歎荷花具有「逸調」而無人品賞歌詠之。此詩當別無寓託，震鈞所説當爲附會，不可信也。

鬆　髻①

髻根鬆慢玉釵垂〔一〕，指點花枝又過時②。坐久暗生惆悵事③，背人匀卻淚臙脂④〔二〕。

【校　記】

① 此詩亦見於玉山樵人本、韓集舊鈔本、統籤本、屈鈔本、吴校本、石印本之《香奩集》中。

② 「花枝」，玉山樵人本、統籤本、嘉靖洪邁本均作「庭花」，韓集舊鈔本下校「本作庭花」，《全唐詩》、吴校本均校：「一作庭花。」

③「坐久暗」，韓集舊鈔本下校「本作暗坐久」，《全唐詩》、吴校本均校：「一作暗坐久。」

④「背」，玉山樵人本、統籤本、嘉靖洪邁本均作「映」，《全唐詩》、吴校本均校：「一作映。」按，當作「背」。

【注　釋】

〔一〕髻根鬆慢：謂髮髻鬆散。髻根，髮髻的基部。唐皮日休《赤門堰白蓮花》詩：「荷露傾衣袖，松風入髻根。」髻，在頭頂或腦後盤成各種形狀的髮髻。《後漢書·馬廖傳》：「長安語曰：『城中好高髻，四方高一尺。』」鬆慢，疏鬆；鬆散。唐王建《宫詞》之四十二：「蜂鬚蟬翅薄鬆鬆，浮動搔頭似有風。」

〔二〕淚臙脂：謂臉上淚濕的胭脂。

【集　評】

韓偓《火蛾》云：「陽光不照臨，積陰生此類。非無惜死心，奈有賊明意。」《幽窗》云：「手香江橘嫩，齒軟越梅酸。」又云：「和裙穿玉鐙，隔袖把金鞭。」……《哭花》云：「曾愁香結破顔遲，今見妖紅委地時。人若有情爭不哭，夜來風雨葬西施。」美成詞云「葬楚宫傾國」本此。《鬆髻》云：「髻根鬆慢玉釵垂，指點花枝又過時。坐久暗生惆悵事，背人匀却淚胭脂。」韓偓與吴融同時爲詞臣，偓忠於唐，爲朱三面斥，貶謫不悔。如「捋虎鬚」之句，未嘗傳誦，似爲《香奩》所掩。及朱三篡弑，偓羈旅於閩。時王氏割據，詩文只稱唐朝官職，與淵明稱晉甲子異世而同符。余讀其集而壯其志，録其警聯於編内三數篇，自述其玉堂遭遇。唐季非復承平之舊觀，而待詞臣之禮猶然存之，以補《金鑾記》之闕云。（劉克莊《後村集》卷一八四）

所謂「知我者謂我心憂，不知我者謂我何求」，故不得不背人矣。（震鈞《香奩集發微》此詩下評）

【按】此詩寫女子思念情人，無心妝扮，久對庭花，愁思暗起，以致背人匀淚之情態。其描寫女子情態，頗爲細緻傳神。首句既爲點題，又暗示女子相思時情緒之低落惆悵。「指點花枝」四字，巧開新境，轉移愁緒，然而「又過時」三字，又將無奈之愁思轉回，明白逼出下句之「惆悵事」，最終禁不住「背人匀卻淚臙脂」矣。背人匀淚，女子之情態頗爲生動傳神。

寄遠　在岐日作①〔一〕

眉如半月雲如鬟②，梧桐葉落敲井闌③〔二〕。孤燈亭亭公署寒④〔三〕，微霜凄凄客衣單。想美人兮雲一端⑤，夢魂悠悠關山難〔四〕。空牀展轉懷悲酸⑥〔五〕，銅壺漏盡聞金鸞⑦〔六〕。

【校記】

①此詩亦見於玉山樵人本、韓集舊鈔本、統籤本、屈鈔本、吴校本、石印本之《香奩集》中。「在岐日作」，吴校本小注爲「在岐下日作」。

②「月」，玉山樵人本、統籤本均作「照」，《全唐詩》校「一作照」，吴校本校：「一作鏡。」按，應作「月」。

③「闌」，統籤本作「乾」，《全唐詩》、吴校本均校：「一作乾。」按，應作「闌」，「乾」誤。

④「燈」，玉山樵人本、統籤本均作「竹」。按，此寫公署内情景，應以「孤燈」爲是，「孤竹」誤。

⑤「美」，玉山樵人本、統籤本、屈鈔本均作「佳」，《全唐詩》、吴校本均校：「一作佳。」

⑥「牀」，原作「房」，玉山樵人本、統籤本、屈鈔本均作「牀」，《全唐詩》、吴校本均校「一作牀」，今據玉山樵人本等改。「空房」不合詩中情景，蓋此時詩人乃在「夢魂悠悠關山難」醒來，仍在牀上「展轉」時。

⑦「聞」，玉山樵人本、統籤本、屈鈔本均作「開」，韓集舊鈔本下校「本作開」，《全唐詩》、吴校本均校：「一作開。」按，作「聞」是，「開」乃「聞」之形訛。

【注釋】

〔一〕此詩題下有「在岐下日作」小注。岐下，即唐岐州鳳翔府。據史載唐昭宗天復元年十一月，因朱全忠犯京師，唐昭宗爲宦官韓全誨所劫持幸鳳翔，至天復三年正月方返京。韓偓當時隨駕在鳳翔。據此詩「梧桐葉落」、「微霜淒淒」等句，詩當作於秋末天寒時，則乃天復二年（公元九〇二年）深秋之作。

〔二〕井闌：同「井欄」。水井的圍欄。《晉書·四夷傳·林邑國》：「女嫁之時，著迦盤衣，横幅合縫如井欄，首戴寶花。」唐薛奇童《怨詩》之一：「楊葉垂陰砌，梨花入井闌。」

〔三〕公署：古代官員辦公的處所。唐方干《送王侍郎浙東入朝》：「魚池菊島還公署，沙鶴松栽入畫船。」唐李頻《送台州唐興陳明府》：「瀑布當公署，天台是縣圖。」

〔四〕關山難：謂關山遼遠，夢魂難於飛越。

〔五〕展轉：翻身貌。多形容憂思不寐、卧不安席貌。《楚辭·劉向〈九歎·惜賢〉》：「憂心展轉，愁怫鬱兮。」王逸注：「展轉，不寤貌。」唐李咸用《山中夜坐寄故里友生》詩：「展轉簷前睡不成，一牀山月竹風清。」亦作輾轉。《詩·陳風·澤陂》：「寤寐無爲，輾轉伏枕。」朱熹集傳：「輾轉伏枕，卧而不寐，思之深且久也。」

〔六〕銅壺漏盡：銅壺，古代銅製壺形的計時器。唐顧況《樂府》：「玉醴隨觴至，銅壺逐漏行。」戴叔倫《早春曲》：「博山吹雲龍腦香，銅壺滴愁更漏長。」銅壺漏盡，此處意爲更深夜盡將曉時。金鑾，即金鑾，帝王車馬的裝飾物。金屬鑄成鑾鳥形，口中含鈴，因指代帝王車駕。前蜀毛文錫《柳含煙》詞：「昨日金鑾巡上苑，風亞舞腰纖輭。」聞金鑾，即謂聽見宫中車子走動的聲音。

【集　評】

《九歌》之遺。（震鈞《香奩集發微》此詩下評）

韓偓詩寫女性的多，寫自己的少。寫得最好的，是女子的嬌羞；但卻不是嘲弄，是同情於女子的怯弱與不自由。如《偶見》云：「鞦韆打困解羅裙，指點醍醐酒一樽。見客入來和笑走，手搓梅子映中門。」他的詩中寫自己的，如《寄遠》、《箇儂》、《五更》、《倚醉》、《有憶》、《寒食日重遊李氏林亭有懷》、《重遊曲江》、《病憶》、《舊館》等都是。（陳香《晚唐詩人韓偓》引吳雲鵬《中國文學史》）

【按】此詩乃作於天復二年秋，時作者隨昭宗在岐下。詩乃思念遠方之戀人而作，故此詩非早年所作之香奩詩，而是作者晚年整理《香奩集》而增入者。從此詩意境情韻，可見模仿因襲前人之跡，故震鈞謂「《九歌》之遺」，實有以也。尤其「眉如半月雲如鬟，梧桐葉落敲井闌。……微霜淒淒客衣單。想美人兮雲一端，夢魂悠悠關山難」等句，不僅有楚辭遺韻，亦可見李白《長相思》「長相思，在長安，絡緯秋啼金井欄，微霜淒淒簟色寒。孤燈不明思欲絶，卷幃望月空長嘆。美人如花隔雲端，上有青冥之長天，下有緑水之波瀾。天長路遠雲飛苦，夢魂不到關山難」之意境情韻與詞彙。震鈞《韓承旨年譜》謂「《香籢集》中《寄遠》七古，作於是年。所云『望美人兮隔雲端』，豈指崔允乎」？所説不可信。

蹤跡①

東烏西兔似車輪〔一〕，劫火桑田不復論②〔二〕。唯有風光與蹤跡〔三〕，思量長是暗銷魂③。

【校記】

①此詩亦見於玉山樵人本、韓集舊鈔本、統籤本、屈鈔本、吴校本、石印本之《香奩集》中。

②「劫火」，玉山樵人本、統籤本、嘉靖洪邁本作「卻笑」，《全唐詩》、吴校本均校：「一作卻笑。」慶按，「卻」即「却」，作「卻笑」誤，蓋「卻笑桑田不復論」語意不通。

③「長是」，韓集舊鈔本下校「本作是夢」。「是」，玉山樵人本、統籤本、嘉靖洪邁本均作「似」，《全唐詩》、吴校本均校：「一作似，一作自。」

【注釋】

〔一〕「東烏西兔」句：東烏西兔，指日月。東烏，即三足烏，乃古代傳説日中之三足烏。漢王充《論衡・説日》：「儒者曰：日中有三足烏，月中有兔、蟾蜍。」《藝文類聚》卷一百引《黄帝占書》：「日中三足烏見者，大旱赤地。」後因以指日。西兔，指傳説月亮中之兔子，亦稱玉兔。此處代指月亮。晉傅咸《擬〈天問〉》：「月中何有？玉兔擣藥。」唐韓琮《春愁》詩：「金烏長飛玉兔走，青鬢長青古無有。」此句謂日月如車輪飛滾，時光飛快流逝。

〔二〕劫火：佛教語。謂壞劫之末所起的大火。《仁王經》：「劫火洞然，大千俱壞。」唐張喬《興善寺貝多樹》詩：「永共終南在，應隨劫火燒。」桑田，即滄海桑田之意。謂大海變成農田，農田變成大海。語本晉葛洪《神仙傳·王遠》：「麻姑自説『接待以來，已見東海三爲桑田』。」後以「滄海桑田」比喻世事變化巨大。唐儲光羲《獻八舅東歸》詩：「獨往不可群，滄海成桑田。」

〔三〕蹤跡：行蹤。《史記·淮南衡山列傳》：「（淮南王）使人上書告相，事下廷尉治。蹤跡連王，王使人候伺漢公卿，公卿請逮捕治王。」唐牟融《贈歐陽詹》詩：「爲客囊無季子金，半生蹤跡任浮沈。」

【集評】

劫火桑田，是明指其時其事而言。《香奩集》之綫索，此又一證。（震鈞《香奩集發微》此詩下評）

【按】此詩乃感時光飛逝，蹤跡難覓，往事如煙，故而悵惘傷情，無限哀傷襲上心頭之作。震鈞謂「劫火桑田，是明指其時其事而言」，亦即謂指天祐間李唐淪落，政權爲朱温所篡事，並將此詩作爲解讀「《香奩集》之綫索」，亦即謂《香奩集》詩乃寓寄韓偓所經唐末滄海桑田之情事。此説當不可信據。

病憶①

信知尤物必牽情〔一〕，一顧難酬覺命輕②〔二〕。曾把禪機銷此病，破除纔盡又重生③。

【校記】

①此詩亦見於玉山樵人本、韓集舊鈔本、統籤本、屈鈔本、吴校本、石印本之《香奩集》中。「病」，《全唐詩》、吴校本均校：「一作痛。」按，《萬首唐人絶句》卷五十作「痛」。按，應作「病」。病憶，即患了不忘之病。憶，記住，不忘。《梁書·昭明太子傳》：「太子美姿貌，善舉止。讀書數行並下，過目皆憶。」

②「酬」，《全唐詩》、吴校本均校：「一作忘。」

③「纔」，《全唐詩》、吴校本均校：「一作方。」

【注釋】

〔一〕尤物：指絶色美女。有時含有貶意。《左傳·昭公二十八年》：「夫有尤物，足以移人；苟非德義，則必有禍。」楊伯峻注：「尤物，指特美之女。」唐陳鴻《長恨歌傳》：「意者不但感其事，亦欲懲尤物，窒亂階，垂於將來者也。」牽情，觸動感情；動情。唐朱慶餘《中秋月》詩：「孤高稀此遇，吟賞倍牽情。」唐孫魴《柳》詩之四：「春物牽情不奈何，就中楊柳態難過。」

〔二〕一顧：原意爲一看。漢東方朔《七諫・怨思》：「過故鄉而一顧兮，泣戲欷而霑衿。」南朝梁劉勰《文心雕龍・辨騷》：「每一顧而掩涕，歎君門之九重。」此處指尤物一看。乃用《漢書・孝武夫人傳》典：「孝武李夫人本以倡進。初，夫人兄延年性知音，善歌舞，武帝愛之。每爲新聲變曲，聞者莫不感動。延年侍上起舞歌曰：『北方有佳人，絶世而獨立。一顧傾人城，再顧傾人國。寧不知傾城與傾國，佳人難再得。』上嘆息曰：『善，世豈有此人乎？』」難酬，難於報答。此謂被尤物一顧後，難於回報其一顧之情。

【集　評】

詩有銷魂者三，《香奩集》其一也。夫銷魂者，即壞心田之謂也。其曰「打疊紅箋書恨字，與奴方便寄卿卿」，詩媒詞逗也。其曰「但得暫從人繾綣，何妨長任月朦朧」，踰牆鑽穴也。其曰「最是斷腸禁不得，殘燈影裏夢初回」，旦氣梏亡也。其曰「欲把禪心銷此病，破除纔盡又重生」，淫惡不悛也。閲之必增益淫邪之念，故當以綺語爲戒。（褚人穫《堅瓠集・補集》卷六「綺語銷魂」）

《楚詞》云「忍而不能舍也」。《出師表》所云「三顧臣於草廬之中，遂感激而許先帝以死」，次句所本也。（震鈞《香奩集發微》此詩下評）

韓偓詩寫女性的多，寫自己的少。寫得最好的，是女子的嬌羞；但卻不是嘲弄，是同情於女子的怯弱與不自由。如《偶見》云：「鞦韆打困解羅裙，指點醍醐酒一樽。見客入來和笑走，手搓梅子映中門。」他的詩中寫自己的，如《寄遠》、《箇儂》、《五更》、《倚醉》、《有憶》、《寒食日重遊李氏林亭有懷》、《重遊曲江》、《病憶》、《舊館》等都是。（陳香《晚唐詩人韓偓》引吴雲鵬《中國文學史》）

【按】詩謂深知尤物之動人深情而難於不以性命相報，也曾以禪機破除此一顧而難忘之情。無奈此病似方除，卻旋即重生矣，真無可如何矣！詩人詠此，可見其早年真有一段銘心刻骨終生難忘之戀情也。

妬　媒①〔一〕

洞房深閉不曾開，横卧烏龍作妬媒②〔二〕。好鳥豈勞兼比翼③〔三〕，異華何必更重臺〔四〕。
難留旋逐驚飈去〔五〕，暫見如隨急電來④。多爲過防成後悔〔六〕，偶因翻語得深猜⑤〔七〕。
已嫌刻蠟春宵短⑥〔八〕，最恨嗚珂曉鼓催〔九〕。應笑楚襄仙分薄〔一〇〕，日中長是獨徘徊⑦。

【校　記】

①此詩亦見於玉山樵人本、韓集舊鈔本、統籤本、屈鈔本、吴校本、石印本之《香奩集》中。

②「作」，《全唐詩》、吴校本均校：「一作似。」

③「勞」，玉山樵人本、統籤本均作「須」。

④「見」，統籤本、《全唐詩》、吴校本均校：「一作返。」

⑤「翻」，《全唐詩》、吴校本均校：「一作飛。」

⑥「蠟」，屈鈔本、吴校本均作「燭」，《全唐詩》校：「一作燭。」

⑦「日」，《全唐詩》、吴校本均校：「一作月。」

【注　釋】

〔一〕《韓偓簡譜》繫於天復二年，謂「味詩句『横卧烏龍作妬媒』，『多爲過時成後悔』句，正與本傳所記，在岐日昭宗竊與語事合」。今疑涉於附會，不取。

妬媒：嫉妒的媒介。媒介，使二者發生關係的人或事物。《舊唐書·張行成傳》：「觀古今用人，必因媒介，若行成者，朕自舉之，無先容也。」

〔二〕烏龍：原爲犬名。晉陶潛《搜神後記》卷九《烏龍》：「會稽句章民張然，滯役在都，經年不得歸。家有少婦，無子，惟與一奴守舍，婦遂與奴私通。然在都養一狗，甚快，名曰『烏龍』，常以自隨。後假歸，婦與奴謀，欲得殺然。然及婦作飯食，共坐下食。婦語然：『與君當大别離，君可强啖。』然未得啖，奴已張弓拔矢當户，須然食畢。然涕泣不食，乃以盤中肉及飯擲狗，祝曰：『養汝數年，吾當將死，汝能救我否？』狗得食不啖，惟注睛舐脣視奴。然亦覺之。奴催食轉急，然決計，拍膝大呼曰：『烏龍與手！』狗應聲傷奴。奴失刀杖倒地，狗咋其陰，然因取刀殺奴。以婦付縣，殺之。」此處泛指犬，亦用此典故。元稹《夢遊春七十韻》：「烏龍不作聲，碧玉曾相慕。」唐李商隱《題二首後重有戲贈任秀才》詩：「遥知小閣還斜照，羨殺烏龍卧錦茵。」

〔三〕比翼：指比翼鳥。傳説中的一種鳥。《爾雅·釋地》：「南方有比翼鳥焉，不比不飛，其名謂之鶼鶼。」郭璞注：「似鳧，青赤色，一目一翼，相得乃飛。」《史記·封禪書》：「西海致七翼之鳥。」司馬貞索隱：「《山海經》云：『崇吾之山有鳥，狀如鳧，一翼一目，相得乃飛，名曰蠻。』」古代常以比喻恩愛夫妻。三國魏曹植《釋思賦》：「樂鴛鴦之同池，羨比翼之共林。」唐白居易《長恨歌》：「在天願作比翼鳥，在地願爲連理枝。」

〔四〕異華：即異花。奇異的花朵。重臺，複瓣的花。前蜀毛文錫《月宫春》詞：「紅芳金蕊繡重臺，低傾馬腦盃。」亦指同一枝上開出的兩朵花。李肇《唐國史補》卷下：「蘇州進藕……近多重臺荷花，花上復生一花，藕乃實中，亦異也。有生花異而其藕不變者。」清趙翼《牡丹》詩：「最是香魂奇幻處，有時結撰出重臺。」

〔五〕驚飈：突發的暴風，狂風。三國魏曹植《吁嗟篇》：「卒遇回風起，吹我入雲間。……驚飈接我出，故歸彼中田。」李白《古風》四十五：「八荒馳驚飈，萬物盡凋落。」

〔六〕過防：謂防範嚴密。《易·小過》：「九三，弗過防之，從或戕之，凶。」王弼注：「居下體之上，以陽當位，而不能先過防之，至令小者或過。」唐杜甫《入衡州》詩：「旌麾非其任，府庫實過防。」

〔七〕翻語：猶飛語，流言。《漢書·灌夫傳》：「乃有飛語爲惡言聞上，故以十二月晦論棄市渭城。」顔師古注引臣瓚曰：「無根而至也。」《新唐書·楊嗣復傳》：「德裕曰：『飛語難辨。』」

〔八〕刻蠟：即刻燭。相傳古人在蠟燭上刻度計時。《南史·王僧孺傳》：「竟陵王子良嘗夜集學士，刻燭爲詩，四韻者則刻一寸，以此爲率。文琰曰：『頓燒一寸燭，而成四韻詩，何難之有。』」後因以喻詩才敏捷，如唐潘述《水堂送諸文士戲贈潘丞聯句》：「詩教刻燭賦，酒任連盤酌。」又轉爲古人刻度數于燭，燒以計時之意。南朝梁庾肩吾《奉和春夜應令》：「燒香知夜漏，刻燭驗更籌。」

〔九〕鳴珂：顯貴者所乘的馬以玉爲飾，行則作響，因名。南朝梁何遜《車中見新林分別甚盛》詩：「隔林望行幰，下阪聽鳴珂。」唐王昌齡《朝來曲》：「月昃鳴珂動，花連繡户春。」珂，白色似玉的美石。一説爲螺屬，貝類。《玉篇·玉部》：「珂，石次玉，亦碼碯白如雪者。一云螺屬。」《爾雅翼·釋魚》：「貝，大者爲蚢，黄黑色，其骨白，可以飾馬。」曉鼓，報曉的鼓聲。唐褚載《曉感》詩：「曉鼓鼕鼕星漢微，佩金鳴玉闘光輝。」《新五代史·司天考二》：「顯德元年正月庚寅，有大星墜有聲如雷，牛馬皆逸，京城以爲曉鼓，皆伐鼓以應之。」

〔一〇〕「楚襄」句：參卷一《錫宴日作》「峽雨」條注。仙分薄，指楚襄王與神女綢繆繾綣的時間短暫。

【集評】

《古詩》「客從遠方來，遺我雙鯉魚。呼兒烹鯉魚，中有尺素書」二句，謂虚相聯絡，終無實意。「遥知小閤還斜照，羨殺烏龍卧錦茵」。《戊籤》：謔之也。《搜神後記》：會稽張然滯役在都，有少婦與一奴守舍。奴與婦通，然素養一犬名烏龍，常以自隨。後歸，婦與奴欲殺然，奴已張弓拔矢，然拍膝大呼曰：「烏龍與手！」狗應聲傷奴，奴失刀杖倒地，狗咋其陰。然因殺奴，以婦付縣殺之。烏龍，喻他人謔任之不得如也。韓偓詩亦云「横卧烏龍作妒媒」。（馮浩《李義山詩解·題二首後重有戲贈任秀才》）

沈汾《續仙傳》云：韋善俊嘗擕一犬號烏龍，後乘之飛昇。韓致堯《香奩集》屢用之。有曰：「洞門深閉不曾開，横卧烏龍作妬媒。」又曰：「相風不動烏龍睡，時有幽禽自唤名。」又曰：「遥知小閤還斜照，羨殺烏龍卧錦茵。」此句又見義山集。（宋長白《柳亭詩話》卷九《烏龍》）

自傷爲權姦所阻，不能久於其位也。好鳥比翼，異花重臺，似指薦趙崇、王贊而觸全忠之怒，正所

謂「謀身拙爲安蛇足」。結語指昭宗見制於全忠，欲用己而不得，致歎舉朝無人，故曰「獨徘徊」。（震鈞《香奩集發微》此詩下評）

【按】此詩疑詠詩人早年所經歷之艷情事，詩中充滿戀情受阻，未能如願之慨歎，故有「應笑楚襄仙分薄，日中長是獨徘徊」之句。然具體爲何事，則未能明知也。

不見①

動静防閑又怕疑②〔一〕，佯佯脈脈是深機③〔二〕。此身願作君家燕，秋社歸時也不歸〔三〕。

【校記】

① 此詩亦見於玉山樵人本、韓集舊鈔本、統籤本、屈鈔本、吴校本、石印本之《香奩集》中。

② 「防閑」，玉山樵人本作「妨嫌」。按，應作「防閑」。「妨嫌」不辭，涉與「防閑」音同而誤。

③ 「深」，玉山樵人本、統籤本、屈鈔本均作「沈」，《全唐詩》、吴校本均校「一作沈」。按，「沈」通「深」。

【注釋】

〔一〕防閑：防，堤也，用於制水；閑，圈欄也，用於制獸。引申爲防備和禁阻。《詩·齊風·敝笱序》：「齊人惡魯桓公微弱，不能防閑文姜，使至淫亂，爲二國患焉。」《後漢書·列女傳·孝女叔先雄》：「家人每防閑之，經百許日後稍懈，雄因乘小船，於父墮處慟哭，遂自投水死。」

〔二〕佯佯：做作之態。唐韓偓《厭花落》：「也曾同在華堂宴，佯佯攏鬢偷回面。」脈脈，即脉脉。相視貌，含情不語貌。《古詩十九首》之十：「盈盈一水間，脉脉不得語。」南朝梁簡文帝《對燭賦》：「迴照金屏裏，脈脈兩相看。」深機，深藏的機心。

〔三〕秋社：社，祀社神的節日，即社日。後亦沿用爲時令名。一年有兩社日，即春社、秋社。吴自牧《夢粱録·八月》：「秋社日，朝廷及州縣差官祭社稷壇，蓋春祈而秋報也。」張自烈《正字通》：「立秋後逢五戊爲秋社。」唐鮑溶《白露》詩：「迎社促燕心，助風勞雁翼。」此指秋社。燕子乃候鳥，於秋社時節遷徙。

【集評】

動静防閑，仍怕疑忌，至於佯佯脉脉，此何等境界！而猶願作君家燕，屈靈均未遭之苦，致堯遭之矣。（震鈞《香奩集發微》此詩下評）

【按】此詩疑乃詩人詠其戀愛情事。據此詩可知詩人之戀愛雖熾烈，然而頗受阻隔，故有首二句之詠。後二句則借秋燕之不歸，表明永不離棄之心跡。似化用唐章孝標《歸燕詞辭工部侍郎》「舊壘危巢泥已落，今年故向社前歸。連雲大厦無棲處，更望誰家門户飛」之意。

晝寢①

碧桐陰靜隔簾櫳②〔一〕，扇拂金鵝玉簟烘③〔二〕。撲粉更添香體滑④，解衣唯見下裳紅⑤〔三〕。煩襟乍觸冰壺冷〔四〕，倦枕徐欹寶髻鬆⑥。何必苦勞魂與夢⑦〔五〕，王昌只在此牆東〔六〕。

【校記】

① 此詩亦見於玉山樵人本、韓集舊鈔本、統籤本、屈鈔本、吴校本、石印本之《香奩集》中。

② 「桐」，韓集舊鈔本作「梧」，《全唐詩》、吴校本均校：「一作梧。」「靜」，原作「盡」，今據玉山樵人本、韓集舊鈔本、統籤本、屈鈔本改。

③ 「鵝」，玉山樵人本、統籤本均作「蛾」，《全唐詩》、吴校本均校：「一作蛾。」

④ 「添」，《全唐詩》、吴校本均校「一作嫌」，石印本《香奩集》作「沾」。按，作「添」是，「嫌」、「沾」皆誤。

⑤ 「唯」，韓集舊鈔本作「微」，《全唐詩》、吴校本均校：「一作微。」按，上句用「更」字，則此處應作「唯」

爲是。

⑥「徐」,《全唐詩》、吴校本均校:「一作斜。」

⑦「魂與」,《全唐詩》、吴校本均校:「一作雲雨。」

【注釋】

〔一〕簾櫳:亦作「簾籠」。窗簾和窗牖。也泛指門窗的簾子。南朝梁江淹《雜體詩·效張華〈離情〉》:「秋月映簾籠,懸光入丹墀。」唐蘇頲《秋夜寓直中書呈黄門舅》:「簾櫳上夜鉤,清切聽更籌。」

〔二〕扇拂金鵝:摇動着繡有金鵝圖案的扇子。金鵝,金色鵝形飾品。唐李賀《洛姝真珠》詩:「金鵝屏風蜀山夢,鸞裾鳳帶行煙重。」唐韋莊《觀浙西府相畋遊》詩:「紫袍日照金鵝鬥,紅旆風吹畫虎獰。」玉簟,竹席之美稱。唐韋應物《馬明生遇神女歌》:「石壁千尋啟雙檢,中有玉牀鋪玉簟。」宋李清照《一剪梅》詞:「紅藕香殘玉簟秋,輕解羅裳,獨上蘭舟。」烘,襯托,渲染。宋范成大《春後微雪一宿而晴》詩:「朝暾不與同雲便,烘作晴空萬縷霞。」

〔三〕下裳:下身穿的衣服。古多指裙。《方言》第四「繞衿謂之帬」,晉郭璞注:「俗人呼接下,江東通言下裳。」宋孔平仲《君住》詩:「哀哉中截錦繡段,上襦下裳各一半。」

〔四〕煩襟:煩悶的心懷。唐王勃《遊梵宇三覺寺》詩:「遽忻陪妙躅,延賞滌煩襟。」唐常建《張山人彈琴》：「豈惟丘中賞，兼得清煩襟。」冰壺，盛冰的玉壺。《文選・鮑照〈白頭吟〉》：「直如朱絲繩，清如玉壺冰。」李周翰注：「玉壺冰，取其絜净也。」唐姚崇《冰壺誡序》：「冰壺者，清潔之至也。君子對之，示不忘清也……内懷冰清，外涵玉潤，此君子冰壺之德也。」

〔五〕苦勞：勞苦；苦心勞形。《後漢書・宦者傳・吕强》：「三公得免選舉之負，尚書亦復不坐，責賞無歸，豈肯空自苦勞乎？」

〔六〕王昌：《太平御覽》卷六八九：「《襄陽耆舊記》曰：王昌字公伯，爲東平相，散騎常侍，早卒。婦是任城王曹子文女。」蕭衍《河中之水歌》：「人生富貴何所望，恨不早嫁東家王。」唐王維《雜詩》：「雙燕初命子，五桃初作花。王昌是東舍，宋玉次西家。小小能織綺，時時出浣紗。親勞使君問，南陌駐香車。」唐崔顥《王家少婦》：「十五嫁王昌，盈盈入畫堂。自矜年最少，復倚壻爲郎。」唐李商隱《代應》：「本來銀漢是紅牆，隔得盧家白玉堂。誰與王昌報消息，盡知三十六鴛鴦。」按，《韓偓詩注》、《韓偓詩集箋注》皆以爲此王昌乃《襄陽耆舊記》之王昌，然清人閻若璩、趙殿成則以爲乃另一王昌，所説或是，録以備考。其《潛邱札記》卷六《與戴唐器書》云：「樂府：『人生富貴何所望，恨不早嫁東家王。』唐人詩：『十五嫁王昌』、『王昌且在牆東住』，當另一王昌，風流艶美人也，必非《襄陽耆舊傳》之王昌。傳云：王昌字公伯，爲東平相，散騎常侍，早卒。婦任城王曹子文女。」又趙殿成《王右丞集箋注》卷八注「王昌」云：「成按，唐人詩中多用王昌事：上官儀詩『南國自然勝掌上，東家復是憶王昌』，李義山詩『王昌只在牆東住，未必金堂得免嫌』，韓偓詩『何必苦勞魂與夢，王昌只在此牆東』。《襄陽耆舊傳》：『王昌字公伯，爲東平相，散騎常侍，早卒。婦任城王曹子文女。昌弟式爲渡遼將軍長史，婦尚書令桓楷女。昌母聰明有教典，二婦入門，皆令變服下車，不得踰侈。後楷子嘉尚魏主，欲金縷衣見式婦，嘉止之曰：『其嫗嚴固，不得倍爾，不須持往犯人家法。』其畏如此，似非挑達之流也。蓋別是一人，然他書無考。」

【集　評】

王昌正在牆東，而偏勞魂夢於天涯，此非時人所解也。然而寧勞魂夢，不嫁王昌，《楚詞》所謂「歷九州而相君兮，何必懷乎此都也」，與此同意。王昌指王審知。（震鈞《香奩集發微》此詩下評）

【按】此詩或乃詩人仿效南朝宫體詩而詠美人晝寢之作，故多有描摹美人起居環境、衣著體態、乃至儀態心情之句，並有詩末「王昌」兩句挑達之語。震鈞謂「王昌指王審知」，所説實在比附過甚，阻塞難通也。一者，如王昌指王審知，則詩乃作於天祐三年秋韓偓入閩之後，然此詩乃《香奩集》詩，非作於是年之後。再者，王審知爲閩國主，因其與朱全忠政權仍有關係，韓偓實在不肯投靠在其幕下。此詩王昌如比喻王審知，則詩中之美女乃自喻，將此寓意融入詩中，則身份詩情顯然有乖，實在不合此詩意趣，不可通也。

意　緒①〔一〕

絶代佳人何寂寞，梨花未發梅花落。東風吹雨入西園，銀綫千條度虚閣〔二〕。臉粉難匀蜀酒濃②，口脂易印吴綾薄〔三〕。嬌饒意態不勝羞③〔四〕，願倚郎肩永相著。

【校　記】

①　此詩亦見於玉山樵人本、韓集舊鈔本統籤本、屈鈔本、吴校本、石印本之《香奩集》中。張、黄編《全唐五代詞》第五一七頁、曾、曹等編著《全唐五代詞》第一〇六二頁亦收此詩。

②　「濃」，韓集舊鈔本下校「本作紅」，《全唐詩》、吴校本均校：「一作紅。」

③　「嬌饒」，統籤本、石印本《香奩集》作「妖嬈」。按，「妖嬈」同「嬌饒」。「態」，玉山樵人本、統籤本、屈鈔本、吴校本均作「緒」。「勝」，屈鈔本作「能」，韓集舊鈔本下校「本作能」，《全唐詩》、吴校本均校「一作能」。此句張、黄編、曾、趙等編著《全唐五代詞》本均作「意態不勝春」，後者校云：「鈔本、吴本《香奩集》、《唐音統籤》作『意緒不勝羞』。勝，吴本注：『一作「能」。』」

【注釋】

〔一〕曾、趙編著《全唐五代詞》本考辨云：「此首本七言古詩，諸本《香奩集》俱題作《意緒》。王國維輯本《香奩詞》始收作《木蘭花》詞，《唐五代詞》因之録入，不足據。」施蟄存《讀韓偓詞札記》亦謂：「王國維輯本又收木蘭花一首。此篇原爲七言古詩，題作《意緒》，汲古閣本、全唐詩本、涵芬樓本並同。王國維跋語云：『木蘭花本係七古，然飛卿詩中之《春曉曲》，《草堂詩餘》已改爲木蘭花，固非自我作古也。』此援温飛卿詞爲例，亦無可非難。然《草堂詩餘》收温飛卿《春曉曲》，題作《玉樓春》，而非木蘭花。唐五代時，木蘭花與玉樓春體調均不同，觀《花間集》所録諸作可知。至宋人始以玉樓春、木蘭花混而爲一。韓偓此詩，即欲移植於詞苑，亦宜題作玉樓春。」又，施蟄存《讀韓偓詞札記》謂：「此首當是入翰林前所作。意者乾寧二年爲權要所排擠，自刑部員外郎出佐河中幕府時乎？」所説尚乏確證，聊備一説而已。

〔二〕銀綫：謂雨絲。虚閣，空閣。

〔三〕口脂：化妝用的唇膏；口紅。唐張鷟《遊仙窟》：「豔色浮粧粉，含香亂口脂。」唐韋莊《江城子》詞：「朱唇未動，先覺口脂香。」吴綾，吴地出産的絲織品。

〔四〕嬌饒：柔美嫵媚。唐盧仝《與馬異結交詩》：「此婢嬌饒惱殺人，凝脂爲膚翡翠裙。」唐鄭谷《海棠》詩：「穠麗最宜新著雨，嬌饒全在欲開時。」意態，神情姿態。《漢書・廣川惠王劉越傳》：

「榮姬視瞻，意態不善，疑有私。」唐杜甫《天育驃騎歌》：「是何意態雄且傑，駿尾蕭梢朔風起。」不勝，非常；十分。《後漢書·皇甫規傳》：「臣不勝至誠，没死自陳。」唐韓愈《袁州中使狀》：「在愈不勝戰懼之至，伏乞仁恩，特令改就常式。」

【集評】

韓偓《香奩集》……七言古如「嬌嬈意緒不勝羞，願倚郎肩永相著」……詩餘變爲曲調矣（餘參見卷二《南浦》集評）。（許學夷《詩源辯體》卷三十二）

詩語艷絶，而題以「意緒」二字，不類也。而詩眼全在一「願」字，則不類而類矣。（震鈞《香奩集發微》此詩下評）

【按】施蟄存《讀韓偓詞札記》謂：「玉樓春一首，原題《意緒》。震氏箋云：『詩語艷絶，而題以意緒二字，不類也。而詩眼全在一願字，則不類而類矣。』按此箋頗有妙悟，啟予不淺。全篇主旨，實在首句及末句。試合而讀之：『絶代佳人何寂寞，願倚郎肩永相著。』意止於此矣。梨花二句，謂有阻逆也。臉粉二句，則『豈無膏沐，誰適爲容』之意也。」按，此詩乃寫嬌嬈佳人春日之寂寞，與對愛情之想望，故首句即以「何寂寞」籠蓋全篇，末句「願倚郎肩永相著」則發抒其情懷，並點題旨「意緒」。黄世中先生《韓偓其人及「香奩詩」本事考索》以爲韓偓早年曾與一女相戀，「最后他（她）們終於衝破阻力，歡會在一起。這有《自負》、《意緒》、《閨情》、《惜春》、《春恨》、《春盡》、《春盡日》、《欲明》以及兩首《五更》（五、七言各一首）共十首可以爲證。那是詩人學韓壽偷香而『半夜潛身入洞房』（《五更》）的。《閨情》云：『韓壽香焦亦任偷。』《自負》詩就更明白説出他（她）們的歡會共有三次：『偷桃三度到瑶臺。』」，所説聊備一説，供參研。

惆悵①

身情長在暗相隨②，生魄隨君君豈知③。被頭不煖空霑淚，釵股欲分猶半疑〔一〕。朗月清風難愜意，詞人絶色多傷離④〔二〕。何如飲酒連千醉⑤，席地幕天無所知〔三〕。

【校記】

① 此詩亦見於玉山樵人本、韓集舊鈔本、統籤本、屈鈔本、吴校本、石印本之《香奩集》中。

② 「長」，玉山樵人本、統籤本、屈鈔本均作「常」。「在」，屈鈔本作「是」。

③ 「魄」，韓集舊鈔本作「魂」，下校：「一作魄。」

④ 「多」，韓集舊鈔本下校：「本作敢。」

⑤ 「千」，韓集舊鈔本下校「本作年」，統籤本、《全唐詩》、吴校本均校：「一作年。」

【注釋】

〔一〕釵股欲分：意爲分釵斷帶。釵，爲釵子，婦女之首飾。由兩股簪子交叉組合成的一種首飾。用來綰住頭髮。釵分，比喻夫妻或戀人分離。宋吴潛《蝶戀花・吴中趙園》詞：「鏡斷釵分何處續，傷心芳草庭前緑。」分釵斷帶，喻夫妻離異。晉袁宏《後漢紀・靈帝紀上》：「夏侯氏父母曰：『婦人見去，當分釵斷帶。』」《藝文類聚》卷三十二引南朝梁陸罩《閨怨》詩：「自憐斷帶日，偏恨分釵時。」

〔二〕詞人絶色：謂詞人與美女。絶色，即指絶色佳人。

〔三〕席地幕天：即幕天席地。以天爲幕，以地爲席。形容行爲放曠。晉劉伶《酒德頌》：「行無轍跡，居無室廬，幕天席地，縱意所如。」唐白居易《小庭亦有月》：「幕天而席地，誰奈劉伶何。」

【集評】

當是聞昭宗被弑而作，故有「生魄隨君」語。似醉後憤激走筆，故重押「知」字。其語意之悲，直繼《天問》。（震鈞《香奩集發微》此詩下評）

【按】此詩乃抒發被阻隔兩地而情深難忘之惆悵心曲。首二句即抒發「身情長在」之深情。「被頭不暖」二句，則描述被阻隔而難於分離之愁苦。「朗月清風」二句，謂才子佳人爲分離而傷懷也。末二句則謂惆悵痛楚難於釋懷，唯有「席地幕天」之大醉而已。此乃惆悵難解所致也，意脈又回歸

「惆悵」題意。震鈞謂此詩「當是聞昭宗被弑而作,故有『生魄隨君』語」。然此意與詩中「被頭不煖空霑淚,釵股欲分猶半疑」、「詞人絶色多傷離」等句意不合,所説恐亦是附會之言。

忍　笑①

宫様衣裳淺畫眉②〔一〕,晚來梳洗更相宜③。水精鸚鵡釵頭顫〔二〕,舉袂佯羞忍笑時④。

【校　記】

①此詩亦見於玉山樵人本、韓集舊鈔本、統籤本、屈鈔本、吴校本、石印本之《香奩集》中。

②「衣裳」,玉山樵人本、統籤本均作「梳頭」,《全唐詩》、吴校本均校:「一作梳頭。」

③「晚」,《全唐詩》、吴校本均校:「一作曉。」按,清張玉書《佩文韻府》卷八十二之五引作「曉」。「梳洗」,玉山樵人本、統籤本均作「粧飾」,《全唐詩》、吴校本均校:「一作裝飾。」按,《萬首唐人絶句詩》卷五十引作「裝飾」。

④「舉」,玉山樵人本、統籤本、屈鈔本均作「斂」,韓集舊鈔本下校「本作斂」,《全唐詩》、吴校本均校:「一作斂。」

【注釋】

〔一〕宮樣：宮廷裏流行的樣式。唐玄宗《好時光》：「寶髻偏宜宮樣，蓮臉嫩體紅香。」唐劉禹錫《贈李司空妓》：「高髻雲鬟宮樣妝，春風一曲杜韋娘。」

〔二〕水精：水晶。無色透明的結晶石英，是一種貴重礦石。《後漢書·西域傳·大秦》：「（大秦）宮室皆以水精爲柱，食器亦然。」唐杜甫《麗人行》：「紫駝之峰出翠釜，水精之盤行素鱗。」水精鸚鵡，謂水精雕成鸚鵡形狀之飾品。

【集評】

所謂「阿婆三五少年時，亦曾東塗西抹來」。（震鈞《香奩集發微》此詩下評）

【按】此詩描寫女子模仿宮中流行的裝束打扮，學着宮女「舉袂佯羞忍笑」的姿態。詩中之女子，當非真宮女，否則何必特地謂「宮樣衣裳」云云。故此女子乃宮外之淑女也，詩亦非詩人入宮廷後所作。震鈞「所謂『阿婆三五少年時，亦曾東塗西抹來』」之説乃出於王定保《唐摭言》卷三：「薛監晚年厄於宦途，嘗策羸赴朝，值新進士榜下綴行而出。時進士團所由輩數十人見逢行李蕭條，前導曰：『迴避新郎君！』逢囅然，即遣一介語之曰：『報道莫貧相，阿婆三五少年時，也曾東塗西抹來。』」按，此詩似無《唐摭言》所記之意。

詠　柳①

裊雨拖風不自持〔一〕，全身無力向人垂②。玉纖折得遥相贈，便似觀音手裏時③。

【校　記】

①此詩亦見於玉山樵人本、韓集舊鈔本、統籤本、屈鈔本、吴校本、石印本之《香奩集》中。

②「全」，玉山樵人本、統籤本均作「遍」，《全唐詩》、吴校本均校：「一作遍。」

③「似」，屈鈔本作「是」，《全唐詩》、吴校本均校：「一作是。」「時」，玉山樵人本作「持」。

【注　釋】

〔一〕裊雨拖風：裊，即裊，摇曳；顫動。南朝梁沈約《十詠·領邊繡》：「不聲如動吹，無風自裊枝。」此處「裊雨拖風」乃描狀柳枝被風雨吹襲時摇動披拂貌。不自持，此謂柳枝如被風雨吹拂而隨風雨披拂摇盪，不能自制。

【集　評】

一朝得柄，何難澤被蒼生，今則低首向人而已。（震鈞《香奩集發微》此詩下評）

【按】此詩乃詠柳之作，當別無寓意。詩描繪柳樹有如在風雨中披拂蕩漾之柔媚情態，特爲形像柔美。尤其後兩句，將柳條與手持楊柳枝的觀世音菩薩聯繫在一起，更具美妙之意藴。震鈞所謂「一朝得柄，何難澤被蒼生，今則低首向人而已」。此詩恐無所説意思，未免過於比附。

密　意①〔一〕

呵花貼鬢黏寒髮〔二〕，凝酥光透猩猩血〔三〕。經過洛水幾多人〔四〕，唯有陳王見羅韈〔五〕。

【校　記】

①此詩亦見於玉山樵人本、韓集舊鈔本、統籤本、屈鈔本、吳校本、石印本之《香奩集》中。

【注　釋】

〔一〕密意：親密的情意。南朝陳徐陵《洛陽道》詩之二：「相看不得語，密意眼中來。」宋張先《武陵春》詞：「秋染青溪天外水，風棹采菱還。波上逢郎密意傳，語近隔叢蓮。」

〔二〕呵花：呵，噓氣，哈氣。呵花，呵花使花暖和。《關尹子·二柱》：「呵之即温，吹之即凉。」唐秦韜玉《詠手》詩：「因把剪刀嫌道冷，泥人呵了弄人髯。」

〔三〕凝酥：凝凍的酥油。亦同凝脂。此處形容美人細嫩潤澤的皮膚。《詩·衛風·碩人》：「手如柔荑，膚如凝脂。」唐白居易《長恨歌》：「春寒賜浴華清池，温泉水滑洗凝脂。」猩猩血，猩猩的血。借指鮮紅色。唐張祜《上巳樂》詩：「猩猩血綵繫頭標，天上齊聲舉畫橈。」南唐馮延巳《采桑子》詞：「休説當時，玉笛才吹，滿袖猩猩血又垂。」此處用以比喻美女紅潤的膚色。

〔四〕洛水：古水名。即今河南省洛河。北魏酈道元《水經注·洛水》：「洛水出京兆上洛縣讙舉山。」漢揚雄《羽獵賦》：「鞭洛水之宓妃，餉屈原與彭胥。」

〔五〕陳王見羅韈：陳王，指三國魏國陳王曹植。其《洛神賦》謂經過洛水而遇見洛水女神，中詠云：「其形也翩若驚鴻，婉若游龍。髣髴兮若輕雲之蔽月，飄飖兮若流風之迴雪。……體迅飛鳧，飄忽若神，淩波微步，羅襪生塵。」

【集評】

非其君不仕，絶非苟彧輩所知。（震鈞《香奩集發微》此詩下評）

【按】詩詠所屬意之淑女，故詠其美貌，喻之以洛水女神，並自欣喜得以親近之矣。震鈞以爲此詩有所寓意，言「非其君不仕，絶非苟或輩所知」，乃不合詩旨，不可信也。

偶見①

鞦韆打困解羅裙，指點醍醐索一尊②〔一〕。見客入來和笑走，手搓梅子映中門。

【校記】

① 此詩亦見於玉山樵人本、韓集舊鈔本、統籤本、屈鈔本、吴校本、石印本之《香奩集》中。此詩題下《全唐詩》、吴校本均校：「一作鞦韆。」屈鈔本《香奩集》爲《重遊曲江二首》之二，其第一首乃「鞭梢亂拂暗傷情」。

② 「索」，韓集舊鈔本作「酒」，《全唐詩》、吴校本均校：「一作酒。」

【注釋】

〔一〕醍醐：從酥酪中提製出的油，即精製乳酪。《大般涅槃經·聖行品》：「譬如從牛出乳，從乳出酪，從酪出生穌，從生穌出熟穌，從熟穌出醍醐。醍醐最上。」唐裴鉶《傳奇·江叟》：「龍既出，必銜明月之珠而贈。子得之，當用醍醐煎之三日，凡小龍已腦疼矣。」

【集　評】

此譏崔胤之恃功而驕，指揮如意。及引全忠入朝，又不能制，但旁觀而生妒也。秋千喻戰功，笑指醍醐，恃功而妄事要求也。梅子酸物，喻妒意。（震鈞《香奩集發微》此詩下評）

此詩活畫打罷鞦韆，見客走避之少女形象，生動傳神，嬌癡如見。韓偓《想得》：「兩重門裏玉堂前，寒食花枝月午天。想得那人垂手立，嬌羞不肯上鞦韆。」殆《偶見》詩中之少女，則非漫寫所見也。（劉拜山、富壽蓀選注《千首唐人絶句》）

韓冬郎集中，數提鞦韆，而境界無一相類。《閨怨》云：「初拆鞦韆人寂寞。」《夜深》云：「夜深斜搭鞦韆索。」《偶見》云：「鞦韆打困解羅裙。」《效崔國輔體》云：「風動鞦韆索。」《補李波小妹歌》云：「海棠花下鞦韆畔。」《想得》云：「嬌羞不肯上鞦韆。」其善使景物，殊爲晚唐諸家之冠。（陳香《晚唐詩人韓偓》引《蕉窗夜話》）

韓偓詩寫女性的多，寫自己的少。寫得最好的，是女子的嬌羞；但卻不是嘲弄，是同情於女子的怯弱與不自由。如《偶見》云：「鞦韆打困解羅裙，指點醍醐酒一樽。見客入來和笑走，手搓梅子映中門。」（陳香《晚唐詩人韓偓》引吴雲鵬《中國文學史》）

【按】此詩如劉拜山等先生所言，乃「活畫打罷鞦韆，見客走避之少女形象」，故震鈞所謂「此譏崔胤之恃功而驕，指揮如意。及引全忠入朝，又不能制，但旁觀而生妒也」之寓託解説，當不可信。沈祖棻先生《唐人七絶詩淺釋》賞析此詩頗爲精到，云：「韓偓像一個高明的攝影師，他善於捕捉少女們生活中一些稍縱即逝的鏡頭，即時地將形神兼備地拍攝下來，如其《偶見》一首，也是可以和《新上頭》比美的。（引詩略）詩人在這裏，給我們精心地拍下了一位半大不小的姑娘日常生活中一個側面鏡頭。鞦韆是古代少女喜愛的娛樂運動。她們蕩起鞦韆來，體態輕盈，姿勢健美，好像仙女在空中飛舞，因此鞦韆被稱爲半仙之戲。這種運動相當激烈，何況這時又已在農曆四五月間，梅已結子的時候。所以這位姑娘蕩完鞦韆，又熱又渴。一面脱掉裙子，一面要喝醍醐（精製乳酪）。事情也真湊巧，正在這時，卻來了客人，這位又熱又渴的姑娘不免有些狼狽了，她只好趕忙朝屋裏走。可是，好奇心又吸引着她，於是就又躲在中門之後，向外窺探客人。她脱了裙子以後，隨手在樹上摘了一個梅子，這時，她就一面下意識地搓着手中的梅子，一面有意識地從門旁向外瞭望，其形象也就掩映於中門之間了。這正是一個半大不小的、還不太害羞卻已經知道應該害羞的十三四歲的古代少女的行動和神情。如果是個更大些的姑娘，她就要更穩重一些，決不肯在中門之外就脱掉裙子，匆忙地指着乳酪要人給她。即使碰上客人，她也早走進中門去了。如果是個更小些的姑娘，她就要更天真一些，客人來了，她才不在乎，也許還會跑上去打招呼哩。注意到這些細緻的區別，我們才能夠體會到詩句所具有的驚人的準確性和真實性。」

寒食夜有寄①

風流大抵是倀倀②〔一〕，此際相思必斷腸③。雲薄月昏寒食夜④，隔簾微雨杏花香。

【校　記】

① 此詩亦見於玉山樵人本、韓集舊鈔本、統籤本、屈鈔本、吴校本、石印本之《香奩集》中。「有」，韓集舊鈔本下校：「本作見。」

② 「倀倀」，《全唐詩》、吴校本均校：「一作張張。」按，應作「倀倀」，「張張」於此處不辭。

③ 「此際」，玉山樵人本、統籤本均作「一度」，《全唐詩》、吴校本均校：「一作一度。」「必」，玉山樵人本、統籤本均作「一」，《全唐詩》、吴校本均校：「一作一。」

④ 「雲薄月昏」，《全唐詩》、吴校本均校：「一作月落雲階。」

【注　釋】

〔一〕倀倀：無所適從貌。《禮記·仲尼燕居》：「治國而無禮，譬猶瞽之無相與，倀倀乎其何之。」《荀子·修身》：「人無法則倀倀然。」楊倞注：「倀倀，無所適貌，言不知所措履。」唐柳宗元

《答貢士元公瑾論仕進書》：「退乃倀倀於下列，呫呫於末位，偃仰驕矜，道人短長，不亦冒先聖之誅乎？」

【集　評】

此追憶太平之作。（震鈞《香奩集發微》此詩下評）

【按】此詩乃寄人之作。詩中言每逢寒食夜，必回憶起往昔寒食夜之情事，抒發每逢此夕而相思之痛。黄世中先生《韓偓其人及「香奩詩」本事考索》以爲詩人早年曾與一女子相戀，詩中之「寒食」、「三月」詩乃詠此段愛情際遇，中云：「三月寒食日當是他（她）們相遇定情、互訴衷曲的日子。上篇七律之題目首揭『寒食日』，即可爲據。此外《集》中直接點出『寒食』並有戀情寄託或憶念者尚有八首。」又謂：「這當然是一次未成眷屬的愛情，所以歎夜深無伴，此際相思，感花前灑淚，纏綿哀怨。」

效崔國輔體四首①〔一〕

一

澹月照中庭②，海棠花自落。獨立俯閒階〔二〕，風動鞦韆索。

【校　記】

①此四首詩亦見於玉山樵人本、韓集舊鈔本、統籤本、屈鈔本、吴校本、石印本之《香奩集》中。「崔國輔」，韓集舊鈔本作「崔輔國」，《全唐詩》、吴校本均校：「一作輔國。」按，作「崔國輔」是，作「崔輔國」誤，詳見注釋〔一〕。

②「澹」，玉山樵人本、韓集舊鈔本、統籤本、屈鈔本均作「淡」。慶按，此處「澹」同「淡」。「庭」，韓集舊鈔本作「夜」。按，應作「庭」。

【注　釋】

〔一〕崔國輔：唐詩人。《新唐書》卷六十《藝文志》：「崔國輔集，卷亡。應縣令舉，授許昌令，集賢直學士，禮部員外郎。坐王鉷近親，貶竟陵郡司馬。」殷璠《河岳英靈集》卷中《崔國輔》：「國輔詩婉孌清楚，深宜諷味。樂府數章，古人不及也。」《唐才子傳·崔國輔傳》：「崔國輔，山陰人也。開元十四年嚴迪榜進士，與儲光羲、綦毋潛同時。舉縣令，累遷集賢直學士，禮部郎中。天寶間坐是王鉷近親，貶竟陵司馬。有文及詩，婉孌清楚，深宜諷詠。樂府短章，古人有不能過也。……雅意高情，一時所尚。有酬酢之歌詩并集傳焉。」

〔二〕俯閒階：謂低頭看少有人跡之臺階。

【集評】

無人作伴，月也淡了。「照中庭」，是月下寂然也。海棠花無人去賞他，只合自落而已。室中月映，户外花落，銀釭屢剔，睡又不能，乃獨身悄然立於簾前。低頭看階，只見冷風颼颼，鞦韆架影兩條摇動而已，未免有情，何以堪此。（徐增《而庵説唐詩》）

一片淒寂光景，凝情獨立，不言而神自傷。崔國輔絶句總妙在含蓄，故當時人爭效其體。（黄叔燦《唐詩箋注》）

月明花落，獨立閑階，而鞦韆索動，倍生寂寞矣。（劉文蔚注釋《唐詩合選詳解》）

寂寥庭院，花落無人，偶過閑階，月色淡淡中，忽睹鞦韆之影。「俯」字、「動」字，最足耐人尋味。（王文濡《唐詩評注讀本》）

韓冬郎集中，數提鞦韆，而境界無一相類。《閨怨》云：「初拆鞦韆人寂寞。」《夜深》云：「夜深斜搭鞦韆索。」《偶見》云：「鞦韆打困解羅裙。」《效崔國輔體》云：「風動鞦韆索。」《補李波小妹歌》云：「海棠花下鞦韆畔。」《想得》云：「嬌羞不肯上鞦韆。」其善使景物，殊爲晚唐諸家之冠。（陳香《晚唐詩人韓偓》引《蕉窗夜話》）

韓偓詩變體極多，不獨《香奩》綰領晚唐，其餘破格變體，亦爲宋詩宋詞開先河。如《雜言》、《三憶》、《效崔國輔》之類，已全脱唐人律紀之制。其《效崔國輔》，實竟凌而上之，如：「澹月照中庭，海棠花自落。獨立俯閒階，風動鞦韆索。」崔國輔無此造詣，張祜、許渾、吴融、韋莊，亦難望塵。（陳香《晚

唐詩人韓偓》引《釣餘讀詩記得》）

【按】詩乃寫清淡月光下，庭院中海棠寂寞自落，晚風吹動秋千索之寂寥景況。

二①

雨後碧苔院，霜來紅葉樓。閒階上斜日，鸚鵡伴人愁。

【校　記】

① 此首玉山樵人本、統籤本、屈鈔本均排爲第三首。

【集　評】

雨後霜來之際，無人作伴最是悄然。又見院中之苔碧得好，樓前之樹又紅得好。苔上並無形跡，葉上止有秋光，又當天色向晚，一片日光斜射到閑階上來。此時無人在旁，架上掛一鸚鵡。此鳥雖能言，豈諳人心事者？於是人無暖氣，鳥又寂然，大家愁去便了。試問鸚鵡，你那裏曉得愁，曰以人愁見得如此然。鸚鵡豈無家鄉，豈無匹配，今雖在錦闈之中，珠簾之下，伴則是美人，食則是紅豆，何若雌雄相呼，隴天縱飛之爲快乎。（徐增《而庵説唐詩》）

只是不堪秋思耳。上三句景中含情，末句更情中佳語。（顧樂《唐人萬首絶句選評》）

院無人居，只有碧苔；樓無人住，但見紅葉，而閑階斜日又作一種冷淡之色，惟有架上鸚鵡相對欷歔，伴人惆悵而已，蓋極寫無聊之致。（王文濡《唐詩評注讀本》）

前二句言碧苔深院，因雨洗而碧愈潤；紅葉高樓，因霜飽而紅更酣。如此幽麗之地，而伊人獨處。後二句言黄昏漸近，斜陽在砌，寸寸而移，此時院静無人，惟有悶尋鸚鵡，同説無聊。詩係效崔國輔體，其窈窕懷人之意，頗似崔之《怨詞》及《王孫遊》諸作也。（俞陛雲《詩境淺説續編》卷一）

韓偓的詩頗好。如：「雨後碧苔院，霜來紅葉樓。閒階上斜日，鸚鵡伴人愁。」清韻可誦。《四庫全書提要》稱其：「詩雖局於風氣，渾厚不及前人，而忠憤之氣，時時溢於語外，性情既摯，風骨自遒，慷慨激昂，迥異當時靡靡之音。」確是的論。（《晚唐詩人韓偓》引胡雲翼《唐詩研究》）

【按】此詩亦寫寂寞之情景，誠如上引俞陛雲所説。

三①

酒力滋睡眸②〔一〕，鹵莽聞街鼓〔二〕。欲明天更寒③，東風打窗雨。

【校　記】

① 此首玉山樵人本、統籤本、屈鈔本均排爲第二首。

② 「滋」，《萬首唐人絶句》卷十九作「惹」。

③「天」，韓集舊鈔本下校「本作花」，《全唐詩》、吴校本均校：「一作花。」按，《萬首唐人絶句》卷十九作「花」。

【注釋】

〔一〕滋睡眸：滋，增長；增加。《左傳·僖公十五年》：「物生而後有象，象而後有滋，滋而後有數。」孔穎達疏：「既爲形象而後滋多，滋多而後始有頭數。」

〔二〕鹵莽：大略；隱約。唐陸羽《茶經·造》：「茶有千萬狀，鹵莽而言，如胡人鞾者蹙縮然，犎牛臆者廉襜然。」唐白居易《潯陽秋懷贈許明府》詩：「鹵莽還鄉夢，依稀望闕歌。」街鼓，設置在京城街道的警夜鼓。宵禁開始和終止時擊鼓通報。始于唐，宋以後亦泛指「更鼓」。唐劉肅《大唐新語·釐革》：「舊制，京城内金吾曉暝傳呼，以戒行者。馬周獻封章，始置街鼓，俗號鼕鼕，公私便焉。」唐李益《漢宫少年行》：「君不見上宫警夜行八屯，鼕鼕街鼓朝朱軒。」此處指將曉時解除宵禁的鼓聲。

【集評】

凝情處，時聞打窗雨（小注：《文選》云：「落落窮巷士，抱影守空廬。」韓偓詩：「欲明花更寒，東風打窗雨。」）。（陳元龍《詳注片玉集》卷四《法曲獻仙音》）

周美成《夏》：蟬咽涼柯，燕飛塵幕。……凝情處，時聞打窗雨（小注：《文選》云：「落落窮巷士，抱影守空廬。」韓偓詩：「欲明花更寒，東風打窗雨。」）。（陳仁錫《類選箋釋草堂詩餘》卷三《法曲獻仙音》）

【按】此詩寫通夜飲酒，睡意朦朧，此時依稀聽到曉鼓鼕鼕、春風吹雨打窗之聲，頓然覺得天氣更爲寒冷了。末兩句頗有其《懶起》詩「昨夜三更雨，臨明一陣寒」之意境。

四

羅幕生春寒，繡窗愁未眠〔一〕。南湖一夜雨①，應濕采蓮船。

【校記】

①「南湖一夜」，玉山樵人本、統籤本均作「南湖夜來」，屈鈔本作「夜半南湖」，《全唐詩》、吳校本均校：「一作夜半南湖。」

【注釋】

〔一〕繡窗：雕繪綺麗之窗。

【集評】

此見獨處無聊，把一不要緊事來牽扯：南湖與羅幕何干？蓮又與春何干？採蓮船尚用不著，雨濕採蓮船益覺得無干涉矣。「羅幕生春寒，繡窗愁未眠」，尚坐在繡窗之前，何故預知羅幕中生出寒來？此總是愁在那裏打攪，忽一念及到南湖夜來之雨，雲夜來則雨落過矣。採蓮船不曾被雨落壞，你放著香薰錦繡被中不去睡，卻痛惜採蓮船起來，可見身雖在閨中，而意不知卻在何處。趁此未睡之時，呼侍兒秉燭上採蓮船，蕩到南湖裏去散愁何如？亦省羅幕中冰冷睡不去耳。（清・徐增《而庵說唐詩》）

「繡窗愁未眠」，有所思也。「應濕采蓮船」，意故不在採蓮。南湖夜雨，攪觸情腸，含而不露。（黄叔燦《唐詩箋注》）

羅幕春寒，繡窗愁重，斯何如情狀也。忽插入南湖二句，見得獨處無聊，頓生遐想，兒女情懷，正復如此。（清・王文濡《唐詩評注讀本》）

四詩並無寄託，然其筆竟似崔也。（震鈞《香奩集發微》此詩下評）

諸詩效崔國輔體，得其含蓄委婉，而拗折處不及，惟第四首頗神似。雖曰效崔體，實别寄托，不僅摹擬也。（劉拜山、富壽蓀選注《千首唐人絶句》）

【按】此詩乃寫女子於春寒之夜滋生閑愁而未眠，將兒女情懷展現得含蓄微妙，誠如王文濡所釋。

後魏時相州人作李波小妹歌疑其未備因補之①〔一〕

李波小妹字雍容②〔二〕，窄衣短袖蠻錦紅〔三〕。未解有情夢梁苑③〔四〕，何曾自媚妬吴宫〔五〕。
誰教牽引知酒味④〔六〕，因令悵望成春慵〔七〕。海棠花下鞦韆畔，背人撩鬢道忽忽⑤〔八〕。

【校　記】

① 此詩亦見於玉山樵人本、韓集舊鈔本、統籤本、屈鈔本、吴校本、石印本之《香奩集》中。「小妹」，《全唐詩》校「一作少妹」，吴校本校：「一作少妹。」

② 「小」，韓集舊鈔本下校：「本作少。」「小妹」，《全唐詩》校「一作少妹」，吴校本校：「一作少妹。」

③ 「苑」，原作「殿」，韓集舊鈔本下校「本作苑」，《全唐詩》、吴校本均校：「一作苑。」按，宋姚寬《西溪叢語》卷下作「苑」，今即據改。

④ 「誰」，原作「難」，玉山樵人本、統籤本、屈鈔本、吴校本、石印本《香奩集》均作「誰」，韓集舊鈔本下校「本作誰」，《全唐詩》校「一作誰」，吴校本校：「一作難。」按，宋姚寬《西溪叢語》卷下亦作「誰」，今據玉山樵人本等改。

⑤ 「鬢」，韓集舊鈔本作「髩」。按，「髩」同「鬢」。

【注釋】

〔一〕後魏：北朝之一。鮮卑族拓跋珪自立爲代王，國號魏，亦稱北魏、拓跋魏、元魏。爲區別於以前之三國魏，故史稱後魏（三八六—五三四年）。相州，北魏天興四年分冀州置，治所在鄴縣（今河北臨漳縣西南鄴鎮）。取河亶甲居之義。東魏天平元年移都於此，改爲司州。北周建德六年，復改爲相州。轄境相當於今河北磁縣、成安縣以南，河南内黄縣以西，湯陰縣以北，林州市以東地。李波小妹歌，《魏書》卷五十三《李安世傳》：「初，廣平人李波宗族彊盛，殘掠生民。前刺史薛道檦親往討之，波率其宗族拒戰，大破檦軍，遂爲逋逃之藪，公私成患。百姓爲之語曰：『李波小妹字雍容，褰裙逐馬如卷蓬，左射右射必疊雙。婦女尚如此，男子那可逢！』安世設方略，誘波及諸子姪三十餘人，斬于鄴市，境内肅然。」又見《北史》卷三十三《李安世傳》。未備，未完備、未全面。胡震亨統籤本此詩題下引《北史》並云：「宋姚寬以爲本辭無關閨情，所補不合。然安知當時不別有所感，托之此女子乎？」

〔二〕字：取表字。《楚辭·離騷》：「名余曰正則兮，字余曰靈均。」《禮記·曲禮上》：「男子二十，冠而字……女子許嫁，笄而字。」《禮記·檀弓上》：「幼名、冠字、五十以伯仲、死謚，周道也。」

〔三〕蠻錦：西南和南方少數民族所織的錦。唐張碧《遊春引》之二：「五陵年少輕薄客，蠻錦花多春袖窄。」

〔四〕梁苑：西漢梁孝王所建的東苑。故址在今河南省開封市東南。園林規模宏大，方三百餘里，宫室相連屬，供遊賞馳獵。梁孝王在其中廣納賓客，當時名士司馬相如、枚乘、鄒陽等均爲座上客。也稱兔園、梁園。事見《史記·梁孝王世家》。《西京雜記》卷二：「梁孝王好營宫室苑囿之樂，作曜華之宫，築兔園。」南朝齊王融《奉辭鎮西應教》詩：「霤庭參辯奭，梁苑豫才鄒。」唐李白《贈王判官時余歸隱廬山屏風疊》詩：「荆門倒屈宋，梁苑傾鄒枚。」

〔五〕自媚：主動去諂媚、巴結他人。《史記·淮陰侯列傳》：「漢所以不擊取楚，以眜在公所。若欲捕我以自媚於漢，吾今日死，公亦隨手亡矣。」《後漢書·陳忠傳》：「長吏惶怖譴責，或邪諂自媚。」吴宫，春秋時吴國的宫殿。此指吴國宫女。

〔六〕牽引：引誘；吸引。唐姚合《遊春十二首》之一：「詩酒相牽引，朝朝思不窮。」宋張載《經學理窟二·氣質》：「覩一物又敲點著此心，臨一事又記念著此心，常不爲物所牽引去。」

〔七〕春慵：春天的懶散情緒。五代劉兼《晝寢》詩：「花落青苔錦數重，書淫不覺避春慵。」宋范成大《眼兒媚》詞：「春慵恰似春塘水，一片縠紋愁。」

〔八〕撩鬟：整理鬟髮。北周庾信《夢入堂内》詩：「畫眉千度拭，梳頭百遍撩。」

【集　評】

韓偓所補似言閨房之意，大非其實。（姚寬《西溪叢語》卷下）

韓致堯曰：「相州人作李波小妹歌，疑其未備，因補之。」起句即用其語，而繼以「窄衣短袖蠻錦紅」，結曰：「海棠花下秋千畔，背人撩鬢道㥾㥾。」姚寬謂所補不合，純是閨情。蔣大鴻曰：「安知當時不別有所感，托之於此女子耶？」（宋長白《柳亭詩話》卷十二）

似譏當世門第流品甚高，而輕仕非族者。語甚藴藉，不覺爲刺，豈因柳璨而發乎？（震鈞《香奩集發微》此詩下評）

韓冬郎集中，數提鞦韆，而境界無一相類。《閨怨》云：「初拆鞦韆人寂寞。」《夜深》云：「夜深斜搭鞦韆索。」《偶見》云：「鞦韆打困解羅裙。」《效崔國輔體》云：「風動鞦韆索。」《補李波小妹歌》云：「海棠花下鞦韆畔。」《想得》云：「嬌羞不肯上鞦韆。」其善使景物，殊爲晚唐諸家之冠。（陳香《晚唐詩人韓偓》引《蕉窗夜話》）

【按】此詩乃詩人因疑相州人所作《李波小妹歌》所言未完備而補作者。前人對此詩有所批評，如姚寬謂「韓偓所補似言閨房之意，大非其實」；而胡震亨等人則針對姚寬之説謂「安知當時不別有所感，托之此女子乎」？按，胡震亨等人之説較有理。或詩人乃有憾於《李波小妹歌》所言未完備而補作，亦即補上李波小妹作爲紅妝女子之另一面稟賦。震鈞所説「似譏當世門第流品甚高，而輕仕非族者」云云，亦是附會，未必是。

春晝①

春融豔豔〔一〕，大醉陶陶〔二〕。漏添遲日②〔三〕，箭減良宵〔四〕。藤垂戟户〔五〕，柳拂河橋③。簾幕燕子，池塘伯勞④〔六〕。膚清臂瘦，衫薄香銷。楚殿衣窄〔七〕，南朝髻高〔八〕。河陽縣遠⑤〔九〕，清波地遥⑥，絲纏露泣⑦〔一〇〕，各自無憀〔一一〕。

【校記】

① 此詩亦見於韓集舊鈔本、玉山樵人本、統籤本、屈鈔本、吴校本、石印本之《香奩集》。「春晝」，《全唐詩》校：「一作春盡。」吴校本校：「一作四言。晝，一作盡。」石印本《香奩集》「春晝」下有「四言」二字。按，應作「春晝」，「春盡」不合詩意，非是。

② 「添」，石印本《香奩集》作「沾」。按，應作「添」。

③ 「河」，玉山樵人本、統籤本均作「浮」，《全唐詩》、吴校本均校：「一作浮。」

④ 「伯」，韓集舊鈔本、吴校本、石印本《香奩集》均作「百」，玉山樵人本、統籤本、屈鈔本均作「伯」。按，伯、百均可通。

⑤「陽」，玉山樵人本、統籤本、屈鈔本均作「南」。按，應作「陽」。

⑥「地」，韓集舊鈔本、石印本《香奩集》均作「池」，前者下校「本作地」，《全唐詩》、吴校本均校：「一作池。」

⑦「纏」，屈鈔本作「牽」。

【注釋】

〔一〕春融：春氣融和。亦指春暖解凍。温庭筠《太子西池二首》之一：「梨花雪壓枝，鶯囀柳如絲。懶逐粧成曉，春融夢覺遲。」唐羅隱《春日湘中題嶽麓寺僧院》詩：「春融只待乾坤醉，水闊深知世界浮。」豔豔，明媚豔麗貌。唐盧綸《春日喜雨奉和馬侍中宴白樓》：「豔豔風光呈瑞歲，泠泠歌頌振琱盤。」唐韓愈《喜侯喜至贈張籍張徹》：「敧眠聽新詩，屋角月豔豔。」

〔二〕陶陶：醉貌。唐李咸用《曉望》詩：「好駕觥船去，陶陶入醉鄉。」宋蘇軾《觀湖》詩之一：「釋梵茫然齊劫火，飛雲不覺醉陶陶。」

〔三〕漏：古代計時器。即漏壺。《史記·司馬穰苴列傳》：「穰苴先馳至軍，立表下漏待賈。」遲日，《詩·豳風·七月》：「春日遲遲。」後以「遲日」指春日。唐皇甫冉《送錢唐駱少府赴制舉》：「遲日未能銷野雪，晴花偏自犯江寒。」

〔四〕箭：古代置計時器漏壺下用以指示時刻之物。《周禮·夏官·挈壺氏》「分以日夜」，漢鄭玄

注：「漏之箭，晝夜共百刻。」

〔五〕戟户：指貴家門户，顯貴之家。唐高適《同郭十題楊主簿新廳》詩：「向風扃戟户，當署近棠陰。」唐張繼《會稽秋晚奉呈于太守》詩：「寂寂訟庭幽，森森戟户秋。」

〔六〕伯勞：鳥名。又名鵙或鴂。額部和頭部的兩旁黑色，頸部藍灰色，背部棕紅色，有黑色波狀横紋。吃昆蟲和小鳥。善鳴。《詩·豳風·七月》「七月鳴鵙」，毛傳：「鵙，伯勞也。」《玉臺新詠·古詞〈東飛伯勞歌〉》：「東飛伯勞西飛燕，黄姑織女時相見。」後借指離别的親人或朋友。

〔七〕楚殿衣窄：此句以楚靈王好細腰，宫中女子爲此而着狹窄衣裳爲比。《墨子·兼愛》：「昔者楚靈王好士細腰，故靈王之臣皆以一飯爲節，脇息然後帶，扶牆然後起。」南朝陳徐陵《〈玉臺新詠〉序》：「楚王宫内無不推其細腰。」

〔八〕南朝髻高：此謂南朝女子喜好高髻。《宋書·五行志一》：「宋文帝元嘉六年，民間婦人結髮者，三分髮，抽其鬟直向上，謂之『飛天紒』。始自東府，流被民庶。」《後漢書·馬廖傳》：「楚王好細腰，宫中多餓死。長安語曰：『城中好高髻，四方高一尺。城中好廣眉，四方且半額。城中好大袖，四方全匹帛。』」則此風尚自漢代以來即有如此者。

〔九〕河陽縣：漢代置，唐時治所在今河南孟州南。南朝梁江淹《别賦》：「怨復怨兮遠山曲，去復去兮長河湄。又若君居淄右，妾家河陽。同瓊珮之晨照，共金爐之夕香。」

〔一〇〕絲纏：此爲兔絲纏附之意，指女子。兔絲，植物名。即菟絲子。《淮南子·説山訓》：「千年之松，下有茯苓，上有兔絲。」高誘注：「一名女蘿也。」《文選·江淹〈古離别〉詩》：「兔絲及水萍，所寄終不移。」李善注引《爾雅》：「女蘿，兔絲也。」唐杜甫《新婚别》詩：「兔絲附蓬麻，引蔓故不長。」露泣，即泣露。此喻男子流淚。詩云「絲纏露泣，各自無憀」，則「各自」乃分别指男女雙方而言，故「露泣」謂男方也。

〔一一〕無憀：空閑而煩悶的心情，閑而鬱悶。唐李商隱《雜曲歌辭·楊柳枝》：「暫憑樽酒送無憀，莫損愁眉與細腰。」唐吴融《和張舍人》：「玉女盆邊雪未銷，正多春事莫無憀。」

【集評】

于結處見意。（震鈞《香奩集發微》此詩下評）

【按】此詩乃寫春日融融，風光旖旎；女子當此之際，感時光韶華之流逝，嘆良人之在遠方，故傷離怨别，無憀已極，愁緒難釋之情景。其中「簾幕燕子」，乃寫所見簾幕間雙雙棲燕，以寄託夫妻雙雙團聚之意，因此引發離别之傷情也。故下文即有「池塘伯勞」句，以訴勞燕分飛之離苦。「河陽縣遠」兩句，乃謂兩人隔離遥遠，故下文即有「絲纏露泣，各自無憀」以承之。

三憶①〔一〕

憶眠時，春夢困騰騰〔二〕。展轉不能起②，玉釵垂枕稜〔三〕。

憶行時，背手挼金雀③〔四〕。斂笑慢回頭④，步轉闌干角⑤。

憶去時，向月遲遲行。强語戲同伴⑥，圖郎聞笑聲。

【校記】

① 此詩亦見於玉山樵人本、韓集舊鈔本、統籤本、屈鈔本、吴校本、石印本之《香奩集》中。又按，此《三憶》詩又見張、黄編《全唐五代詞》第五一一頁，亦見曾、曹等編著《全唐五代詞》第一〇五七至一〇五八頁。又施蟄存《讀韓偓詞札記》謂：「《三憶》三首，涵芬樓本《香奩集》編入長短句類中，王國維輯本收入之。王跋云：『憶眠時，本沈隱侯創調，隋煬帝繼之，升庵視爲詞祖，唯致光詞少二句耳。』林大椿輯本不收此作，而附見於校記中。按涵芬樓本雖不知所從出，然其中有長短句一類，此必宋初舊本，或是致光原編，亦有可能。蓋長短句即詞之前身，北宋初詞名未立，即以長短句稱曲子詞，至南宋，則徑以長短句爲詞之別名矣。此書如爲南宋人所編，必不用長短句爲歌詩類目。《香奩集》中長短句

一類所收凡六篇，其中《厭花落》一首，顯然爲七言歌行，絶非詞體。其餘《三憶》、《玉合》、《金陵》共五首，皆似曲子詞，固王國維悉予輯録，且謂：『《玉合》、《金陵》皆致光創調，而《金陵》尤純乎詞格。』林大椿雖以王氏之説爲可從，然而終不入録；亦附見於校記中，蓋林氏輯録標準，務求其用曲調命爲題目者耳。然王氏不以《三憶》爲題，而題其第一首曰《憶眠時》，題其第二首曰《其二》，題其第三首曰《其三》，此則甚不適當。蓋第二首乃『憶行時』，第三首乃『憶去時』，豈可謂爲《憶眠時》之第二、三首乎？且唐詞中並無『憶眠時』一調，王氏乃欲以此爲調名，使此三首得列於詞集，謬矣。《玉合》、《金陵》仍是歌詩題目，王氏謂爲致光創調，亦有語病。余以爲此三首皆無曲調可配，又皆非創調，即使風格近似曲子詞，猶不得目之爲詞也。」

②「不」，《全唐詩》、吴校本均校：「一作未。」

③「挼」，玉山樵人本、統籤本、屈鈔本《香奩集》均作「移」，《全唐詩》、吴校本均校：「一作移。」曾、曹編著《全唐五代詞》本校：「鈔本《香奩集》、《唐音統籤》卷七一三作『移』。」

④「歛笑」，《全唐詩》、吴校本均校：「一作欲去。」

⑤「步轉」，張、黄編《全唐五代詞》本校：「《香奩集》作『轉步』。」

⑥「强語戲」，張、黄編《全唐五代詞》本校：「《香奩集》注：『一本作「强戲語」。』」

【注釋】

〔一〕張、黃編《全唐五代詞》本云：「調名，《記紅集》作『鴛鴦綺』。《香奩集》（慶按，指王國維所輯《香奩詞》，下同）又題作『三憶』。」曾、曹等編著《全唐五代詞》本考辨云：以下「三首本長短句詩，鈔本《香奩集》、《唐音統籤》卷七一三列於《長短句》類（凡四題六首），題作《三憶》。毛本、吳本《香奩集》亦題作《三憶》。《記紅集》卷一始以詞收入，調作《鴛鴦綺》，注：『即《閑中好》，一名《三憶》。』王國維輯本《香奩集》改以《憶眠時》調收入。案，唐宋樂籍、詞集俱無此調，王國維輯本所改不足據。」

〔二〕騰騰：此處爲蒙朧、迷糊貌。宋歐陽修《蝶戀花》詞：「半醉騰騰春睡重，緑鬟堆枕香雲擁。」宋楊萬里《迓使客夜歸》詩：「净洗紅塵煩碧酒，倦來不覺睡騰騰。」

〔三〕枕稜：舊式枕頭兩端的稜角。謂枕邊。

〔四〕挼：揉搓，摩挲。《晉書·劉毅傳》：「（劉裕）因挼五木久之……既而四子俱黑，其一子轉躍未定，裕厲聲喝之，即成盧焉。」北齊賈思勰《齊民要術·笨麴並酒》：「以麴末於甕中和之，挼令調勻。」金雀，釵名。婦女首飾。晉陸機《日出東南隅行》：「金雀垂藻翹，瓊珮結瑶璠。」唐白居易《長恨歌》：「花鈿委地無人收，翠翹金雀玉搔頭。」

【集　評】

與前一篇同意。（震鈞《香奩集發微》此詩下評）

韓偓詩變體極多，不獨《香奩》綰領晚唐，其餘破格變體，亦爲宋詩宋詞開先河。如《雜言》、《三憶》、《效崔國輔》之類，已全脱唐人律紀之制。其《效崔國輔》，實竟凌而上之，如「澹月照中庭，海棠花自落。獨立俯閒階，風動鞦韆索」。崔國輔無此造詣，張祜、許渾、吴融、韋莊，亦難望塵。（陳香《晚唐詩人韓偓》引《釣餘讀詩記得》）

【按】此三首詩分别回憶所愛戀之女子睡眠、行走與離去時之情態，故詩題曰「三憶」。

六言三首①〔一〕

一

春樓處子傾城〔二〕，金陵狎客多情〔三〕。朝雲暮雨會合〔四〕，羅韈繡被逢迎〔五〕。華山梧桐相覆〔六〕，蠻江荳蔲連生〔七〕。幽歡不盡告别②〔八〕，秋河悵望平明〔九〕。

【校記】

①此詩三首亦見於玉山樵人本、韓集舊鈔本、統籤本、屈鈔本、吴校本、石印本之《香奩集》中。慶按，此三首張、黄編《全唐五代詞》第五一五頁題爲《謫仙怨》，亦見曾、曹等編著《全唐五代詞》第一〇五九至一〇六〇頁。

②「告别」，張、黄編《全唐五代詞》本校：「《香奩集》作失别。」

【注釋】

〔一〕此三首施蟄存《讀韓偓詞札記》以爲作於天祐元年詩人在湖南時（見此詩第三首「箋評」所引），然無確證，可備一説。曾、曹等編著《全唐五代詞》本考辨云：以下「三首本六言詩，諸本《香奩集》俱題作《六言》。王輯本援劉長卿、竇弘餘詞例，收作《謫仙怨》詞，《唐五代詞》因之收入，《唐聲詩》下編第三二九至三三〇頁已辨其非」。

〔二〕「春秋處子」句：春樓，此指處子所居之閨樓。陳後主《採桑》：「春樓髻梳罷，南陌競相隨。……不應歸獨早，堪爲使君知。」南朝陳張正見《採桑》：「春樓曙鳥驚，蠶妾候初晴。迎風金珥落，向日玉釵明。」處子，猶處女。待字閨中之女子。《莊子·逍遥遊》：「藐姑射之山，有神人居焉，肌膚若冰雪，綽約若處子。」《孟子·告子下》：『踰東家墻而摟其處子，則得妻。』傾城，即傾國傾城，謂極爲美麗之女子。《漢書·外戚傳上·李夫人》：「延年侍上起舞，歌曰：

『北方有佳人，絶世而獨立，一顧傾人城，再顧傾人國。寧不知傾城與傾國，佳人難再得！』」南朝陳徐陵《〈玉台新詠〉序》：「雖非圖畫，入甘泉而不分；言異神仙，戲陽臺而無別，真可謂傾國傾城，無對無雙者也。」晉陶潛《閒情賦》：「表傾城之艶色，期有德於傳聞。」

〔三〕「金陵狎客」句：狎客，指親暱接近常共嬉遊飲宴之人。《陳書·後主沈皇后》附《張貴妃傳》：「後主每引賓客對貴妃等，遊宴則使諸貴人及女學士與狎客共賦新詩，互相贈答。採其尤豔麗者以爲曲詞，被以新聲，選宮女有容色者以千百數，令習而歌之。」此句暗用《陳書·江總傳》所記江總等人爲「狎客」事字面：「總篤行義，寬和温裕，好學能屬文，於五言七言尤善，然傷於浮艷，故爲後主所愛幸。多有側篇，好事者相傳諷玩，於今不絶。後主之世，總當權宰，不持政務，但日與後主遊宴後庭，共陳暄、孔範、王瑗等十餘人，當時謂之狎客。」金陵，即今南京，南朝陳建都於此。

〔四〕朝雲暮雨：參卷一《錫宴日作》「峽雨」條注。會合，此處謂男女歡會事。

〔五〕「羅韈繡被」句：羅韈，曹植《洛神賦》：「揚輕袿之綺靡，翳修袖以延佇。體迅飛鳧，飄忽若神。淩波微步，羅韈生塵。動無常則，若危若安。進止難期，若往若還。轉盼流精，光潤玉顔。含辭未吐，氣若幽蘭。華容婀娜，令我忘餐。」繡被，梁吴筠《詠少年》：「願言捧繡被，來就越人宿。」逢迎，宋謝靈運《江妃賦》：「《招魂》《定情》，《洛神》《清思》。覃曩日之敷陳，盡古來之妍媚。

娴今日之逢迎，邁前世之靈異。姿非定容，服無常度。兩宜觀嚬，俱適華素。」南朝陳張正見《採桑》：「春樓曙鳥驚，蠶妾候初晴。迎風金珥落，向日玉釵明。徙顧移籠影，攀鈎動釧聲。葉高知手弱，枝軟覺身輕。人多羞借問，年少怯逢迎。恐疑夫壻遠，聊復答專城。」「羅襪繡被」句，蓋兼取上述詩賦意以表達幽會時兩情之歡悦。

〔六〕「華山梧桐」句：《孔雀東南飛》：「兩家求合葬，合葬華山傍。東西植松柏，左右種梧桐。枝枝相覆蓋，葉葉相交通。」此句即用上述詩意表示兩情之交歡。

〔七〕「蠻江」句：蠻江，指四川青衣江。因自塞外流入樂山境與岷江會合，故稱。亦泛指南方少數民族聚居地帶的江水。宋蘇軾《初發嘉州》詩：「錦水細不見，蠻江清可憐。」王十朋注引林子仁曰：「蠻江，陽山與青衣江也。」查慎行注：「《太平寰宇記》：青衣水，濯衣即青，故名。至龍遊縣，與汶水合，以其來自徼外，故曰蠻江。」荳蔻，亦名豆蔻。植物名，多年生常緑草本，有肉荳蔻、紅荳蔻、白荳蔻等種，均可入藥。紅豆蔻生於南海諸谷中，南人取其花尚未大開者，名含胎花，言如懷妊之身。詩人或以喻未嫁少女，言其少而美。唐杜牧《贈別》：「娉娉裊裊十三餘，荳蔻梢頭二月初。」荳蔻連生，喻男女親密交歡事。此句用梁簡文帝《和蕭侍中子顯春別四首》之一詩句意：「別觀蒲萄帶實垂，江南荳蔻生連枝。無情無意又如此，有心有恨徒別離。」

〔八〕幽歡：男女幽會的歡樂。宋柳永《晝夜樂》詞：「何期小會幽歡，變作離情別緒。」宋秦觀《醉桃源》詞：「楚臺魂斷曉雲飛，幽歡難再期。」

〔九〕「秋河悵望」句：秋河，南朝齊謝朓《暫使下都夜發新林至京邑贈西府同僚》詩：「秋河曙耿耿，寒渚夜蒼蒼。」南朝梁簡文帝《七勵》：「秋河曉碧，落蕙山黄。」唐韓翃《宿石邑山中》詩：「曉月暫飛高樹裏，秋河隔在數峰西。」平明，猶黎明。天剛亮的時候。《荀子·哀公》：「君昧爽而櫛冠，平明而聽朝。」唐李白《遊太山》詩之三：「平明登日觀，舉手開雲關。」此句乃用牛郎織女七夕鵲橋相會，翌日清晨分別故事。

【集評】

此初去國也。追憶舊恩而言，有沅芷澧蘭之慨。（震鈞《香奩集發微》此詩下評）

【按】此乃寫男女幽會歡愛之詩也，故首兩句從「春樓處子」、「金陵狎客」寫起，後又有「朝雲暮雨」、「幽歡不盡」等句詠男女之幽會。震鈞所謂「此初去國也。追憶舊恩而言，有沅芷澧蘭之慨」，所説失於附會。徐復觀先生以爲韓偓「另有六言三首。這些雜言詩有一共同的特點，即是粗率而不温婉，有似韓熙載。連上面《横塘》的詩，不妨推測這是韓熙載的大作」。所疑詩非韓偓作，證據不足，不可據信。

二

一燈前雨落夜，三月盡草青時。半寒半暖正好，花開花謝相思。惆悵空教夢見，懊惱多成酒悲。紅袖不乾誰會〔一〕，揉損聯娟澹眉①〔二〕。

【校　記】

①「澹」，玉山樵人本、韓集舊鈔本、統籤本、屈鈔本、石印本《香奩集》均作「淡」。慶按，「澹」此處同「淡」。

【注　釋】

〔一〕紅袖不乾：意爲女子傷心，不斷落淚，淚濕衣袖，久久未乾。紅袖，女子的紅色衣袖。南朝齊王儉《白紵辭》之二：「情發金石媚笙簧，羅袿徐轉紅袖揚。」唐杜牧《書情》詩：「摘蓮紅袖濕，窺淥翠蛾頻。」誰會，誰能領悟、理解？會，領悟、理解。《韓非子·解老》：「其智深則其會遠。」唐于濆《擬古諷》詩：「余心甘至愚，不會皇天意。」

〔二〕聯娟：微曲貌。《文選·宋玉〈神女賦〉》：「眉聯娟以蛾揚兮，朱脣的其若丹。」李善注：「聯娟，微曲貌。」三國魏曹植《洛神賦》：「雲髻峩峩，修眉聯娟。」

【集　評】

此居貶所也。「紅袖不乾誰會」，即「自吟自淚無人會」也。「揉損聯娟淡眉」，即「誰適爲容」意。

（震鈞《香奩集發微》此詩下評）

【按】此詩乃寫女子於春三月爲相思而愁泣。所謂「半寒半暖正好」，乃謂此時節乃歡會之佳時也；「花開花謝相思」，乃言女子目睹花開花謝，而感青春大好時光之流逝，盼相會以度華年也。「惆悵」、「懊惱」二句，謂相思成夢，空相見於夢中，反而更爲懊惱，以致得以酒解愁，然飲酒不僅未能消愁，反而更爲悲哀矣。震鈞謂「此居貶所也」，意爲詩乃韓偓被貶後所作，借此詩以寫其貶中心情。所説乃附會，難於據信。

三

此間青草更遠①，不唯空繞汀洲〔一〕。那裏朝日才出②，還應先照西樓③。憶淚因成恨淚，夢遊常續心遊④〔二〕。桃源洞口來否〔三〕，絳節霓旌久留〔四〕。

【校　記】

①「草」，《全唐詩》、吴校本均校：「一作山。」

②「才」，《全唐詩》、吴校本均校：「一作方。」

③「先」，《全唐詩》校：「一作光。」

④「常」，韓集舊鈔本作「嘗」，曾、曹編著《全唐五代詞》本校：「鈔本《香奩集》作『長』。」

【注釋】

〔一〕汀洲：水中小洲。《楚辭·九歌·湘夫人》：「搴汀洲兮杜若，將以遺兮遠者。」唐李商隱《安定城樓》詩：「迢遞高城百尺樓，緑楊枝外盡汀洲。」

〔二〕心遊：謂因想念而神遊。

〔三〕桃源洞：此處指劉義慶《幽明録》所載劉晨、阮肇共入天台山，迷不得返，遥望山上有一桃樹，遂「攀援藤葛，乃得至上。各啖數枚，而饑止體充」。後下山遇見「溪邊有二女子」，邀其至家中，「食畢行酒，有一群女來，各持五三桃子，笑而言：『賀汝婿來。』酒酣作樂」。半年後，兩人方得出山回家。

〔四〕絳節：傳説中上帝或仙君的一種儀仗。唐杜甫《玉臺觀》詩之一：「中天積翠玉臺遥，上帝高居絳節朝。」宋陸游《老學庵筆記》卷九：「天下神霄，皆賜威儀，設於殿帳座外。面南，東壁，從東第一架六物：曰錦繖，曰絳節，曰寶蓋，曰珠幢，曰五明扇，曰旌。」霓旌，相傳仙人以雲霞爲旗幟。《楚辭·劉向〈九歎·遠逝〉》：「舉霓旌之墆翳兮，建黄纁之總旄。」王逸注：「揚赤霓以爲旌。」唐韋莊《喜遷鶯》詞：「香滿衣，雲滿路，鸞鳳繞身飛舞。霓旌絳節一群群，引見玉華君。」

【集　評】

此憶京師也。「此間」，自謂也。「那裏」，指長安也。「西樓」，唐翰林在禁中西偏。「朝日」，比君恩。「桃源洞口」，指昔日錫宴之處，如曲江等處玉輦常經之所也。（震鈞《香奩集發微》此詩下評）

《謫仙怨》三首，其一首箋云（慶按，及下文其二、其三均指震鈞《香奩集發微》所箋，文略）……按此諸解亦大致可從，惟桃源洞口二句，恐所擬不倫。考致光於天復三年二月被貶出關，轉徙不常，然蹤跡多在湘沅。至次年八月，朱全忠弑帝於椒殿。此詞必作於此一時期。桃源正在湘中，自是當時故實，蓋深憫帝之爲朱全忠劫持，避秦無地，故有此語。夫曰「來否」，可知其必非「那裏」之事也。余以爲此三章必致光有意擬謫仙怨而作，非偶合也。然又不欲名著其意緒，但以《六言三首》爲題，遂以艷詞瞞過天下後世讀者。王國維浮槎尋源，揭著其本題，發覆抉隱，可謂快事。惜震氏未嘗經意及此，然由此亦可爲震箋之佐證，《發微》之作，故未必純以意逆也。（施蟄存《讀韓偓詞札記》）

【按】此《六言三首》乃一組詩，均詠男女之情愛相思。首篇乃總寫，合詠男女雙方之歡愛。第二首乃分寫相思中之女子，以女子爲主角；第三首則寫男子之思念女子，以男子爲主角。故「此間」指男方，「那裏」指女方。「憶淚」、「夢遊」兩句，均寫男子之思念盼望女子。末兩句亦緊承上兩句意脈，喻女子爲神仙，盼望其來臨也。震鈞所謂「此憶京師也」云云，乃失於附會，不可信。

寒食日重遊李氏園亭有懷①〔一〕

往年同在鸞橋上②，見倚朱闌詠柳綿〔二〕。今日獨來香徑裏〔三〕，更無人跡有苔錢〔四〕。傷心闊别三千里，屈指思量四五年③。料得他鄉遇佳節④，亦應懷抱暗淒然⑤。

【校　記】

① 此詩亦見於玉山樵人本、韓集舊鈔本、統籤本、屈鈔本、石印本之《香奩集》中。「日」，韓集舊鈔本、石印本《香奩集》均無「日」字。「園」，屈鈔本作「林」，《全唐詩》、吴校本均校：「一作林。」

② 「同」，玉山樵人本、統籤本、屈鈔本、石印本《香奩集》均作「曾」，《全唐詩》、吴校本均校：「一作曾。」「鸞」，玉山樵人本、統籤本、屈鈔本均作「彎」，韓集舊鈔本下校「本作彎」，《全唐詩》、吴校本均校：「一作彎。」

③ 「屈」，《全唐詩》、吴校本均校：「一作曲。」

④ 「遇」，玉山樵人本、統籤本均作「過」，《全唐詩》、吴校本均校：「一作過。」

⑤ 「應」，石印本《香奩集》作「因」。按，應作「應」。

【注釋】

〔一〕李氏園：李姓家的園林。按，《韓偓詩注》謂「李氏，即韓公的同年、虞部郎中李冉。唐昭宗天祐元年（公元九〇四年），韓公曾有詩寄贈李氏」。此説恐未諦。蓋此乃韓偓早年所作戀情詩，詩中所思量對象乃女性，他們往昔所同遊之李氏園，不必即與韓偓同年李冉之園林相聯繫。且李氏有園林者當不少，何必即謂李氏爲李冉，證據顯然不足。據黄世中先生所考，他疑此李氏園，乃李執方之園林，謂：「李商隱逝於大中十二年（八五八年），時女兒十三歲，尚未上頭及笄，兒子僅十一歲（而韓偓應是十七歲）。由於父母雙亡，姐弟當仍依倚李執方家，或時而往來於韓家與王家。」又謂：「或即寄養於商隱妻子的舅舅李執方家。據《寒食日重遊李氏園亭有懷》，似以李執方家之可能性爲大。李執方文宗時爲金吾衛將軍，家住長安招國坊，第宅廣大，並有園館之勝。商隱婚於王氏即是李執方作合，並借其第宅南園内爲洞房。韓瞻妻與商隱妻爲親姐妹，執方是其親舅，則韓偓少時亦可常住李家。因此商隱女與韓冬郎當是青梅竹馬，日日相處而耳鬢斯磨矣。」（詳見《韓偓其人及「香奩詩」本事考索》）此聊備一説，所言供參考。

〔二〕「詠柳綿」句：柳綿，即柳絮。唐李商隱《臨發崇讓宅紫薇》詩：「桃綏含情依露井，柳綿相憶隔章臺。」宋蘇軾《蝶戀花》詞：「枝上柳綿吹又少，天涯何處無芳草。」按，此句亦暗用謝道韞詠絮典。南朝宋劉義慶《世説新語·言語》：「謝太傅寒雪日内集，與兒女講論文義。俄而雪驟，公欣然曰：『白雪紛紛何所似？』兄子胡兒曰：『撒鹽空中差可擬。』兄女（謝道韞）曰：『未若柳絮因風起。』」

〔三〕香徑：花間小路，或指落花滿地的小徑。唐戴叔倫《遊少林寺》詩：「石龕苔蘚積，香徑白雲深。」唐權德輿《和李中丞慈恩寺清上人院牡丹花歌》：「澹蕩韶光三月中，牡丹偏自占春風。時過寶地尋香徑，已見新花出故叢。」

〔四〕苔錢：苔點形圓如錢，故曰「苔錢」。南朝梁劉孝威《怨詩》：「丹庭斜草徑，素壁點苔錢。」唐鄭谷《苔錢》：「春紅秋紫繞池臺，箇箇圓如濟世財。雨後無端滿窮巷，買花不得買愁來。」

【集評】

韓致堯《寒食日重遊李氏園亭》一篇，以七律作扇對格，此前人所少也。（翁方綱《石洲詩話》卷二）

詔按，致光《香奩集自序》云：「余溺章句信有年矣，誠知非丈夫所爲，不能忘情，天所賦也。」又云：「柳巷青樓，未嘗糠秕；金閨繡户，始預風流。咀五色之靈芝，香生九竅；咽三危之瑞露，美動六情。如有責其不經，亦望以功掩過。」石林葉氏曰：「世傳《香奩集》，江南韓熙載所爲者。沈存中《筆談》又謂漢相和凝所爲，後貴嫁名於偓，亦非也。」（杜詔《唐詩叩彈集》卷十二此詩後按語）

所云「三千里」、「四五年」，此被謫後情事也。至於李氏園亭，李乃國姓，意可見也。（震鈞《香奩集發微》此詩下評）

韓偓詩寫女性的多，寫自己的少。寫得最好的，是女子的嬌羞；但卻不是嘲弄，是同情於女子的怯弱與不自由。……《寒食日重遊李氏林亭有懷》云（文略）……從這首詩看來，可知他的詩是比李商隱真切些、清新些，無怪李商隱稱讚他比他自己好，説是「雛鳳清於老鳳聲」了。（陳香《晚唐詩人韓偓》引吴雲鵬《中國文學史》）

【按】此詩爲詩人於寒食日再遊李氏園，回想起往昔與所戀女子同在李氏園之情景；而今則蹤跡杳然，所戀者已在三千里外之遠方，不由得思量伊人他鄉遇此寒食節，當亦暗自悽然矣。震鈞謂此詩「所云『三千里』、『四五年』，此被謫後情事也。至於李氏園亭，李乃國姓，意可見也」云云乃失於比附之説，未可信從。

思録舊詩於卷上淒然有感因成一章①〔一〕

緝綴小詩鈔卷裏〔二〕，尋思閒事到心頭②〔三〕。自吟自泣無人會③，腸斷蓬山第一流〔四〕。

【校記】

① 此詩亦見於玉山樵人本、韓集舊鈔本、統籤本、屈鈔本、吴校本、石印本之《香奩集》中。嘉靖洪邁本題作「録舊詩有感」。

②「到」，《全唐詩》、吴校本均校：「一作動。」

③「泣」，韓集舊鈔本、石印本《香奩集》均作「淚」，《全唐詩》、吴校本均校：「一作淚。」

【注釋】

〔一〕此詩據詩中「思録舊詩於卷上」及「緝綴小詩鈔卷裏」句，知是韓偓晚年入閩後編録《香奩集》時有感之作。其《香奩集》中詩《多情》乃作於開平四年，則此時《香奩集》尚未編定，則此《思録舊詩於卷上淒然有感因成一章》詩或作於是年或稍後歟？

〔二〕緝綴：編輯綴合。《梁書・胡僧祐傳》：「（胡僧祐）性好讀書，不解緝綴。」北魏酈道元《水經注・河水一》：「書策落次，難以緝綴，後人假合，多差遠意。」

〔三〕閒事：無關緊要的事，詩詞中時指男女戀情之事，即「閒情」之謂。宋蘇軾《戲周正孺二絶》之一：「勸君鬻駱猶閑事，腸斷閨中《楊柳枝》。」按，韓偓此詩中之「閒事」，實亦指閒情之事，即指男女之情事。唐昭宗《巫山一段雲》詞之二：「青鳥不來愁絶，忍看鴛鴦雙結。春風一等少年心，閒情恨不禁。」唐牟融《寫意二首》之二：「閒情欲賦思陶令，卧病何人問馬卿。」

〔四〕「腸斷蓬山」句：蓬山，即蓬萊山，相傳爲仙人所居。《山海經・海内北經》：「蓬萊山在海中。」《史記・封禪書》：「自威宣燕昭使人入海求蓬萊、方丈、瀛州。此三神山者，其傳在勃海中，去人不遠。……諸僊人及不死之藥皆在焉。」《後漢書・竇章傳》：「是時學者稱東觀爲老氏臧室，道家蓬萊山。」李賢注：「蓬萊，海中神山，爲仙府，幽經祕録並皆在焉。」唐李商隱《無題》詩：「蓬山此去無多路，青鳥殷勤爲探看。」又《無題》：「劉郎已恨蓬山遠，更隔蓬山一萬重。」腸斷蓬山，此處蓋謂與某女子相戀之痛楚之事。第一流，第一等。南朝宋劉義慶《世説新語·品藻》：「桓大司馬下都，問真長曰：『聞會稽王語奇進，爾邪？』劉曰：『極進，然故是第二流中人耳。』桓曰：『第一流復是誰？』劉曰：『正是我輩耳。』」唐許渾《早秋寄劉尚書》詩：「天生心識富人侯，將相門中第一流。」此處「第一流」，指所戀女子猶如蓬萊山中第一等絶色之仙女。

【集評】

以商隱、温岐、羅隱三才子之怨望即知緻之遺賢也。……余嘗謂韓致光《香奩》詩當以賈生憂國，阮籍途窮之意讀之。其他詩云「謀身拙爲安蛇足，報國危曾捋虎鬚」，乃一腔血也。既以所丁不辰，轉喉觸忌，壯志文心皆難發露，於是托爲艷體以消無聊之況。其《思録舊詩淒然有感》云「緝綴小詩鈔卷裏，尋思閑事到心頭。自吟自泣無人會，腸斷蓬山第一流」，固已道破苦心。後人信口薄之，或且以爲和凝之作，可怪矣！義山所遭之時，大勝於致光，而人品則大不如致光。至於托事言哀，纏綿悽楚，一而已矣！義山詩法，冬郎幼必師承。《香奩》寄恨，仿佛《無題》，皆楚騷之苗裔也。余編

義山詩，而後之讀者果取史書文集事會其通語，抉其隱當，知確不可易耳！（馮浩《玉溪生詩詳注》卷二《有感》詩下注）

此見《香奩》多寓言。（吴汝綸《吴評韓翰林集·香奩集》卷二本詩下評）

此則忍俊不禁處，一生心事和盤托出，蓋《香奩集》畫龍點睛處也。其云「自吟自淚無人會」，蓋早知後人必以《香奩集》爲鄭衛之音矣。（震鈞《香奩集發微》此詩下評）

【按】此詩乃詩人晚年編録《香奩集》時有感之作。詩中所謂「尋思閒事到心頭」之「閒事」，乃指其年輕時所曾經歷之與一女子刻骨銘心相戀之事。所謂「腸斷蓬山第一流」，乃謂所戀之女子宛如仙山中第一等之絶色仙姝，此段未果之戀情，乃最是令人傷心欲絶之事。所謂「自吟自泣」，即是「淒然有感」之意；「無人會」，則謂此情事雖令自己「自吟自泣」，萬般悽楚，然他人則不能深切知曉領會矣。馮浩所謂「《香奩》寄恨，仿佛《無題》，皆楚騷之苗裔也」；震鈞所言「『自吟自淚無人會』，蓋早知後人必以《香奩集》爲鄭衛之音矣」云云，均未得其肯綮。

春閨二首①〔一〕

一

願結交加夢〔二〕，因傾瀲灧尊〔三〕。醒來情緒惡，簾外正黄昏。

【校　記】

①此二首詩亦見於玉山樵人本、韓集舊鈔本、統籤本、屈鈔本、吳校本、石印本之《香奩集》中。

【注　釋】

〔一〕春閨：女子的閨房。亦指閨中的女子。南朝梁簡文帝《和湘東王名士悦傾城》：「非憐江浦珮，羞使春閨空。」唐陳陶《隴西行》之二：「可憐無定河邊骨，猶是春閨夢裏人。」

〔二〕交加夢：指男女偎依，親密無間之夢。唐韋莊《春愁》詩：「睡怯交加夢，閑傾瀲灩觴。」

〔三〕瀲灩：原指水滿貌，此處指酒盈杯貌。

二

氤氲帳裏香①〔一〕，薄薄睡時妝。長吁解羅帶，怯見上空牀。

【校　記】

①「氤」，韓集舊鈔本、統籤本、石印本《香奩集》均作「氳」，《全唐詩》、吳校本均校：「一作氳。」

【注　釋】

〔一〕氤氳：濃烈的氣味。多指香氣。南朝梁沈約《芳樹》詩：「氤氳非一香，參差多異色。」

【集　評】

空中著筆，寫盡無憀。（震鈞《香奩集發微》此詩下評）

【按】此二首詩描寫春閨女子空閨獨處之無聊愁悶，故震鈞「空中著筆，寫盡無憀」之評，可謂得其精神。第一首首二句乃空閨無聊之想望耳，故以「願結」起筆。所謂「交加夢」，乃指男女偎依，親密無間之夢，而非「心緒鬱悶煩亂」之夢，故有「因傾瀲灩尊」之夢中歡快之境。後二句所謂醒來而「簾外正黄昏」，正表現其無聊而白日入夢也。謂「情緒惡」，正是空閨獨處之女愁悶之極也。第二首則寫晚間孤獨之春閨女子無聊愁悶，心怯獨眠之情態。「長吁」、「怯見」二句，寫盡其時此女子之複雜而無奈之愁悶情態。

代小玉家爲蕃騎所虜後寄故集賢裴公相國①〔一〕

動天金鼓逼神州②〔二〕，惜别無心學墜樓〔三〕。不得回眸辭傅粉③〔四〕，便須含淚對殘秋④。

折釵伴妾埋青冢〔五〕，半鏡隨郎葬杜郵〔六〕。唯有此宵魂夢裹⑤，殷勤相覓鳳池頭⑥〔七〕。

【校　記】

①此詩亦見於玉山樵人本、韓集舊鈔本、統籤本、屈鈔本、吴校本、石印本之《香奩集》中。吴校本題無「相國」二字。

②「逼」，《全唐詩》、吴校本均校：「一作發。」屈鈔本作「偪」。按「偪」同「逼」。

③「傅粉」，韓集舊鈔本下校「本作謝傅」，《全唐詩》、吴校本均校「一作謝傅」，屈鈔本亦作「謝傅」。按，應作「傅粉」，詳注釋〔四〕。

④「對」，韓集舊鈔本下校「本作到」，《全唐詩》、吴校本均校：「一作到。」

⑤「此」，韓集舊鈔本下校「本作他」，《全唐詩》、吴校本均校：「一作他。」「魂夢」，《全唐詩》、吴校本均校：「一作夢魂。」

⑥「相」，原作「見」，玉山樵人本、韓集舊鈔本、統籤本、屈鈔本均作「相」，《全唐詩》、吴校本均校「一作相」，今據改。「池」，韓集舊鈔本作「城」，《全唐詩》、吴校本均校：「一作城。」按，此句應作「鳳池」爲是，「鳳城」非。

【注　釋】

〔一〕此詩詩題疑有誤，此詳見下文按語。如「故集賢裴公相國」無誤，則裴公則當是裴贄。裴贄，傳見《新唐書》卷一八二。據傳「贄字敬臣，及進士第，擢累右補闕、御史中丞、刑部尚書。昭宗引拜中書侍郎兼本官、同中書門下平章事，尋兼户部尚書。……帝幸鳳翔，爲大明宫留守，罷。俄進尚書右僕射，以司空致仕。朱全忠將篡，貶青州司户參軍，殺之」。又據《舊唐書·昭宗紀》，裴贄光化三年（公元九〇〇年）九月「爲中書侍郎、同平章事，充集賢殿大學士」。又據《舊唐書·哀帝紀》，天祐二年六月，「特進、守司空致仕、上柱國、河東縣開國公（裴贄）……責授青州司户」。據此，裴贄被殺約在天祐二年（公元九〇二年）六月稍後。詩題謂「故集賢裴公相國」，則詩約作於裴贄被殺的天祐二年六月後，此時韓偓已貶官流寓於江西。按，據下文按語所考，此詩詩題之「裴公」或乃「杜公」（杜讓能）之誤，詩蓋約作於唐昭宗景福二年（公元八九三年）冬。

小玉：其人不詳，恐是集賢相國之寵姬。蕃騎，指西北外族之騎兵。此處蓋指李克用所率沙陀軍隊。

〔二〕「動天金鼓」句：此指蕃軍進攻唐首都長安。據當時局勢，蓋指李克用所率沙陀軍入長安事。據《舊唐書·僖宗紀》，光啟元年（公元八八五年）十二月「神策軍潰敗，遂入京師肆掠。乙亥，沙陀逼京師，田令孜奉僖宗出幸鳳翔。初黄巢據京師……賊平之後，令京兆尹王徽經年補葺，僅復安堵。至是，亂兵復焚，宮闕蕭條，鞠爲茂草矣」。金鼓，四金和六鼓。四金指錞、鐲、鐃、鐸。六鼓指雷鼓、靈鼓、路鼓、鼖鼓、鼛鼓、晉鼓。金鼓用以節聲樂，和軍旅，正田役。軍隊擊金則退，擊鼓則進。高適《燕歌行》：「摐金伐鼓下榆關，旌旆逶迤碣石間。」

〔三〕學墜樓：此用緑珠墜樓故事。《晉書·石崇傳》：「崇有妓曰緑珠，美而艷，善吹笛。孫秀使人求之。崇時在金谷別館……使者以告。崇盡出其婢妾數十人以示之，皆藴蘭麝被羅縠，曰：『在所擇。』使者曰：『君侯服御，麗則麗矣。然本受命指索緑珠，不識孰是？』崇勃然曰：『緑珠吾所愛，不可得也。』……崇竟不許。秀怒，乃勸倫誅崇、建……遂矯詔收崇及潘岳、歐陽建等。崇正宴於樓上，介士到門。崇謂緑珠曰：『我今爲爾得罪。』緑珠泣曰：『當效死於官前。』因自投于樓下而死。」

〔四〕辭傅粉：傅粉，原爲搽粉。《漢書·廣川王劉越傳》：「前畫工畫望卿舍，望卿袒裼傅粉其傍。」南朝梁簡文帝《獨處愁》詩：「彈棋鏡奩上，傅粉高樓中。」辭傅粉，即用何晏典。《世説新語·容止》：「何平叔美姿儀，面至白，魏明帝疑其傅粉。」此處謂辭别意中郎君，用以比喻集賢相國。

〔五〕折釵伴妾：謂將金釵分爲兩半，一半伴隨自己，一半贈送郎君。按，此處兼用白居易《長恨歌》

「唯將舊物表深情，鈿合金釵寄將去。釵留一股合一扇，釵擘黄金合分鈿。但教心似金鈿堅，天上人間會相見」詩意。又，杜詔《唐詩叩彈集》卷十二謂：「庭珠按，折釵，用漢宫人婢玉釵化燕事。」指梁任昉《述異記》卷下所記：「漢武帝元鼎元年，起招靈閣。有一神女留一玉釵與帝，帝以賜趙婕妤。至昭帝元鳳中，宫人見此釵光瑩甚異，共謀欲碎之。明視釵匣，唯見白燕直升天去。後宫人常作玉釵，因名玉燕釵。」又漢郭憲撰《洞冥記》卷二亦記此事稍有不同，云：「元鼎元年，起招仙閣於甘泉宫西。……有青鳥赤頭，道路而下以迎神女。神女留玉釵以贈帝，帝以賜趙婕妤。至昭帝元鳳中，宫人猶見此釵。黄諃欲之，明日示之。既發匣，有白燕飛昇天。後宫人學作此釵，因名玉燕釵，言吉祥也。」據兩書記載，所説「折釵，用漢宫人婢玉釵化燕事」與本詩「折釵」句意不符，詩中所用「折釵」非此事也。埋青冢，即埋在墓中。青冢，長滿青草的墳墓。亦指漢王昭君墓。在今内蒙古自治區呼和浩特市南。傳説當地多白草而此塚獨青，故名。唐杜甫《詠懷古跡》之三：「一去紫臺連朔漠，獨留青塚向黄昏。」仇兆鼇注：「《歸州圖經》：邊地多白草，昭君塚獨青。」此處因小玉乃爲番騎所擄，故自謂有如王昭君死後乃葬於北方之「青冢」。

〔六〕「半鏡隨郎」句：唐孟棨《本事詩》卷一《情感》載：陳末大亂，陳太子舍人徐德言娶後主叔寶之妹，「乃破一鏡，人執其半。約曰：『他日必以正月望日，賣於都市。我當在，即以是日訪之。』

及陳亡，其妻果入越公楊素之家，寵嬖殊厚。德言流離辛苦，僅能至京」，見有人售鏡於市，訪之，終得團圓。杜郵，又名杜郵亭，古地名。在今陝西省咸陽市東。戰國屬秦。秦昭王賜白起劍，令其自殺於此。北魏酈道元《水經注·渭水三》：「渭水北有杜郵亭，去咸陽十七里，今名孝里亭，中有白起祠。」葬杜郵，此處除以白起被逼自殺喻指集賢相國被殺外，尚有指其歸葬之地意。

〔七〕「慇勤」句：鳳池，即鳳凰池。禁苑中池沼。魏晉南北朝時設中書省於禁苑，掌管機要，接近皇帝，故稱中書省爲「鳳凰池」。《晉書·荀勖傳》：「勖久在中書，專管機事。及失之，甚罔罔悵悵。或有賀之者，勖曰：『奪我鳳凰池，諸君賀我邪！』」南朝梁范雲《古意贈王中書》詩：「攝官青瑣闥，遥望鳳凰池。」唐代宰相稱同中書門下平章事，故多以「鳳凰池」指宰相職位。唐劉禹錫《湖南觀察使故相國袁公挽歌》：「五驅龍虎節，一入鳳凰池。」此句意爲夢中相覓，見於朝中中書省宰相衙第。

【集　評】

動天金鼓逼神州，惜别無心學墜樓。不得迴眸辭傅粉，便須含淚對殘秋。折釵伴妾埋青冢，半鏡隨郎葬杜郵（庭珠按，折釵，用漢宫人婢玉釵化燕事。半鏡，用陳樂昌公主分鏡事。青冢，昭君所葬。

杜郵，白起死處也。二句總言死生契闊之意）唯有此宵魂夢裏，殷勤相覓鳳池頭。（杜詔《唐詩叩彈集》卷十二）

又其《香奩》詩有云（文略）……觀其起句及「杜郵」、「鳳池」，當是李茂貞兵逼京城，昭宗賜杜讓能死，代其姬人之作。「殘秋」對「傳粉」，似乎趁韻，然其事在景福二年九十月間，正是殘秋也。而題絶不相類，將諱之，抑傳寫誤也。讓能之死可憫，致堯于此，宜有詩以哀惜之也。（吴喬《圍爐詩話》卷一）

以青塚杜郵作襯，代小玉實自代也。（震鈞《香奩集發微》此詩下評）

【按】此詩詩題有所難解之處。其一，按照詩題「故集賢裴公相國」，此人乃裴贄。然據詩中所云，小玉家乃在「動天金鼓逼（發）神州」時「爲番騎所擄」。也即是説，在此事變時，小玉因「相國」不在而被擄獲，故「不得回眸辭傳粉」。然據裴贄生平，未見其任集賢大學士、相國至天祐二年被殺時有「動天金鼓逼（發）神州」而番騎入京，以致小玉等人被擄之事。則詩題與詩中所言事，與裴贄無涉。詩題所謂「集賢裴公相國」頗爲可疑。故吴喬《圍爐詩話》謂「觀其起句及『杜郵』、『鳳池』，當是李茂貞兵逼京城，昭宗賜杜讓能死，代其姬人之作。『殘秋』對『傳粉』，似乎趁韻，然其事在景福二年九十月間，正是殘秋也。而題絶不相類，將諱之，抑傳寫誤也。讓能之死可憫，致堯于此，宜有詩以哀惜之也」。所言即認爲此詩之集賢相國非裴贄，而是杜讓能。杜讓能，傳見《舊唐書》卷一七七、《新唐書》卷九十六。據本傳及《舊唐書・僖宗紀》，光啟元年十二月，李克用率「沙陀逼京師，田令孜奉僖宗出幸鳳翔」。「是夜，讓能宿直禁中，聞難作，步出從駕。出城十餘里，得遺馬一匹，無羈勒，以紳束首而乘之。駕在鳳翔，朱玫兵遽至，僖宗急幸寶雞，近臣唯讓能獨從。……至褒中，加金紫光禄大夫，改兵部侍郎，同平章事。……京師平，拜特進、中書侍郎，兼兵部尚書、集賢殿大學士，進封襄陽郡開國公，食邑二千户。……（景福二年）九月，（李）茂貞出軍逆戰，王師敗于盩厔。岐兵乘勝至三橋，讓能奏曰：『臣固預言之矣。請歸罪於臣，可以紓難。』上涕下不能已，曰：『與卿訣矣。』即日貶爲雷州司户。茂貞在臨皋驛，請誅讓能，尋賜死，時年五十三。駕自石門還京，念讓能之寃，追贈太師」。據此，則杜讓能之經歷與本詩中所言集賢相國以及詩中所賦符合：且番騎入長安時，杜讓能隨僖宗出幸，小玉被虜獲時，正是「不得回眸辭傅粉」。又杜讓能被殺於景福二年九月，與詩中「含淚對殘秋」所暗指之集賢相國被殺之時節合，而裴贄被殺於六月，與「殘秋」時節不符。且杜讓能乃京兆人，其當歸葬京兆，與詩中所言「半鏡隨郎葬杜郵」之地望亦合（杜郵在京兆府咸陽）。而裴贄非京兆人，與此「杜郵」地望不合。故頗疑此詩詩題之「故集賢裴公相國」，「裴公」乃「杜公」之誤。倘如是，則此詩乃作於杜讓能死後，昭宗景福二年十月回京昭雪杜讓能、西門君遂、李周潼等大臣後，約景福二年（公元八九三年）冬。

薦福寺講筵偶見又別①〔一〕

見時濃日午〔二〕，別處暮鐘殘②。景色疑春盡，襟懷似酒闌。兩情含眷戀③，一餉致辛酸④〔三〕。夜静長廊下，難尋屐齒看⑤〔四〕。

【校記】

①此詩亦見於玉山樵人本、韓集舊鈔本、統籤本、屈鈔本、吴校本、石印本之《香奩集》中。此詩詩題《全唐詩》、吴校本均校：「一作别後。」

②「處」，玉山樵人本作「去」。

③「含」，《全唐詩》、吴校本均校：「一作貪。」

④「致」，屈鈔本作「到」，《全唐詩》、吴校本均校：「一作到。」按，應作「致」，「到」恐乃「致」之形誤。

⑤「難」，玉山樵人本、統籤本均作「誰」，《全唐詩》、吴校本均校「一作誰」，統籤本下校：「一作難。」

【注釋】

〔一〕薦福寺：寺廟名，在今陝西省西安市南。陳寅恪《讀書札記二集·韓翰林集之部》謂：「嘉慶《清一統志》二三〇陝西省西安府寺觀門：薦福寺（原注：在咸寧縣南三里。《長安志》：開化坊大薦福寺，隋煬帝在藩舊宅，唐武德中，賜蕭瑀爲園，後爲英王宅。文明元年，立爲大獻福寺。自神龍後翻譯佛經，並於此寺。安仁坊西北隅，爲寺之浮屠院，院門北開，正與寺門隔街相對。景龍中，宫中率錢所立。縣志：寺有塔十四級，俗呼爲『小雁塔』。」講筵，講經、講學的處所。

南朝梁陸雲公《御講般若經序》：「犍椎既鳴，講筵將合，重肩絓轂，填溢四門。」唐任蕃《夢遊録·櫻桃青衣》：「見一精舍中有僧開講，聽徒甚衆。盧子方詣講筵，倦寢。」

〔二〕濃日午：艷陽高照的中午。

〔三〕一餉：片刻。唐白居易《對酒》詩：「無如飲此銷愁物，一餉愁消直萬金。」唐韓愈《劉生詩》：「瞥然一餉成十秋，昔鬢未生今白頭。」

〔四〕屐齒：原謂屐底之齒。《晉書·王述傳》：「雞子圓轉不止，便下牀以屐齒踏之，又不得。」此處指鞋印，足跡，遊蹤。唐獨孤及《山中春思》詩：「花落没屐齒，風動群不香。」

【集評】

此首在朝日作。唐代重行香，此是因行香晤及宰相，礙於全忠，不得盡言也。（震鈞《香奩集發微》此詩下評）

【按】此詩乃回憶與所戀女子偶然相見於薦福寺，其時「兩情含眷戀」，而别後又思念辛酸之情景。震鈞所説乃附會之言。黄世中先生謂詩人年輕時曾與一李姓女子相戀，後雖未果而詩人終生遺憾銘記。此詩即與此情事有關。

復偶見三絶①

一

霧爲襟袖玉爲冠②〔一〕，半似羞人半忍寒③。别易會難長自歎〔二〕，轉身應把淚珠彈④。

【校　記】

①此詩三首亦見於玉山樵人本、韓集舊鈔本、統籤本、屈鈔本、吴校本、石印本之《香奩集》中。

②「霧」，石印本《香奩集》作「露」。按，「露」乃「霧」之形誤。

③「似」，玉山樵人本作「是」。

④「把」，《全唐詩》、吴校本均校：「一作取。」《萬首唐人絶句》卷五十作「取」。按，應作「把」，「取」字誤。

【注　釋】

〔一〕霧爲襟袖：猶言襟袖如霧縠，謂襟袖輕薄，有如輕紗。《文選·宋玉〈神女賦〉》：「動霧縠以徐步兮，拂墀聲之珊珊。」李善注：「縠，今之輕紗，薄如霧也。」《文選·司馬相如〈子虛賦〉》：「於是鄭女曼姬，被阿緆，揄紵縞，雜纖羅，垂霧縠。」劉良注：「霧縠，其細如霧，垂之爲裳也。」玉爲冠，謂玉飾之冠。

〔三〕別易會難：三國魏曹丕《燕歌行》：「別日何易會日難，山川悠遠路漫漫。」曹植《當來日大難》：「今日同堂，出門異鄉。別易會難，各盡杯觴。」

二

桃花臉薄難藏淚〔一〕，柳葉眉長易覺愁①。密跡未成當面笑②〔二〕，幾迴擡眼又低頭。

【校記】

①「柳」，統籤本、《全唐詩》、吴校本均校：「一作桂。」按，《萬首唐人絶句》卷五十作「桂」。「長」，《全唐詩》、吴校本均校：「一作濃。」

②「密」，《全唐詩》、吴校本均校：「一作形。」按，《萬首唐人絶句》卷五十作「形」。

【注釋】

〔一〕桃花臉：似桃花一般美艷之臉。薄，謂皮膚細膩，有似吹彈得破般。

〔三〕密跡：此謂男女之間隱秘親密之形跡。

三

半身映竹輕聞語，一手揭簾微轉頭。此意别人應未覺〔一〕，不勝情緒兩風流①〔二〕。

【校　記】

①「兩」，屈鈔本作「卻」。

【注　釋】

〔一〕此意：指上句「一手揭簾微轉頭」所含之情意。

〔二〕不勝：不盡、無窮。情緒，纏綿的情意。南朝梁江淹《泣賦》：「直視百里，處處秋煙，闃寂以思，情緒留連。」韓偓《青春》詩：「眼意心期卒未休，暗中終擬約秦樓。光陰負我難相偶，情緒牽人不自由。」風流，此處指男女間相戀之情懷風韻。

【集　評】

三首似詠朝臣之獻媚於全忠者，故題云《復偶見》，旁觀之詞也。（震鈞《香奩集發微》此詩下評）

【按】此三首詩次第描述相戀男女再偶然相見、臨分别之情形。三首均側重描寫見面時女子之情態，惟第三首末兩句雙寫兩人之會心情意。其描摹女子之情態極惟妙惟肖，若「半似羞人半忍寒」、「幾迴擡眼又低頭」、「半身映竹輕聞語，一手揭簾微轉頭」等句皆是。又其「别易會難長自歎」句，固有受曹植等詩家之影響，然亦可見其師學其姨丈李商隱「相見時難别亦難，東風無力百花殘」詩之跡。震鈞謂「三首似詠朝臣之獻媚於全忠者，故題云《復偶見》，旁觀之詞也」，所説全是附會之辭，不足信也。詩歌所寫情事，當是詩人年輕時所經歷者。

厭花落①

厭花落，人寂寞②。果樹陰成燕翅齊③，西園永日閒高閣〔一〕。後堂夾簾愁不卷，低頭悶把衣襟撚。忽然事到心中來，四肢嬌入茸茸眼〔二〕。也曾同在華堂宴，佯佯攏鬢偷迴面。半醉狂心忍不禁，分明一任傍人見④。書中説卻平生事，猶疑未滿情郎意。錦囊封了又重開〔三〕，夜深窗下燒紅紙〔四〕。紅紙千張言不盡，至誠無語傳心印〔五〕。但得鴛鴦枕臂眠⑤，也任時光都一瞬⑥。

【校記】

①此詩亦見於玉山樵人本、韓集舊鈔本、統籤本、屈鈔本、吴校本、石印本之《香奩集》中。

②「人」，《全唐詩》、吴校本均校：「一作日。」

③「陰成」，韓集舊鈔本、石印本《香奩集》均作「成陰」，《全唐詩》、吴校本均校：「一作成陰。」

④「傍」，屈鈔本作「旁」。按，「旁」通「傍」。

⑤「鴦」，玉山樵人本、韓集舊鈔本、統籤本均作「衾」，《全唐詩》、吴校本均校：「一作衾。」

⑥「時」，屈鈔本作「風」。

【注釋】

〔一〕永日：從早到晚；整天。漢劉楨《公讌》詩：「永日行遊戲，歡樂猶未央。」唐韋莊《丙辰鄜州遇寒食》詩之五：「永日迢迢無一事，隔街聞築氣毬聲。」

〔二〕茸茸眼：猶蒙矓之眼。茸茸，指眼睛蒙矓貌。宋范成大《題湯致遠運使所藏隆師四圖·欠伸》詩：「背立粧臺髻髮懶，鏡鸞應見茸茸眼。」

〔三〕錦囊：用錦製成的袋子。古人多用以藏詩稿或機密文件。《南史·徐湛之傳》：「以錦囊盛武帝納衣，擲地以示上。」《新唐書·文藝傳下·李賀》：「每旦日出，騎弱馬，從小奚奴，背古錦囊，遇所得，書投囊中。」此處指裝着書信的錦囊。

〔四〕紅紙：猶「紅牋」，亦作「紅箋」，一種精美的小幅紅色箋紙。多用以題寫詩詞或作書信、名片等。唐白居易《江樓夜吟元九律詩成三十韻》：「斜行題粉壁，短卷寫紅牋。」五代王仁裕《開元天寶遺事·風流藪澤》：「長安有平康坊，妓女所居之地，京都俠少，萃集於此。兼每年新進士以紅牋名紙，遊謁其中，時人謂此坊爲風流藪澤。」

〔五〕心印：佛教禪宗語。謂不用語言文字，而直接以心相印證，以期頓悟。《壇經·頓漸品》：「師曰：『吾傳佛心印，安敢違於佛經。』」宋王禹偁《寄贊寧上人》詩：「眉毫久別應垂雪，心印休傳本似灰。」此處指内心的情意。

【集評】

此追憶在朝時作也。錦囊數句，指上封事而言。燒紅紙，焚諫草也。（震鈞《香奩集發微》此詩下評）

【按】此詩徐復觀先生疑非韓偓詩，云：「其次，《香奩集》中有幾首雜體詩，乃《翰林集》所無之體，如《春盡》是四言；《三憶》、《玉合》、《金陵》、《厭花落》，都是不合詞律的長短句。另有六言三首。這些雜言詩有一共同的特點，即是粗率而不温婉，有似韓熙載。連上面《横塘》的詩，不妨推測這是韓熙載的大作。」（《韓偓詩與香奩集論考》）此説證據不足，難於憑信。震鈞謂「此追憶在朝時作也」云云亦乃過於附會之説，誠不足信。此詩實爲詠女子戀愛中之心理情態，乃詩人代女方之詠，純從女子一方着筆也。

春悶偶成十二韻①

阡陌懸雲壤〔一〕，闌畦隔艾芝②〔二〕。路遥行雨懶〔三〕，河闊過橋遲〔四〕。雁足應難達〔五〕，狐蹤浪得疑〔六〕。謝鯤吟未廢〔七〕，張碩夢堪思〔八〕。有意通情處，無言攏鬢時。格高歸斂笑，歌怨在顰眉。醉後金蟬重〔九〕，歡餘玉燕欹〔一〇〕。素姿凌白柰〔一一〕，圓頰誚紅梨〔一二〕。粉字題花筆〔一三〕，香牋詠柳詩〔一四〕。繡窗攜手約，芳草蹋青期。别淚開泉脈〔一五〕，春愁罥藕絲〔一六〕。相思不相信，幽恨更誰知〔一七〕。

【校　記】

① 此詩亦見於玉山樵人本、韓集舊鈔本、統籤本、屈鈔本、吴校本、石印本之《香奩集》中。「悶」，《全唐詩》、吴校本均校：「一作閨。」

② 「畦」，《全唐詩》、吴校本均校：「一作干。」

【注　釋】

〔一〕阡陌：此處泛指田間小路。漢荀悦《漢紀・哀帝紀下》：「又聚會祀西王母，設祭於街巷阡陌，博奕歌舞。」晉陶潛《桃花源記》：「阡陌交通，雞犬相聞。」懸雲壤，此謂阡陌相距遥遠。懸，指相距遥遠。《魏書・樂陵王胡兒傳》：「恒代路懸，舊都意重，故屈叔父遠臨此任。」雲壤，天地。喻相距遥遠。

〔二〕闌畦：指用欄架圍起的田園。闌，欄架；欄圈。《三國志・魏志・明帝紀》「諸葛亮圍陳倉」，裴松之注引三國魏魚豢《魏略》：「亮乃更爲井闌百尺以射城中。」《晉書・華廙傳》：「與陳勰共造豬闌於宅側。」畦，泛指田園。《文選・顔延之〈陶徵士誄序〉》：「灌畦鬻蔬，爲供魚菽之祭。」吕向注：「畦，園。」南朝齊謝朓《和沈祭酒行園》：「霜畦紛綺錯，秋町鬱蒙茸。」艾芝，指艾草和芝草。艾草賤，芝草名貴。

〔三〕行雨：此喻指美女。《文選・宋玉〈高唐賦序〉》：「玉曰：昔者先王嘗遊高唐，怠而晝寢，夢見一婦人，曰：『妾巫山之女也，爲高唐之客。聞君遊高唐，願薦枕席。』王因幸之。去而辭曰：『妾在巫山之陽，高山之阻。旦爲朝雲，暮爲行雨；朝朝暮暮，陽臺之下。』」李善注：「朝雲行雨，神女之美也。」因以「行雨」比喻美女。唐張祜《愛妾换馬》詩：「綺閣香銷華廄空，忍將行雨换追風。」

〔四〕河闊過橋：此暗用牛郎織女事典。《文選·曹植〈洛神〉》：「歎匏瓜之無匹兮，詠牽牛之獨處。」李善注引曹植《九咏》注：「牽牛爲夫，織女爲婦，織女牽牛之星，各處河鼓之旁，七月七日，乃得一會。」三國魏曹丕《燕歌行》：「牽牛織女遥相望，爾獨何辜限河梁。」

〔五〕「雁足」句：據説雁足可繫書信，代人傳書。《漢書·蘇武傳》：「得雁，足有繫帛書。」唐宋之問《登逍遥樓》：「北去衡陽二千里，無因雁足繫書還。」此句意爲路途遥遠，連大雁也應飛不到，難於托它帶書信。

〔六〕「狐蹤」句：狐蹤，狐狸之蹤跡。據説狐狸性多疑。顔師古《漢書》注：「狐之爲獸，其性多疑，每渡冰河，且聽且渡，故言疑者稱狐疑。」浪，徒然，白白地。此句意爲因相隔遼遠，未能互通情愫，故徒然起狐疑之心。

〔七〕「謝鯤」句：《世説新語·賞譽》「謝公道豫章」條注引劉孝標《江左名士傳》：「（謝）鯤通簡有識，不修威儀。好跡逸而心整，行濁而言清。居身若穢，動不累高。鄰家有女，嘗往挑之。女方織，以梭投，折其兩齒。既歸，傲然長嘯曰：『猶不廢我嘯歌。』其不事形骸如此。」

〔八〕「張碩夢」句：《搜神記》卷一《杜蘭香》：「漢時有杜蘭香者，自稱南康人氏。以建業四年春，數詣張傳。傳年十七。望見其車在門外，婢通言：『阿母所生，遣授配君，可不敬從！』傳先改名碩。碩呼女前視，可十六七，説事邈然久遠。有婢子二人，大者萱支，小者松支。鈿車青牛，上飲食皆備。作詩曰：『阿母處靈嶽，時遊雲霄際。衆女侍羽儀，不出墉宮外。飄輪送我來，豈復恥塵穢。從我與福俱，嫌我與禍會。』至其年八月旦，復來，作詩曰：『逍遥雲漢間，呼吸發九嶷。流汝不稽路，弱水何不之？』出薯蕷子三枚，大如雞子，云：『食此，令君不畏風波，辟寒温。』碩食二枚，欲留一。不肯，令碩食盡。言：『本爲君作妻，情無曠遠。以年命未合，其小乖。太歲東方卯，當還求君。』蘭香降時，碩問：『禱祀何如？』香曰：『消魔自可愈疾，淫祀無益。』香以藥爲消魔。」又《藝文類聚》卷七十一引曹毗《杜蘭香别傳》曰：「香降張碩，碩既成婚，香便去，絶不來。年餘，碩船行，忽見香乘車於山際。碩不勝驚喜，遥往造香，見香悲喜，香亦有悦色。言語頃時，碩欲登其車，其婢舉手扞之，嶷然山立。碩復欲車前上，車奴攘臂排之，於是遂退。」

〔九〕金蟬：古代婦女所用金色蟬形的貼面飾物。唐李賀《屏風曲》：「團迴六曲抱膏蘭，將鬟鏡上擲金蟬。」前蜀薛昭藴《小重山》詞：「金蟬墜，鸞鏡掩休妝。」

〔一〇〕玉燕：即玉燕釵。《洞冥記》卷二：「神女留玉釵以贈帝，帝以賜趙婕妤。至昭帝元鳳中，宫人猶見此釵。黄諃欲之。明日示之，既發匣，有白燕飛昇天。後宫人學作此釵，因名玉燕釵，言吉祥也。」唐李白《白頭吟》：「頭上玉燕釵，是妾嫁時物。」

〔一一〕素姿：此指女子雪白的身姿。其膚色凝白，故謂。淩，勝過、超過。唐杜甫《遣興》詩之五：

「吾憐孟浩然，短褐即長夜。賦詩何必多，往往淩鮑謝。」白柰，果木名。林檎的一種。俗名沙果、花紅。《文選·潘岳〈閒居賦〉》「二柰曜丹白之色」，李善注引晉郭義恭《廣志》：「張掖有白柰，酒泉有赤柰。」

〔一二〕誚：嘲笑，譏刺。此處有勝過之意。紅梨，果實名。

〔一三〕題花：即詠花。唐邵謁《覽孟東野集》：「題花花已無，翫月月猶在。」

〔一四〕香牋：指女子題詩所用之精美紙張。詠柳詩，此亦暗喻女子具有謝道蘊詠絮之才。

〔一五〕開泉脈：謂淚水如泉水不斷湧出。泉脈，地下伏流的泉水。類似人體脈絡，故稱。南朝齊謝朓《賦貧民田》詩：「察壤見泉脈，覘星視農正。」

〔一六〕「春愁」句：罥，纏繞。《文選·鮑照〈蕪城賦〉》：「澤葵依井，荒葛罥塗。」吕延濟注：「罥，繞。」《北史·斛律光傳》：「桃枝與力士三人，以弓絃罥其頸，遂拉殺之。」此句意爲春愁如藕絲一般纏繞心間。

〔一七〕幽恨：深藏於心中的遺恨怨恨。此處指女子因愛情中的困惑，而深藏心中的遺恨。唐元稹《楚歌》之十：「各自埋幽恨，江流終宛然。」

【集　評】

致堯以逐臣而兼遺臣，故迷謬其詞，令人猝不易解。且自待身分又極高，言之恐涉自譽，故託之於香奩焉耳。明末姜萊陽似之。（震鈞《香奩集發微》此詩下評）

【按】此詩亦詠男女愛情之事，非關政治遭際之寓託也。詩中詠美麗而才高、格高且情深之女子對愛情之嚮往與憂慮；伊因與愛戀中之男子相距遼遠阻隔，故不免心有疑猜。其「謝鯤吟未廢，張碩夢堪思」二句，即此疑猜擔憂之意。故春愁縈繞心中，幽恨滋生，此即「别淚開泉脈，春愁罥藕絲」之謂也。其主旨於詩末「相思不相信，幽恨更誰知」二句再予揭示，亦即詩題之「春悶」二字也。

想　得①

兩重門裏玉堂前〔一〕，寒食花枝月午天〔二〕。想得那人垂手立，嬌羞不肯上鞦韆。

【校　記】

①此詩亦見於玉山樵人本、韓集舊鈔本、統籤本、屈鈔本、吴校本、石印本之《香奩集》中。「想得」，韓集舊鈔本下校「本題再青春」，《全唐詩》、吴校本均校：「一作再青春。」

【注釋】

〔一〕玉堂：此指豪貴家精美之廳堂。南朝宋鮑照《喜雨》詩：「驚雷鳴桂渚，迴涓流玉堂。」唐張柬之《東飛伯勞歌》：「窈窕玉堂褰翠幙，參差繡户懸珠箔。」

〔二〕寒食花枝：寒食節時的花枝。月午，月至午夜。即半夜。唐竇群《東山月下懷友人》：「東山多喬木，月午始蒼蒼。」唐劉禹錫《冬十一月甲子語至夜艾遂爲詩以志焉》：「燈明香滿室，月午霜凝地。」

【集評】

韓偓《香奩集》……七言絶如「想得那人垂手立，嬌羞不肯上鞦韆」等句，則詩餘變爲曲調矣（餘參見卷二《南浦》集評）。（許學夷《詩源辯體》卷三十二）

此詩（慶按，指《偶見》詩）活畫打罷鞦韆，見客走避之少女形象，生動傳神，嬌癡如見。韓偓《想得》「兩重門裏玉堂前，寒食花枝月午天。想得那人垂手立，嬌羞不肯上鞦韆」，殆《偶見》詩中之少女，則非漫寫所見也。（劉拜山、富壽蓀選注《千首唐人絶句》）

詩明曰「玉堂前」，則在翰林時事也。疑亦譏時相之被命而不肯行者。秋千亦謂軍事也。（震鈞《香奩集發微》此詩下評）

韓冬郎集中，數提鞦韆，而境界無一相類。《閨怨》云：「初拆鞦韆人寂寞。」《夜深》云：「夜深斜搭鞦韆索。」《偶見》云：「鞦韆打困解羅裙。」《效崔國輔體》云：「風動鞦韆索。」《補李波小妹歌》云：「海棠花下鞦韆畔。」《想得》云：「嬌羞不肯上鞦韆。」其善使景物，殊爲晚唐諸家之冠。（陳香《晚唐詩人韓偓》引《蕉窗夜話》）

【按】此詩誠如劉拜山等所云，「那人」即「《偶見》詩中之少女，則非漫寫所見也」。此詩之本事，黃世中先生以爲乃詩人早年與一李氏女相戀情事（《韓偓其人及「香奩詩」本事考索》），所説可參。震鈞「詩明曰『玉堂前』，則在翰林時事也。疑亦譏時相之被命而不肯行者。秋千亦謂軍事也」之説實不可信。

偶見背面是夕兼夢①

酥凝背胛玉搓肩②〔一〕，輕薄紅綃覆白蓮〔二〕。此夜分明來入夢，當時惆悵不成眠③。眼波向我無端豔〔三〕，心火因君特地然〔四〕。莫道人生難際會〔五〕，秦樓鸞鳳有神仙④〔六〕。

【校　記】

① 此詩亦見於玉山樵人本、韓集舊鈔本、統籤本、屈鈔本、吳校本、石印本之《香奩集》。

② 「胛」，玉山樵人本作「甲」，《全唐詩》、吳校本均校「一作甲」。按，「甲」通「胛」，「胛」爲後起字。

③「成」，玉山樵人本、統籤本均作「曾」。
④「有」，屈鈔本作「若」。

【注釋】

〔一〕酥凝背胛：此形容美女背胛潔白光滑柔嫩，有如酥酪凝成。玉搓肩，比喻肩膀有如明玉揉成。搓，揉擦。唐戴叔倫《賦得長亭柳》：「雨搓金縷細，煙裹翠絲柔。」宋蘇軾《滿庭芳》詞：「膩玉圓搓素頸，藕絲嫩、新織仙裳。」

〔二〕紅綃：紅色薄綢。唐白居易《琵琶行》：「五陵年少爭纏頭，一曲紅綃不知數。」南唐馮延巳《應天長》詞之三：「枕上夜長衹如歲，紅綃三尺淚。」輕薄紅綃，此謂以輕薄紅綃製成的衣裳。白蓮，白蓮花。此處比喻詩中之女子。

〔三〕眼波豔：謂眼波閃爍。豔，照耀；閃耀。

〔四〕心火：謂心中熾烈的愛情之火。然，即燃，燃燒。

〔五〕際會：遇合、時機。《漢書·王莽傳上》：「安漢公莽輔政三世，比遭際會，安光漢室，遂同殊風。」漢王充《論衡·偶會》：「聖主龍興於倉卒，良輔超拔於際會。」

〔六〕「秦樓」句：劉向《列仙傳》卷上《蕭史》：「蕭史者，秦穆公時人也，善吹簫，能致孔雀、白鶴於庭。穆公有女字弄玉，好之，公遂以女妻焉。日教弄玉作鳳鳴，居數年，吹似鳳聲，鳳凰來止其屋。公爲作鳳臺，夫婦止其上，不下數年，一旦皆隨鳳凰飛去。故秦人爲作鳳女祠於雍，宮中時有簫聲而已。」

【集　評】

言自古風雲際會者多矣，何至於我而生不逢時。自傷之辭與瞻洛裳華同意。結用秦樓鸞鳳，尤見衷曲。（震鈞《香奩集發微》此詩下評）

【按】此詩乃詠見到所愛戀女子之背影，而後遂入夢之情景與期盼。其本事黄世中先生謂詩人早年曾與一女相戀（詳見其《韓偓其人與「香奩詩」本事考索》）。震鈞所謂此詩「言自古風雲際會者多矣，何至於我而生不逢時。自傷之辭與瞻洛裳華同意」云云，乃附會之辭，與詩意不符。

五　更①〔一〕

秋雨五更頭，桐竹鳴騷屑〔二〕。卻似殘春間，斷送花時節。空樓雁一聲，遠屏燈半滅〔三〕。繡被擁嬌寒〔四〕，眉山正愁絶〔五〕。

【校 記】

①此首玉山樵人本、韓集舊鈔本、統籤本、屈鈔本、吴校本、石印本《香奩集》均録於其《香奩集》中。慶按，張、黄編《全唐五代詞》第五一三頁，曾、曹等編著《全唐五代詞》第一〇五九頁亦收録此作。

【注 釋】

〔一〕曾、曹編著《全唐五代詞》本考辨云：「此首本五言古詩，原題《五更》，見毛本、鈔本、吴本《香奩集》、《唐音統籤》卷七一三、《全唐詩》卷六八三。王國維輯本《香奩詞》始收作《生查子》詞，林大椿《唐五代詞》因之，不足據。」又，施蟄存《讀韓偓詞札記》謂：「生查子第二首，震箋云：『謫居後追思初被謫時也。』按此箋亦未透澈。此作原題《五更》，正當空樓雁唳，遠屏燈滅之時，又比之爲斷送花時之殘春，故不禁其擁被愁絶也。詞旨分明，哀唐室之將亡也。史稱天復三年二月癸未，帝以朱全忠意，不得已貶偓，出爲濮州司馬。帝密與偓泣别。偓曰：『是人非復前來之比，臣得遠貶及死，乃幸耳，不忍見篡弒之辱。』此作意境甚合，豈即是年辭陛出關以後所作乎？」按，所説此詩之作年未有確證，聊備一説而已，未足信據。

〔二〕騷屑：風聲。漢劉向《九歎·思古》：「風騷屑以摇木兮，雲吸吸以湫戾。」王逸注：「風聲貌。」唐高適《酬李少府》詩：「來雁無盡時，邊風正騷屑。」

〔三〕遠屏：遠處的屏風。

〔四〕嬌寒：指詩中所詠身感寒冷之女子。此處之「寒」，亦含有因獨處影單而淒寒之意。

〔五〕眉山：《西京雜記》卷二：「文君（卓文君）姣好，眉色如望遠山。」後因以「眉山」形容女子秀麗之雙眉。宋孫光憲《酒泉子》：「玉纖淡拂眉山小，鏡中嗔共照，翠連娟。紅縹緲，早妝時。」宋陳師道《菩薩蠻》詞：「髻釵初上朝雲捲，眼波翻動眉山遠。」此處代指女子。

【集評】

凡寫迷離之況者，止須述景，如「小窗斜日到芭蕉」、「半床斜月疏鐘後」，不言愁而愁自見。因思韓致堯「空樓雁一聲，遠屏燈半滅」，已足色悲涼，何必又贅「眉山正愁絶」耶？（賀裳《皺水軒詞筌》）

《詞荃》：凡寫迷離之況者，只須述景，如「小窗斜日到芭蕉」、「半床斜月疎鐘後」，不言愁而愁自見。因思韓致光「空樓雁一聲，遠屏鐙半滅」，已足色悲涼，何必又贅「眉山正愁絶」耶？覺首篇「時復見殘鐙，和煙墜金穗」，如此結句，更自含情無限。（馮金伯《詞苑萃編》卷二）

《柳塘詞話》曰：《尊前集》中劉侍讀《生查子》一闋云：「深秋更漏長，滴盡銀台燭。獨步出幽闈，月晃波澄緑。芰荷風乍觸，一對鴛鴦宿。虛掉玉釵驚，驚起還相續。」《堯山堂外紀》中歐陽彬《生查子》一闋云：「竟日畫堂歡，入夜重開宴。剪燭蠟烟香，促坐花光顫。待得月華來，滿院如鋪練。門外簇驊騮，直待聞雞散。」因思韓偓《生查子》詞「空樓雁一聲，遠屏山半滅」，足色悲涼，不言愁而愁

自見。何必又贅「眉山正愁絶耶」？覺首篇「時復見殘燈，和烟墜金穗」，如此結構，方爲含情無限。（沈雄《古今詞話》詞辨卷上）

謫居後追思初貶謫時也。（震鈞《香奩集發微》此詩下評）

【按】此詩震鈞謂乃「謫居後追思初貶謫時也」；又於《韓承旨年譜》謂「《五更》七律一首，應是在貶所追憶尚食局一召而賦也」。所説恐均不足信。

有憶①

晝漏迢迢夜漏遲②〔一〕，傾城消息杳無期〔二〕。愁腸泥酒人千里③〔三〕，淚眼倚樓天四垂。自笑計狂多獨語，誰憐夢好轉相思。何時斗帳濃香裏〔四〕，分付東風與玉兒④〔五〕。

【校記】

① 此詩亦見於玉山樵人本、韓集舊鈔本、統籤本、屈鈔本、吴校本、石印本之《香奩集》中。

② 「遲」，韓集舊鈔本下校「本作移」，屈鈔本作「移」，《全唐詩》、吴校本均校：「一作移。」

③ 「泥」，《全唐詩》、吴校本均校「一作殢」，石印本《香奩集》作「殢」。

④ 「東」，玉山樵人本、統籤本、屈鈔本均作「春」，韓集舊鈔本下校「本作春」，《全唐詩》、吴校本均校：

「一作春。」

【注釋】

〔一〕迢迢：指時間久長貌。唐戴叔倫《雨》詩：「歷歷愁心亂，迢迢獨夜長。」夜漏遲，謂夜裏的時間過得很緩慢。遲，緩慢。南朝梁丘遲《侍宴樂遊苑送張徐州應詔》詩：「風遲山尚響，雨息雲猶積。」唐李嶠《軍師凱旋自邕州順流舟中》詩：「岸回帆影疾，風逆鼓聲遲。」

〔二〕傾城：即傾城傾國，指佳人。參本卷《六言三首》之二「春樓處子」條注釋。

〔三〕泥酒：沉湎於酒。泥，迷戀；留連。唐劉得仁《病中晨起即事寄場中往還》詩：「豈能爲久隱，更欲泥浮名。」宋陶穀《清異録·茗荈》：「子華因言前世惑駿逸者爲馬癖，泥貫索者爲錢癖。」

〔四〕斗帳：小帳。形如覆斗，故稱。《釋名·釋床帳》：「小帳曰斗帳，形如覆斗也。」《玉臺新詠·古詩爲焦仲卿妻作》：「紅羅複斗帳，四角垂香囊。」

〔五〕玉兒：本爲人名，指後魏元樹之愛姬朱玉兒。唐劉禹錫《和西川李尚書傷韋令孔雀及薛濤之什》詩：「玉兒已逐金環葬，翠羽先隨秋草萎。」自注：「後魏元樹……北歸，愛姬朱玉兒脱金指環爲贈。」後泛指美女。宋毛滂《蝶戀花·戊寅秋寒秀亭觀梅》詞：「唤起玉兒嬌睡覺，半山殘月南枝曉。」宋石孝友《如夢令》詞：「秋氣著人衣，斗帳玉兒生暈。」此處代指所愛戀之女。

【集評】

此三詩（指《倚醉》、《見花》、《有憶》）是開詞曲法門。（陸時雍《唐詩鏡》卷五十四）

正所謂「心憶君兮君不知」也。（震鈞《香奩集發微》此詩下評）

韓偓詩寫女性的多，寫自己的少。寫得最好的，是女子的嬌羞；但卻不是嘲弄，是同情於女子的怯弱與不自由。如《偶見》云：「鞦韆打困解羅裙，指點醍醐酒一樽。見客入來和笑走，手搓梅子映中門。」他的詩中寫自己的，如《寄遠》、《箇儂》、《五更》、《倚醉》、《有憶》、《寒食日重遊李氏林亭有懷》、《重遊曲江》、《病憶》、《舊館》等都是。（陳香《晚唐詩人韓偓》引吳雲鵬《中國文學史》）

【按】此詩乃詩人憶念所深戀之女子，故詩題即以「有憶」揭明此意。前四句謂晝夜苦苦思念杳無消息之所戀女子；末二句則期盼何時可與此女子斗帳濃香中春風一度耳。

半夜①

板閣數尊後〔一〕，至今猶酒悲。一宵相見事，半夜獨眠時。明朝窗下照，應有鬢如絲②。

【校記】

①此詩亦見於玉山樵人本、韓集舊鈔本、統籤本、屈鈔本、吴校本、石印本之《香奩集》中。吴校本在詩題下有「三韻」二字小注。

②「鬢」，玉山樵人本、統籤本、屈鈔本均作「髮」，韓集舊鈔本下校「本作髮」，《全唐詩》、吴校本均校：「一作髮。」

【注釋】

〔一〕板閣：亦作板閣，木板樓閣。五代花蕊夫人《宮詞》：「薄羅衫子透肌膚，夏日初長板閣虛。獨自凭闌無一事，水風涼處讀文書。」宋蘇軾《二十七日自陽平至斜谷宿于南山中蟠龍寺》詩：「板閣獨眠驚旅枕，木魚曉動隨僧粥。」尊，即樽，酒杯。

【集評】

唐宰相省中視事處有閣子，而中書舍人、翰林承旨皆有閣子，謂之板閣。見《摭言》。（震鈞《香奩集發微》此詩下評）

【按】此詩亦詠詩人早年之戀情事。詩謂曾與所戀女子在某日夜間於板閣相會飲酒，然此後每在半夜獨宿想起此事，至今猶不免悲傷，以致爲相思之苦而長出絲絲白髮。震鈞所説乃指此詩爲記詩人任翰林學士時事，其説不可信。

信　筆①

睡髻休頻攏，春眉忍更長〔一〕。整釵梔子重〔二〕，泛酒菊花香〔三〕。繡疊昏金色〔四〕，羅揉損研光〔五〕。有時閒弄筆，亦畫兩鴛鴦。

【校　記】

① 此詩亦見於玉山樵人本、韓集舊鈔本、統籤本、屈鈔本、吴校本、石印本之《香奩集》中。

【注　釋】

〔一〕春眉：謂年輕女子含情之秀眉。忍，願意。唐劉長卿《銅雀臺》：「嬌愛更何日，高臺空數層。含啼映雙袖，不忍看西陵。」宋王安石《昆山慧聚寺次孟郊韻》：「久遊不忍還，迫迮冠蓋場。」

〔二〕「整釵」句：釵，金釵。梔子，指梔子花。梔子爲常緑灌木或小喬木。葉子對生，長橢圓形，有光澤。春夏開白花，香氣濃烈，可供觀賞。唐李商隱《效徐陵體贈更衣》詩：「結帶懸梔子，繡領刺鴛鴦。」此句謂女子頭髮上插戴着梔子花，因花重而整理鬟髮。

〔三〕泛酒：倒酒。泛，翻，傾倒。《史記·吕太后本紀》：「太后迺恐，自起泛孝惠卮。」菊花，指菊花酒。一種用菊花雜黍米釀造的酒。《西京雜記》卷三：「九月九日佩茱萸，食蓬餌，飲菊華酒，令人長壽。菊華舒時，並採莖葉，雜黍米釀之，至來年九月九日，始熟，就飲焉，故謂之菊華酒。」南朝梁宗懔《荊楚歲時記》：「九月九日宴會，未知起於何代，然自漢至宋未改。今北人亦重此節，佩茱萸，食餌，飲菊花酒，云令人長壽。」

〔四〕繡疊：謂疊起繡被。昏金色，謂使繡被閃亮的金色昏花起來。

〔五〕「羅揉」句：損，減損。砑光，用光石碾磨紙張、皮革、布帛等物，使緊密光亮。韓偓《無題》詩：「錦囊霞彩爛，羅襪砑光匀。」此句謂女子用手揉搓羅裳，以致減損了羅裳的光澤。

【集評】

幾乎每飯不忘。（震鈞《香奩集發微》此詩下評）

【按】此詩詠女子生活起居之情景，逗露女子對愛情之嚮往。其「有時閒弄筆，亦畫兩鴛鴦」二句，即將女子內心祈盼愛情之情愫點染而出。震鈞之「幾乎每飯不忘」之説，乃將此詩政治化，殊不可信。

寄恨①

秦釵枉斷長條玉〔一〕，蜀紙虚留小字紅②〔二〕。死恨物情難會處③〔三〕，蓮花不肯嫁春風④〔四〕。

【校記】

① 此詩亦見於玉山樵人本、韓集舊鈔本、統籤本、屈鈔本、吴校本、石印本之《香奩集》中。

② 「虚」，玉山樵人本、統籤本、屈鈔本均作「空」，《全唐詩》、吴校本均校：「一作空。」

③ 「難」，屈鈔本作「無」，韓集舊鈔本下校「本作無」，《全唐詩》、吴校本均校：「一作無。」

④ 「春」，韓集舊鈔本、屈鈔本均作「東」，《全唐詩》、吴校本均校：「一作東。」

【注釋】

〔一〕秦釵：此指寶釵。用秦嘉贈其妻徐淑寶釵事。《藝文類聚》卷三十二引秦嘉《重報妻書》：「間得此鏡，既明且好，形觀文彩，世所希有。意甚愛之，故以相與。并寶釵一雙，好香四種。素琴一張，常所自彈也。明鏡可以鑒形，寶釵可以耀首，芳香可以馥身，素琴可以娱耳。」徐淑答云：「未奉光儀，則寶釵不列也。」長條玉，此指寶釵。

〔二〕蜀紙：指蜀箋。自唐以來蜀地所製精緻華美的紙。唐李賀《湖中曲》：「越王嬌郎小字書，蜀紙封巾報雲鬢。」唐僧鸞《贈李粲秀才》詩：「十軸示余三百篇，金碧爛光燒蜀牋。」

〔三〕死恨：長恨、痛恨。物情，物理人情。會，領會，懂得。

〔四〕「蓮花不肯」句：蓮花，喻指女子。春風，喻指男子。此句以蓮花開在夏季，而不肯迎着春風開放，比喻女子不肯出嫁。

【集評】

「玉釵枉斷」，「紅紙虚留」，喻君寵不終，賜環無日也，於是思及唐代之盛時。夫以致堯之才，使遇貞觀、開元，何難與房、杜、姚、宋比肩。迺生末季，不幸極矣。故以蓮花不嫁春風自比。（震鈞《香奩集發微》此詩下評）

【按】此詩亦詠男女情事，非震鈞所謂「喻君寵不終，賜環無日也」云云。韓偓深得唐昭宗恩寵，其被貶官乃因朱全忠之逼，昭宗其時受制於朱全忠，雖愛詩人而莫能助。天祐元年八月，昭宗竟爲朱温所弑殺。己身尚且不保，安能召回韓偓歟？况詩人一生始終忠於昭宗，感戴不盡，絶不願復官以仕受控於朱温之哀帝朝，故有「紫泥虚寵獎，白髮已漁樵……若爲將朽質，猶擬杖於朝」、「宦途巇嶮終難測，穩泊漁舟隱姓名」之作，以抒絕不仕僞朝之情致。其實觀此詩意，乃詠男子儘管傾情於所戀之女，然最終留下「蓮花不肯嫁春風」之遺恨。詩中「秦釵枉斷」、「蜀紙虚留」、「死恨」、「蓮花不肯」云云，均在在扣緊詩題「寄恨」二字。其「蓮花不肯嫁春風」句意，或從唐彦謙《離鸞》詩「聞道離鸞思故鄉，也知情願嫁王昌」句脱化而來，而後多影響及後世詩詞作者，如賀鑄《踏莎行》之「斷無蜂蝶慕幽香，紅衣脱盡芳心苦。……當年不肯嫁東風，無端卻被西風誤」；宋范成大《菩薩蠻》之「冰明玉潤天然色，淒涼拚作西風客。不肯嫁東風，殷勤霜露中」；宋鄧肅《古意》之「妾如傍籬菊，不肯嫁春風。郎如出谷鶯，飛鳴醉亂紅」；清乾隆帝《芍藥》之「度牖麝蘭味，猗階錦繡叢。……潔映冰盤白，艷争榴朵紅。花王常欲傲，不肯嫁東風」等。清人黄之雋《香屑集》卷十七《採蓮櫂歌》「採蓮湖上紅更紅，蓮花不肯嫁春風。輕舟短櫂唱歌去，驚散遊魚蓮葉東」詩，則逕採韓偓詩句入集句詩中，此皆可見後人效仿之跡。

兩處①

樓上澹山横②〔一〕，樓前溝水清〔二〕。憐山又憐水，兩處總牽情。

【校　記】

①此詩亦見於玉山樵人本、韓集舊鈔本、統籤本、屈鈔本、吴校本、石印本之《香奩集》中。

②「澹」，玉山樵人本、韓集舊鈔本、統籤本、屈鈔本均作「淡」。按，此處「澹」同「淡」。

【注　釋】

〔一〕澹山：淡淡之遠山。此處實即遠山眉之意，比喻女子之蛾眉，並用以指喻女子。唐杜牧《少年行》：「豪持出塞節，笑别遠山眉。」宋晁次膺《即席二首》之二：「遠山眉映横波臉，臉波横映眉山遠。雲鬟插花新，新花插鬟雲。」

〔二〕溝水：卓文君《白頭吟》：「今日斗酒會，明旦溝水頭。躞蹀御溝上，溝水東西流。」此處以東西流之「溝水清」，比喻所思念的遠方女子。

【集　評】

「兩處」二字著眼，與《青春》章同。（震鈞《香奩集發微》此詩下評）

【按】震鈞謂此詩「『兩處』二字著眼，與《青春》章同」。其所説《青春》章，即韓偓《青春》詩：「眼意心期卒未休，暗中終擬約秦樓。光陰負我難相遇，情緒牽人不自由。遥夜定嫌香蔽膝，悶時應弄玉搔頭。櫻桃花謝梨花發，腸斷青春兩處愁。」震鈞解讀《青春》詩云：「此則雖遭輕棄，而仍忠懷耿耿，且明君棄己之非得已，故云『兩處愁』。負我而歸，怨於光陰，牽人而别有情緒。此難相遇，不自由之隱衷耳。」所説仍是從香草美人之政治寓託詩着眼，實在與韓偓此兩詩風馬牛不相及也。其實，韓偓此詩爲男女戀情詩，乃從男方之角度着筆。首句乃謂登樓遠望，見遠山淡淡，不禁浮想起所思念之女子。次句則言俯首下看，則見樓前溝水清清，不禁又念及分别在遠方之伊人。詩中之「兩處」，即指「澹山」、「溝水」，而此「兩處」，均引起思念所眷念之女子之深情，故以「憐山又憐水，兩處總牽情」揭示詩題之意。黄世中先生《韓偓其人及「香奩詩」本事考索》認爲「如《青春》、《春恨》、《中春憶贈》、《舊館》、《有憶》、《兩處》……等皆是」情詩，「所詠實同一情事，其所懷皆爲李氏女一人」。所言可參。

擁鼻①

擁鼻悲吟一向愁〔一〕，寒更轉盡未回頭〔二〕。緑屏無睡秋分簟〔三〕，紅葉傷心月午樓②〔四〕。

卻要因循添逸興③〔五〕，若爲趨競愴離憂〔六〕。殷勤憑仗官渠水〔七〕，爲到西溪動釣舟〔八〕。

【校　記】

①此詩亦見於玉山樵人本、韓集舊鈔本、統籤本、屈鈔本、吴校本、石印本之《香奩集》中。

②「心」，玉山樵人本、韓集舊鈔本、屈鈔本、石印本《香奩集》均作「時」。

③「添」，石印本《香奩集》作「沾」。

【注　釋】

〔一〕擁鼻：即擁鼻吟。參卷二《清興》詩「擁鼻」條注釋。

〔二〕寒更：寒夜的更點。唐駱賓王《别李嶠得勝字》詩：「寒更承夜永，涼景向秋澄。」寒更轉盡，謂夜更盡，即至第五更末，天將曉時。

〔三〕秋分：二十四節氣之一，每年在陽曆九月二十三日或二十四日左右。這天南北半球晝夜等長。漢董仲舒《春秋繁露·陰陽出入上下》：「至於中秋之月，陽在正西，陰在正東，謂之秋分。秋分者，陰陽相半也，故晝夜均而寒暑平。」簟，葦席或竹席。《詩·小雅·斯干》：「下莞上簟，乃安斯寢。」鄭玄箋：「竹葦曰簟。」

〔四〕月午樓：謂夜半的月光籠罩下的樓頭。

〔五〕因循：道家謂順應自然。《文子·自然》：「王道者處無爲之事……因循任下，責成而不勞。」《史記·太史公自序》：「道家無爲，又曰無不爲。……其術以虚無爲本，以因循爲用。」張守節正義：「任自然也。」逸興，超逸豪放的意興。《藝文類聚》卷一引晉湛方生《風賦》：「軒濠梁之逸興，暢方外之冥適。」唐李白《宣州謝朓樓餞别校書叔雲》詩：「俱懷逸興壯思飛，欲上青天覽日月。」

〔六〕若爲：如何，怎能。唐孟郊《古離别》：「不知羌笛曲，掩淚若爲聽。」唐趙嘏《昔昔鹽·前年過代北》：「不知羌笛曲，掩淚若爲聽。」趨競，奔走鑽營，爭名奪利。北齊顔之推《顔氏家訓·省事》：「須求趨競，不顧羞慚。」唐劉知幾《史通·史官建置》：「趨競之士，尤喜居於史職。」

〔七〕殷勤：懇切丁寧。唐章碣《春别》詩：「殷勤莫厭貂裘重，恐犯三邊五月寒。」宋陸游《弋陽縣驛》詩：「殷勤記著今朝事，破驛空廊葉作堆。」官渠，官家之渠。《漢書·王嘉傳》：「引王渠灌園池。」顔師古注：「蘇林曰：王渠，官渠也，猶今御溝也。」唐白居易《雜興三首》之二：「國中新下令，官渠禁流水。」

〔八〕動釣舟：意爲划動釣魚船，過着無拘束的生活。

【集　評】

致堯又有詩云：「擁鼻悲吟一向愁，寒更轉盡未迴頭。緑屏無睡秋分簟，紅葉傷時月滿樓。卻要因循添逸興，若爲趨競愴離憂。殷勤憑仗官渠水，爲到西溪動釣舟。」天復二年，昭宗在鳳翔，宰相韋貽範遭喪圖起復，偓不肯草制，忤李茂貞意。「趨競」，謂貽範也。「離憂」，謂有去志而思西溪釣舟也。問曰：「君于致堯詩何太拳拳？」答曰：「弘、嘉人惟求詞，不求意，故敢輕忽大曆。余故舉唐末詩之有意者，以破天下之障。人能于唐詩一二字中見透其意，即脱宋、明之病。仙人靈丹，豈須升斗？」致堯又有詩云：「昨夜三更雨，今朝一陣寒。海棠花在否？側卧捲簾看。」亦必傷時之作。（吴喬《圍爐詩話》卷一）

致堯集中有《寓汀州沙縣聞前鄭左丞璘隨外鎮舉薦赴洛作七言四韻贈之或冀其感悟也》，詩中有云「公幹寂寥甘坐廢，子牟歡忭促行期。移都已改侯王第，惆悵沙隄别築基」之句，正可證此詩之「卻要因循沾逸興，若爲趨競愴離憂」二句。夫因循者得逸興，趨競者反離憂，此意可會也。結句憑仗官渠水而動釣舟者，是雖五湖之興，亦必藉君恩而動，否則西山薇蕨，亦非殷之土地所生，則置身無所矣。（震鈞《香奩集發微》此詩下評）

【按】此詩據吴喬《圍爐詩話》「天復二年，昭宗在鳳翔，宰相韋貽範遭喪圖起復，偓不肯草制，忤李茂貞意。『趨競』，謂貽範也。『離憂』，謂有去志而思西溪釣舟也」之説，乃視爲詩人於唐昭宗天復二年拒草韋貽範起復制時之作；若據震鈞之説，則爲後梁開平三年在閩沙縣之作。《韓偓詩注》蓋主震鈞之説，故其注釋詩中「西溪」云：「指閩江之西源。閩江上游有二源：一曰富屯溪，源出福建光澤縣；一曰將溪，源出福建歸化縣，至順昌縣合流爲西溪。」今細味此詩，上述之説恐緣附會而未必是，蓋無確證以證實所説也。且如謂「『趨競』，謂貽範也」，「趨競愴離憂」與勸「鄭左丞璘隨外鎮舉薦赴洛」同一用意，則此譏、勸又與「擁鼻」前四句所言何干？無乃詩意突轉不暢矣。且如謂致堯時在閩中沙縣，「西溪」乃富屯溪、將溪流至順昌合流之稱，則與所言「爲到西溪動釣舟」又有何關涉？又如何能「憑仗官渠水」至「西溪」？此皆難於讀通也。品味詩意，此詩未必與吴喬等人所言政治官場之事有關，疑乃一般抒發情志之詠。味此詩前四句，乃抒發秋日之悲愁，故以「緑屏無睡秋分簟，紅葉傷心月午樓」明之。而其所悲愁者乃「離憂」，所嚮往者爲「逸興」，故徑逼出「卻要因循添逸興，若爲趨競愴離憂」二句以發明一己情志。「殷勤憑仗官渠水，爲到西溪動釣舟」二句，則明謂打定主意欲過「動釣舟」之「逸興」生涯矣。韓偓《漢江行次》詩有「痛憶家鄉舊釣磯」、《歸紫閣下》詩有「釣磯自别經秋雨，長得莓苔更幾重」句，則詩人故居本有「釣磯」。以此，此詩末「動釣舟」之西溪，疑指詩人故居釣磯之處。據上分析，頗疑此詩乃詩人初仕在京時所作。

閨怨①〔一〕

時光潛去暗淒涼，懶對菱花暈曉妝②〔二〕。初坼鞦韆人寂寞③〔三〕，後園青草任他長。

【校　記】

①此詩亦見於玉山樵人本、韓集舊鈔本、統籤本、屈鈔本、汲古閣本、吳校本、石印本之《香奩集》中。「怨」，韓集舊鈔本、汲古閣本、石印本《香奩集》均作「恨」，且題下均有小注云：「壬申年在南安縣作。」《全唐詩》校：「一作恨。」吳校本、汲古閣本、石印本《香奩集》均作「恨」，下均校「恨一作怨」，并有小注云：「元注壬申年在南安縣作。」按，此詩汲古閣本、麟後山房刻本亦均收在正集，韓集舊鈔本、吳校本正集及其《香奩集》兩收，《全唐詩》韓偓正集未收。

②「曉」，玉山樵人本、韓集舊鈔本、統籤本、汲古閣本、麟後山房刻本、吳校本均作「晚」，《全唐詩》、吳校本均校：「一作晚。」

③「拆」，玉山樵人本、韓集舊鈔本、統籤本、屈鈔本、麟後山房刻本、石印本《香奩集》均作「拆」。慶按，「拆」通「拆」。

【注　釋】

〔一〕韓集舊鈔本、汲古閣本、石印本之《香奩集》題下均有小注云：「壬申年在南安縣作。」吳校本題下小注云：「元注壬申年在南安縣作。」《韓翰林詩譜略》即據此繫此詩於後梁乾化二年壬申（公元九一二年）。按，小注所言「壬申年在南安縣作」不可信，蓋大多韓偓集本無此小注；且據小注所言，此詩乃韓偓後梁乾化二年壬申在南安縣所作。然此時此地，誠如徐復觀先生疑此詩非韓偓作所言「《早起探春》及《閨怨》，雜在韓偓的居閩各詩中，與偓心境不合，故《閨怨》詩雖好，亦有問題。大抵將偓詩分爲三卷，其第三卷中除極少數外，我認爲多屬可疑」。徐先生謂此詩「雜在韓偓的居閩各詩中，與偓心境不合」，可信；然疑非韓偓詩則尚無確證，不足信。要之，此詩之小注恐未可遽信，作年亦不可確考。

〔二〕菱花：指菱花鏡。亦泛指鏡。宋陸佃《埤雅·釋草》：「鏡謂之蔆華，以其面平，光影所成如此。庾信《鏡賦》云『照壁而蔆華自生』是也。」唐李白《代美人愁鏡》詩之二：「狂風吹卻妾心斷，玉筯並墮菱花前。」暈，謂塗抹（顏色）。五代和凝《宫詞》之九十九：「君王朝下未梳頭，長暈殘眉侍鑑樓。」宋周密《謁金門》詞：「試把翠蛾輕暈，愁薄寶臺鸞鏡。」

〔三〕拆：拆毁。唐韓愈《御史臺上論天旱人饑狀》：「至聞有棄子逐妻，以求口食，拆屋伐樹，以納稅錢。」

【集　評】

以其時考之，梁乾化二年，朱全忠被子友珪所殺，即是年事。全忠既死，大恨稍舒，友珪輩草芥耳，任之而已。（震鈞《香奩集發微》此詩下評）

《閨怨》詩「初拆鞦韆人寂寞，後園青草任它長」，似指全忠被弒，而梁室兄弟相爭之亂，聽其滋長

如青草而已。（震鈞《韓承旨年譜》乾化二年壬申年譜）

韓冬郎集中，數提鞦韆，而境界無一相類。《閨怨》云：「初拆鞦韆人寂寞。」《夜深》云：「夜深斜搭鞦韆索。」《偶見》云：「鞦韆打困解羅裙。」《效崔國輔體》云：「風動鞦韆索。」《補李波小妹歌》云：「海棠花下鞦韆畔。」《想得》云：「嬌羞不肯上鞦韆。」其善使景物，殊爲晚唐諸家之冠。（陳香《晚唐詩人韓偓》引《蕉窗夜話》）

【按】此詩作年非震鈞、繆荃孫等人所信從之後梁乾化二年，時韓偓在南安縣作。故其所説此詩「『初拆鞦韆人寂寞，後園青草任它長』，似指全忠被弑，而梁室兄弟相爭之亂，聽其滋長如青草而已」云云均不可信。此詩詩題既爲「閨怨」，且所詠皆與詩題相符，則乃閨情詩無疑，非以閨情寓寄政治時局之事矣。黄世中先生以爲包括本詩「初拆鞦韆人寂寞」句在内的「鞦韆」、「寒食」、「三月」等詩，乃詠詩人早年兒女情事，所説可參。此詩之「閨怨」，全在於「初拆鞦韆人寂寞」也。以此之故，既然未能如往昔蕩鞦韆遊玩，則亦「懶對菱花暈曉妝」，如此也就「後園青草任它長」矣。

褭娜 丁卯年作①〔一〕

褭娜腰肢澹薄妝②〔二〕，六朝宫様窄衣裳〔三〕。著詞暫見櫻桃破③〔四〕，飛醆遥聞荳蔻香④〔五〕。春惱情懷身覺瘦⑤〔六〕，酒添顔色粉生光〔七〕。此時不敢分明道⑥，風月應知暗斷腸。

【校記】

①此詩玉山樵人本、韓集舊鈔本、統籤本、屈鈔本、《全唐詩》、吴校本、石印本之《香奩集》均收；其他本如汲古閣本、麟後山房刻本則收入正集，韓集舊鈔本、吴校本正集中亦收。韓集舊鈔本、《全唐詩》、石印本之《香奩集》題下均有小注云：「丁卯年作。」吴校本題下小注云：「元注丁卯年作。」

②「澹」，玉山樵人本、韓集舊鈔本、統籤本、屈鈔本、汲古閣本、麟後山房刻本、石印本《香奩集》、吴校本均作「淡」。按，「澹」同「淡」。

③「暫」，玉山樵人本、統籤本、屈鈔本均作「但」，《全唐詩》校「一作但」，統籤本校：「一作暫。」「見」，韓集舊鈔本下校「本作近」，《全唐詩》、吴校本均校：「一作近。」按，作「近」恐未是。

④「醆」，屈鈔本作「琖」。按，「琖」同「醆」。「遥」，統籤本校：「一作盈。」按，作「盈」誤。

⑤「情」，《全唐詩》、吴校本均校：「一作襟。」

⑥「時」，汲古閣本、麟後山房刻本均作「心」，韓集舊鈔本下校「本作心」，《全唐詩》、吴校本均校：「一作心。」

【注　釋】

〔一〕此詩於韓集舊鈔本、《全唐詩》、石印本《香奩集》題下均有小注云「丁卯年作」。吴校本題下小注云「元注丁卯年作」，又於詩末注云「重見」。因有此小注，故諸家年譜如《韓翰林詩譜略》、《唐韓學士偓年譜》、震鈞《韓承旨年譜》、《韓偓年譜》等均繫於後梁開平元年丁卯（公元九〇七年），今即據諸家所繫。

　褭娜：此處爲女子體態輕盈柔美貌。

〔二〕澹薄妝：指妝飾雅淡樸素。唐張籍《倡女詞》：「畫羅金縷難相稱，故著尋常淡薄衣。」宋劉克莊《卜算子·茉莉》詞：「淡薄古梳妝，嫺雅仙標致。」

〔三〕「六朝宫樣」句：謂穿著六朝宫中流行樣式的窄衣裳。

〔四〕著詞：謂説話。櫻桃破，指嘴唇張開。櫻桃，本爲果實名，此處喻指女子小而紅潤的嘴。唐李商隱《贈歌妓》詩之一：「紅綻櫻桃含白雪，斷腸聲裏唱《陽關》。」宋晏殊《少年遊》詞：「風流妙舞，櫻桃清唱，依約駐行雲。」

〔五〕飛醆：即飛盞，謂傳杯痛飲。唐元稹《放言》詩之一：「五斗解醒猶恨少，十分飛盞未嫌多。」荳蔻，此處用荳蔻比喻年輕女子。荳蔻，亦名豆蔻。植物名，多年生常緑草本，有肉荳蔻、紅荳蔻、白荳蔻等種，均可入藥。紅豆蔻生於南海諸谷中，南人取其花尚未大開者，名含胎花，言如懷妊之身。詩人或以喻未嫁少女，言其少而美。唐杜牧《贈别》：「娉娉裊裊十三餘，荳蔻梢頭二月初。」

〔六〕春惱情懷：謂女子懷春之煩惱情緒。

〔七〕「酒添顔色」句：謂女子因飲酒而粉臉暈紅泛光。

【集評】

《香奩集》《裊娜》一首乃感唐亡賦也，故自注爲「丁卯年作」。詩中所謂「此時不敢分明道」，是其意矣。（震鈞《韓承旨年譜》）

《唐韓學士偓年譜》：「《裊娜》（詩今略）此詩亦見於公著《香奩集》，因元注丁卯年，故列於本年。裊娜，嫋嫋也，細讀之，當知寄託深也。」

此詩作於丁卯時，正朱全忠受禪，唐社已墟時也。故云「不敢分明道」也。（震鈞《香奩集發微》此詩下評）

【按】此詩震鈞謂作於丁卯年，即李唐王朝爲後梁所亡之年，故以爲「乃感唐亡賦也」。此説恐未必。蓋當唐亡之際，詩人感傷國事唐亡之作，多直陳痛哭，雖有以典實比喻言之，亦分明可見所詠之意，而未見整首或大多詩句以兒女風月情事寓託之者。如唐亡前一年之《故都》詩之「天涯烈士空垂淚，地下强魂必噬臍。掩鼻計成終不覺，馮驩無路斆鳴雞」；丁卯唐亡時作之《感事三十四韻》等。

故震鈞以爲《香奩集》《裊娜》一首「乃感唐亡賦也，故自注爲『丁卯年作』。詩中所謂『此時不敢分明道』，是其意矣」云云實不足爲據。徐復觀先生以爲韓偓晚年有所謂「畸戀」事，將包括此詩在内之數首詩均以爲乃詠此「畸戀」事，中云：「若許我作進一步的推測，韓偓畸戀的對象，可能是我未及詳考的趙國夫人；也可能是宫人宋柔。」（詳其《韓偓詩與香奩集論考》）所説屬臆想，亦不足信據。考詩題明題「裊娜」，且詩中所言皆爲兒女情事，雖「不敢分明道」透，然末句「風月應知暗斷腸」，則十分明確道出此乃「風月」情事。據此詩題下小注，乃知作於丁卯唐亡之年。然詩中所詠兒女情事，並非指是年所發生之事，私以爲乃追詠其年輕時之戀情事。其理由爲，韓偓今存《香奩集》中詩，並非均是其早年之作，亦有入仕後作者，此讀其《香奩集序》即可知。此詩小注既明謂丁卯年之作，又兩見於《香奩集》與《香奩集》外之正集者（此詩玉山樵人本、韓集舊鈔本、統籤本、屈鈔本、《全唐詩》、吴校本、石印本《香奩集》均收入《香奩集》；其他本如汲古閣本、麟後山房刻本則收入正集，韓集舊鈔本、吴校本正集中亦收），可見，前人雖均認爲此詩内涵屬香奩體之作，但也有認爲並非詩人早年所作的香奩詩，以其作於晚年，故另又收於《香奩集》外之正集中以爲區别者。詩人於其早年戀情事始終難於忘卻，銘記於心，如《病憶》云「信知尤物必牽情，一顧難酬覺命輕。曾把禪機銷此病，破除纔盡又重生」；《五更》詩云「往年曾約鬱金床……光景旋消惆悵在，一生贏得是淒涼」。直至其晚年之《思録舊詩於卷上淒然有感因成一章》亦云「緝綴小詩鈔卷裏，尋思閒事到心頭。自吟自泣無人會，腸斷蓬山第一流」。可見其晚年編録《香奩集》時，對於早年那些引發他創作某些香奩詩之背景情事，依然刻骨銘心，令其「自吟自泣」不已，故丁卯年有此追憶追思其早年情事之《裹娜》之作，亦在情理中也。據此，此詩乃詩人丁卯年追憶早年情事之作，當非臆斷之辭可決矣。

多情 庚午年在桃林塲作①〔一〕

天遣多情不自持，多情兼與病相宜。蜂偷野蜜初嘗處②，鶯啄含桃欲咽時③〔二〕。酒蕩襟懷微駊騀④〔三〕，春牽情緒更融怡⑤〔四〕。水香賸置金盆裏⑥〔五〕，瓊樹長須浸一枝⑦。

【校　記】

① 此詩韓集舊鈔本、汲古閣本、麟後山房刻本、吴校本等收入正集，玉山樵人本、韓集舊鈔本、統籤本、屈鈔本、吴校本、石印本《香奩集》又收入《香奩集》。《全唐詩》正集未收，而收於《香奩集》。《全唐詩》、韓集舊鈔本、石印本之《香奩集》此詩題下均有「庚午年在桃林塲作」小注，吴校本題下有「元注庚午年在桃林塲作」小注，並於詩末注：「重見。」韓集舊鈔本正集、統籤本此詩題下無小注。

② 「野」，玉山樵人本、統籤本、屈鈔本均作「崖」，汲古閣本、《全唐詩》、吴校本、石印本《香奩集》均校：

「一作崖。」

③「啄」，韓集舊鈔本、汲古閣本、麟後山房刻本、吴校本均作「惜」。

④「駊騀」，韓集舊鈔本、汲古閣本、麟後山房刻本、吴校本均作「叵我」，《全唐詩》、吴校本均校「一作叵我」，汲古閣本校：「一作駊騀。」按，「駊騀」與「叵我」音義同。宋楊侃輯《兩漢博聞》卷一於「《甘泉賦》云『崇丘陵之駊騀兮』」句下注：「蘇林曰：『駊騀，音叵我。師古曰：「駊騀，高大狀也。」』」

⑤「更」，韓集舊鈔本下校「本作正」，《全唐詩》、吴校本均校：「一作正。」

⑥「置」，玉山樵人本、統籤本、屈鈔本均作「注」，韓集舊鈔本、汲古閣本、麟後山房刻本、吴校本均作「貯」，《全唐詩》、吴校本均校：「一作貯，一作注。」「盆」，麟後山房刻本、吴校本均作「杯」，《全唐詩》、吴校本均校：「一作杯。」

⑦「長須」，《全唐詩》、吴校本均校：「一作須長。」按，作「長須」是。

【注　釋】

〔一〕此詩題下有「庚午在桃林場作」小注，則詩乃作於後梁開平四年庚午，時在南安縣桃林場。此詩有「春牽情緒更融怡」句，則乃開平四年（公元九一〇年）春之作。

桃林場：即今福建永春縣，唐長慶二年置。《閩書》卷十二《方域志》永春縣：「東抵南安，西抵龍岩，南抵南安，北抵德化。本隋南安縣之桃林場。五代唐長興三年，王延鈞升爲縣；晉天福三年，王昶改縣曰永春。」

〔二〕含桃：櫻桃的別稱。參見卷一《恩賜櫻桃分寄朝士》注釋〔一〕。

〔三〕駊騀：原形容馬起伏奔騰、縱恣奔突。《楚辭·遠遊》「服偃蹇以低昂兮，驂連蜷以驕驁」，漢王逸注：「駟馬駊騀而鳴驤也。」宋王安中《次秦夷行觀老杜畫像韻》：「蒙茸頭傾冠，駊騀鐙脱足。」此處指心情起伏不平。

〔四〕融怡：融洽，和樂。唐杜牧《杜秋娘詩》：「低鬟認新寵，窈裊復融怡。」唐鄭嵎《津陽門詩》：「畫輪寶軸從天來，雲中笑語聲融怡。」

〔五〕水香：澤蘭的別名。宋洪芻《香譜·蘭香》：「一名水香，生大吴池澤，葉似蘭，尖長有岐，花紅白色而香，煮水浴以治風。」明李時珍《本草綱目·草三·澤蘭》：「吴普《本草》一名水香，陶氏云亦名都梁，今俗通呼爲孩兒菊，則其與蘭草爲一物二種，尤可證矣。」賸，尚，猶。唐劉禹錫《和僕射牛相公見示長句》：「唯應加築露臺上，賸見終南雲外峰。」

【集評】

韓致光《香奩》詩：「蜂偷崖蜜初嘗處，鶯啄含桃欲嚥時。」竊謂上句蓋即古樂府「寧斷嬌兒乳，不斷郎殷勤」意，故下聯云「酒蕩襟懷微駊騀，春牽情緒更融怡」，亦各承一句。「駊騀」，馬搖頭貌。而

「初嘗」、「欲嗞」、「駃騠」、「融怡」，安雙聲疊韻於四句中，彌見晚唐人詩律之工細。（清吴騫《拜經樓詩話》卷一）

《多情》一首自注云：「庚午在桃林場作。」所云「水香賸置金盤裏，瓊樹長須浸一枝」。國破家亡，一身僅在，亦如瓊樹之賸此一枝而已。（震鈞《韓承旨年譜》）

此作於梁開平四年。所云「賸置金盆裏」，「賸」字著眼。國破家亡，一身僅在，如瓊樹之賸一枝而已。（震鈞《香奩集發微》此詩下注）

【按】此詩乃詩人初移居南安縣桃林場時之作。時在春日，閩南景色融怡，故敏感多情之詩人頗爲沉醉愉悦，故有「春牽情緒更融怡」之句。而詩題以「多情」命之，亦以見詩人所禀賦之敏感詩情詩心也。震鈞所云「『賸置金盆裏』，『賸』字著眼。國破家亡，一身僅在，如瓊樹之賸一枝而已」云云，實在失於比附過甚，牽强之至，不可信也。

偶見①

千金莫惜旱蓮生②〔一〕，一笑從教下蔡傾〔二〕。仙樹有花難問種，御香聞氣不知名〔三〕。愁來自覺歌喉咽，瘦去誰憐舞掌輕〔四〕。小疊紅箋書恨字，與奴方便寄卿卿③〔五〕。

【校記】

①此詩亦見於玉山樵人本、韓集舊鈔本、統籤本、屈鈔本、吴校本、石印本之《香奩集》中。

②「旱蓮生」，統籤本、《全唐詩》、吴校本均校：「一作買娉婷。」按，明曹學佺《石倉歷代詩選》卷九十六作「買娉婷」。

③「寄」，韓集舊鈔本、《石倉歷代詩選》卷九十六均作「送」，《全唐詩》、吴校本均校：「一作送。」

【注釋】

〔一〕旱蓮：即旱蓮花，荷花的一種。唐蘇鶚《蘇氏演義》卷下：「芙蓉，一名荷花……花大者至百葉，又有金蓮花、青蓮花、碧蓮花、千葉蓮花、石蓮花、旱蓮花。」此處用以比喻清麗之美女。

〔二〕從教：從此使得；從而使。唐施肩吾《春日宴徐君池亭》：「暫憑春酒換愁顔，今日應須醉始還。池上有門君莫掩，從教野客見青山。」唐李商隱《杏花》：「莫學啼成血，從教夢寄魂。」下蔡傾，即「迷下蔡」之意。戰國楚宋玉《登徒子好色賦》：「東家之子，增之一分則太長，減之一分則太短；著粉則太白，施朱則太赤；眉如翠羽，肌如白雪，腰如束素，齒如含貝；嫣然一笑，惑陽城，迷下蔡。」後因以「迷下蔡」形容女子豔麗迷人。《文選·阮籍〈詠懷詩〉之二》：「傾城迷下蔡，容好結中腸。」張銑注：「言美貌傾人之城，迷惑下蔡之邑。」南朝梁武帝《戲作》詩：「妖閑逾下蔡，神妙絶高堂。」南朝梁江淹《水上神女賦》：「遍覽下蔡之女，具悦淇上之妹。」下蔡，古邑名。即春秋楚邑州來。魯昭公二十三年爲吴所有。魯哀公二年，吴遷蔡昭侯於此，改稱下蔡。故城在今安徽鳳台縣。

〔三〕御香：宫中御鑪之香。南朝梁何遜《九日侍宴》：「晴軒連瑞氣，同惹御香芬。」唐岑參《寄左省杜拾遺》：「曉隨天仗入，暮惹御香歸。」

〔四〕舞掌輕：謂體態輕盈，似能舞於掌上。漢代趙飛燕體輕能舞，故後人常有「掌上輕」之詠。如元吴景奎《春思》：「飛燕腰支掌上輕，塵生羅襪步盈盈。」

〔五〕奴：古代婦女自稱的謙詞。《敦煌變文集·王昭君變文》：「異方歌樂，不解奴愁。」南唐李煜《菩薩蠻》詞：「奴爲出來難，教郎恣意憐。」卿卿，南朝宋劉義慶《世説新語·惑溺》：「王安豐婦常卿安豐，安豐曰：『婦人卿婿，於禮爲不敬，後勿復爾。』婦曰：『親卿愛卿，是以卿卿；我不卿卿，誰當卿卿？』遂恒聽之。」

【集評】

方回：意有餘而不及於褻，則風懷之作猶之可也。書婦人之言於雅什，不已卑乎？故《香奩》之作惟取七言律六首。此詩似三、四佳，尾句太猥。（《瀛奎律髓彙評》卷七風懷類）

查慎行：三、四艷不傷雅。○末句近俗。（《瀛奎律髓彙評》卷七風懷類）

何義門：三、四可望而不可親，故曰「莫惜旱蓮生」，寄語移步相近也。（《瀛奎律髓彙評》卷七風懷類）

鍾惺云：仔細可想。（《唐詩歸》卷三十六晚唐四）

周珽曰：楊孟載讀李義山《無題》詩，謂託於臣不忘君之意，深惜其才之不遇。珽觀致堯《偶見》詩，寓感良不淺，穠麗清婉，極其描寫，莫以尋常艷詩目之。（周珽《唐詩選脈會通評林》）

韓偓《香奩集》……「仙樹有花難問種，御香聞氣不知名」，「靜中樓閣深春雨，遠處簾櫳半夜燈」，亦頗有致（餘參見卷二《南浦》集評）。（許學夷《詩源辯體》卷三十二）

（《瀛奎律髓》）又曰：風懷之題，須意有餘而不及於褻。如韓偓詠《偶見》，三四云「仙樹有花難問種，御香聞氣不知名」，此兩句佳。至咏《五更》，三四云「懷裏不知金鈿落，暗中惟覺繡鞋香」，則太猥太褻矣。如《席上有贈》詩，五六云「鬢垂香頸雲遮藕，粉着蘭胸雪壓梅」，語雖褻，然止形容其貌。如巧笑美目之詩，不及乎淫也。（蔡鈞《詩法指南》卷四）

艷不傷雅（「仙樹有花」聯下）。末句近俗。（查慎行《初白庵詩評》）

詩有銷魂者三，《香奩集》其一也。夫銷魂者，即壞心田之謂也。其曰「打疊紅箋書恨字，與奴方便寄卿卿」，詩媒詞逗也。其曰「但得暫從人繾綣，何妨長任月朦朧」，踰牆鑽穴也。其曰「最是斷腸禁不得，殘燈影裏夢初回」，旦氣梏亡也。其曰「欲把禪心銷此病，破除纔盡又重生」，淫惡不悛也。閱之必增益淫邪之念，故當以綺語爲戒。（褚人穫《堅瓠集·補集》卷六「綺語銷魂」）

《聞周明府幕友金雨三買妾賦此戲贈》：聞得千金買緑珠，紅蓮光靄映流蘇。新閨覓句唫偏媚，遠客看花意倍娱。疑是老奴饒興致，憐同小玉共枝梧。畫眉犀筆應無暇，猶有閒情屬和無。（小注：千金，韓偓詩：「千金莫惜旱蓮生，一笑從教下蔡傾。」）（高述明《積翠軒詩集》卷上）

仙樹御香，均見身分，而故君之思，自在言外。（震鈞《香奩集發微》此詩下注）

【按】此詩乃詠女子之作，故方回《瀛奎律髓》選録此詩於風懷類，又曰：「風懷之題，須意有餘而不及於褻。如韓偓詠《偶見》，三四云『仙樹有花難問種，御香聞氣不知名』，此兩句佳。」震鈞所言「仙樹御香，均見身分，而故君之思，自在言外」，乃以香草美人寓託之説解之，當未得其實。前人評「仙樹有花難問種，御香聞氣不知名」爲「艷不傷雅」、「此兩句佳」，誠是。評「尾句太猥」，則未必，嫌其俗或可也。「小疊紅箋書恨字，與奴方便寄卿卿」，褚人穫稱此兩句謂「詩媒詞逗也」，亦頗有見於韓偓詩句之小詞滋味。

箇儂①〔一〕

甚感殷勤意，其如阻礙何。隔簾窺緑齒〔二〕，映柱送横波〔三〕。老大逢知少〔四〕，襟懷暗喜多。因傾一尊酒，聊以慰蹉跎。

【校記】

①此詩亦見於玉山樵人本、韓集舊鈔本、統籤本、屈鈔本、吴校本、石印本之《香奩集》中。

【注釋】

〔一〕箇儂：猶渠儂。那個人或這個人。隋煬帝《嘲羅羅》詩：「箇儂無賴是横波，黛染隆顱簇小蛾。」宋范成大《餘杭初出陸》詩：「霜毛瘦骨猶千騎，少見行人似箇儂。」

〔二〕緑齒：原指緑絲屨，此處代指年輕女子。韓偓《屐子》：「南朝天子欠風流，卻重金蓮輕緑齒。」唐陸龜蒙《寒食書齋即事》：「靜對真圖呼緑齒，偶開神室問黄芽。」

〔三〕送横波：即如送秋波。横波，比喻女子眼神流動，如水横流。《文選·傅毅〈舞賦〉》：「眉連娟以增繞兮，目流睇而横波。」李善注：「横波，言目邪視，如水之横流也。」唐楊師道《初宵看婚》：「輕啼濕紅粉，微睇轉横波。」

〔四〕老大：年紀大。《樂府詩集·相和歌辭五·長歌行》：「少壯不努力，老大徒傷悲。」唐白居易《琵琶行》：「門前冷落鞍馬稀，老大嫁作商人婦。」

【集評】

此詩全爲王審知賦。首聯所謂爰居避風，本無情於鐘鼓也。然因其殷勤，未嘗非老去一知己也，

故云「聊以慰蹉跎」耳。（震鈞《香奩集發微》此詩下注）

韓偓詩寫女性的多，寫自己的少。寫得最好的，是女子的嬌羞；但卻不是嘲弄，是同情於女子的怯弱與不自由。如《偶見》云：「鞦韆打困解羅裙，指點醍醐酒一樽。見客入來和笑走，手搓梅子映中門。」他的詩中寫自己的，如《寄遠》、《箇儂》、《五更》、《倚醉》、《有憶》、《寒食日重遊李氏林亭有懷》、《重遊曲江》、《病憶》、《舊館》等都是。（陳香《晚唐詩人韓偓》引吴雲鵬《中國文學史》）

【按】此詩當亦是詠男女情事，故有「隔簾窺緑齒，映柱送橫波」之男女互悦之句。震鈞「此詩全爲王審知賦。首聯所謂爰居避風，本無情於鐘鼓也。然因其殷勤，未嘗非老去一知己也，故云『聊以慰蹉跎』耳」之説，恐不可信。

無　題　并序①〔一〕

余辛酉年戲作《無題》十四韻②，故奉常王公相國首於繼和③〔二〕，故内翰吴侍郎融〔三〕、令狐舍人涣〔四〕、閣下劉舍人崇譽〔五〕、吏部王員外涣相次屬和〔六〕。余因作第二首卻寄諸公，二内翰及小天亦再和〔七〕。余復作第三首，二内翰亦三和。王公一首，劉紫微一首〔八〕，王小天二首，二學士各三首。余又倒押前韻成第四首④，二學士笑謂余曰：「謹竪降旗，何朱研如是也⑤〔九〕」。遂絶筆。是歲十月末，余在内直〔一〇〕，一旦兵起〔一一〕，隨駕西狩〔一二〕，文稿咸棄，更無孑遺〔一三〕。丙寅年九月〔一四〕，在福建寓止，有前東都度支院蘇暐端公〔一五〕，挈余淪落詩稿見授，中得《無題》一首。因追味舊作⑥，缺忘甚多⑦，唯第二、第四首髣髴可記，其第三首才得數句而已。今亦依次編之⑧，以俟他時偶獲全本⑨。餘五人所和，不復憶省矣。

【校記】

① 此詩亦見於玉山樵人本、韓集舊鈔本、統籤本、屈鈔本、吴校本、石印本之《香奩集》中。韓集舊鈔本、吴校本《香奩集》均題爲「無題第一」，題下無「并序」二字。其序韓集舊鈔本置於題前，吴校本置於題後。玉山樵人本、統籤本、屈鈔本《香奩集》均題爲「無題三首」，然統籤本題下有「並序」二字，玉山樵人本無序，屈鈔本題下有序。石印本《香奩集》題爲《無題》，下即序，其下各首分别標以：第一、第二、第三、第四倒押前韻。

② 「余辛酉年」，統籤本作「余自辛酉歲」。

③ 「奉」，韓集舊鈔本、石印本《香奩集》均作「太」。按，「奉常」又作「太常」，均指太常卿。「於」，屈鈔本作「相」，吴校本作「予」。

④ 「前」，統籤本作「舊」。

⑤「朱研如」，統籤本作「妍如」，屈鈔本作「妍捷若」。石印本《香奩集》「研」字下校：「疑妍之誤。」按應作「朱研如」。

⑥「味」，屈鈔本作「詠」。

⑦「忘」，石印本《香奩集》作「亡」。

⑧「今」，屈鈔本無「今」字。

⑨「以」，屈鈔本無「以」字。

【注釋】

〔一〕據此詩詩序「余辛酉年戲作《無題》十四韻」，可知此「無題」詩數首乃辛酉年在朝中與吴融等數人唱和之作。辛酉年乃指唐昭宗天復元年（公元九〇一年），諸詩即賦於是年。又據此序所云，知此《無題詩序》當約作於丙寅年（即天祐三年）九月後。

〔二〕故奉常王公相國：指王溥。奉常，原爲秦九卿之一。《漢書·百官公卿表》：「奉常，秦官，掌宗廟禮儀，有丞。景帝中六年更名太常。」顔師古注：「太常，王者旌旗也。畫日月焉，王有大事則建以行，禮官主持之，故曰奉常也。後改曰太常，尊大之義也。」唐龍朔二年改爲奉常，神龍復爲太常卿。王溥，傳見《新唐書》卷一八二。據本傳，「王溥字德潤。……第進士，擢累禮部員外郎、史館脩撰。……昭宗蒙難東内，溥與（崔）胤説衛軍執劉季述等殺之。帝反正，驟拜翰林學士、户部侍郎，以中書侍郎同中書門下平章事，判户部。不能有所裨益，罷爲太子賓客，分司東都。未幾，召拜太常卿、工部尚書。會朱温侵逼，貶淄州司户參軍，賜自盡，與裴樞等投尸于河」。

〔三〕故内翰吴侍郎融：指翰林學士、户部侍郎吴融。内翰，即謂翰林學士。吴融，傳見《新唐書》卷二〇三。本傳云：「吴融字子華，越州山陰人。……龍紀初，及進士第。……累遷侍御史。坐累去官。……久之，召爲左補闕，以禮部郎中爲翰林學士，拜中書舍人。……進户部侍郎。鳳翔刦遷，融不克從，去客閿鄉。俄召還翰林，遷承旨，卒官。」

〔四〕令狐舍人涣：即中書舍人令狐涣。令狐涣，傳附見《舊唐書》卷一七二、《新唐書》卷一六六《令狐楚傳》。據兩《唐書》，涣爲令狐綯之子，「登進士第。涣位至中書舍人」。又據《資治通鑑》卷二六二天復元年六月所記「上之返正也，中書舍人令狐涣、給事中韓偓皆預其謀，故擢爲翰林學士，數召對，訪以機密。涣，綯之子也」。及其天復元年十一月載「是夕，宿鄠縣」下注引《考異》曰：「《續寶運録》：『其年十月，朱全忠發士馬；十一月，入長安。聖上幸鳳翔，宰臣裴諗、翰林學士令狐涣等扈從。』」據此，令狐涣天復元年六月時已經以中書舍人充翰林學士。

〔五〕閣下劉舍人崇譽：謂中書舍人劉崇譽。唐趙璘《因話録・徵》：「古者三公開閣，郡守比古之侯伯，亦有閣，所以世之書題有閣下之稱……今又布衣相呼，盡曰閣下。」唐歐陽詹《送張尚書書》：「前鄉貢進士歐陽詹於洛陽旅舍再拜授僕人書，獻尚書閣下：某同衆君子伏在尚書下風久矣。」劉崇謩，兩《唐書》無傳，生平未能詳考，其主要歷官僅見於此。舍人，指中書舍人。

〔六〕吏部王員外涣：謂吏部員外郎王涣。生平事跡見盧光濟《唐故清海軍節度掌書記太原王府君墓誌銘》（收於岑仲勉《金石論叢》）、《唐摭言》卷三、《唐詩紀事》卷六十六、《唐才子傳》卷十等。《唐才子傳·王涣》：「涣，大順二年禮部侍郎裴贄下進士及第。俄自左史拜考功員外郎。同年皆得美除，涣首唱感恩長句，上謝座主裴公，當時榮之。……涣工詩，情極婉麗。」屬和，指和別人的詩。《舊唐書·德宗紀下》：「上賦詩一章，群臣屬和。」宋秦觀《觀寶林塔張燈》詩：「繼聽《鈞天》奏，尤知屬和難。」

〔七〕二内翰：指吴融和令狐涣，兩人時均以中書舍人充翰林學士，故稱。小天，唐時吏部員外郎之别稱。此處謂王涣。唐孫棨《北里志·王團兒》：「有女數人，長曰小潤，字子美，少時頗籍籍者。小天崔垂休變化年溺惑之，所費甚廣。」五代王定保《唐摭言·海叙不遇》：「羅袞以小天倅大秋。」

〔八〕劉紫微：指劉崇謩。紫微，亦作「紫薇」。唐開元元年改中書省爲紫微省，中書舍人爲紫微舍人。唐李嘉祐《和張舍人中書宿直》：「漢主留才子，春城直紫微。」

〔九〕朱研：「朱研益丹」之縮語。意如青出於藍而青於藍，即更爲出色意。唐吕温《青出藍詩》：

「物有無窮好，藍青又出青。朱研方比德，白受始成形。」唐李程《青出於藍賦》：「藍蘊嘉色，青出其中。……俯拾之時，亦異炎洲之翠。非取榮以翫悦，將有求於精粹。比夫朱研而益丹，劍淬而逾利。」

〔一〇〕内直：在宫内值勤。此處指詩人爲翰林學士，在翰林院值班。唐白居易《和答詩十首·序》：「五年春微之從東臺來，不數日又左轉爲江陵士曹掾。詔下日，會予下内直歸，而微之已即路。」宋梅堯臣有《七夕永叔内翰遺鄭州新酒言值内直不遐相邀》詩。

〔一一〕一旦兵起：指天復元年十月末，朱全忠進逼京城，韓全誨等人勒兵劫唐昭宗幸鳳翔事。見《資治通鑑》卷二六二天復元年十一月。

〔一二〕隨駕西狩：謂隨唐昭宗西幸鳳翔。《新唐書·韓偓傳》載：「（偓）又勸表暴内臣罪，因誅全誨等；若茂貞不如詔，即許全忠入朝。未及用，而全誨等已劫帝西幸。偓夜追及鄠，見帝慟哭。至鳳翔，遷兵部侍郎，進承旨。」此處指唐昭宗爲韓全誨所劫，西幸鳳翔之諱稱。

〔一三〕孑遺：遺留，殘存。《詩·大雅·雲漢》：「周餘黎民，靡有孑遺。」毛傳：「孑然遺失也。」陳奂傳疏：「《方言》、《廣雅》皆云：孑，餘也。靡孑遺，即無餘遺。」《後漢書·應劭傳》：「逆臣董卓，蕩覆王室，典憲焚燎，靡有孑遺，開辟以來，莫或兹酷。」

〔一四〕丙寅年九月：指唐哀帝天祐三年（公元九〇六年）九月。

〔一五〕東都：指唐代東都洛陽。度支院，即度支司。度支，官署名。魏晉始置。掌管全國的財政收支。長官爲度支尚書。南北朝以度支尚書領度支、金部、倉部、起部四曹。隋開皇初改度支尚書爲民部尚書。唐因避太宗李世民諱，改民部爲户部，旋復舊稱。蘇暐，生平事跡不詳。端公，唐代對侍御史的别稱。唐李肇《唐國史補》卷下：「外郎御史遺補相呼爲院長，上可兼下，下不可兼上，唯侍御史相呼爲端公。」《通典·職官六》：「侍御史之職……臺内之事悉主之，號爲臺端。他人稱之曰端公。」

【集評】

吴融《唐英歌詩》卷上（汲古閣《唐四名家集》本）和韓致光侍郎無題三首，卷中倒次元韻，據此，則融亦倒次元韻，「謹豎降旗」之語，特撝謙之戲言耳。（陳寅恪《讀書札記二集·韓翰林集之部》）

一

小檻移燈灺〔一〕，空房鎖隙塵〔二〕。額披風盡日①〔三〕，簾押月侵晨②〔四〕。香瓣更衣後③〔五〕，釵梁攏鬢新④〔六〕。吉音聞詭計〔七〕，醉語近天真。妝好方長歎，歡餘卻淺顰〔八〕。繡屏金作屋，絲幰玉爲輪〔九〕。致意通綿竹⑤〔一〇〕，精誠託錦鱗〔一一〕。歌凝眉際恨，酒發臉邊春〔一二〕。溪紵殊傾越⑥〔一三〕，樓簫豈羨秦⑦〔一四〕。柳虚禳沴氣〔一五〕，梅實引芳津〔一六〕。樂府降清唱〔一七〕，宫廚減食珍〔一八〕。防閑襟并斂〔一九〕，忍姤粉休勻⑧〔二〇〕。宿飲愁縈夢〔二一〕，春寒瘦著人。手持雙荳蔻，的的爲東鄰〔二二〕。

【校 記】

①「披」，原作「波」，《全唐詩》、吴校本均校「一作披」，今即據改。

②「押」，原作「影」，玉山樵人本作「匝」，韓集舊鈔本、屈鈔本均作「押」，《全唐詩》、吴校本均校：「一作匝，又作押。」統籤本作「匣」。今據韓集舊鈔本、屈鈔本改。又「簾押」，又作「簾柙」；「匣」同「柙」。

③「瓣」，原作「辣」，玉山樵人本、統籤本、屈鈔本、石印本《香奩集》均作「瓣」，《全唐詩》、吴校本均校「一作瓣」，統籤本校：「一作辣。」今據玉山樵人本、統籤本、屈鈔本等改。

④「鬢」，屈鈔本作「髻」。

⑤「綿」，韓集舊鈔本下校「本作絲」，屈鈔本作「絲」。

⑥「傾」，玉山樵人本、統籤本、屈鈔本均作「輕」，《全唐詩》、吴校本均校：「一作輕。」

⑦「豈」，《全唐詩》、吴校本均校：「一作卻。」

⑧「粉」，原作「淚」，今據屈鈔本改。

【注　釋】

〔一〕小檻：指有欄干的小屋。燈灺，燈燭。

〔二〕隙塵：指在透過隙縫的光柱中遊動的塵埃。唐盧綸《棲岩寺隋文帝馬腦盞歌》：「一留寒殿殿將壞，唯有幽光通隙塵。」唐李德裕《南梁行》：「北闕趨臣半隙塵，南梁笑客皆飛霰。」

〔三〕額披：額，懸於門屏上的牌匾。南朝宋羊欣《筆陣圖》：「前漢蕭何善篆籀，爲前殿成，覃思三月，以題其額。」唐貫休《寄杭州靈隱寺宋震使君》詩：「僧房謝朓語，寺額葛洪書。」原注：「晉道士葛洪與靈隱寺書額了去。至今在。」披，披巾。額披，此指披在門屏牌匾上的飾巾。

〔四〕簾押：亦作「簾柙」。裝在簾上作鎮押之用的物件。唐李商隱《燈》詩：「影隨簾押轉，光信簟文流。」唐羅隱《仿玉台體》詩：「晚夢通簾柙，春寒逼酒罏。」

〔五〕「香瓣」句：瓣香之倒稱。《古今注》：『香之形似瓜瓣者，稱之瓣香。』」此句似謂晨起更衣後，點香默禱。

〔六〕釵梁：釵的主幹部分。北周庾信《鏡賦》：「懸媚子於搔頭，拭釵梁於粉絮。」倪璠注：「言釵梁用粉絮拭之，其色光明也。」宋周邦彥《漁家傲·般涉》詞：「日照釵梁光欲溜，循階竹粉霑衣袖。」

〔七〕吉音：佳音。詭計，奇計。《晉書·羊祜傳》：「吴石城守去襄陽七百餘里，每爲邊害，祜患之，竟以詭計令吳罷守。」

〔八〕淺顰：眉微蹙貌。宋陸游《西郊尋梅》：「淺顰常鄙桃李學，獨立不容鷺蝶覘。」

〔九〕絲幰：絲織的車帷。幰，車帷。晉潘岳《藉田賦》：「微風生於輕幰兮，纖埃起於朱輪。」

〔一〇〕致意：原爲致意，問候。《漢書·朱博傳》：「二千石新到，輒遣吏存問致意。」《晉書·簡文帝紀》：「致意尊公，家國之事，遂至於此！由吾不能以道匡衛。愧歎之深，言何能喻。」此處爲表達情意。綿竹，指《綿竹頌》。《文選》卷七揚雄《甘泉賦》，李周翰注：「揚雄家貧好學。……作《綿竹頌》。成帝時，直宿郎楊莊誦此文，帝曰：『此似相如之文。』莊曰：『非也，此臣邑人揚子雲。』帝即召見，拜爲黃門侍郎。」

〔一一〕錦鱗：此即錦鱗書，書信。語本《樂府詩集·飲馬長城窟行》：「客從遠方來，遺我雙鯉魚。呼兒烹鯉魚，中有尺素書。」因指遠方之書信。唐杜牧《春思》詩：「綿羽啼來久，錦鱗書未傳。」亦省稱「錦鱗」。後蜀顧敻《酒泉子》詞：「錦鱗無處傳幽意，海燕蘭堂春又去。」

〔一二〕「酒發」句：謂飲酒後兩邊臉頰發紅。

〔一三〕溪紵：謂在溪邊浣紗。紵，紵麻。此用西施浣紗典故。傾越，勝過越國美女西施。相傳西施在若耶溪浣紗，以其美艷，後被越王勾踐獻給吳王夫差。

〔一四〕樓簫：在樓頭吹簫。羨秦，羨慕秦穆公之女秦弄玉。《列仙傳》卷上《蕭史》：「蕭史者，秦穆公時人也。善吹簫，能致孔雀、白鶴於庭。穆公有女字弄玉，好之。公遂以女妻焉。日教弄玉作鳳鳴，居數年，吹似鳳聲，鳳凰來止其屋。公爲作鳳臺，夫婦止其上，不下數年，一旦皆隨鳳凰飛去。故秦人爲作鳳女祠於雍宫中，時有簫聲而已。」

〔一五〕禳沴氣：禳除災害不祥之氣。禳，指除去邪惡或災異。南朝梁宗懔《荆楚歲時記》：「（五月五日）採艾以爲人，懸門户上，以禳毒氣。」唐韓愈《憶昨行和張十一》：「無妄之憂勿藥喜，一善自足禳千災。」沴氣，災害不祥之氣。北周庾信《哀江南賦》：「況以沴氣朝浮，妖精夜殞。」唐楊炯《奉和上元酺宴應詔》：「祆星六丈出，沴氣七重懸。」

〔一六〕芳津：此指女子之唾液。

〔一七〕樂府：古代主管音樂的官署。起於漢代。漢惠帝時已有樂府令。武帝時定郊祀禮，始立樂府，掌管宫廷、巡行、祭祀所用的音樂，兼采民歌配以樂曲，以李延年爲協律都尉。樂府之名始此。此處指唐宫廷音樂機構。清唱，優美嘹亮的歌唱。晉陸機《櫂歌行》：「名謳激清唱，榜人縱棹歌。」唐李白《蘇臺覽古》詩：「舊苑荒臺楊柳新，菱歌清唱不勝春。」

〔一八〕宫廚：宫中廚房。食珍，珍饈。

〔一九〕防閑：防備和禁阻。《詩·齊風·敝笱序》：「齊人惡魯桓公微弱，不能防閑文姜，使至淫亂，爲二國患焉。」《後漢書·列女傳·孝女叔先雄》：「家人每防閑之，經百許日後稍懈，雄因乘小船，於父墮處慟哭，遂自投水死。」

〔二〇〕「忍妬」句：勻，謂均勻地塗搽、揩拭。唐元稹《生春》詩：「手寒勻面粉，鬟動倚簾風。」此句意謂爲了容忍其他女子的嫉妒而不施粉黛。

〔二一〕「宿飲」句：宿飲，昨日喝的酒。此句意爲雖然昨日喝了酒想解愁，然而夢中依舊爲愁所縈繞。

〔二二〕的的：真實，確實。唐趙氏《夫下第》詩：「良人的的有奇才，何事年年被放回？」東鄰，即東鄰之女。宋玉《登徒子好色賦》云：「玉曰：『天下之佳人，莫若楚國；楚國之麗者，莫若臣里；臣里之美者，莫若臣東家之子。東家之子，增之一分則太長，減之一分則太短；著粉則太白，施朱則太赤；眉如翠羽，肌如白雪，腰如束素，齒如含貝；嫣然一笑，惑陽城，迷下蔡。然此女登牆窺臣三年，至今未許也。』」

二①

碧瓦偏光日，紅簾不受塵②。柳昏連緑野，花爛爍清晨。書密偷看數，情通破體新〔一〕。明言終未實，暗祝始應真③。枉道嫌偷藥〔二〕④，推誠鄙效顰〔三〕。合成雲五色⑤〔四〕，宜作日中輪⑥〔五〕。爐獸金塗爪⑦〔六〕，釵魚玉鏤鱗⑧〔七〕。渺瀰三島浪〔八〕，平遠一樓春。墮髻還名壽〔九〕，修蛾本姓秦⑨〔一〇〕。櫂尋聞犬洞〔一一〕，槎入飲牛津〔一二〕。麟脯隨重釀〔一三〕，霜鱗間八珍⑩〔一四〕。錦囊霞彩爛⑪，羅韈砑光勻〔一五〕。羞澀佯牽伴，嬌饒欲泥人⑫〔一六〕。偷兒難捉搦〔一七〕，慎莫共比鄰⑬。

【校記】

① 韓集舊鈔本，吴校本、石印本《香奩集》均作「第二」，屈鈔本作「其二」。

② 「不」，《全唐詩》、吴校本均校：「一作小。」

③ 「祝」，《全唐詩》、吴校本均校：「一作囑。」

④ 「嫌」，《全唐詩》、吴校本均校：「一作兼。」按，應作「嫌」，以與下句「鄙」對偶，作「兼」誤。

⑤ 「色」，韓集舊鈔本下校：「本作彩。」

⑥ 「作」，玉山樵人本、統籤本、屈鈔本均作「在」，韓集舊鈔本下校：「本作在。」「日」，玉山樵人本、統籤本、屈鈔本均作「月」，《全唐詩》、吴校本均校：「一作月。」

⑦ 「爐」，原作「照」，韓集舊鈔本、石印本《香奩集》均作「香」，前者下校「本作爐」，《全唐詩》、吴校本均校：「一作爐。」今即據韓集舊鈔本原本等改。「爐獸」，與下句「釵魚」對仗。

⑧ 「鏤」，韓集舊鈔本作「縷」。按，應作「鏤」，「縷」非是。

⑨ 「蛾」，韓集舊鈔本作「娥」。按，應作「蛾」，「娥」爲「蛾」之音誤。「修蛾」與上句「墮髻」相對。

⑩ 「鱗」，原作「華」，誤。玉山樵人本、韓集舊鈔本、石印本《香奩集》均作「鱗」，韓集舊鈔本下校：「本作華。」今即據玉山樵人本、韓集舊鈔本諸本改。

⑪「囊」，玉山樵人本、統籤本、屈鈔本均作「衾」，《全唐詩》、吴校本均校：「一作衾。」

⑫「饒」，玉山樵人本、統籤本、石印本《香奩集》均作「嬈」。按，「嬌饒」通「嬌嬈」。

⑬「共」，《全唐詩》、吴校本均校：「一作近。」

【注釋】

〔一〕「情通破體」句：破體，其義有指破體書者，即指書法結構之變體。如唐張懷瓘《書斷》：「王獻之變右軍行書，號曰破體書。」亦省作「破體」。《法書要録・徐浩論書》：「厥後鍾善真書，張稱草聖，右軍行法，小令破體，皆一時之妙。」唐戴叔倫《懷素上人草書歌》：「始從破體變風姿，一一花開春景遲。」按，此處「破體」乃指另一義，即「破文體」，指文體、文之體性、風貌之變化。錢鍾書《管錐編》第三册《全漢文》卷十六《文之「體」》論此云：「『破體』即破『今體』，猶苑咸《酬王維》曰『爲文已變當時體』……李頎詩『小王破體閑文策』，明指『文』而不指『書』，『閑』謂精擅。……韓偓《無題》『書密偷看數，情通破體新……』亦指文詞而不指書字，謂私情密約，出以隱語暗示，迴異尋常言説之具首尾，『新』者，別創之意。……以爲『破體』必是行草書，見之未廣也。」

〔二〕偷藥：《淮南鴻烈解・覽冥訓》：「譬若羿請不死之藥於西王母，恒娥竊以奔月。」高誘注：「恒娥，羿妻。羿請不死之藥於西王母，未及服之，恒娥盜食之，得仙，奔入月中，爲月精。」

〔三〕推誠：以誠心相待。《淮南子·主術訓》：「塊然保真，抱德推誠，天下從之，如響之應聲，景之象形。」《魏書·高祖紀下》：「凡爲人君，患於不均，不能推誠御物。」效顰，《莊子·天運》：「西施病心而矉其里，其里之醜人見而美之，歸亦捧心而矉其里。其里之富人見之，堅閉門而不出；貧人見之，挈妻子而去之走。彼知美矉，而不知矉之所以美。」

〔四〕雲五色：即五色雲，五色雲彩，古人以爲祥瑞。《陳書·徐陵傳》：「母臧氏，嘗夢五色雲化而爲鳳，集左肩上，已而誕陵焉。」《舊唐書·鄭肅傳》：「仁表文章尤稱俊拔……自謂門地、人物、文章具美，嘗曰：『天瑞有五色雲，人瑞有鄭仁表。』」

〔五〕日中輪：即日輪，指太陽。日形如車輪而運行不息，故名。北周庾信《鏡賦》：「天河漸没，日輪將起。」唐韓愈《送惠師》詩：「夜半起下視，溟波銜日輪。」

〔六〕爐獸：指獸形之薰香爐。宋李清照《醉花陰》：「薄霧濃雲愁永晝，瑞腦銷金獸。」

〔七〕釵魚：釵上之魚形鑲飾物。傳説佩之吉祥。唐吴融《和韓致光侍郎無題三首十四韻》：「篦鳳金雕翼，釵魚玉鏤鱗。」

〔八〕渺瀰：水流曠遠貌。《文選·木華〈海賦〉》：「沖瀜沆瀁，渺瀰湠漫。」李善注：「渺瀰湠漫，曠遠之貌。」唐李咸用《江南曲》詩：「晚雲接水共渺瀰，遠沙疊草空萋萋。」三島，指傳説中的蓬萊、方丈、瀛洲三座海上仙山。亦泛指仙境。唐王維《贈焦道士》：「海上遊三島，淮南預八公。」唐鄭畋《題緱山王子晉廟》：「六宮攀不住，三島互相招。」元耶律楚材《和百拙禪師》詩：「眠雲卧月辭三島，鼓腹謳歌預四民。」

〔九〕墮髻：《後漢書・梁冀傳》：「詔遂封冀妻孫壽爲襄城君，兼食陽翟租。……壽色美而善爲妖態，作愁眉，啼妝，墮馬髻，折腰步，齲齒笑，以爲媚惑。」李賢注引《風俗通》曰：「愁眉者，細而曲折。啼妝者，薄拭目下若啼處。墮馬髻者，側在一邊。……始自冀家所爲，京師翕然皆放效之。」

〔一〇〕「修蛾」句：修蛾，修長的眉毛。此指美女。唐白居易《憶舊遊》：「皋橋夕鬧船舫迴，修蛾慢臉燈下醉。」唐温庭筠《黄曇子歌》：「萋芊小城路，馬上修蛾懶。」本姓秦，漢樂府《陌上桑》：「秦氏有好女，自名爲羅敷。」晉崔豹《古今注》卷中《音樂三》：「《陌上桑》，出秦氏女子。秦氏，邯鄲人，有女名羅敷，爲邑人千乘王仁妻。王仁後爲越王家令。羅敷出採桑於陌上，趙王登臺，見而悦之，因飲酒欲奪焉。羅敷乃彈箏，作《陌上桑》歌以自明焉。」

〔一一〕「櫂尋」句：櫂，船槳，此處代指船。此句用陶淵明《桃花源記》故事。

〔一二〕「槎入」句：參卷一《夢仙》「張騫」條注。

〔一三〕麟脯：乾麒麟肉。此指極爲珍貴之佳餚。晉葛洪《神仙傳・麻姑》：「坐定，召進行廚，皆金盤玉杯，餚膳多是諸花果，而香氣達於内外。擘脯行之如栢靈，云是麟脯也。」梁元帝《與蕭諮議等書》：「黿羹麟脯，空聞其說。羊酪猩脣，曷足云也。」重釀，指味道醇厚的酒。

〔一四〕霜鱗：指魚。魚鱗色白，故稱。八珍，原指古代八種烹飪法。《周禮・天官・膳夫》：「珍用八物。」鄭玄注：「珍，謂淳熬、淳母、炮豚、炮牂、擣珍、漬、熬、肝膋也。」後以指八種珍貴食品。明陶宗儀《輟耕録・續演雅發揮》：「所謂八珍，則醍醐、麆沆、野駝蹄、鹿唇、駝乳糜、天鵝炙、紫玉漿、玄玉漿也。」此處泛指珍饈美味。《三國志・魏志・衛覬傳》：「飲食之肴，必有八珍之味。」唐杜甫《麗人行》：「黄門飛鞚不動塵，御廚絡繹送八珍。」

〔一五〕研光：此指羅纈碾亮光滑。清陳維崧《浣溪沙・山塘即事》詞：「琴幾研光麋緑竹，楸枰敲落水仙花。」

〔一六〕嬌饒：柔美嫵媚。唐鄭谷《海棠》詩：「穠麗最宜新著雨，嬌饒全在欲開時。」宋王安石《杏花》詩：「俯窺嬌嬈杏，未覺身勝影。」泥，迷戀；留連。唐劉得仁《病中晨起即事寄場中往還》詩：「豈能爲久隱，更欲泥浮名。」泥人，指使人留連、迷戀。清惠周惕《再賦一首示耑木及同遊諸子》：「清香泥人著裀席，酒鱗瀉影摇紅波。」

〔一七〕偷兒：此用韓壽偷香事。南朝宋劉義慶《世説新語・惑溺》：「韓壽美姿容，賈充辟以爲掾。充每聚會，賈女於青瑣中看，見壽，説之。恒懷存想，發於吟咏。後婢往壽家，具述如此，并言女光麗。壽聞之心動，遂請婢潛修音問。及期往宿，壽蹻捷絶人，踰牆而入，家中莫知。自是充覺女盛自拂拭，說暢有異於常。後會諸吏，聞壽有奇香之氣，是外國所貢，一著人則歷月不歇。充計武帝唯賜己及陳騫，餘家無此香，疑壽與女通，而垣牆重密，門閤急峻，何由得爾？乃託言有盜，令人修牆。使反曰：『其餘無異，唯東北角如有人跡，而牆高非人所踰。』充乃取女左右婢考問，即以狀對。充祕之，以女妻壽。」捉搦，捉拿，捕捉。《舊唐書·高宗紀》：「卿可嚴加捉搦，勿使更然。」唐蘇頲《禁斷女樂敕》：「睠兹女樂，事切驕淫，傷風害政，莫斯爲甚……仍令御史金吾，嚴加捉搦。」

【集評】

鍾云：纖極害詩，即情艷亦自有妙理，不專以纖取艷也。必如此而後可以纖，纖亦不易言矣。取此一首，見詩不廢纖。「碧瓦偏光日，紅簾不受塵。柳昏連緑野，花爛爍清晨。書密偷看數。」譚云：情在數字。「情通破體新。明言終未實，暗祝始應真。枉道嫌偷藥，推誠鄙效顰。」鍾云：推誠二字理語，人艷詩命妙。「合成雲五色，宜在日中輪。照獸金塗爪，釵魚玉鏤鱗。渺瀰三島浪，平遠一樓春。墮髻還名壽，修娥本姓秦。棹尋聞犬洞，槎入飲牛津。麟脯隨重釀，霜華間八珍。錦衾霞彩爛，羅襪砑光勻。羞澀佯牽伴」。譚云：不是一佯字，便是一味癡，不解事女郎矣。（鍾惺《唐詩歸》卷三十六晚唐四）

三①

紫蠟融花蒂〔一〕，紅綿拭鏡塵②。夢狂翻惜夜，妝懶厭凌晨③。茜袖啼痕數④〔二〕，香牋墨色新〔三〕。從此不記。

【校　記】

① 韓集舊鈔本、吴校本、石印本之《香奩集》均作「第三」，屈鈔本作「其三」。

② 「拭」，韓集舊鈔本作「試」，下校「本作拭」，《全唐詩》、吴校本均校：「一作試。」按，作「試」誤。

③ 「懶」，屈鈔本作「好」，《全唐詩》、吴校本均校：「一作好。」

④ 「啼」，韓集舊鈔本下校：「本作香。」

【注　釋】

〔一〕紫蠟：指蠟燭。花蒂，指燭花。

〔二〕茜袖：絳紅色的衣袖。茜，絳紅色。晉無名氏《休洗紅》詩之一：「不惜故縫衣，記得初按茜。」唐李群玉《黃陵廟》詩：「黃陵廟前莎草春，黃陵女兒茜裙新。」啼痕數，謂淚痕稠密。數，細密；稠密。《孟子·梁惠王上》：「數罟不入洿池，魚鼈不可勝食也。」趙岐注：「數罟，密網也。」《吕氏春秋・辯土》：「慎其種，勿使數，亦無使疏。」

〔三〕香牋：指精美的信箋。唐權德輿《端午日禮部宿齋有衣服綵結之貺以詩還答》：「寂寥齋畫省，欵曲擘香牋。」唐皮日休《寒夜文宴得泉字》：「分明競襞七香牋，王朗風姿盡列仙。」墨色新，謂書信剛寫成。

倒押前韻①

白下同歸路②〔一〕，烏衣枉作鄰③〔二〕。珮聲猶隔箔〔三〕，香氣已迎人。酒勸杯須滿④，書羞字不勻。歌憐黃竹怨〔四〕，味實碧桃珍〔五〕。翦燭非良策〔六〕，當關是要津〔七〕。東阿初度洛〔八〕，楊惲舊家秦〔九〕。粉化橫波溢〔一〇〕，衫輕曉霧春〔一一〕。鴉黃雙鳳翅〔一二〕，麝月半魚鱗〔一三〕。別袂翻如浪〔一四〕，迴腸轉似輪〔一五〕。後期纔注腳〔一六〕，前事又含顰〔一七〕。縱有才難詠，寧無畫逼真。天香聞更有〔一八〕，瓊樹見長新〔一九〕。鬬草常更僕⑤〔二〇〕，迷鬮誤達晨⑥〔二一〕。齅花判不得⑦〔二二〕，檀注惹風塵⑧〔二三〕。

【校　記】

①此詩亦見於玉山樵人本、韓集舊鈔本、統籤本、屈鈔本、吴校本、石印本之《香奩集》中。玉山樵人本、韓集舊鈔本、統籤本、屈鈔本、石印本《香奩集》均作「第四倒押前韻」。

②「白」，韓集舊鈔本作「查」，統籤本、《全唐詩》、吴校本均校「一作查」。「同歸」，玉山樵人本、統籤本、屈鈔本均作「歸同」，韓集舊鈔本下校「本作歸同」，《全唐詩》、吴校本均校：「一作歸同。」

③「枉」，屈鈔本作「住」，《全唐詩》、吴校本均校：「一作住。」

④「須」，《全唐詩》、吴校本均校：「一作頻。」

⑤「常」，《全唐詩》、吴校本均校「一作當」，統籤本作「長」。

⑥「䦨」，《全唐詩》、吴校本均校：「一作途。」按，作「途」誤。

⑦「得」，《全唐詩》、吴校本均校：「一作到。」

⑧「注」，韓集舊鈔本作「泣」，下校：「本作注。」屈鈔本作「炷」，《全唐詩》、吴校本均校「一作淚，一作桂，又作柱」。按，應作「注」，作「泣」、「炷」、「桂」、「淚」均誤。「檀注」，即胭脂、唇膏。詳注釋㉓。「風」，玉山樵人本、統籤本、石印本《香奩集》均作「芳」，韓集舊鈔本下校「本作芳」，《全唐詩》、吴校本均校：「一作芳。」

【注釋】

〔一〕白下：古地名。在今江蘇省南京市西北。唐移金陵縣於此，改名白下縣。後因用爲南京的別稱。《北齊書·顔之推傳》：「經長干以掩抑，展白下以流連。」李白《留别金陵諸公》：「五月金陵西，祖余白下亭。」

〔二〕烏衣：即烏衣巷。地名。在今南京市秦淮河南。三國吴時在此置烏衣營，以士兵著烏衣而得名。東晉時王、謝等望族居此，因著聞。南朝宋劉義慶《世説新語·雅量》：「王公曰：『我與元規雖俱王臣，本懷布衣之好。若其欲來，吾角巾徑還烏衣，何所稍嚴？』」劉孝標注引山謙之《丹陽記》：「烏衣之起，吴時烏衣營處所也。江左初立，琅玡諸王所居。」《晉書·紀瞻傳》：「厚自奉養，立宅於烏衣巷，館宇崇麗，園池竹木，有足賞翫焉。」唐劉禹錫《烏衣巷》詩：「朱雀橋邊野草花，烏衣巷口夕陽斜。舊時王謝堂前燕，飛入尋常百姓家。」

〔三〕箔：簾子。多以葦子或秫秸織成。唐裴鉶《傳奇·裴航》：「俄於葦箔之下，出雙玉手，捧瓷。」

〔四〕黄竹怨：《穆天子傳》卷五載，周穆王往蘋澤打獵，「日中大寒，北風雨雪，有凍人，天子作詩三章以哀民」，首句爲「我徂黄竹」。本爲傳説中的地名。後即用指周穆王所作詩名。其詩亦爲後人僞託。南朝宋謝惠連《雪賦》：「岐昌發詠於來思，姬滿申歌於《黄竹》。」唐李商隱《瑶池》詩：「瑶池阿母綺窗開，《黄竹》歌聲動地哀。」

〔五〕碧桃：指傳説中西王母給漢武帝的仙桃。《藝文類聚》卷八十六《桃》引《尹喜内傳》曰：「老子西遊，省太真王母，共食碧桃、紫梨。」唐許渾《故洛城》詩：「可憐緱嶺登仙子，猶自吹笙醉碧桃。」韓偓《荔枝》詩之一：「漢武碧桃爭比得，枉令方朔號偷兒。」

〔六〕翦燭：謂剔燭芯。語出唐李商隱《夜雨寄北》詩：「何當共翦西窗燭，卻話巴山夜雨時。」後以「翦燭」爲促膝夜談之典。元楊載《題火涉不花同知畫像》詩：「鸕鷀裘暖鳴鞭疾，翡翠簾深翦燭頻。」

〔七〕當關：守關。唐李白《蜀道難》詩：「劍閣崢嶸而崔嵬，一夫當關，萬夫莫開。」要津，重要的津渡。亦比喻要害之地。唐劉禹錫《偶作》詩：「萬里長江水，征夫渡要津。」《舊五代史·唐書·明宗紀二》：「襄州地控要津，不可乏帥，無宜兼領。」

〔八〕「東阿」句：東阿，指三國魏曹植。植曾封爲東阿王，故稱。《文選·左思〈魏都賦〉》：「勇若任城，才若東阿，抗旍則威噞秋霜，摛翰則華縱春葩。」劉逵注：「彰後爲任城王，植爲東阿王。」初度洛，《三國志·魏志·曹植傳》載曹植被貶後，於黄初「四年，徙封雍丘王，其年朝京師」。時曹植作《洛神賦》，其《序》云：「黄初三（按，「三」應作「四」）年余朝京師，還濟洛川。古人有言，斯水之神名曰宓妃。感宋玉對楚王神女之事，遂作斯賦。」按，此句實謂所詠女子如曹植所遇見之洛神宓妃。

〔九〕「楊惲」句：楊惲，傳見《漢書》卷六十六。其本傳云：「惲，宰相子，少顯朝廷。一朝以晻昧語言見廢，内懷不服。《報會宗書》曰：『惲材朽行穢，文質無所底。幸賴先人餘業，得備宿衛。遭遇時變，以獲爵位。終非其任，卒與禍會。』」其《報孫會宗書》又謂「臣之得罪已三年矣，田家作苦，歲時伏臘，烹羊炰羔，斗酒自勞。家本秦也，能爲秦聲。婦趙女也，雅善鼓瑟。奴婢歌者數人，酒後耳熱，仰天拊缶而呼烏烏」。按，此句實如上首「修蛾本姓秦」之意，意謂女子如秦羅敷。

〔一〇〕「粉化」句：謂眼淚湧溢，以致臉上妝粉爲淚水所融化。横波，比喻女子眼神流動，如水横流。《文選·傅毅〈舞賦〉》：「眉連娟以增繞兮，目流睇而横波。」李善注：「横波，言目邪視，如水之横流也。」

〔一一〕「衫輕」句：謂衣衫輕盈，有如春曉之薄霧。

〔一二〕鵶黄：古時婦女塗額的化妝黄粉。唐虞世南《應詔嘲司花女》詩：「學畫鵶黄半未成，垂肩嚲袖太憨生。」唐駱賓王《長安古意》：「片片行雲著蟬鬢，纖纖初月上鵶黄。鵶黄粉白車中出，含嬌含態情非一。」鳳翅，古代婦女額上所畫鳳翅形的妝飾。

〔一三〕麝月：指月。南朝陳徐陵《〈玉臺新詠〉序》：「金星將婺女爭華，麝月與嫦娥競爽。」此謂鬢角所畫半月形妝飾。半魚鱗，謂半圓形，即半月形。

〔一四〕「别袂」句：謂離别之衣袖揚起，有如翻湧之波浪。别袂，猶分袂。舉手道别。唐李益《城西竹園送裴佶王達》詩：「遠行從此始，别袂重凄霜。」唐權德輿《送人使之江陵》詩：「紛紛别袂舉，切切離鴻響。」

〔一五〕迴腸：比喻愁苦、悲痛之情鬱結於内，輾轉不解。唐盧照鄰《明月引》：「試登高而極目，莫不變而迴腸。」唐唐彦謙《春陰》詩：「一寸迴腸百慮侵，旅愁危涕兩爭禁。」

〔一六〕後期：此指約定後會之期。注腳，原指解釋字句的文字。唐于義方《黑心符》：「《黑心符》微傷大雅，要自傷弓驚餌之言，留之爲《顔氏》下一注腳。」宋朱熹《答吕子約書》：「所論甚善，末後注腳尤好。」此處指解釋、説明。

〔一七〕含顰：謂皺眉。形容哀愁。唐劉禹錫《春去也》詞：「叢蘭裛露似沾巾，獨坐亦含嚬。」唐韋莊《浣溪沙》詞：「日高猶自憑朱欄，含顰不語恨春殘。」

〔一八〕天香：本乃芳香之美稱。此處意爲國色天香，喻指美女。唐李濬《松窗雜録》：「上（唐文宗）頗好詩，因問脩己曰：『今京邑傳唱牡丹花詩，誰爲首出？』脩己對曰：『臣嘗聞公卿間多吟賞中書舍人李正封詩曰：天香夜染衣，國色朝酣酒。』」本指牡丹花香色不凡。後亦用以形容女子之艷美。宋范成大《與至先兄遊諸園看牡丹三日行遍》詩：「欲知國色天香句，須是倚闌燒燭看。」

〔一九〕瓊樹：原爲仙樹名。《漢書・司馬相如傳下》「咀噍芝英兮嘰瓊華」，顏師古注引三國魏張揖曰：「瓊樹生崑崙西流沙濱，大三百圍，高萬仞。」唐曹唐《小遊仙詩》之七十五：「瓊樹扶疏壓瑞煙，玉皇朝客滿花前。」此處喻指美女。宋周邦彥《黃鸝繞碧樹・春情》詞：「縱有魏珠照乘，未買得流年住。爭如盛飲流霞，醉偎瓊樹。」

〔二〇〕鬭草：即鬭百草。一種古代遊戲。競采花草，比賽多寡優劣，常於端午行之。南朝梁宗懔《荆楚歲時記》：「五月五日，四民並蹋百草，又有鬭百草之戲。」唐白居易《觀兒戲》詩：「弄塵復鬭草，盡日樂嬉嬉。」更僕，更番相代。唐杜甫《行官張望補稻畦水歸》詩：「更僕往方塘，決渠當斷岸。」仇兆鼇注：「以番次更代使之也。」

〔二一〕迷鬮：拈鬮。任取事先做好記號的紙片或紙團，以決定得什麼或做什麼。唐唐彥謙《遊南明山》詩：「鬮令促傳觴，投壺更聯句。」宋梅堯臣《依韻和偶書相留》：「出奇吳國將能戰，探隱漢宮人戲鬮。」

〔二二〕齅花：嗅花。齅，用鼻子聞。《漢書・叙傳上》：「不絓聖人之罔，不齅驕君之餌。」顏師古注：「齅，古嗅字也。」宋李清照《點絳脣》詞：「和羞走，倚門回首，卻把青梅齅。」判，拚棄。唐元稹《遺春》詩之一：「學問慵都廢，聲名老更判。」唐韋莊《離筵訴酒》詩：「不是不能判酩酊，卻憂前路醉醒時。」

〔三〕檀注：指胭脂、脣膏一類的化妝用品。唐顧敻《應天長》：「背人匀檀注，慢轉嬌波偷覷。」前蜀李珣《浣溪沙》詞：「入夏偏宜淡薄粧。越羅衣褪鬱金黄，翠鈿檀注助容光。」惹，沾染；染上。南朝梁何遜《九日侍宴樂遊苑》詩：「晴軒連瑞氣，同惹御香芬。」唐薛濤《柳絮》詩：「二月楊花輕復微，春風揺蕩惹人衣。」

【集評】

疊韻始於韋莊《和薛先輩初秋寓懷二十韻》，凡三見。韓偓《無題》亦三首，其一首係倒押。自宋以後，勢若履豨矣。（宋長白《柳亭詩話》卷三十《疊韻》）

《無題》四首作於早年，本無寄托，而致堯之詩格，卻伏於此，固是《香奩集》之模範也。（震鈞《香奩集發微》此詩下評）

【按】此《無題》詩乃天復元年詩人爲翰林學士時所戲詠，其時吴融等諸朝士與之酬和再三，詩人又倒押前韻，遂有四首之多。據此數首詩，可見其時詩人在朝廷中生活頗爲優渥寬暇，故能悠遊平和，詩興盎然，與諸朝士一唱再唱。諸詩所詠，乃脂粉美人、紅情緑意之情事，情辭香艷，藴藉綿邈，此皆可見南朝艷體、中唐元白、晚唐温庭筠、李商隱、段成式、周繇、李群玉一脈艷情詩影響之跡。韓偓作此《無題》詩，年已花甲，而其風情詩興猶如此。由此反思其前《香奩》之作，亦自有脈絡可尋，後《無題》之作，並非突然而起，其來亦有自矣。震均所言「《無題》四首作於早年，本無寄托，而致堯之詩格，卻伏於此，固是《香奩集》之模範也」。所説《無題》乃「《香奩集》之模範」，實乃顛倒時序源流之言。此韓偓、吴融等人之《無題》詩乃學皮日休、陸龜蒙次韻唱和之作，而其「倒押前韻」、「倒次元韻」之唱和，則别開新徑，實屬罕見，於酬和詩發展研究中，頗可注意。陳寅恪先生謂：「吴融《唐英歌詩》卷上（汲古閣《唐四名家集》本）和韓致光侍郎無題三首，卷中倒次元韻，據此，則融亦倒次元韻，『謹豎降旗』之語，特撝謙之戲言耳。」（陳寅恪《讀書札記二集·韓翰林集之部》）今《全唐詩》卷六八五尚録存當時吴融所酬和四詩，今並讀吴融此作，亦有助於韓偓詩之解讀，瞭解當時之風氣，故迻録吴融詩如下，以資研究。

附吴融詩四首和韓致光侍郎無題三首十四韻

一

珠佩元消暑，犀簪自辟塵。搾燈容燕宿，開鏡待雞晨。去懶都忘舊，來多未厭新。每逢憂是夢，長憶故延真。杏小雙圓壓（一作靨），山濃雨點嚬。瘦難勝實帶，輕欲馭飈輪。篦鳳金雕翼，釵魚玉鏤鱗。月明無睡夜，花落斷腸春。解舞何須楚，能筝可在秦。怯探同海底，稀遇極天津。緑柰攀宫艷，青梅弄嶺珍。管纖銀字咽，梭密錦書勻。厭勝還隨俗，無疑不避人。可憐三五夕，娬媚善爲鄰。

二

舞轉輕輕雪，歌霏漠漠塵。漫遊多卜夜，慵起不知晨。玉箸和妝裛，金蓮逐步新。鳳笙追北里，鶴馭訪南真。有恨都無語，非愁亦有嚬。戲應過蚌浦，飛合入蟾輪。杯樣成言鳥，梳文解卧鱗。逢迎大堤晚，離别洞庭春。似玉曾誇趙，如雲不讓秦。錦收花上露，珠引月中津。木爲連枝貴，禽因比翼珍。萬峰酥點薄，五色繡妝勻。獺髓求魚客，鮫綃托海人。寸腸誰與達，洞府四無鄰。

三

綺閣臨初日，銅臺拂暗塵。鷓鴣偏報曉，烏鵲慣驚晨。魚網裁書數，鵾弦上曲新。病多疑厄重，語切見心真。子母錢徵笑，西南月借嚬。擣衣嫌獨杵，分袂怨雙輪。貝葉教丹䨾，金刀寄赤鱗。捲簾吟塞雪，飛楫渡江春。解織宜名蕙，能歌合姓秦。眼穿回雁嶺，魂斷飲牛津。藥自偷來絶，香從竊去珍。茗煎雲沫聚，藥種玉苗勻。草密應迷客，花繁好避人。長干足風雨，遥夜與誰鄰。

四

倒次元韻

南陌來尋伴，東城去卜鄰。生憎無賴客，死憶有情人。似束腰支細，如描髮彩勻。黃鸝裁帽貴，紫燕刻釵珍。身近從淄右，家元接觀津。雨臺誰屬楚，花洞不知（一作如）秦。淚滴空牀冷，妝濃滿鏡春。枕涼欹琥珀，簟潔展麒麟。茂苑廊千步，昭陽扇九輪。陽城迷處笑，京兆畫時嚬。魚子封牋短，蠅頭學字真。易判期已遠，難諱事還新。艇子愁衝夜，驪駒怕拂晨。如何斷岐路，免得見行塵。

閨情①〔一〕

輕風滴礫動簾鉤②〔二〕，宿酒猶酣懶卸頭③〔三〕。但覺夜深花有露，不知人靜月當樓。何郎燈暗誰能詠④〔四〕，韓壽香焦亦任偷⑤〔五〕。敲折玉釵歌轉咽，一聲聲作兩眉愁⑥。

【校記】

① 此詩韓集舊鈔本、汲古閣本、麟後山房刻本收於正集，吳校本正集與《香奩集》兩收，玉山樵人本、統籤

本、屈鈔本、石印本之《香奩集》均收入此詩，韓集舊鈔本《香奩集》亦收入，題爲《閨情》。韓集舊鈔本、汲古閣本、麟後山房刻本、吴校本詩題均作《夜閨》，統籤本、《全唐詩》、吴校本題下均校：「一作夜閨。」石印本《香奩集》詩題下小注：「癸酉年在南安縣作。」

②「滴」，《全唐詩》、吴校本均校：「一作的。」按，作「的」誤。「皪」，《全唐詩》、吴校本均校：「一作爍。」按，作「爍」誤。

③「猶」，《全唐詩》、吴校本均校：「一作從。」按，作「從」誤。「宿酒猶酣懶」，韓集舊鈔本、汲古閣本、麟後山房刻本、吴校本均作「猶自醺酣未」，《全唐詩》、吴校本均校「一作猶自醺酣未」，石印本《香奩集》作「宿酒初醒懶」。此句統籤本校：「一作猶自慵酣未卸頭。」

④「燈」，原作「燭」，石印本《香奩集》亦作「燭」。韓集舊鈔本、汲古閣本、麟後山房刻本、吴校本均作「燈」，統籤本、《全唐詩》、吴校本均校：「一作燈。」又何遜原詩爲「曉燈暗離室」，故今據韓集舊鈔本、汲古閣本等改。

⑤「壽」，《全唐詩》、吴校本均校「一作掾」，石印本《香奩集》作「掾」。「焦」，玉山樵人本、統籤本、屈鈔本均作「銷」，韓集舊鈔本、汲古閣本均作「燋」，統籤本校「一作燋」，《全唐詩》、吴校本均校：「一作銷。」

⑥「作」，玉山樵人本、韓集舊鈔本、統籤本、屈鈔本、汲古閣本、麟後山房刻本、吴校本、石印本《香奩集》均作「入」，韓集舊鈔本《香奩集》作「作」，下校「本作入」，《全唐詩》、吴校本均校：「一作入。」

【注　釋】

〔一〕《韓偓年譜》據汲古閣本《香奩集》此詩題下「癸酉年在南安縣作」小注而繫於後梁乾化三年癸酉。按此詩題下諸本均未有此小注，汲古閣本此小注之來歷可疑。且此詩之情調亦不合乾化三年詩人之處境心態，故此小注聊備一説而已，未可遽信。《韓偓年譜》所繫年今不取。

〔二〕滴礫：象聲詞。

〔三〕宿酒：猶宿醉。唐白居易《早春即事》詩：「眼重朝眠足，頭輕宿酒醒。」卸頭，婦女卸去頭上的裝飾。唐司空圖《燈花》詩：「姊姊教人且抱兒，逐他女伴卸頭遲。」前蜀薛昭藴《浣溪沙》詞：「鈿匣菱花錦帶垂，靜臨蘭檻卸頭時，約鬟低珥算歸期。」

〔四〕「何郎燈暗」句：何郎，即南朝梁何遜，傳見《梁書》卷四十九、《南史》卷三十三。其《臨行與故遊夜別》詩云：「歷稔共追隨，一旦辭群匹。復如東注水，未有西歸日。夜雨滴空堦，曉燈暗離室。相悲各罷酒，何時同促膝。」

〔五〕「韓壽香焦」句：此用韓壽偷香事。見南朝宋劉義慶《世説新語·惑溺》。

【集　評】

何郎燭，用何遜與親故別事。韓壽香，用賈充事。似是追憶座主趙崇而作，與正集《感舊》一首意同。（震鈞《香奩集發微》此詩下評）

【按】此詩震均《韓承旨年譜》、《韓偓年譜》均據汲古閣刻本《香奩集》此詩下小注「癸酉年在南安縣作」而繫於乾化三年(公元九一三年),然汲古閣刻本《韓内翰别集》亦收此詩,題爲《夜閨》,但無此小注。又據此詩詩情及大多數韓偓集版本收於《香奩集》,且無此小注,則此小注恐不可信。故震鈞《韓承旨年譜》繫於後梁乾化三年,且謂「《閨情》一首,與集中《感舊》一首相應,皆爲座主趙崇也。《感舊》有『指座恩深刻寸腸』句,又有『入室故僚零落盡』句。《閨情》『何郎燭暗』,用何遜與親故别事。『韓壽香焦』,用賈充壻韓壽事。皆《感舊》意也」。所説「皆《感舊》意也」當不可信。此詩乃代女子抒發閨情之作,蓋爲詩人早年所作。黄世中先生《韓偓其人及「香奩詩」考索》以爲乃寫詩人早年與李氏女戀愛情事,所説可參。

自 負①

人許風流自負才,偷桃三度到瑶臺〔一〕。至今衣領胭脂在,曾被謫仙痛齩來〔二〕。

【校 記】

① 此詩亦收於吴校本之《香奩集》中。

【注　釋】

〔一〕「偷桃三度」句：佚名《漢武故事》：「東郡送一短人，長七寸，衣冠具足。上疑其山精，常令在案上行，召東方朔問。朔至，呼短人曰：『巨靈，汝何忽叛來，阿母還未？』短人不對，因指朔謂上曰：『王母種桃，三千年一作子，此兒不良，已三過偷之矣，遂失王母意，故被謫來此。』上大驚，始知朔非世中人。」瑶臺，指傳説中的神仙居處，據説西王母居此。晉王嘉《拾遺記》卷十《崑崙山》：「崑崙山有昆陵之地，其高出日月之上。山有九層，每層相去萬里。有雲色，從下望之，如城闕之象。四面有風，群仙常駕龍乘鶴，遊戲其間。……第九層山形漸小狹，下有芝田蕙圃，皆數百頃，群仙種耨焉。傍有瑶臺十二，各廣千步，皆五色玉爲臺基。」唐柳宗元《摘櫻桃贈元居士時在望仙亭南樓與朱道士同處》：「海上朱櫻贈所思，樓居況是望仙時。蓬萊羽客如相訪，不是偷桃一小兒。」唐李商隱《無題》：「如何雪月交光夜，更在瑶臺十二層。」

〔二〕謫仙：此處喻指所戀之女子。痛齩來，此謂衣領被所戀女子狠狠咬過，此乃表示愛極之意。齩，用牙齒咬齧或用上下齒把東西緊緊夾住。《漢書·食貨志上》：「罷夫羸老，易子而齩其骨。」顔師古注：「齩，齧也。」唐韓愈《答孟郊》詩：「見倒誰肯扶？從嗔我須齩。」

【按】徐復觀先生《韓偓詩與香奩集論考》謂「《自負》詩很粗率，不似偓詩」，這都可以推斷定其由後所增補，其出於韓偓的可能性甚少」。所説理由證據不足，難於憑信。此詩乃回憶自身爲所愛女子深愛之事，頗有自矜之意，故首二句即謂「人許風流自負才，偷桃三度到瑤臺」，且以後二句直記爲女子所親愛事。

天　涼①

愁來卻訝天涼早②，思倦翻嫌夜漏遲〔一〕。何處山川孤館裏③，向燈彎盡一雙眉〔二〕。

【校　記】

①此詩亦收於玉山樵人本、統籤本、屈鈔本、吴校本之《香奩集》中。玉山樵人本、統籤本詩題作「已涼」，屈鈔本題作「天涼二首」，此爲第一首。韓集舊鈔本正集收有此詩，題作「已涼」。

②「來」，玉山樵人本、韓集舊鈔本、屈鈔本均作「多」，《全唐詩》、吴校本均校：「一作多。」

③「川」，《全唐詩》、吴校本均校：「一作村。」

【注　釋】

〔一〕翻：反而。北周庾信《卧疾窮愁》詩：「有菊翻無酒，無弦則有琴。」隋江總《并州羊腸阪》詩：

「本畏車輪折，翻嗟馬骨傷。」夜漏，夜間的漏刻。漏，古代滴水記時的器具。唐韋應物《驪山行》：「禁仗圍山曉霜切，離宫積翠夜漏長。」

〔二〕「彎盡」句：謂極爲愁悶以致眉頭緊鎖。

【按】此詩寫孤客山村，遇秋來天涼，愁對熒熒燈火，思緒無窮，更感秋夜遲遲，難於入寐矣。「向燈彎盡一雙眉」，正是愁緒難排之寫照。「彎盡」一語，寫出愁思綿綿無盡之情態。

日高①

朦朧猶記管弦聲②，噤痒餘寒酒半醒③〔一〕。春暮日高簾半卷，落花和雨滿中庭。

【校記】

① 此詩汲古閣本收於《補遺》中，麟後山房刻本亦收，詩題作「已涼」。此詩亦見於玉山樵人本、統籤本、屈鈔本、吴校本之《香奩集》中，韓集舊鈔本《香奩集》則未收。

② 「猶記」，玉山樵人本、統籤本、嘉靖洪邁本、屈鈔本、汲古閣本均作「猶認」。

③ 「痒」，統籤本、麟後山房刻本、吴校本均作「痄」，中華書局《全唐詩》編校者改爲「痄」。按，原作「噤

痒」可不改，其意同「噤痄」，説詳注釋〔一〕。

【注釋】

〔一〕噤痒：痒，《説文》：「寒病也」。噤痒，閉口寒戰。噤痄，亦閉口寒戰貌。唐韓愈、孟郊《鬥雞聯句》：「磔毛各噤痒，怒瘿争碨磊。」唐牛僧孺《李蘇州遺太湖石奇狀絶倫因題二十韻奏呈夢得樂天》：「噤痒微寒早，輪囷數片横。」

【按】此詩乃詠因宿醉晚起，時雖晚春，然因酒未全醒而尚覺寒顫。而於醉意蒙朧間，仿佛昨夜宴飲間之管絃樂聲，猶縈繞於耳。此時窗簾半卷，滿眼正是春日高照，而落花沾著昨夜的雨滴，撒滿庭院中，不禁令人頓起傷春歎逝之情。情寓景中，詩情蘊藉深婉，乃此詩之魅力所在。尤其是末兩句，於景色渲染描繪中，寄寓情思，誠是抒情寫景之佳句。

夕陽①

花前灑淚臨寒食，醉裏回頭問夕陽。不管相思人老盡，朝朝容易下西牆〔一〕。

【校　記】

①此詩汲古閣本收於《韓内翰别集補遺》中。此詩亦見於玉山樵人本、統籤本、屈鈔本、吴校本之《香奩集》中，韓集舊鈔本則未見此詩。

【注　釋】

〔一〕下西牆：此謂夕陽西下。

【按】詩乃於臨寒食節，對花而回首往年情事，不禁傷情之作。詩中感時傷逝，情思綿緲，大有令人不堪之意。細味其中情事，當與詩人早年戀情事有關。黄世中先生《韓偓其人及「香奩詩」本事考索》以爲韓偓年輕時曾與一李姓女子相戀，所説可參研。

舊　館①

前歡往恨分明在，酒興詩情大半亡。還似牆西紫荆樹②〔一〕，殘花摘索映高塘③〔二〕。

【校　記】

①此詩未見於玉山樵人本、統籤本、韓集舊鈔本之《香奩集》，而屈鈔本、吴校本《香奩集》均收入。汲古閣本則收於《韓内翰别集補遺》中。

②「似」，玉山樵人本、統籤本、屈鈔本《香奩集》均作「是」。

③「摘」，屈鈔本作「蕭」，《全唐詩》、吴校本均校：「一作蕭。」

【注　釋】

〔一〕紫荆樹：樹名。落葉喬木或灌木。葉圓心形，春開紅紫色花。供觀賞。樹皮、木材、根均可入藥。

〔二〕摘索：猶言瑟縮。韓偓《清興》詩：「陰沈天氣連翩醉，摘索花枝料峭寒。」宋林逋《又詠小梅》：「摘索又開三兩朵，團欒空繞百千迴。」

【集　評】

韓偓詩寫女性的多，寫自己的少。寫得最好的，是女子的嬌羞；但卻不是嘲弄，是同情於女子的怯弱與不自由。如《偶見》云：「鞦韆打困解羅裙，指點醍醐酒一樽。見客入來和笑走，手搓梅子映中門。」他的詩中寫自己的，如《寄遠》、《箇儂》、《五更》、《倚醉》、《有憶》、《寒食日重遊李氏林亭有

懷》、《重遊曲江》、《病憶》、《舊館》等都是。（陳香《晚唐詩人韓偓》引吴雲鵬《中國文學史》）

【按】此詩題爲「舊館」，又云「前歡往恨分明在」，尋味其詩旨，蓋乃回首往年在此舊館所經歷之事而生發之慨歎。謂「酒興詩情大半亡」，則此舊館往昔之事，乃曾激發其濃鬱之「酒興」與「詩情」者。且此種情感既有歡樂亦有遺憾，其中之往事至今猶歷歷在目耳。可歎今重來此舊地，往日之「酒興詩情」已大半消逝，猶如那凋零將盡之紫荆花朵，尚瑟瑟縮縮於牆西頭之枝頭上。此往日發生於舊館之刻骨銘心之事究是何事？黄世中先生《韓偓其人及「香奩詩」本詩考索》以爲乃詩人早年與李氏女子戀愛而遭阻絶之事，此事在韓偓詩中多有涉及，其中謂「此外如《青春》、《春恨》、《中春憶贈》、《舊館》、《有憶》、《兩處》……等皆是……所詠實同一情事，其所懷皆爲李氏女一人」。

中春憶贈①〔一〕

年年長是阻佳期〔二〕，萬種恩情只自知。春色轉添惆悵事②，似君花發兩三枝。

【校　記】

①此詩屈鈔本、《全唐詩》、吴校本均收入《香奩集》，而玉山樵人本、韓集舊鈔本、統籤本、石印本《香奩

集》均未收入《香奩集》。汲古閣本則收於《韓内翰别集補遺》中。

②「事」，玉山樵人本、統籤本、屈鈔本、汲古閣本均作「望」，《全唐詩》、吴校本均校：「一作望。」

【注　釋】

〔一〕中春：中春有二義，一指農曆二月十五日。這天是春季的正中，故稱。唐徐凝《二月望日》詩：「長短一年相似夜，中秋未必勝中春。」二指春季的第二個月。《周禮·天官·内宰》：「中春，詔后帥外内命婦，始蠶於北郊。」《史記·秦始皇本紀》：「時在中春，陽和方起。」張守節正義：「中音仲。古者帝王巡狩，常以中月。」唐杜牧《懷鍾陵舊遊》詩之二：「滕閣中春綺席開，柘枝蠻鼓殷晴雷。」

〔二〕佳期：此指相戀中男女幽會之日子。

【按】此詩乃春中憶念所戀女子之作。據詩可知，兩人間確有「萬種恩情」縈繞於詩人心頭，然而可恨的是兩人間之佳期常爲所阻，而成心頭難於釋懷之惆悵。此真無可奈何之事也。

春　恨①

殘夢依依酒力餘②〔一〕，城頭畫角伴啼烏③〔二〕。平明未卷西樓幕④〔三〕，院静時聞響轆艫⑤〔四〕。

【校記】

①此詩韓集舊鈔本、汲古閣本、麟後山房刻本、吴校本均收於正集，而玉山樵人本、統籤本、屈鈔本、吴校本收入《香奩集》。

②「餘」，汲古閣本作「賒」，下校：「一作餘。」

③「畫角」，韓集舊鈔本、統籤本、汲古閣本、麟後山房刻本、吴校本均作「鵯鵊」，韓集舊鈔本、汲古閣本、麟後山房刻本、吴校本下均校：「一作畫角。」《全唐詩》校：「一作鵯鵊。」《唐詩紀事》卷六十五作「批頰」。

④「未」，韓集舊鈔本、統籤本、汲古閣本、麟後山房刻本、吴校本作「乍」，《全唐詩》校：「一作乍。」

⑤「時」，韓集舊鈔本、《唐詩紀事》卷六十五、統籤本、屈鈔本、汲古閣本、麟後山房刻本、吴校本均作「初」。「響」，韓集舊鈔本、《唐詩紀事》卷六十五、統籤本、屈鈔本、汲古閣本、麟後山房刻本、吴校本均作「放」。

【注釋】

〔一〕依依：此處爲依稀隱約貌。晉陶潛《歸園田居》詩之一：「曖曖遠人村，依依墟里煙。」宋張先

《菩薩蠻·七夕》詞：「斜漢曉依依，暗蛩還促機。」酒力餘，謂酒力衰減。

〔二〕晝角：古管樂器，傳自西羌。形如竹筒，本細末大，以竹木或皮革等製成，因表面有彩繪，故稱。發聲哀厲高亢，古時軍中多用以警昏曉，振士氣，肅軍容。唐李白《出自薊北門行》：「風緊旌旗颯，凋傷晝角悲。」唐劉長卿《送徐大夫赴廣州》：「晝角知秋氣，樓船逐暮潮。」

〔三〕平明：猶黎明。天剛亮的時候。《荀子·哀公》：「君昧爽而櫛冠，平明而聽朝。」唐李白《遊太山》詩之三：「平明登日觀，舉手開雲關。」

〔四〕轆轤：利用輪軸原理製成的井上汲水的起重裝置。南朝宋劉義慶《世説新語·排調》：「顧曰：『井上轆轤卧嬰兒。』」北魏賈思勰《齊民要術·種葵》：「井别作桔槔、轆轤。」原注：「井深用轆轤，井淺用桔槔。」

【集　評】

子規，人但知其爲催春歸去之鳥，蓋因其聲曰「歸去了」，故又名「思歸鳥」，而不知亦爲先春而鳴之鳥。《史記·曆書》：「百草奮興，子規先嘷。」索隱曰：「子規春氣發動，則先出野澤而鳴是也。」韓致光《春恨》詩：「殘夢依依酒力餘，城頭批頰伴啼烏。」批頰鳥即鵯鶋也，催明之鳥。隋煬帝詩：「笑勸上林中，除卻司晨鳥。」司晨鳥即喚起也。（田藝衡《留青日札》卷三十一）

《丁丑送春唱和詩序》：……亦知某某寄情婉轉，措語低徊。或似病而還愁，且因傷而致惜（按六朝三唐詩人，有春病、傷春、春愁曲、惜春曲等題）。韓偓之「依依殘夢」，恨可能消（韓偓《春恨》詩：殘夢依依酒力微）；襄陽之「處處聞啼」，眠偏易覺。（章藻功《思綺堂文集》卷四）

【按】此詩以酒後晨興所聞之聲響光景，藉以抒發夢後之「春恨」。「城頭畫角伴啼烏」句，謂時已清曉矣，而清曉之來臨，打破其依依殘夢，頗有好夢驚醒之恨，有同唐人金昌緒《春怨》詩「打起黃鶯兒，莫教枝上啼。啼時驚妾夢，不得到遼西」之意緒。末句「院静時聞響轆轤」，固亦寫聽聞院中汲水聲，以示已是清晨之意，然似亦有反轉比喻情思如轆轤般反複上下之意。蓋轆轤本有車輪義，清周龍藻《隴頭水》詩云：「人言此水聲聲別，盡是征夫眼中血，萬古千秋共嗚咽。嗚咽聲，流未已；轆轤聲，行不止。」又由此引申喻反復翻滚之心情，清俞蛟《潮嘉風月記·麗品》云：「然以學使尊嚴，何敢遽爲毛遂，轆轤於中，莫可排解者累日矣。」

鞦韆①

池塘夜歇清明雨，繞院無塵近花塢〔一〕。五絲繩繫出牆遲〔二〕，力盡纔瞵見鄰圃②〔三〕。下來嬌喘未能調，斜倚朱闌久無語。無語兼動所思愁，轉眼看天一長吐③〔四〕。

【校　記】

①此詩亦收入吴校本《香奩集》。《全唐詩》、吴校本題下均校：「以下三首本集不載。」所謂以下三首即本詩與《長信宫二首》。

②「瞵」，吴校本《香奩集》作「憐」。按，作「憐」誤。

③吴校本此句作「轉眼看天」，下注：「缺三字。」

【注　釋】

〔一〕花塢：四周種植花木的地方。南朝梁武帝《子夜四時歌·春歌之四》：「花塢蝶雙飛，柳隄鳥百舌。」

〔二〕五絲繩：五色絲擰成的繩索。此處指繫鞦韆的彩色繩索。五絲，南朝梁簡文帝《七勵》：「五絲擅美，獨藺稱華。」

〔三〕瞵：視貌。瞪眼看。《説文解字》：「瞵，目精也。」《文選·潘岳〈射雉賦〉》：「奮勁骹以角槎，瞵悍目以旁睞。」徐爰注：「瞵，視貌。」鄰圃，指旁臨的園地。圃，園地。《左傳·哀公十五年》：「舍於孔氏之外圃。」杜預注：「圃，園。」

〔四〕一長吐：長長吐出一口氣。此處指因愁悶而長歎。

【按】此詩詠女子清明時節打鞦韆之場面與情思，頗爲生動傳神。黄世中先生《韓偓其人及「香奩詩」本事考索》以爲韓偓詩中之「寒食」、「鞦韆」等詩多與其早年與李氏女相戀事有關，所説可參。

韓偓集繫年校注卷五

聞再除戎曹依前充職①〔一〕

豈獨鴟夷解歸去〔二〕，五湖漁艇且餔糟〔三〕。

【校　記】

①按以下兩句詩乃殘句。原收於《全唐詩》卷六八三《韓偓集》四，以殘句收於《韓偓集》末，並在此兩句下小注「聞再除戎曹依前充職」。統籤本卷七一一於《李太舍池水氄紅薇醉題》詩後即録此兩句詩，題爲「聞再除戎曹依前充職」，下即注「闕」。又，此兩殘句今最早見於元馬端臨《文獻通考》卷二百四十三「韓偓詩二卷、香奩集一卷」下引宋人葉石林語云：「其後又有丁卯年正月聞再除戎曹依前充職詩，末句云『豈獨鴟夷解歸去，五湖魚艇且餔糟』，天祐四年也。」今即據收。

【注釋】

〔一〕《韓偓年譜》於唐昭宗天祐三年丙寅下云：「本年，復召還故官（此是朱全忠之第二次復召），偓仍不赴。有詩云：『豈獨鴟夷解歸去，五湖漁艇且餔糟。』自注：『聞再除戎曹，依前充職。』」又引明何喬遠《閩書》卷八《方域志・泉州府・南安縣・山・葵山》唐翰林承旨韓偓條云：「昭宗既弒，哀宗復召爲學士，偓不敢入朝。挈族依王審知寄居南安。三年，復有前命，偓復辭，爲詩曰：『豈獨鴟夷解歸去，五湖漁艇且餔糟。』是年，朱全忠篡唐爲梁。」又引《十國春秋》卷九十五《韓偓傳》：「天祐三年，復有前命，偓又辭，爲詩曰：『豈獨鴟夷解歸去，五湖漁艇且餔糟。』」《韓偓年譜》按云：「天祐三年復召月份不詳，參證下列偓《兩賢》、《再思》二詩，當在本年至福州之後。《閩書》謂『是年朱全忠篡唐爲梁』則誤，朱全忠篡唐是在明年。『豈獨鴟夷』二句爲逸句，此詩全章已佚。」按，此二句詩元馬端臨《文獻通考》卷二百四十三「韓偓詩二卷、香奩集一卷」下引葉石林云：「其後又有丁卯年正月聞再除戎曹依前充職詩，末句云『豈獨鴟夷解歸去，五湖魚艇且餔糟』，天祐四年也。是嘗兩召皆辭，《唐史》止書其一。是歲四月，全忠篡，其召自哀帝之世，自後復召。」葉石林此處已言此二句詩乃《聞再除戎曹依前充職》詩中末兩句，且年代爲「丁卯年正月」，亦即唐哀帝天祐四年丁卯（公元九〇七年）正月，是時朱全忠尚未篡唐爲梁。則《十國春秋》、《閩書》所載「天祐三年」誤。據此此詩乃天祐四年丁卯（公元九〇七年）

正月作。

戎曹：指兵部。韓偓被貶前曾任兵部侍郎、翰林學士承旨。

〔二〕鴟夷解歸去：鴟夷，即鴟夷子皮范蠡。《史記·越王勾踐世家》：「范蠡事越王勾踐，既苦身戮力，與勾踐深謀二十餘年，竟滅吴，報會稽之恥，北渡兵於淮以臨齊、晉，號令中國，以尊周室，勾踐以霸，而范蠡稱上將軍。還反國，范蠡以爲大名之下，難以久居，且勾踐爲人可與同患，難與處安，爲書辭勾踐曰：『臣聞主憂臣勞，主辱臣死。昔者君王辱於會稽，所以不死，爲此事也。今既以雪恥，臣請從會稽之誅。』勾踐曰：『孤將與子分國而有之。不然，將加誅于子。』范蠡曰：『君行令，臣行意。』乃裝其輕寶珠玉，自與其私徒屬乘舟浮海以行，終不反。……范蠡浮海出齊，變姓名，自謂鴟夷子皮，耕于海畔，苦身戮力，父子治產。」索隱注釋「鴟夷子皮」謂：「范蠡自謂也。蓋以吴王殺子胥而盛以鴟夷，今蠡自以有罪，故爲號也。韋昭曰『鴟夷，革囊也』。或曰生牛皮也。」唐杜牧《杜秋娘詩》：「西子下姑蘇，一舸逐鴟夷。」

〔三〕五湖：此指太湖。宋張孝祥《水調歌頭》詞：「欲酹鴟夷、西子，未辨當年功業，空繫五湖船。」餔糟，飲酒；吃酒糟。此處比喻屈志從俗，隨波逐流。語出《楚辭·漁父》：「世人皆濁，何不淈其泥而揚其波？衆人皆醉，何不餔其糟而歠其醨？何故深思高舉，自令放爲？」」唐元稹《送東川馬逢侍御使回十韻》：「餞筵君置醴，隨俗我餔糟。」宋蘇軾《再和》：「當年曹守我膠西，共厭餔糟與汩泥。」

【集　評】

韓偓傳自貶濮州司馬後，載其事即不甚詳。其再召爲學士，在天祐二年。吾家所藏偓詩雖不多，然自貶後，皆以甲子歷歷自記其所在，有乙丑年在袁州得人賀復除戎曹依舊承旨詩，即天祐二年也。昭宗前一年已弑，蓋哀帝之命也。末句云「若爲將朽質，猶擬杖於朝」。固不往矣！其後又有丁卯年正月聞再除戎曹依前充職詩，末句云「豈獨鴟夷解歸去，五湖魚艇且餔糟」，天祐四年也。是嘗兩召皆辭，《唐史》止書其一。是歲四月，全忠篡，其召自哀帝之世，自後復召。則癸酉年南安縣之作，即梁之乾化二年，時全忠亦已被弑，明年梁亡。其兩召不行，非特避禍，蓋終身不食梁禄，其大節與司空表聖略相等。惜乎，《唐史》不能少發明之也！（馬端臨《文獻通考》卷二百四十三「韓偓詩二卷、香奩集一卷」提要引宋人葉石林語）

昭宗既弑，哀宗復召爲學士，偓不敢入朝。挈族依王審知寄居南安。三年，復有前命，偓復辭，爲詩曰：「豈獨鴟夷解歸去，五湖漁艇且餔糟。」是年，朱全忠篡唐爲梁。（何喬遠《閩書》卷八《方域志・泉州府・南安縣・山・葵山・唐翰林承旨韓偓》）

天祐三年，復有前命，偓又辭，爲詩曰：「豈獨鴟夷解歸去，五湖漁艇且餔糟。」已而梁篡唐，乾化三年，復召，亦辭不往。（吴任臣《十國春秋》卷九十五《韓偓傳》）

余次南安時，偶憶韓偓詩曰「豈獨鴟夷解歸去，五湖漁艇且餔糟」，吟未畢而涕泗交集，自亦不知其何所爲也。（謝堃《春草堂詩話》卷二）

【按】此詩全詩未見，今據《文獻通考》引宋人葉石林之説，知乃詩人天祐四年正月聞再招復官而作詩。詩人前此已被招復官，其時已賦詩抒志云「宦途巇嶮終難測，穩泊漁舟隱姓名」、「若爲將朽質，猶擬杖於朝」。而今又有此詩之作，可見詩人始終不與篡唐之朱温同流合汙，其效學范蠡歸遁之意已決，可謂「忠義之氣，發乎情而見乎詞，遂能風骨内生，聲光外溢」（紀昀《紀文達公遺集》卷十一《書韓致堯翰林集後》）。

松洋洞〔一〕

微茫煙水碧雲間，掛杖南來渡遠山。冠履莫教親紫閣〔二〕，袖衣且上傍禪關〔三〕。青邱有地榛苓茂〔四〕，故國無階麥黍繁〔五〕。午夜鐘聲聞北闕〔六〕，六龍繞殿幾時攀〔七〕。

【注釋】

〔一〕此詩見於陳澍輯，張大川補刊之《螺陽文獻》附録《十八峰傳墨》卷二《七言律》中。此書乃光緒癸未年開雕，宣統乙酉補刊，乃泉州城内上峰二銘館藏板。又見高文顯《韓偓》一書所附「韓詩（弘一大師真跡）」影頁。弘一大師所寫詩題「松洋洞」，下有小注「在松洋山」；在「唐韓偓」下有小注「載《螺陽文獻》」。此詩後弘一大師署云：「戊寅春殘與勝進居士游惠水獲此詩，爲書之。」高文顯於《韓偓・跋》中記此事云：「是年暮春，我又伴他（慶按，指弘一法師）往遊惠安，我於無意中在圖書館裏披閱《螺陽文獻》，獲得韓偓《題松洋洞》（惠安縣城南）的逸詩一首，抄給老人看時，他馬上戴起眼鏡來，重新寫成一中堂給我，作爲遊惠水的紀念。」又鄧小軍先生《韓偓年譜》於後梁均王乾化三年癸酉（公元九一三年）下謂：韓偓「遊晉江松洋山松洋洞（宋以後地屬惠安縣），亦有題詩。《八閩通志》卷一《地理・建置沿革》泉州府惠安縣：『本唐晉江縣地，宋太平興國六年析置惠安縣，屬泉州。元仍舊，國朝因之。』《閩書》卷十《方域志・泉州府・惠安縣》：『在郡東北。東抵海，西抵晉江，南抵海，北抵仙遊。』清嘉慶《惠安縣志》卷六《山川》：『松洋山，北接九峰，乃邑山之最高者。有洞，僅容一人側入，其中廓然，容二三百人。洞口石罅有老藤，直垂三丈餘，入者縋以下。不枯，亦不萌。宋元末，居民避亂於此。』又卷三十《寓賢・唐韓偓》：『韓偓字致光，一云致堯，小名冬郎，京兆萬年人。擢進士第，佐河中幕府，左拾遺、諫議大夫、翰林學士、中書舍人，遷兵部侍郎。忤朱全忠，貶濮州司馬。避地入閩，居松洋洞。有詩云（録如下）。』題松洋洞詩：『微茫煙水碧雲間，拄杖南來渡遠山。冠冕莫教視紫閣，衲衣且上傍禪關。青丘有地榛苓茂，故園無階麥黍繁。午夜鐘聲聞北闕，六龍繞殿幾時攀。』案：此是偓詩風格，當爲偓作。」據此，則此詩蓋爲韓偓詩，然諸種《韓偓集》未收。此詩作年依《韓偓年譜》所説，權繫於後梁均王乾化三年癸酉（公元九一三年）。

〔二〕冠履：帽與鞋。此處以冠履代指自身。紫閣，金碧輝煌的殿閣。此處用指首都宮闕。漢崔琦《七蠲》：「紫閣青臺，綺錯相連。」南朝梁江淹《宋故銀青光禄大夫孫敻墓銘》：「紫閣咸趨，朱軒既履。」

〔三〕禪關：禪門。唐李白《化城寺大鐘銘》：「方入於禪關，覩天宮崢嶸，聞鐘聲瑣屑。」唐郎士元《題精舍寺》：「石林精舍武溪東，夜扣禪關謁遠公。」

〔四〕青邱：應作青丘。一謂傳説中的海外國名。《吕氏春秋・求人》：「禹東至榑木之地，日出、九津、青羌之野……鳥谷、青丘之鄉，黑齒之國。」《山海經・海外東經》：「朝陽之谷……青丘國在其北，其狐四足九尾。」郝懿行疏引服虔曰：「青丘國，在海東三百里。」晉陶潛《讀〈山海經〉》詩之十二：「青丘有奇鳥，自言獨見爾。」此處用指邊遠蠻荒之國。《北史・隋紀下・煬帝》：「又青丘之表，咸修職貢；碧海之濱，同稟正朔。」唐陳子昂《國殤文》：「且欲蹈烏丸之壘，刈赤山之旗，聯青丘之繳，封黃龍之屍。」榛苓，榛木與苓草。《詩・邶風・簡兮》：「山有榛，隰有苓，云誰之思？西方美人。」孔穎達疏：「山之有榛木，隰之有苓草，各得其所。」朱熹集傳：「賢者不得志於衰世之下國，而思盛際之顯王，故其言如此。」後因以「榛苓」喻指賢者各得其所的盛世。

〔五〕麥黍繁：即禾黍繁之意。麥黍，《詩·王風·黍離序》：「《黍離》，閔宗周也。周大夫行役至於宗周，過故宗廟宮室，盡爲禾黍。閔宗周之顛覆，彷徨不忍去而作是詩也。」後以「禾黍」爲悲憫故國破敗或勝地廢圮之典。唐于志寧《遊隋故都》：「枌榆何冷落，禾黍鬱芊綿。悲歌盡商頌，太息憫周篇。」唐許渾《金陵懷古》詩：「楸梧遠近千官塚，禾黍高低六代宮。」

〔六〕北闕：古代宮殿北面的門樓。是臣子等候朝見或上書奏事之處。《漢書·高帝紀下》：「蕭何治未央宮，立東闕、北闕、前殿、武庫、太倉。」顏師古注：「未央宮雖南嚮，而上書、奏事、謁見之徒皆詣北闕。」

〔七〕六龍：古代天子的車駕爲六馬，馬八尺稱龍，因以爲天子車駕的代稱。漢劉歆《述初賦》：「揔六龍於駟房兮，奉華蓋於帝側。」唐李白《上皇西巡南京歌》之四：「誰道君王行路難，六龍西幸萬人歡。」

【按】此詩乃韓偓貶官後南寓泉州南安縣，某日遊松洋山松洋洞所詠。詩中「冠履莫教親紫閣，袖衣且上傍禪關」兩句，乃表不願復官，不與後梁政權同流合汙之意。詩人此時，依然傷悼故國之衰亡，故有「故國無階麥黍繁」之歎。末兩句則乃依戀故君故國之思，可謂始終忠心於李唐，至死不改初衷也。

句　聯

千尋瀑布如飛練，一簇人煙似畫圖〔一〕。

【注　釋】

〔一〕此兩句詩乃據高文顯《韓偓》一書所記迻録。高文顯《韓偓·跋》記：「不久我背着他（慶按，指弘一法師）往南洋（他是不許我去的），他對韓偓的遺事，仍舊很注意，屢次來信，催促我重新抄録。同時還送給我他到永春後所聽到的關於韓偓的遺跡，他説在陳山岩有韓偓所寫的對子，寫的是『千尋瀑布如飛練，一簇人煙似畫圖』，他很希望能將石刻拓起來，『以此拓本張諸座右，不啻與偓晤談也。』」

即席送李義山丈①

連宵侍坐徘徊久〔一〕。

【校記】

①此句詩詩題原無，今根據《李義山詩集》卷中《韓冬郎即席爲詩相送一座盡驚他日余方追吟連宵侍坐徘徊久之句有老成之風因成二絶寄酬兼呈畏之員外》詩而擬。

【注釋】

〔一〕《李義山詩集》卷中有《韓冬郎即席爲詩相送一座盡驚他日余方追吟連宵侍坐徘徊久之句有老成之風因成二絶寄酬兼呈畏之員外》：「十歲裁詩走馬成，冷灰殘燭動離情。桐花萬里丹山路，雛鳳清於老鳳聲」；「劍棧風檣各苦辛，别時冰雪到時春。爲憑何遜休聯句，瘦盡東陽姓沈人。」則此兩句詩乃韓偓十歲時與其父韓瞻餞送李商隱時所賦。全詩已佚，今僅存此二句。先師周祖譔教授於《關於韓偓集的幾個問題》（刊於《唐代文學研究》第八輯）一文中據此詩認爲此兩句「可稱是貨真價實的佚句」。今即據此而補。韓偓十歲乃唐宣宗大中五年（公元八五一年），詩即此年所賦。

浣溪沙①〔一〕

攏鬢新收玉步摇〔二〕，背燈初解繡裙腰，枕寒衾冷異香焦②〔三〕。深院不關春寂寂③，落花和雨夜迢迢。恨情殘醉卻無聊④。

【校　記】

①按，此詞原收於《全唐詩》卷八九一「詞三」。韓集舊鈔本、吳校本、石印本《香奩集》均收此首。韓集舊鈔本《香奩集》題作《曲子浣溪沙二首》，此爲第一首。石印本《香奩集》題下注「曲子」。張璋、黄畬編《全唐五代詞》、曾昭岷、曹濟平等編著《全唐五代詞》亦收作韓偓作品。施蟄存《讀韓偓詞札記》謂「《浣溪沙》二首，見於《尊前集》，又《花庵絶妙詞選》。汲古閣刻本《香奩集》亦有，調名下注云『曲子』，而涵芬樓影印舊鈔本則無。此二首當爲韓偓所作，無可疑。然不當在《香奩集》中，蓋毛晉所輯入者，非舊本原有也。王國維輯本，依《花庵詞選》及《全唐詞》録入，林大椿輯本依《尊前集》，其第一首『深院下關春寂寂』不作『不關』二字，殆是誤字。第二首『骨香腰細見沈檀』，諸本均作『更沈檀』不知林氏何所據而作『見』」。

②「冷」，韓集舊鈔本、吳校本、石印本《香奩集》均作「暖」，韓集舊鈔本下校「本作冷」，曾、曹編著《全唐五代詞》本校：「毛本、吳本《香奩集》作『暖』，吳本注：『一作「冷」。』」

③「不」，曾、曹編著《全唐五代詞》本據朱孝臧《尊前集》本引作「下」，其校勘記云：「下：毛本《尊前集》、毛本、吳本《香奩集》、《唐宋諸賢絶妙詞選》卷一作『不』。」按，應作「不」。

④「聊」，石印本《香奩集》作「憀」。按，「憀」同「聊」。

【注　釋】

〔一〕曾、曹編著《全唐五代詞》本考辨云：「此首諸本《斷腸詞》收作宋朱淑真詞，且首句作『玉體金釵一樣嬌』，其他文字亦稍有異。案《尊前集》成書於宋初，生活於南北宋之交的朱淑真詞絶無可能入《尊前集》，故應爲韓偓詞。《全宋詞》一〇四八頁據韓偓《香奩集》已斷作韓詞，是。」

〔二〕玉步摇：女子頭上飾品。

〔三〕異香焦：異香，氣味異常濃烈的香料。《後漢書・賈琮傳》：「舊交阯土多珍産，明璣、翠羽、犀、象、瑇瑁、異香、美木之屬，莫不自出。」異香焦，謂獸炭中之異香正燃燒。

【集　評】

《全芳備祖》曰：韓冬郎《浣溪沙》，絶非和魯公之嫁名者，亦以香奩名詞。（沈雄《古今詞話・詞評》卷上《韓偓香奩集》）

陳廷焯云：「上下闋結句微嫌並頭，然五代人多犯此弊。」（華彦博《閑情集》卷一引）

詞至北宋爲極盛，南宋爲極工，亦風會積漸使然也。閩詞始見於韓冬郎之《浣溪紗》，而柳耆卿實開樂章之祖。（葉申薌輯《閩詞鈔》卷首《序》）

【按】此詞詠女子春夜無聊之春愁春怨。震鈞謂「怨者，《離騷》所謂『心憶君兮不知』」（震鈞《香奩集發微》此詞下評）。按，此詞固有怨恨意，然非怨恨「君」王也，乃作一般男女之怨情解可矣。

浣溪沙①

羅韈況兼金菡

宿醉離愁慢髻鬟〔一〕，六銖衣薄惹輕寒〔二〕。慵紅悶翠掩青鸞〔三〕。

萏〔四〕，雪肌仍是玉琅玕②〔五〕。骨香腰細更沈檀③〔六〕。

【校　記】

① 此作原收於《全唐詩》卷八九一「詞三」，亦見於韓集舊鈔本、吴校本、石印本之《香奩集》，乃其《曲子浣溪沙二首》之第二首。張璋、黄畬編《全唐五代詞》本校：「《草堂詩餘别集》調下有題『離情』。」

② 「琅玕」，吴校本《香奩集》作「欄杆」。按，應爲「琅玕」。

③ 「更」，王國維輯本《香奩詞》作「見」。按，應作「更」。

【注　釋】

〔一〕宿醉：謂經宿尚未全醒之餘醉。南朝宋劉義慶《世説新語・文學》：「司空鄭沖，馳遣信就阮籍求文，籍時在袁孝尼家，宿醉扶起，書札爲之，無所點定，乃寫付使，時人以爲神筆。」唐白居易《洛橋寒食日作十韻》：「宿醉頭仍重，晨遊眼乍明。」慢髻鬟，慢慢將髻鬟盤束於頭頂。髻鬟，古時婦女髮式。將頭髮環曲束於頂。唐孟浩然《美人分香》詩：「髻鬟垂欲解，眉黛拂能輕。」

〔二〕六銖衣：《長阿含經·世紀經·忉利天品》「忉利天衣重六銖」，謂其輕而薄。後稱佛、仙之衣爲「六銖衣」。唐宋之問《奉和幸大薦福寺》詩：「欲知皇劫遠，初拂六銖衣。」唐顧況《歸陽蕭寺》詩：「身披六銖衣，億劫爲大仙。」此處借指婦女所著輕薄的紗衣。宋周邦彦《鵲橋仙》詞：「晚涼拜月，六銖衣動，應被姮娥認得。」清俞兆晟《吴宫曲》：「自裁白紵六銖衣，回雪流風侍君側。」

〔三〕慵紅悶翠：謂觸目之紅色、翠色令人慵散愁悶。掩青鸞，掩遮上鏡子。青鸞，見《藝文類聚》卷九十引南朝宋范泰《鸞鳥詩序》。相傳罽賓王于峻祁之山，獲一鸞鳥，飾以金樊，食以珍羞，但三年不鳴。其夫人曰：嘗聞鳥見其類而後鳴，何不懸鏡以映之。王從其意，鸞睹形悲鳴，哀響中霄，一奮而絶。後因以「青鸞」借指鏡。閩徐夤《上陽宫詞》：「妝臺塵暗青鸞掩，宫樹月明黄鳥啼。」明湯三江《題唐玄宗還宫感舊·雙調夜行船序》套曲：「侍兒扶傍粧臺，懶把青鸞高照。」

〔四〕「羅韈」句：謂羅韈上還繡著金色之荷花之别稱。菡萏，即荷花。《詩·陳風·澤陂》：「彼澤之陂，有蒲菡萏。」

〔五〕玉琅玕：此處比喻女子之雪肌。琅玕，似珠玉之美石。《書·禹貢》：「厥貢惟球、琳、琅玕。」

孔傳：「琅玕，石而似玉。」孔穎達疏：「琅玕，石而似珠者。」三國魏曹植《美女篇》詩：「攘袖見素手，皓腕約金環；頭上金爵釵，腰佩翠琅玕。」

〔六〕沈檀：指妝飾用的顔料。色深而帶潤澤者叫「沈」，淺絳色叫「檀」。唐、宋婦女閨妝多用之：或用於眉端，或用在口唇上。南唐李煜《一斛珠》詞：「曉妝初過，沈檀輕注些兒箇，向人微露丁香顆。」

【集　評】

《少年遊》：……南都石黛掃晴山（小注：《玉臺新詠》：「南都石黛，最發雙蛾。」又《趙后外傳》云趙合德爲薄眉，號遠山黛，乃晴明遠山入色也，今人有遠山眉），衣薄耐朝寒（小注：韓偓詩「六銖衣薄惹輕寒」）。一夕東風，海棠花謝，樓上捲簾看（小注：韓偓：「海棠花在否，側卧捲簾看。」）。（周邦彦著、陳元龍注《詳注片玉集》卷三）

沈際飛云：慵紅悶翠，易安之祖。（顧從敬類選、沈際飛評正《草堂詩餘别集》卷一）

周珽云：藻麗。（周珽輯《删補唐詩選脈箋釋會通評林》卷六十）

韓致堯遭唐末造，力不能揮戈挽日，一腔忠憤，無所於泄，不得已託之閨房兒女。世徒以香奩目之，蓋未深究厥旨耳。余最愛其「碧闌干外繡簾垂，猩色屏風畫折枝。八尺龍鬚方錦褥，已涼天氣未寒時」一絶，與「静中樓閣深春雨，遠處簾櫳半夜燈」句，言外别具深情。又《浣溪沙》云：「宿醉離愁慢髻鬟。六銖衣薄惹輕寒。慵紅悶翠掩青鸞。羅襪況兼金菡萏，雪肌仍是玉琅玕。骨香腰細更沈檀。」與前詩韻自《離騷》中「製芰荷以爲衣」數語融化而出。……其蒿目時艱，自甘貶死，深鄙楊涉輩之意，更昭然若揭矣。（丁紹儀《聽秋聲館詞話》卷一《韓致堯詞》）

《柳腰輕》：茜綃緩束春衫翠，柔娥近酥娘，比倚闌橫，截織梭低並。一捻沉檀，通體乍相抱。金鳳屏邊宛，携來露桃宮裏。尺六量成可似掌，擎看柳條真細。作行雲樣，怕風吹去，五色千絲須繫。舞茵上，戲學旋波慣收裙，鎖蓮垂地（「柔娥幸有腰肢穩」，薛能句。「酥娘一捻腰肢細」，柳永句。「骨香腰細更沉檀」，韓偓句。「露桃宮裏小腰肢」，韋莊句也。南齊羊侃舞人張靜婉腰一尺六寸，能掌上舞。鎖蓮，帶名）。（龔翔麟《浙西六家詞·耒邊詞》卷二）

二詞前一闋是怨，後一闋是矜。怨者，《離騷》所謂「心憶君兮不知」；矜者，《離騷》所謂「既含睇兮又宜笑，子慕余兮善窈窕」也。詞較詩意尤明顯，以詞之體本應如是耳。（震鈞《香奩集發微》此詩下評）

【按】此詞詠閨中女子之妝飾體態與自矜之況。丁紹儀《聽秋聲館詞話》云：「韓致堯遭唐末造，力不能揮戈挽日，一腔忠憤無所洩，不得已託之閨房兒女。世徒以香奩目之，蓋未深究厥旨耳。」震鈞亦以爲「矜者，《離騷》所謂『既含睇兮又宜笑，子慕余兮善窈窕』也」。所説均以香草美人以寓託政治情事解説此詞，然此説實在曲解此詞，未足憑信。施蟄存《讀韓偓詞札記》謂：「《浣溪沙》二首，震氏箋云：『二詞前一闋是怨，後一闋是矜。怨者，《離騷》所謂「心憶君兮君不知」；矜者，《離騷》所謂「既含睇兮又宜笑，子慕余兮善窈窕」也。詞較詩意尤明顯，以詞之體，本應如是耳。』按此首第一首是晚妝，第二首是曉起。曰殘醉，曰宿醉，層次分明。明其意旨，確是一時所作。怨矜之解，大致不遠。然謂詞較詩意尤明顯，又謂詞體本應如是，此則不然。竊謂以風雅比興之義索之於詞，往往較詩更爲隱約。蓋詞體本不應如是，《花間集》諸詞，韋莊以外，皆無比興，而韋莊之詞，託諷尤晦於詩，從可知矣。至於韓偓所作，本是長短句之詩，當時拈毫吟詠之際，並不自以爲與詩別流之詞也。」所説可參。

附録一

附録一所收詩六首，乃見於今人陳香先生所著《晚唐詩人韓偓》一書第三章《遺闓佚詩》（見該書第三十八頁至四十頁，台灣國家出版社一九九三年版）中，其云：「必須一提的，乃是近世分别發見的韓偓佚詩，而且全係其晚年在福建所作的，爲《韓翰林詩集》與《香奩集》未收入者……《蕉陰詩話》搜録韓偓佚詩六首如左」，此後即録以下《啅雀》至《良辰》六首詩。又據此書第一三四頁所説，《蕉陰詩話》乃焦琴所撰，然未言焦琴之具體生平事跡以及《蕉陰詩話》之出處與所録六首詩之具體來歷。今多方尋覓《蕉陰詩話》一書，終未得，故未能據其所録根據考其所録六詩之可靠性；且所録詩亦未見他書載録。故此六首詩是否確爲韓偓所作，實在難於斷定，今即據《晚唐詩人韓偓》一書所録迻録於下。

啅雀〔一〕

茅店風筍絲〔二〕，水柘曬漁箔〔三〕。難逢朗潤天〔四〕，處處驅啅雀。

【注釋】

〔一〕啅雀：叫噪的鳥雀。啅，鳥鳴。唐薛能《雛堂》詩：「鳴蛩孤燭雨，啅雀一籬秋。」

〔二〕風筍絲：風乾筍絲。風，即風乾，借風力吹乾（使東西乾燥或純净）。

〔三〕漁箔：猶漁滬。捕魚用的竹栅。唐戴叔倫《留別道州李使君圻》詩：「漁滬擁寒溜，畬田落遠燒。」宋梅堯臣《和謝舍人新秋》：「還憶舊溪遊，水清漁箔壅。」

〔四〕朗潤天：爽朗温和的天氣。

記夢

心知身猶我，屏息躡山巒。宿露充清飲〔一〕，朝霞作小飧。故都人離亂，瑶闕鳥恬安〔二〕。

卻惱姮娥使〔三〕，招邀萬里摶。

【注　釋】

〔一〕宿露：夜裏的露水。唐太宗《詠雨》：「新流添舊澗，宿露足朝煙。」宋文同《露香亭》詩：「宿露濛曉花，婀娜清香發。」

〔二〕瑶闕：指月宫。恬安，安靜；安逸。《漢書·嚴安傳》：「心既和平，其性恬安；恬安不營，則盗賊銷。」《舊五代史·晉書·張希崇傳》：「我今入關，斷在胸臆，何恬安於不測之地，而自滯耶！」

〔三〕姮娥：即嫦娥，神話中的月中女神。《淮南子·覽冥訓》：「羿請不死之藥於西王母，姮娥竊以奔月。」高誘注：「姮娥，羿妻。羿請不死之藥於西王母，未及服之，姮娥盗食之，得仙，奔入月中，爲月精也。」宋晏幾道《鷓鴣天》詞：「姮娥已有慇懃約，留著蟾宫第一枝。」

有懷舊事

篋底羅巾香未消，篝中蜜炬半融焦〔一〕。何時重檢深囊笏，好話滄桑慰舊僚。

【注釋】

〔一〕篝：上大下小而長，可以盛物的竹籠。《楚辭·招魂》：「秦篝齊縷，鄭綿絡些。」《史記·滑稽列傳》：「甌窶滿篝，汙邪滿車，五穀蕃熟，穰穰滿家。」蜜炬，蠟燭。蜂採花蕊，醖釀成蜜，其房如脾，謂之蜜脾。蜜脾之底爲蠟，可以製燭。唐李賀《河陽歌》：「觥船飫口紅，蜜炬千枝爛。」唐李德裕《述夢詩四十韻》：「無聊燃蜜炬，誰復勸金舠。」唐鄭畋《酬隱珪舍人寄紅燭》：「蜜炬殷紅畫不如，且將歸去照吾廬。」

欲寄

闥中無矮紙〔一〕，尺簡截春絲。欲寄殷勤意，徒勞掩抑思〔二〕。月來燈焰斂，花落筆毛疲〔三〕。未及招迴雁，窗前有曙曦。

【注釋】

〔一〕矮紙：短紙。宋陸游《臨安春雨初霽》詩：「矮紙斜行閑作草，晴窗細乳戲分茶。」陸游《老學庵筆記》卷三：「（牋啟）用一二矮紙密行細書，與札子同，博封之，至今猶然。」

〔二〕掩抑：形容心情抑鬱。唐張九齡《聽箏》：「悠揚思欲絶，掩抑態還生。」唐白居易《琵琶行》：「弦弦掩抑聲聲思，似訴平生不得意。」

〔三〕花落：此指燈花落。

坐待鄰翁返

銀鑪兩尺長〔一〕，新釀費平章〔二〕。坐待鄰翁返，挑燈共品嘗。

【注釋】

〔一〕銀鑪：白銀製的香爐。唐李乂《高安公主挽歌》之一：「銀鑪稱貴幸，玉輦盛過逢。」

〔二〕平章：評處；商酌。漢蔡邕《上封事陳政要七事》：「宜追定八使，糾舉非法，更選忠清，平章賞罰。」《隋書·何稠傳》：「上因攬太子頸謂曰：『何稠用心，我付以後事，動靜當共平章。』」

良辰

徒費心機避穢塵，休言三月是良辰。杏花春雨江南路，獨雁浮雲塞北身。門閉畦荒貪嬾散，籬高窗暗怯嬌嚬〔一〕。閑廊把酒連翩醉，喜有烏龍不吠人〔二〕。

【注釋】

〔一〕嬌嚬：亦作「嬌顰」。謂蹙眉含愁的媚態。南朝梁簡文帝《長安有狹邪行》：「小婦最容冶，映鏡學嬌顰。」唐李百藥《火鳳詞》之二：「嬌嚬眉際斂，逸韻口中香。」

〔二〕烏龍：原爲犬名。此處泛指犬。餘參卷四《夏日》「相風」條注釋。

附録二

附録二所收十首詩一斷句，乃從《全唐詩》卷六八二、卷六八三《韓偓集》以及《全唐詩補編》以及其他典籍所記移入。據考，此十首詩除《大酺樂》一詩又作張祜、薛奇童詩，尚難確定作者爲誰外，其餘九首均非韓偓詩，乃他人之作誤作韓偓詩。一斷句亦非韓偓詩句。爲保存《全唐詩·韓偓集》等典籍原貌，故附録於此。

大慶堂賜宴元璫而有詩呈吴越王〔一〕

非爲親賢展綺筵，恒常寧敢恣遊盤。緑搓楊柳綿初軟，紅暈櫻桃粉未乾。谷鳥乍啼聲似澀，甘霖方霽景猶寒①。笙歌風緊人酣醉②，卻繞珍叢爛熳看。

【校　記】

①「猶」，麟後山房刻本作「初」。按，「初」恐誤。

②「緊」，汲古閣本、《全唐詩》、吴校本均校：「一作急。」

【注　釋】

〔一〕此題四首詩原收於《全唐詩》卷六八二《韓偓集》三《元夜即席》詩後。此詩之真僞，學者多有論及。《韓偓簡譜》於開平二年列此詩，謂：「有《大慶堂賜宴元璫而有詩呈吴越王》，此詩風調柔靡，疑非致堯所作，原編入《翰林集》卷三中，不在福州詩次，疑後人摻入。」然又於《備考》云：「案《五代史·吴越世家》，梁開平元年封錢鏐爲吴越王，豈致堯曾銜王審知使命使吴越耶？」《韓偓詩注》謂：此詩「作於唐昭宗光化三年（公元九〇〇年）」，然又謂「吴越王，指錢鏐。錢鏐爲五代吴越國的創立者。查《資治通鑑》，後梁開平元年（公元九〇七年），錢鏐始封爲吴越王，是時，詩人已流寓福建，無緣與吴越王謀面，所以，此詩可能爲他人僞託」。《增訂注釋全唐詩·韓偓集》謂「以下四首，清編《全唐詩》卷七四八又録作『吴越失姓名人』詩。考韓偓生平，與錢鏐無涉，疑非偓作」。岑仲勉《讀全唐詩札記》謂：韓偓「《大慶堂賜宴元璫而有詩呈吴越王》，暨又和、再和、重和凡四首，皆收十一函八册吴越失姓名人下，彼題元璫下無「而」字，又和之銅烏作銅壺，乍（一作半）坼作折，重和之八米作八采」；按偓未嘗入吴越，此殆誤收（内翰、香奩兩集均未收）」。徐復觀《韓偓詩與香奩集論考》認爲：「而凡『補遺』的詩，最易雜入他人之作。即如《影印舊鈔本》，較《全唐詩》、《吴校本》及《甲舊鈔本》少《大慶堂賜宴元璫而有詩呈吴越王》共七律四首。又少《御製春遊長句排律》一首。按吴越王是指錢鏐，韓偓不可能與錢鏐發生過交往;而錢鏐之封吴越王,乃天祐四年丁卯(西紀九〇七)五月之事,是年唐亡;此爲韓偓到福州之次年,旋不久往汀州沙縣。則《呈吴越王》四首七律,必然是假。至《御製春遊長句》的所謂『御製』,對韓偓而言,當然只有唐室的僖昭兩帝。但此詩的收聯是『全吴霸越千年後,獨此升平顯萬方』,這依然是『吴越王』下面臣工的口氣,也是必假無疑。由此可以推知《全唐詩》所依據的底本,乃在《影印舊鈔本》(注)的底本之後,所以便不知由何人以『補遺』的心理添進了這樣很明顯的幾首假詩。」陶敏《全唐詩人名彙考》考此詩之元璫謂:「錢元璫。吴越王,錢元瓘。《舊五代史·錢鏐傳》:『元瓘,鏐第五子也。……天福……三年,封吴越國王。』《十國春秋·吴越·文穆王世家》:『文穆王名元瓘。字明寶,初名傳瓘,及襲位,更今名。』又《錢元鏐傳》:『初名傳瓘。……文穆王立,更初名,諸兄弟盡易「傳」爲「元」。』又云:『武肅王親子三十八人……失其封爵者則有……元璫。』知元璫乃元瓘弟,詩作于後唐長興三年元瓘繼位更名後。但韓偓未至吴越,《十國春秋》本傳謂偓隆德三年卒于南安龍興寺,在元瓘兄弟更名前十餘年,詩非偓作。此後《又和》、《再和》、《重和》亦非韓偓詩。」按,據上述諸人所考,此詩四首以及《御製春遊長句排律》一首均非韓偓詩,甚是。

又　和〔一〕

櫻桃花下會親賢,風遠銅烏轉露盤。蝶下粉牆梅乍坼①,蟻浮金斝酒難乾。雲和緩奏泉聲咽，珠箔低垂水影寒。狂簡斐然吟詠足，卻邀群彦重吟看。

【校　記】

①「乍」，《全唐詩》、吴校本均校：「一作半。」「乍拆」，韓集舊鈔本、汲古閣本均作「乍拆」，汲古閣本下校：「一作半拆。」按，「拆」同「坼」，義爲裂開；綻開。《詩·大雅·生民》：「誕彌厥月，先生如達，不拆不副，無菑無害。」唐李紳《杜鵑樓》詩：「杜鵑如火千房拆，丹檻低看晚景中。」元無名氏《陳州糶米》第四折：「紫金鎚依然還在，也將來敲他腦袋，登時間肉拆血灑。」清蒲松齡《聊齋志異·葛巾》：「時方二月，牡丹未華，惟徘徊園中，目注句萌，以望其拆。」

【注　釋】

〔一〕此詩非韓偓詩，詳見《大慶堂賜宴元璫而有詩呈吴越王》詩注〔一〕。

再　和〔一〕

我有嘉賓宴乍歡，畫簾紋細鳳雙盤。影籠沼沚修篁密，聲透笙歌羯鼓乾。散後便依書篋寐，渴來潛想玉壺寒。櫻桃零落紅桃媚，更俟旬餘共醉看。

【注　釋】

〔一〕此詩非韓偓詩，詳見《大慶堂賜宴元璫而有詩呈吴越王》詩注〔一〕。

重　和〔一〕

冷宴殷勤展小園，舞鞨柔軟綵虬盤①。篸花盡日疑頭重，病酒經宵覺口乾。嘉樹倚樓青瑣暗，晚雲藏雨碧山寒。文章天子文章别，八米盧郎未可看。

【校　記】

①「鞨」，《全唐詩》、吴校本均校：「一作裀。」按，此處「舞鞨」義同「舞裀」。

【注　釋】

〔一〕此詩非韓偓詩，詳見《大慶堂賜宴元璫而有詩呈吴越王》詩注〔一〕。

大酺樂①〔一〕

晚日催弦管，春風入綺羅。杏花如有意，偏落舞衫多。

【校　記】

①本詩吴校本注：「本集不載。」此詩詩題玉山樵人本、統籤本均作《思歸樂》。統籤本於此詩上一首《大酺樂》詩詩題下小注云：「以下二首《閩南唐雅》補。」所謂以下二首即包括統籤本《大酺樂》詩下之《思歸樂》此詩（《全唐詩》本則題作《大酺樂》，即此「晚日催弦管」首）。

【注　釋】

〔一〕此詩原收在《全唐詩》卷六八二《韓偓集》三《訪明公大德》詩後。然《全唐詩》卷二十一、卷五一一均作張祜詩，題爲《思歸樂》；清《佩文齋詠物詩選》卷二九九、《全唐詩録》卷九十三《思歸樂》則均作韓偓詩。佟培基《全唐詩重出誤收考》於張祜《思歸樂》二首之一下謂「又作韓偓詩，題爲《大酺樂》。宋蜀刻本張集不收，《樂府（詩集）》八〇載張祜詩後，題下無名。趙宧光本《（萬首唐人）絶句》二又作薛奇童詩」。則此詩爲誰作未作按斷。徐復觀《韓偓詩與香奩集論考》以爲此詩非韓偓詩，云：「《翰林集》中有《錫宴日作七古》一首，據元注，這是天復元年『歲大稔，出金幣賜百官充觀稼，宴學士院……』這有點大酺的意味。是年十一月昭宗奔岐，以後再無大酺的機會，所以《大酺樂》一首，不當出於韓偓。」據此詩在上述書中收録之情況，頗疑此詩非韓偓作，然究爲誰詩，恐難於辨清。

思歸樂①〔一〕

淚滴珠難盡，容殘玉易銷②。儻隨明月去，莫道夢魂遥。

【校　記】

①本詩吴校本注：「本集不載。」此詩詩題玉山樵人本、統籤本均作《大酺樂》，統籤本詩題下有小注云：「以下二首《閩南唐雅》補。」所謂以下二首即包括統籤本《大酺樂》詩下之《思歸樂》（《全唐詩》本則題作《大酺樂》，即前「晚日催弦管」首）。此詩收於《樂府詩集》卷八十《大酺樂》下，注云：「《樂苑》曰：『《大酺樂》，商調曲』，唐張文收造。」

②「容殘」，原作「容殊」，《樂府詩集》卷八十、《全唐詩》卷三十八、《萬首唐人絶句》卷二十一、《古詩紀》卷一五二等均作「容殘」，今據改。

【注　釋】

〔一〕此詩原收於《全唐詩》卷六八二《韓偓集》三《訪明公大德》詩後第二首。此詩乃張文收詩，非韓偓之作，此諸家均有論及。《全唐詩重出誤收考》張文收詩下云：「《大酺樂，又見韓偓作思歸樂。《樂府（詩集）》八〇大酺樂下云：『《樂苑》曰，大酺樂，商調曲，唐張文收造。』後即此詩。

《全詩》二七載入雜曲歌辭，不署名。《五（代詩）話》八閩后陳金鳳條引此詩云韓偓賦，注出《金鳳外傳》。按任半塘先生有辯證，云：『《全唐詩》三八以此辭屬張文收，而六二八又收入韓偓集，名思歸樂，殘作殊。據《樂苑》，則屬韓説顯誤。《全唐詩》六八二另列韓偓大酺樂一首，格調與此同，而他本所傳調名亦作思歸樂。此辭乃閨中思遠，韓偓另首内容乃歌舞有感，均非大酺本意，亦非大酺樂歡情。』見《唐聲詩》下編。趙（宦光）本《絶句》一作張。」《韓偓詩注》亦以爲乃《全唐詩》編者所誤收。徐復觀亦認爲「《思歸樂》的五絶是『淚滴珠難盡，容殊玉易銷。儻隨明月去，莫道夢魂遥』乃張文收詩，見《全唐詩》第一函第八册」。

思歸樂：唐曲調名。任半塘《唐聲詩》考證：「思歸樂：玄宗開元間人作，天寶間入法曲。音調屬黄鐘商，黄鐘羽，又犯角調。」配以詩，爲「五言，四句，二十字，二平韻……《唐會要》載太常梨園别教院教法曲樂章十二首，内有思歸樂」。

【集評】

明年元夕，御大酺殿。召前翰林學士承旨韓偓、弘文館學士王倜、右補闕崔道融、吏部郎中夏侯淑等觀燈賜宴，命各賦《大酺樂》。偓感長春宫失寵，賦詩曰：「淚滴珠難盡，容殘玉易消。倘隨明月去，莫道夢魂遥。」延鈞爲之動，因返駕長春宫。（徐𤊹《榕陰新檢》卷十五《幽期》）

鏻妻早卒，繼室金氏賢而不見容。審知婢金鳳，姓陳氏，鏻嬖之，遂立以爲后。初鏻有嬖吏歸守明者，以色見倖，號歸郎。鏻後得風疾，陳氏與歸郎姦。又有百工院使李可殷，因歸郎以通陳氏。鏻命錦工作九龍帳，國人歌曰：「誰謂九龍帳，惟貯一歸郎。」鏻婢春鷰有色，其子繼鵬烝之。鏻已病，繼鵬因陳氏以求春鷰，鏻怏怏與之。《陳金鳳外傳》：小吏歸守明，弱冠白皙如玉，延鈞嬖之，日侍禁中，寅緣與金鳳通。百工院使李可殷因歸郎以通于金鳳，造縷金九龍帳于長春宫，極其靡麗。延鈞歡甚，益昵歸郎，日宿于内不出。國人歌之曰：「誰謂九龍帳，惟貯一歸郎。」後李倣盛飾其妹春燕以進，册爲賢妃，不復御九龍帳矣。元九御大酺殿觀燈賜宴，各賦大酺樂。前翰林學士承旨韓偓感長春宫失寵，賦詩曰：「淚滴珠難盡，容殘玉易消。倘隨明月去，莫道夢魂遥。」其次子繼韜怒，謀殺繼鵬。繼鵬懼，與皇城使李倣圖之。是歲十月，鏻饗軍于大酺殿，坐中昏然，言見延禀來。倣以爲鏻病已甚，乃令壯士先殺李可殷于家。（宋歐陽修著、清彭元瑞注《五代史記注》卷六十八）

王永啟既得《陳后傳》於農家，予借録一本，反覆考核其姓名事蹟歲月地里，與史乘符合者勿論，中有少異者。史謂審知節儉，府舍卑陋，何至築離宫自娱？然西湖水晶宫之名，古志有之，豈立國拜王之後，遊觀所不廢乎？《五代史》、《南唐書》俱謂延鈞妻早卒，繼娶金氏。《通鑑紀事本末》謂延鈞兩娶。《劉氏傳》稱初娶漢主劉巖女，繼選劉氏、金氏，豈歐、馬二公未備載乎？史謂繼鵬因陳后請春鷰於延鈞，延鈞與之。傳稱延鈞怒，欲殺繼鵬。豈陳后曾請之，延鈞未之許乎？史謂林興教繼鵬造三清臺，傳稱出於譚紫霄，豈妖巫之黨史不一一書乎？抑紫霄實主其謀乎？史謂延翰爲審知養子，延稟所殺，傳稱出於周彦琛，而《資治通鑑》謂延鈞誅延稟，隨復其姓名，豈史姑從其舊乎？李倣怒金鳳而進春鷰，匡勝怒繼鵬而白其姦，雖無可證，然可殷譖李倣於閩主，匡勝無禮於福王，史之所載明甚，豈盡影響乎？金鳳爲陳巖之女，春鷰爲李倣之妹，縱無可考，然陳巖奪人之位，而妻子爲人所淫，或亦天道。而李倣不難弑君，何難獻其妹以要寵，豈史氏以其曖昧淫穢而略之乎？他若韓偓《大酺樂》詩，向疑與樂府題不切，乃今知其有指，傳之言似不誣也。偓與李洵、崔道融等官爵姓氏，雖史氏不載，乃於偓本傳及唐黄滔集中見之。豈當時諸公來依審知，至延鈞時猶在乎？蓮花山閩王時陵寢甚多，惠陵、康陵，想亦在其左右。而梧桐嶺、桑溪，宋《三山志》俱有載。臙脂山之名，《閩都記》謂審知女洗妝水所染，傳稱金鳳、春鷰鮮血所漬，此皆好事者爲之也。徐𤊹題。（徐𤊹《紅雨樓題跋》卷上《陳后金鳳外傳跋》）

李倣怨陳金鳳負已，謀所以奪之寵，乃盛飾其妹春燕進於延鈞。春燕婉媚絶代，初入宫年才十五，顧盼舉止，動移人意，遂大見幸，册爲賢妃，以倣爲皇城使。擅愛專席，延鈞自是不復御九龍帳矣。因爲春燕造東華宫，以珊瑚爲棁桷，琉璃爲櫺瓦，檀楠爲棟梁，真珠爲簾幕，範金爲柱礎，窮正極麗。明年元夕，延鈞在大酺殿，召前翰林承旨韓偓、宏文館直學士王倜、右補闕崔道融、吏部郎中夏侯淑等觀燈宴樂，命各賦《大酺樂》。偓感長春宫失寵，賦詩曰：「淚滴珠難盡，容殘玉易銷。倘隨明月去，

莫道夢魂遥。」延鈞爲動念，因返駕長春宫。（魯曾煜《（乾隆）福州府志》卷七十五《外傳》）

毘陵潘中丞重濬西湖，余暇日出遊，感今追昔，成詩二十首。殊愧鄙俚，聊當棹歌漁唱云爾。複道張燈夜未收，冬郎垂老到閩州。玉消珠盡長春冷，誰伴荒遊上綵舟（韓偓《長春宫》詩云：「泪滴珠難盡，容殘玉易銷。」爲金鳳作也）。（黄任《秋江集》卷五）

小吏歸守明，弱冠白皙如玉，延鈞嬖之，日侍禁中。夤緣與金鳳通，百工院使李可殷因歸郎以通於金鳳，造縷金九龍帳於長春宫，極其靡麗。延鈞歡甚，益昵歸郎，日留宿於内不出。國人歌之曰：「誰謂九龍帳，惟貯一歸郎。」後李倣盛飾其妹春燕以進，册爲賢妃，不復御九龍帳矣。元夕御大酺殿觀燈賜宴，各賦《大酺樂》。前翰林學士承旨韓偓感長春宫失寵，賦詩曰：「淚滴珠難盡，容殘玉易消。倘隨明月去，莫道夢魂遥。」（原《金鳳外傳》）（鄭方坤《五代詩話》卷八）

會永和元年（按：即後唐長興三年、民國前九八〇年、公元九三二年）元夕，鏻（按：指王延鈞，審知次子，是年稱帝）御大酺殿，召翰林學士韓偓、弘文館學士王倜、右補闕崔道融、吏部郎中夏侯淑等，各賦大酺樂。偓感長春宫（按：指皇后陳金鳳）失寵，賦詩曰：「淚滴珠難盡，容殘玉易銷。儻隨明月去，莫道夢魂遥。」鏻爲之感動，因返駕長春宫。（陳仰青《閩國史話》）

韓偓遯閩，王審知誠加賙給，惟居止無定，故詩反而少作；或謂不録傳，蓋是時中原動亂，王閩亦少有寧日。審知死後，王鈞、王鏻雖皆知所禮遇，無奈荒侈多變，弑殺頻仍，客寓者那得靜趣？相傳韓偓有數十首，而士林得見者，則不外十數首而已，王偶嘗録其《大酺樂》兩首於題襟録中。其一云：「紫氣迴金殿，柔楊舞暖風。酒酣歌入破，索寞長春宫。」其二云：「淚滴珠難盡，容殘玉易消。儻隨明月去，莫道夢魂遥。」讀者莫不謂格已大降，僅留《香奩》軀殼，不復見著風流氣運矣。英雄老而寶刀亦鈍。（陳香《晚唐詩人韓偓》引《閩事鉤沉》）

御製春遊長句〔一〕

天意分明道已光，春遊嘉景勝仙鄉。玉爐煙直風初静，銀漢雲消日正長。柳帶似眉全展緑，杏苞如臉半開香。黄鶯歷歷啼紅樹，紫燕關關語畫梁。低檻晚晴籠翡翠，小池波暖浴鴛鴦。馬嘶廣陌貪新草，人醉花堤怕夕陽。比屋管弦呈妙曲，連營羅綺鬬時妝。全吴霸越千年後，獨此升平顯萬方。

【注釋】

〔一〕此詩原收於《全唐詩》卷六八二《韓偓集》三《訪明公大德》詩後第三首。徐復觀認爲此詩非韓偓詩，謂：「至《御製春遊長句》的所謂『御製』，對韓偓而言，當然只有唐室的僖昭兩帝。但此詩的收聯是『全吴霸越千年後，獨此升平顯萬方』，這依然是『吴越王』下面臣工的口氣，也是必假無疑。」《全唐詩重出誤收考》於韓偓《大慶堂宴元璫而有詩呈吴越王》、《又和》、《再和》、《重和》下考云：「又作吴越失姓名人。岑仲勉《讀全唐詩札記》云：『按（韓）偓未嘗入吴越，此殆誤收。』劉師培亦云。《統籤》八六三作吴越宴中原所遣中使詩，非出一手，其第二律似國主所作，春遊長律亦似出國主，第僭稱御製爲不可曉耳。今入吴越雜詩之後，俟再考。」據上所考，參本書《大慶堂賜宴元璫而有詩呈吴越王》詩注釋〔一〕，此詩非韓偓所作。

長信宫二首①

一

天上夢魂何杳杳，宫中消息太沈沈。君恩不似黄金井，一處團圓萬丈深。

【校　記】

① 此詩二首原收於《全唐詩》卷六八三《韓偓集》四《鞦韆》詩後，其他《韓偓集》不載，僅吴校本補收入《香奩集》，故其於前一首《鞦韆》詩下校云：「以下三首本集不載。」又，宋郭茂倩《樂府詩集》卷四十二高蟾下亦收此詩第二首，題作《長門怨》。明嘉靖刻本宋洪邁《萬首唐人絶句》卷第十九録此詩二首，第一首「宫中消息」作「日宫消息」。《全唐詩》卷六六八《高蟾集》亦録此《長信宫二首》，第一首第二句作「日宫消息太沈沈」，第二首末句下小注云：「此首題一作長門怨。」據此，此詩當是高蟾詩，《全唐詩》、吴校本《香奩集》誤作韓偓詩。

天上鳳皇休寄夢，人間鸎鵲舊堪悲。平生心緒無人識，一隻金梭萬丈絲。

二

雜　明

迢迢恩義吹區分〔一〕。

【注　釋】

〔一〕逸録自陳尚君輯校《全唐詩補編·全唐詩續拾》卷四十七據《斷腸詩集前集》卷五《秋日雜書二首》鄭元佐注引補，題目原作「□明」，今據元槧本、明刻遞修朱淑真《新注朱淑真斷腸詩集》本改。又按，查明刻遞修本宋朱淑真《新注朱淑真斷腸詩集》卷五有《秋日雜書二首》，其第二首如下：「窗外蛩吟解説秋（古洞仙歌詞：窗外蛩吟雨聲細），迢迢清夜憶前遊（香區集雜明詩：迢迢恩義次分）。月華飛過西樓上，添起離人一段愁（古恩鳳凰上樓吹簫詞：又添一段新愁）。」（慶按，括弧中文字爲鄭元佐小注）

又，我的研究生曾曉雲博士代檢得廈門大學圖書館藏《新注朱淑真斷腸詩集》一書，此書扉頁上題「元槧本《新注朱淑真斷腸詩集》，南陵徐氏隋盦藏本」；下册尾頁題「南陵徐氏據元槧本景印」，乃一九二五年影印本。此書於《秋日雜書二首》中「迢迢清夜憶前遊」句下有鄭元佐小注：「香匲集雜明詩：迢恩義吹分。」據上所考，無論「迢迢恩義吹匲分」，或「迢恩義次分」，或「迢恩義吹分」，其出處均是「香匲集雜明詩」。其中「香匲集」，未見其書，然未必即指韓偓之《香奩集》；且所存斷句或「雜明」詩題，亦不見於現存各本韓偓之《香奩集》，故此鄭元佐所録之斷句，當非韓偓《香奩集》詩中句。

刺　桐〔一〕

聞得鄉人説刺桐，葉先花後始年豐。我今到此憂民切，只愛青青不愛紅。

【注　釋】

〔一〕慶按，鄧小軍《韓偓年譜》於乾化元年（公元九一一年）譜下云：「作《刺桐花》詩：『聞得鄉人説刺桐，葉先花後始年豐。我今到此憂民切，只愛青青不愛紅。』」又案云：「此詩本集已佚，著録於《輿地紀勝》卷一百三十泉州條。偓本年始至南安縣，距離泉州較桃林場爲近，詩中有『我今到此』語，故繫於此。」今考宋王象之《輿地紀勝》卷一百三十《泉州·詩·泉南花木詩》載：「遐方不許貢珍奇，密詔惟教進荔枝（韓偓《荔枝》）。聞得鄉人説刺桐，葉先花後始年豐。我今到此憂民切，只愛青青不愛紅（韓偓《刺桐》）。」據《輿地紀勝》此處所載，韓偓有《刺桐》詩之作。然今再檢諸典籍，提及此詩者尚多，且所説作者不同。且録諸典籍之記載如下：

宋祝穆《方輿勝覽》卷十二《泉州·桐城》:「留從効重加版築,傍植刺桐環繞。其木高大而枝葉蔚茂,初夏開花極鮮紅。如葉先萌芽而其花後發,則五穀豐熟。丁公言廉問至此賦詩云:聞知鄉人說刺桐,葉先花發始年豐。我今到此憂民切,只愛青青不愛紅。」

又,宋陳景沂《全芳備祖集·前集》卷十九《七言絶句》:「聞道鄉人說刺桐,花如後發始年豐。我今到此憂民切,只愛青青不愛紅。」(丁晉公)

又,明徐應秋《玉芝堂談薈》卷三十五《蘋陽花》:「閩中有刺桐花,泉州初築城時環植此花,號桐城。初開花極鮮紅,如葉先芽花後則年豐。丁謂詩『聞得鄉人說刺桐,葉先花發卜年豐』是也。」

又,明彭大翼《山堂肆考》卷一百一《繞城》:「郡志:温陵城留從效重加板築,植刺桐環繞之。其樹高大而枝葉蔚茂,初夏開花極鮮紅。如葉先萌芽而其花後發,主明年五穀豐熟。故丁謂詩曰:聞得鄉人說刺桐,花如後發始年豐。我今至此憂民切,只愛青青不愛紅。」

又,清《佩文齋廣群芳譜》卷七十三《木譜·桐》後《附録·刺桐》載《宋丁謂刺桐花》:「聞說鄉人說刺桐,花如後發始年豐。我今到此憂民切,只愛青青不愛紅。」

又,清厲鶚《宋詩紀事》卷六丁謂下載《詠泉州刺桐》:「聞得鄉人說刺桐,葉先花發始年豐。我今到此憂民切,只愛青青不愛紅。」

又清鄭方坤《全閩詩話》卷二《丁謂》下：「泉州城，五代時留從效重加版築，傍植刺桐，歲久繁密，其木高大，枝葉蔚茂。初夏時開花鮮紅，葉先萌芽而花後發，則年穀豐熟。廉訪丁謂至此賦詩云：聞得鄉人説刺桐，葉先花後始年豐。我今到此憂民切，只愛青葱不愛紅（閩省通志）。」

據以上諸典籍所載，《刺桐》詩除《輿地紀勝》謂韓偓詩之外，其他七部典籍均記爲宋人丁謂詩。又據《宋史》卷二八三《丁謂傳》，丁謂登第後曾「爲大理評事通判饒州。踰年，直史館，以太子中允爲福建路採訪」。則《全閩詩話》謂「廉訪丁謂至此賦詩云」，以及詩中「我今到此憂民切」云云皆與丁謂經歷合，故此詩當爲丁謂作。且今人所編《全宋詩》卷一百一亦將此詩以《詠泉州刺桐》爲詩題收入丁謂集。可見《刺桐》爲宋人丁謂詩，非韓偓之作。